CB059132

BESTSELLER

Will Rhode

BESTSELLER

Tradução
Fernanda Abreu

BERTRAND BRASIL

Copyright © William Rhode, 2002

Título original: *Paperback Raita*

Capa: Raul Fernandes

Editoração: DFL

2006
Impresso no Brasil
Printed in Brazil

CIP-Brasil. Catalogação na fonte
Sindicato Nacional dos Editores de Livros, RJ

R362b	Rhode, Will, 1972-
	Bestseller/Will Rhode; tradução Fernanda Abreu. – Rio de Janeiro: Bertrand Brasil, 2006.
	420p.
	Tradução de: Paperback raita
	ISBN 85-286-1221-X
	1. Romance inglês. I. Abreu, Fernanda. II. Título.
06-3861	CDD – 823
	CDU – 821.111-3

Todos os direitos reservados pela:
EDITORA BERTRAND BRASIL LTDA.
Rua Argentina, 171 – 1º andar – São Cristóvão
20921-380 – Rio de Janeiro – RJ
Tel.: (0xx21) 2585-2070 – Fax: (0xx21) 2585-2087

Não é permitida a reprodução total ou parcial desta obra, por quaisquer meios, sem a prévia autorização por escrito da Editora.

Atendemos pelo Reembolso Postal.

Para Mob

Agradecimentos

Muito obrigado a Shân Millie, Shai Hill, Pari Gray e Martha Lowe pela compreensão e apoio.

Querido Josh,

Quando você ler esta carta, vou estar morto e você vai estar me amaldiçoando por ela ser a única coisa que lhe deixei. Sei que você não espera que eu peça desculpas. Como eu sempre lhe disse: a vida é uma merda e depois a gente morre.

Mas a verdade é que lhe devo uma explicação.

A primeira coisa que você precisa saber é que você não tem nenhum direito ao meu dinheiro. O simples fato de ser meu filho não lhe dá esse direito.

Mais importante do que isso, eu me preocupo que você esteja jogando sua vida fora. Você parece incapaz de se prender a alguma coisa. Não investi todo aquele dinheiro na sua educação só para vê-lo pular de carreira em carreira e passar os intervalos na praia ou em algum planeta imaginário induzido pelas drogas. Ao deixá-lo sem nada, espero lhe dar algo que você nunca teve. Eu estou lhe dando um objetivo preciso na vida.

Para quê, você poderá perguntar.

Na verdade é bem simples. Quero que você escreva um livro... comigo dentro.

Como você sabe, sempre acreditei que a literatura detém a chave da imortalidade. Os personagens dos livros são as únicas pessoas que continuam a viver. Eles se revitalizam a cada leitura. E, de um jeito engraçado, isso faz parte do motivo que me levou a me matar. Espero que minha morte o inspire. Estou me matando para poder viver mais.

Sei o que você está pensando. Se isso significa tanto para mim, por que eu mesmo não escrevo um livro? A resposta é que não tenho tempo. Chegou a minha hora, ou pelo menos é o que me dizem os médicos antienvelhecimento. Eles fizeram a maior cagada e agora estou envelhecendo muito rápido. Tem a ver com a minha terapia de reposição de testosterona — uma overdose — e agora meu corpo está acelerado. A merda na verdade é que eu não acho que me faltem mais de uma ou duas gerações para ter a juventude eterna. Então meu raciocínio é: se eu sou a cobaia para todos os experimentos que vão ajudar você a viver para sempre, o mínimo que você pode fazer é me escrever para a posteridade.

Então o negócio é o seguinte: escreva um livro comigo dentro (você sabe o que eu quero dizer, um personagem significativo, nada de muito importante, só... significativo) e eu lhe darei cinco milhões de libras. Se não fizer isso, não receberá nada. E o livro tem de ser um bestseller (não vou ser muito imortal se ninguém se der ao trabalho de me imaginar). Eu lhe dou cinco anos.

Sei que isso pode parecer mercenário, mas vamos encarar os fatos: eu estou lhe fazendo um favor. Já é hora de você se concentrar e escrever. Sei que, no fundo, é isso que você realmente quer fazer. E pense nisso — você poderia ficar rico. Além dos meus cinco milhões, haverá o dinheiro das vendas. Pouco me importa se, depois disso, você passar o resto da vida coçando o saco.

Boa sorte. Você vai precisar.

Com amor, Papai.

PS: Caso você já não saiba, estou deixando o resto do meu dinheiro para Morag. Sei que isso vai chateá-lo, já que você não gosta muito dela. Mas, para ser bem sincero, ela merece. Afinal, ela me ajudou a ganhar muito desse dinheiro, enquanto você, Josh, nada fez para merecer a sua parte. Não tente contestar o testamento. Eu fiz uma avaliação mental e existe um relatório médico dizendo que disponho de total controle das minhas faculdades. Essa idéia de me matar é apenas uma decisão lógica de pôr fim à minha vida como e quando eu quiser. Você provavelmente nunca saberá isso, mas, quando se está perto, a perspectiva de envelhecer torna-se muito pior do que a idéia de morrer.

PARTE UM

O Green

Não é raro a polícia dar uma dura no Green, o Verde. Tudo faz parte do combinado. Os gêmeos gordos que administram o hotel, ou melhor, o albergue, são ex-policiais. Todo mundo sabe disso. E, caso você não saiba, é provavelmente atrás de você que eles estão.

O Green é basicamente uma caixa de cinco andares: quatro paredes com quatro outras paredes paralelas do lado de dentro. Os quartos são construídos entre o espaço de três metros que as separa. O prédio fica espremido no canto de um pequeno beco sem saída em forma de L próximo ao principal bazar da região. Não há telhado e todos os andares dão para o enorme vão retangular que se abre no centro do prédio. Quando chove, como agora está chovendo nesta pegajosa noite de monção, os quartos mais baixos alagam. Talvez seja por isso que as pessoas chamam esse pátio retangular de *the well* ou "o poço". Mas eu acho que isso é só um eufemismo.

O fato é que o Green parece uma cadeia e o enorme vão no meio é o pátio de atividades. Em vez de janelas, os quartos de todos os andares têm grades de um metro e oitenta de altura para evitar que as pessoas caiam no poço. O único ar e a única luz que entram vêm do telhado aberto no vão.

Admito que tenho achado assustador morar aqui nestes últimos seis meses. As duras sempre me deixam nervoso. Nunca se pode ter certeza de que nenhum *junkie* — e há muitos deles no Green — armou nada para cima de você. E se a polícia decidir revistar o seu quarto, não há nenhuma garantia de que os policiais aceitem *uma cerveja* para deixá-lo em paz.

É claro que quase sempre aceitam — afinal, é esse o objetivo. Os gordos informam seus velhos amigos sobre um hóspede de quem não gostam ou que pareça inexperiente, verde demais para o Green, e, com uma incursão na madruga e mais algumas táticas de intimidação, dividem os lucros.

Essa é a pior coisa nas duras — o fato de acontecerem sempre à noite. Geralmente às duas ou três da manhã, quando o sono é mais profundo e o choque mais forte. Eles sabem que nessa hora os recém-chegados estão nus, aterrorizados e ficam vulneráveis com uma lanterna na cara e o barulho da porta sendo arrombada ainda ecoando em seus ouvidos.

Mas algumas vezes, e por motivos desconhecidos, e isso realmente acontece, eles não aceitam o *agrado*. Não importa que a pessoa tenha ou não haxixe no quarto. Se decidem que você vai dançar, já era: dez anos. Dez anos numa prisão indiana.

E nesse sentido, suponho, o Green é como uma casa de readaptação para presidiários às avessas. Ele parece uma prisão e, para alguns infelizes, é o rito de passagem que conduz à prisão. Todo mundo sempre entra em pânico quando acorda e descobre que há um hóspede a menos, mais um quarto vazio. Nessa hora várias pessoas vão embora.

Eu, eu nunca vou. Para mim, é melhor do que ficar hospedado em qualquer outro lugar no bairro de Pahar Ganj — a primeira parada para todos os durangos que chegam a Nova Déli. Para começar, no Green eu me sinto marginalmente protegido. Sei que um dos gêmeos, Ashok, o dos dentes manchados de tanto mastigar betel e bigode preto sebento, gosta de mim.

Ele é um Space Invader. Sempre que vai haver uma dura, ele me dá um toque antes, apertando o corpo junto ao meu até eu sentir no rosto o calor de seu hálito. Não me importa essa intimidade. Parece um preço pequeno a pagar pela minha segurança. E pelo menos ele é previsível. Não posso ter certeza de que os outros proprietários de hotéis vão me proporcionar a mesma segurança.

Mas o motivo real pelo qual eu fico no Green é porque ele é *o* lugar para se conhecer viajantes. Sua arquitetura em forma de prisão é perfeita para isso. Quase ninguém fica em seus quartinhos abafados durante o dia e os corredores abrigam com freqüência vários níveis de atividade social.

Quando eu digo viajantes, estou falando dos viajantes de verdade, aqueles que venderam seus passaportes e estão na Índia há dez, quinze, vinte anos. A maioria deles já nem é mais viajante. Hoje são apenas criminosos que topam qualquer parada e levam uma vida de merda graças ao tráfico de drogas e a outros negócios escusos.

Também são eles que sabem como encontrar Baba.

Ripongo filhinho de papai

Dizer que fiquei com raiva do meu pai depois de ler sua carta de suicídio, seu testamento, suas últimas vontades — como você queira chamar isso — seria um eufemismo do mais alto grau. Nos meses imediatamente seguintes a seu suicídio, quando as pessoas me perguntavam como eu estava, eu respondia qualquer bosta.

A maioria das pessoas pensava que eu estivesse com raiva porque ele não havia me deixado nenhum dinheiro. Um ou dois dos meus amigos mais chegados, as únicas outras pessoas que leram a carta, pensaram que talvez eu estivesse com raiva porque suas últimas palavras para mim haviam sido tão ríspidas.

Mas a realidade era que eu estava com raiva do meu pai porque, bem, como posso dizer isso? ... Ele não me deixou nenhum dinheiro. Óbvio que era por causa disso.

E quanto ao suposto favor que ele estava me fazendo: concentrar-me em ser escritor? Eu não queria ser escritor. Pelo menos não do jeito que ele dizia. Acho que posso ter mencionado o fato — *uma vez* —, mas disse isso do mesmo jeito que um menino de seis anos diz que quer ser bombeiro quando crescer, e mesmo assim a verdadeira intenção era apenas agradá-lo. Eu sabia o que ele sentia em relação a esse assunto. Suponho que devesse ter tomado mais cuidado.

Meu pai escreveu dois romances antes de abrir mão de seus sonhos para trabalhar com empreendimentos imobiliários. Ele nunca os mostrou para ninguém, então não faço idéia de sobre o que falavam. Tudo que sei é que não passaram pelo teste do "a quem interessa?", então ele os trancou em uma gaveta e nunca mais foram vistos.

Pensei que eu não corresse perigo. Eu deveria ter desconfiado que o meu interesse por suas próprias aspirações juvenis acabaria voltando para me assombrar. Agora eu estava fodido. Na época da morte dele, a única coisa que eu sabia era que não queria ser pobre. Eu acabara de passar os últimos cinco anos, tirando o ocasional interlúdio de trabalho, assumindo muito alegremente o meu lugar como membro à deriva de uma classe média que descia cada vez mais na pirâmide social.

O mais perto que eu chegara de realmente escrever alguma coisa foram alguns poucos artigos para um jornal indiano chamado *Hindu Week*. E isso foi há cinco anos. Perdoe essa iniciativa da minha parte. Foi logo depois da faculdade e eu estava tomado pelo pânico pós-educacional. Todas as outras pessoas pareciam estar correndo de um lado para o outro, encontrando alguma coisa "para fazer da vida", e acho que eu simplesmente não quis ficar de fora — ou para trás.

Mas isso não durou. O único motivo que me fez desistir de trabalhar depois disso foi que papai me ofereceu o equivalente do meu salário sob a forma de mesada. Havíamos combinado isso pela primeira vez quando eu tinha dezesseis anos. Ele quis que eu passasse as férias escolares trabalhando como peão em uma de suas obras para ganhar "experiência". Na verdade, era só para me tirar do seu caminho enquanto ele e Morag se casavam e viajavam em lua-de-mel. Sei que ele me pagava em dobro porque ainda se sentia culpado por mamãe ter ido embora com meu irmão e minha irmã, para "começar sua própria família", como ela dizia. E eu teria ido com ela caso soubesse que Morag iria ficar por perto. Papai teve que me subornar para escapar de uma traição desse porte. Ele me havia jurado que jamais ficaria com ela.

O que explica em parte por que fiquei especialmente com raiva dele depois de receber sua carta. Aquilo era pura e simplesmente um abandono. Nosso acordo que já durava tanto tempo chegou abruptamente ao fim. A última coisa de que eu precisa era "me concentrar". Eu já estava ocupado demais: viajando, me drogando, deixando crescer meus cabelos.

É claro que pus a culpa em Morag. Por tudo. Pela morte dele, na medida em que a juventude dela fazia meu pai se sentir mais velho do que na verdade era. Papai tinha apenas sessenta e quatro anos quando se matou, e provavelmente poderia ter vivido pelo menos mais vinte — não houvesse embarcado em toda aquela loucura antienvelhecimento. Mas, afinal, quem quer viver para sempre? O simples fato de estar com ela o fazia querer ter trinta anos de novo. E ela na verdade não se esforçou muito para deter suas tentativas de rejuvenescimento.

Além disso, é claro, havia o fato de ele ter deixado tudo — incluindo três casas, seis carros, um iate, duas lanchas e um pequeno avião (assim como meus cinco milhões caso eu não conseguisse cumprir seu último desejo dentro de cinco anos) — para ela.

No final, porém, não perdi meu tempo contestando o testamento, embora um advogado que consultei tenha dito que eu tinha uma boa chance de ganhar caso o fizesse. Acho que não pude suportar passar por todos os procedimentos legais, especialmente já que isso provavelmente teria significado ainda mais atenção da mídia.

Os jornais não se fartavam do suicídio do meu pai. E, tenho de admitir, não posso realmente culpá-los por isso. Dentre todos os escândalos dos anos 90 ligados ao Viagra — de paradas cardíacas a processos judiciais —, a morte do meu pai foi o mais sensacional. Por que ele não pôde simplesmente se jogar no Mediterrâneo ao volante do seu Mercedes série 6 sem tirar a roupa toda e sem a overdose, ultrapassa o meu entendimento. A maioria dos jornais teve a consideração de cobrir sua ereção com uma daquelas estrelas pretas, mas um ou dois não tiveram a mesma sensibilidade.

Decidi que minha vida já havia se transformado em algo saído direto de um episódio de *Dinastia* sem o efeito dramático adicional de uma batalha legal em torno de seu testamento. Eu só queria que aquilo tudo terminasse. Além disso, na verdade ele não havia deixado muita escolha. Assim, de acordo com seus desejos, comecei a escrever o Bestseller.

E que piada isso se revelou. Antes de começar, fiz algumas pesquisas para saber quais as minhas chances de sucesso, apenas para descobrir que mais de cinco mil livros são publicados a cada mês e, destes, só dez por ano tornam-se grandes sucessos.

Havia outros problemas também. Tais como... eu não conseguia inventar uma história decente. Pensei em escrever alguma coisa sobre papai e o *boom* do Viagra, ou sobre como meu pai havia feito sua fortuna, ou talvez sobre sua queda por atividades de alto risco ao ar livre, mas não conseguia imaginar nenhuma dessas idéias vendendo que nem água. Cheguei a cogitar a idéia de comprar meio milhão de exemplares adiantados, mas mesmo com os cinco milhões o resultado não parecia dos melhores. E, conhecendo papai, de todo modo teria havido alguma cláusula em seu contrato contra esse tipo de coisa.

Assim, depois de seis meses de suposta redação que na verdade foram passados trabalhando em um bar gay, finalmente engoli meu orgulho e fui procurar Morag-querido-amor-que-bom-ver-você para pedir dinheiro. Eu deveria ter sido mais esperto. Ela disse que, em vez disso, me ajudaria a arrumar um emprego.

Uma hóspede não convidada

É uma noite de calor insuportável, beirando os 50 graus. Os ventiladores eram desligados a noite toda, como sempre acontecia no início das chuvas, e não estou realmente dormindo. Estou só deitado na cama, com gotas de suor brotando dos poros — transformando minha pele em plástico bolha.

Ouço uma batida na minha porta.

— Quem é? — Posso ouvir passos no poço. — Quem é? — Um pouco mais alto. Sou respondido por outra batida rápida, impaciente. Enrolo um *lunghi* em volta da cintura e aperto o olho no vão entre as duas metades da porta dupla. Posso ouvir alguém respirando, mas a pessoa está fora uns três centímetros do meu raio de visão. Abro a porta.

Vejo as lanternas primeiro. Meu quarto fica no quinto andar e posso vê-las se balançando para cima e para baixo no poço, rasgando a noite e imobilizando a chuva em quadros cilíndricos. Ashok não me disse que haveria dura esta noite.

Então ela simplesmente força a passagem por mim e entra no meu quarto.

— Por favor, você tem de me ajudar. — Sua voz soa européia, mas há nela vestígios de um sotaque americano. Ela está ofegante, provavelmente por ter subido as escadas correndo.

Acendo a luz antes dela subitamente se atirar para a frente e tornar a apagá-la. Podem me chamar de otário, mas, naquele único e breve instante estroboscópico, decido que não vou mandá-la embora. Um instante basta. Um instante e o seu cheiro.

— Por favor, deixe as luzes apagadas — sussurra ela, desesperada.

— O que você quer?
— Deixe-me ficar aqui um pouco.
— Por quê?
— Polícia.
— O que tem a polícia?
— Eles estão interrogando meu namorado.

Durante algum tempo, fico só ouvindo sua respiração no escuro. Seu ritmo agora está desacelerando gradualmente.

— Para quê?
— Não sei — diz ela impaciente, quase zangada.
— Se você quiser que eu ajude...
— Sério, eu não sei. Tudo que sei é que fui ao banheiro e, quando voltei, eles estavam no nosso quarto, revistando-o. Foi quando corri para cá. A sua porta foi a primeira que encontrei.
— Eles vão achar alguma coisa?
— Temos um pouco de *charas* (haxixe do Himalaia), um pedacinho, e dois *chillums* (*bong, pipe*), só isso.
— É o bastante.
— O que eles vão fazer? — pergunta ela.
— Sei lá. Tenho certeza de que vai ficar tudo bem. Seu namorado só vai ter de pagar *uma cerveja*, e eles vão deixá-lo em paz. Daqui a meia hora já vão ter ido embora.
— Você se incomoda se eu ficar aqui?

Faço uma pausa para rever a situação.

— Não, acho que não.
— Obrigada.

Sou naturalmente desastrado. Não só desastrado do tipo "ele vai derrubar o copo", mas desastrado em todos os sentidos. Fisicamente falando, sou comprido e desajeitado. Tenho um metro e oitenta e oito e ando curvado. As pessoas pensam que tenho no máximo um e oitenta. Meus amigos me chamam de "Sem Pescoço". Também tenho péssima coordenação motora. Pareço atolado e esquisito. Meus movimentos são bruscos. Minhas mãos e meus pés são grandes demais para mim. Na verdade, ponho a culpa nos meus pés. Eles foram as primeiras coisas que começaram a crescer sob o efeito dos hormônios. Hoje calço o mesmo número que calçava aos doze anos. Eu media um metro e cinqüenta e sete e calçava 46. Meus pés também são muito chatos. Chatos demais, na verdade — sem arco nenhum. Meus pés me faziam ser péssimo em esportes. Os outros riam de mim. Isso me deixava nervoso. Desde então sou destrambelhado. Sou um sem noção. Estrago tudo. Sempre consigo fazer exatamente o movimento errado exatamente na hora errada. De que outro modo eu poderia explicar isso? Sou atolado como o Homer Simpson.

Essa é a única explicação que consigo encontrar para ter decidido dar uma olhada rápida lá fora para ver o que está acontecendo. Uma lanterna me ilumina em cheio no rosto. Salto de seu raio de luz abruptamente e torno a pôr a cabeça atrás das portas, mas sei que é tarde demais.

— Putz.

— O que houve? — pergunta a garota, nervosa.

— Acho que é melhor você se esconder — digo, mordendo o lábio.

Ouvimos os passos ruidosos percorrendo o corredor e depois subindo as escadas. Pelas minhas contas, ainda temos dois andares para fazer alguma coisa. Corro os olhos pelo quarto. O único lugar decente para se esconder é o banheiro contíguo, basicamente composto por um chuveiro e pelo buraco no chão que serve de privada, separados por uma pesada porta de metal coberta de ferrugem. Ela sugere esconder-se debaixo da cama.

Curriculum Vitae

Nome: Joshua King
Nascimento: 16 de junho de 1972
Endereço residencial: a/c Sra. M. King, 19 Campden Hill Gardens, Londres, W11
Nacionalidade: Britânica
Estado civil: Solteiro
Línguas: Inglês, Francês (básico)
Carteira de motorista: Zero ponto

INSTRUÇÃO

1992 – 1993: Faculdade de Secretariado de St Christopher, Oxford
Processamento de texto avançado

Setembro 1991 – Dezembro 1991: Fundação de Artes, St Martin's College, Londres

1988 – 1990: Escola Secundária Lensfield, Cambridge
2 "A" *levels*: Inglês, Artes

1985 – 1988: Colégio Westminster
9 "O" *levels*

1979 – 1985: Escola Preparatória Essex House, Londres

EXPERIÊNCIA PROFISSIONAL

Agosto 1998 – até o presente: Gerente associado, The Gardens, Londres

Agosto 1997 – Julho 1998: Gerente, Antiques Anonymous, Portobello Road

Outubro 1994 – Junho 1995: Correspondente, *Hindu Week*, Déli, Índia

Junho 1988 – Setembro 1988: Peão de obra

Setembro 1987 – Junho 1988: Editor do jornal do colégio

ÁREAS DE INTERESSE

Viagem, música, leitura, meditação, cinema, artes, teatro, futebol e boxe (como espectador)

REFERÊNCIAS

Fornecidas se necessário

A entrevista

— Você é casado?
— Não.
— Estaria disposto a enfrentar situações perigosas?

A redação lá fora zumbia. Eu havia passado o dia inteiro no escritório, fazendo uma visita guiada e apertando a mão de todos os chefões, Ian McLeod e Harold Bridge eram chefões. E ali estavam eles, perguntando-me se eu estaria disposto a enfrentar situações perigosas. A entrevista estava indo bem, pensei.

— Claro que sim.

Morag achava que o jornalismo *era* um lugar tão bom quanto outro qualquer para eu começar. Afinal, havia minha "experiência" no *Hindu Week* que, segundo ela, "com certeza ajudaria" e, para mim, bem, aquilo parecia uma progressão lógica. Um monte de candidatos a escritores não acabava se tornando jornalistas? Pelo que eu sabia, aquela poderia ser a solução do meu dilema de falta de material. Eu poderia acabar escrevendo um *thriller* político com papai como o heróico presidente.

— Isso é ótimo, Joshua. Ficamos contentes por você ter vindo nos visitar hoje. Há alguma pergunta que queira nos fazer?

Minha cabeça estava a mil. Eu sabia que precisava lhes perguntar alguma coisa, mas gastara tanta energia certificando-me de ter respostas para as perguntas deles que inventar uma pergunta própria me parecia impossível.

— Ah. Sim. Eu só gostaria de saber o que a Reuters acha de mim.

Olhando para trás agora, é fácil ver como essa pergunta foi tola. Algumas vezes eu me pergunto se as coisas poderiam ter sido diferentes caso eu houvesse perguntado alguma outra coisa. "Como o senhor se tornou tão bem-sucedido, sr. McLeod?" Ou "Qual o segredo de seu incrível talento, sr. Bridge?" Pode atribuir isso ao meu lado desajeitado. De todas as perguntas que eu poderia ter feito, esta estava entre as mais estúpidas de todas.

— Nada de mais. — Era McLeod falando. Ele era um homem baixo com sotaque de Edimburgo. Tinha dedos gordos e cabelos cor de laranja que estavam ficando ralos, e só parecia ganhar vida quando estava insultando alguém. Sequer consigo me lembrar direito do que ele disse. Tudo se transformou em um grande borrão cor de laranja. — Está achando que pode entrar aqui... porras de alunos de internatos com seus papais ricos e seus sotaques elegantes... putos presunçosos... Mamãe conhece alguém, é? Bom, tô cagando...

Depois de algum tempo, Bridge interveio. McLeod estava perdendo o fio da meada.

— Olhe, Joshua, o fato é que você não tem nada a nos oferecer. — As palavras de Bridge eram mais difíceis de engolir e foram mais difíceis de esquecer. Ao contrário de McLeod, Bridge era alto e enérgico, e vestia calças de lona e uma camisa verde quadriculada. E, quando falava, fazia-o de forma quase simpática, arqueando as sobrancelhas de modo compreensivo e inclinando a cabeça de leve para enfatizar cada insulto com uma preocupação atenciosa. Era uma combinação implacável, e eu quase desmoronei na frente dele. Ele conseguiu me fazer morrer de pena de mim mesmo. — Você não fala nenhuma língua...

— Falo sim — balbuciei.

— Qual? — perguntou ele, pegando meu CV e olhando para ele com os olhos apertados através de óculos de leitura. — Francês?

— Ahn, é.

— Então vamos lá.

— Vamos lá o quê?

— *Parlez-moi en français.*

— Não consigo pensar em nada para dizer.

— Ah, que porra... — Era McLeod de novo.

Bridge levantou a mão para detê-lo.

— Olhe, Joshua. Ouça o meu conselho. Tente encontrar alguma coisa que queira fazer. Não ligamos para quem a sua mãe...

— Madrasta.

— ... para quem a sua madrasta conhece. Nunca daremos um emprego a alguém como você. Existem pessoas que deram duro a vida toda para chegar aonde estão nesta empresa. Não sei o que você acha que andou fazendo com a sua vida até agora, mas fazer um curso de datilografia e escrever uma ou duas matérias para um jornal indiano não fazem de você um jornalista. E se eu fosse você, da próxima vez que fosse fazer uma entrevista, tentaria pensar em algum jeito de justificar esses imensos buracos em sua vida. Só para saber, o que você estava fazendo exatamente entre 1995 e 1997?

— Viajando.

McLeod e Bridge se entreolharam. McLeod me esculachou um pouco mais, Bridge voltou a intervir com seu discurso de bom moço antes de eu finalmente achar que já chegava.

— Tudo bem, senhores — disse eu enfim, certificando-me de olhá-los nos olhos. — Entendi o recado. Posso achar a saída sozinho. — E achei. Parecia estranho que dois homens no topo de sua profissão decidissem dedicar tanta energia a me demolir. Se a vida de escritório fazia isso com uma pessoa, então eu não queria nada com ela, pensei comigo mesmo enquanto devolvia meu crachá de visitante para o segurança na entrada principal. Pelo menos foi esse o consolo que inventei para evitar o desespero. É nisso que dá contar com o nepotismo.

Medo do palco

— Abra!
— Quem é?
— Polícia! Abra!
— Esperem um instante.

Não passei o trinco na porta, de modo que quando eles a abrem com um chute as duas metades simplesmente batem na parede e tornam a se fechar lindamente. Há uma curta pausa, como se eles estivessem tentando decidir se isso é algum truque astucioso da minha parte, antes de entrar realmente no quarto. Estou sentado na beira da minha cama.

— Levanta — diz o policial, jogando a luz da lanterna na minha cara. Viro-me e estendo a mão até o interruptor de luz ao meu lado. O facho da lanterna se dilui. Mesmo assim, ele continua com ela apontada para mim. Está usando uma boina marrom e uma camisa tipo explorador africano com uma etiqueta branca de plástico com seu nome no bolso do peito. O nome está escrito em sânscrito, de modo que não consigo lê-lo. Ele também carrega uma vara de bambu que bate na sua cintura e que provavelmente é usada para bater nas pessoas. Fora o bigode, não está usando nenhum outro tipo de uniforme. Outro policial entra atrás dele. Eles parecem idênticos. Eu me levanto.

— Passaporte.
— Sim, senhor. — Ponho a mão debaixo do travesseiro em busca da pochete-esconderijo onde guardo meu dinheiro e entrego-lhe o passaporte.
— Britânico? — diz ele, folheando as páginas.
— Sim.

Ele põe o passaporte no bolso e começa a olhar em volta do quarto antes de dizer:

— Por favor, espere lá fora.

— Por quê?

— Por favor, lá fora. Vamos revistar o quarto.

— Mas eu não fiz nada de errado.

— Por favor, lá fora.

Durante alguns segundos, eu simplesmente fico ali parado. Então sinto vontade de ir ao banheiro.

— O senhor se importa se eu for ao banheiro antes?

O policial olha para mim.

— Vá.

Posso sentir a garota presa atrás da porta de metal enferrujada quando me esgueiro para dentro do banheiro. Tomo cuidado para não deixar aparecer a sombra de seus pés. Quando fecho a porta, ela continua espremida contra a parede. Olha para mim como se perguntasse que diabos eu penso estar fazendo. Posso ver que ela está se esforçando muito para controlar a própria respiração. A situação subitamente parece ter ficado séria demais. Não sei do que essa garota está fugindo, mas tenho certeza de que, se o policial a encontrar, estamos ambos perdidos.

Viro-me de costas e me endireito acima do buraco no chão, mas não consigo fazer nada. Posso sentir seu olhar fixo na minha nuca. Tento relaxar, mas quando, trinta segundos depois, nada acontece ainda, começo a ficar desesperado. Uma onda de calor me submerge à medida que o pânico se instala. Começo a fazer força, suplicando à minha bexiga que funcione, mas se isso tem algum efeito é justamente o oposto.

O policial esmurra a porta com o punho.

— O que está acontecendo?

Viro-me para olhar para a garota. Seu rosto está fazendo a mesma pergunta.

— Ah, só mais um minuto.

Posso ouvi-los revistando meu quarto. O banheiro começa a encolher e posso sentir minha cabeça ficando leve. Preciso sair, o calor da noite está insuportável. Dou uma última olhada desesperada para ver se há algum jeito de fugir, muito embora saiba que não há. Destranco a porta e cambaleio de volta para dentro do quarto suando. Lembro-me de que não dei a descarga.

O policial não parece ligar. Ele me agarra pelo braço e me conduz até o corredor lá fora. Assim que ele me toca, minha bexiga se solta e posso sentir urina quente escorrer pela parte de dentro das minhas pernas. Não sei como, mas consigo não me soltar completamente.

Sei que eles não vão demorar para encontrar a pedra de haxixe que enfiei apressadamente no pequeno buraco acima da porta. Não sei por que simplesmente não a joguei na privada. Pânico, suponho. Eu estava ocupado demais tentando decidir onde esconder a garota. Pergunto-me se eles vão encontrá-la antes de encontrarem a droga. Considero por um instante a possibilidade de sair correndo, mas então me lembro que eles estão com meu passaporte. Preciso pensar em alguma coisa depressa, mas na minha cabeça ouço apenas o som do meu coração batendo apressado.

Chego tarde demais. Os policiais saem do meu quarto com uma expressão triunfante mas séria, o calado segurando o haxixe entre o polegar e o indicador.

— O senhor está preso, sr. King — diz o outro. — Conhece a pena indiana para drogas? — Ele não espera para ver se eu respondo. — É muito séria. Dez anos de cadeia.

Um amigo meu, Chris, que costumava traficar para sustentar o desemprego, disse-me certa vez que o verdadeiro perigo não produz medo, produz temeridade. Pelo menos essa é a única explicação que tenho para o fato de ter conseguido sussurrar:

— Os senhores sabem quem eu sou? — Ele me ignora. Agarro seu braço. — Perguntei se os senhores sabem quem eu sou?

O policial demora um instante para reagir.

— O quê?

— Fale baixo — digo, irritado. Espero um segundo, depois indico que deveríamos conversar dentro do meu quarto. Fecho as portas atrás de mim. — Ashok lhes disse quem eu sou? — Eles só continuam a me olhar. — Eu trabalho para Shiva Reddy, editor do *Hindu Week*. — O policial que está segurando o haxixe franze o cenho e deixa a "Prova A" cair ao lado do corpo dentro do punho fechado. — Isso mesmo, estou trabalhando disfarçado. E os senhores acabam de estragar tudo. — Eles não parecem muito convencidos. Decido continuar falando. Levo o punho cerrado ao queixo como se estivesse pensando profunda e ansiosamente. — Caso os senhores me prendam, estamos todos perdidos. A operação vai terminar e terei que explicar por quê. Shiva gastou muito dinheiro armando isto. Estamos bem pertinho — levanto os dedos mostrando um espaço de poucos centímetros para dar maior ênfase — de estourar uma das maiores operações de tráfico de drogas de Déli. — Faço uma pausa para aumentar o efeito. — Os senhores sabem que ele é amigo do Krishna, o delegado de polícia, não sabem? Poderíamos todos perder o emprego por causa disso.

— O senhor é jornalista? — pergunta, incrédulo, aquele que dá as ordens.

— Sou, Ashok não lhes contou? Olhem, aqui está meu cartão. — Vasculho dentro de uma das gavetas da minha mesinha-de-cabeceira e tiro de lá um cartão de visitas com *Hindu Week* gravado em letras pretas de serigrafia na parte de cima.

Qualquer pessoa poderia mandar fazer um cartão de visitas como esse na loja de cópias xerox de Connaught Place, mas eles se mostram adequadamente impressionados. O fato é que o cartão é apenas uma cópia do que eu tinha na época em que trabalhava no jornal muitos anos atrás. Mandei fazer uma nova leva mais de brincadeira do que por qualquer outro motivo.

O policial começa a folhear meu passaporte. Antes de ele ter a oportunidade de encontrar o visto de turista válido, indico-lhe a página onde está meu antigo visto de trabalho. Ele fica tão embasbacado com o selo vermelho onde se lê "PROFISSÃO: Jornalista" que não percebe que sua validade expirou.

— Precisamos pensar em um jeito de fazer isto parecer normal — digo, mantendo a iniciativa. Dou tapinhas no meu próprio rosto com uma palma nervosa. — O que faremos, o que faremos? — balbucio. — Isso! — exclamo de repente, estalando os dedos e olhando para eles. — Se alguém lhes perguntar, digam-lhes que eu os subornei. Assim meu disfarce será ainda mais convincente para todos os traficantes deste hotel e os senhores conservarão seus empregos.

— Não podemos fazer isso — responde o líder.

— Por que não?

— Recebemos ordem de efetuar prisões, estamos abaixo da cota para este mês.

— Bom, prendam outra pessoa — exclamo. — E de preferência não aqui. Agora devolva-me o meu passaporte e vão embora antes de estragarem tudo.

Eles me olham. Está tarde e eles querem ir para casa. Seria mais fácil me prender do que encontrar outro hotel e outro suspeito. Mesmo que forjem um flagrante em alguém, isso levará pelo menos mais uma hora. A essa altura o dia já estará nascendo.

Mas a verdade é que causei problemas demais. O líder põe meu cartão de visitas no bolso, devolve-me o meu passaporte e diz:

— Não encontramos nada neste quarto. Desculpe-nos o transtorno.

De maneira ainda mais inacreditável, o calado me devolve meu haxixe. Nós nos apertamos as mãos.

Enquanto os ouço descer as escadas, tiro um cigarro do maço e acendo um Jays. O gosto é amargo e o tabaco está seco. Depois de quatro tragadas, já cheguei ao filtro. Esses cigarros estão sempre velhos. Prometo a mim mesmo que vou gastar dinheiro em um maço de Chesterton ou Marlboro pela manhã. Uma onda de náusea surge no fundo da minha garganta. Quando tenho certeza de que já foram embora, anuncio:

— Tá limpo, você já pode sair.

Tudo é possível

Dizer que eu não possuía absolutamente nenhum potencial para me tornar escritor não seria verdade, estritamente falando. Eu estava sempre inventando coisas e contando histórias. Nunca cheguei realmente a *escrever* alguma coisa, mas ainda assim o potencial existia.

Invariavelmente, minhas histórias eram simples versões exageradas da verdade. O mais típico era começar com alguma experiência estranha que valesse a pena contar de novo. Então, devagar, como incrementos, eu acrescentava pedacinhos aqui e ali — para efeito dramático, entende?

Isso parecia razoável... no início. Até onde eu podia perceber, qualquer experiência *verdadeira* — por mais chocante, assustadora, engraçada ou humilhante que fosse — sempre se perdia no relato. Todos os grandes autores reclamam da falta de adequação da linguagem como meio de relatar uma experiência. Minha solução para esse enigma foi simplesmente tornar os instantes ousados ainda mais radicais, a dor dez vezes mais intensa, a farsa um tantinho mais ridícula. No que me dizia respeito, eu estava simplesmente recriando a *experiência* que vivera em benefício do meu ouvinte. Se os fatos precisavam ser, bem, ligeiramente reajustados, então que assim fosse. Tudo era relativo, afinal.

E eu não fazia só reinventar os acontecimentos. De vez em quando, talvez mais do que de vez em quando, eu tinha tendência a reinventar também a mim mesmo, sabe, em termos do papel que eu poderia representar. Talvez devesse simplesmente confessar: eu tinha um complexo de herói.

Sei que isso soa estúpido, mas eu adorava a idéia de ser um cara legal, alguém que salvava o dia, alguém que era — e não existe jeito melhor de dizer isso — *diferente*. Não sei por quê. Acho que me sentia apenas... psicologicamente forçado a ser.

O psicanalista de Morag, com quem ela me subornou para eu me consultar nas semanas seguintes à morte de papai, disse-me que eu sofria de baixa auto-estima. Ele disse que era comum para pessoas que se valorizavam pouco ter fantasias, fingir que poderiam ser algo mais do que realmente eram. Pude ver algo de verdade no que ele disse — afinal, era verdade que eu não tinha uma opinião muito boa sobre meu eu da vida real.

Mas acho que o problema era anterior à minha formação psicológica.

Acho que era genético, algo que herdei do meu pai. A verdade era que papai e eu éramos muito parecidos sob vários aspectos. Ele queria viver para sempre porque queria que sua vida significasse alguma coisa. Considerava-se diferente, especial. E eu também me considerava assim. Eu não queria viver para sempre (mesmo que isso se tornasse possível um dia), mas certamente pensava que minha vida poderia significar mais do que significava, que ela poderia vir a ser algo espetacular.

O fato de durante a vida toda eu só ter tirado notas médias, ter sido mediano (medíocre, na verdade) em esportes, ter sido querido medianamente, ter tido um sucesso mediano com as mulheres — o fato de ser mediano em praticamente qualquer coisa em que me envolvesse não abalava essa convicção dentro de mim. Se isso tinha algum efeito, era apenas torná-la pior.

Eu literalmente me via como o herói de um daqueles filmes frustrantes onde *só ele* conhece a Verdade e ninguém mais acredita nele. Ainda assim, era apenas uma questão de tempo. Assim como para o herói do filme, o meu dia chegaria. Eu seria vingado. Em breve, todo mundo iria perceber o quanto eu realmente era especial.

Nesse meio-tempo, é claro, isso queria dizer que eu passava boa parte da minha vida me decepcionando.

E isso talvez seja parte do motivo que me fez continuar a criar esse universo paralelo, essa terra de fantasia, esse *outro lugar*, onde tudo que acontecia era superemocionante e impressionante e trágico e cômico e veloz e fantástico e onde, obviamente, eu era o personagem principal. O único que dava sentido *àquele* universo, o único que mantinha a ordem, o único que combatia o mal e que reparava os erros — em outras palavras, o *herói*.

O fato de, além disso, eu ter começado a tomar grandes quantidades de drogas recreativas também não ajudou muito.

Isso faz parte do motivo que me fez decidir dar outra chance ao jornalismo, mesmo depois da derrocada sofrida na Reuters. Eu precisava desesperadamente de um pouco de realidade. Se ia escrever um livro, precisaria de alguma prática da Verdade — ou pelo menos de como contá-la. Precisava sair da minha terra de fantasia e entrar no mundo real. Se ao menos eu conseguisse entrar nos eixos de novo, se ao menos conseguisse injetar uma pequena dose de exatidão na minha percepção da realidade, nesse caso, atrevo-me a dizer, as possibilidades eram inimagináveis.

Além disso, é claro, havia a *informação* que eu reunira sobre Baba.

O que, em suma, tornava o *Hindu Week* o lugar perfeito para o qual voltar. Mais importante ainda, lá era o único lugar onde eu conseguia pensar que poderia arrumar um emprego. Mas havia também outra consideração, mais lá no fundo da minha mente. Se, e esse "se" era bem grande nesse estágio, eu fosse conseguir a credibilidade necessária para escrever um romance, então me parecia que a Índia seria o cenário perfeito.

A Índia não apenas é um solo fértil para histórias de todo tipo, mas é também um lugar tão radical e ridículo que quase qualquer coisa que eu escrevesse poderia provavelmente passar por verossímil. Eu não precisaria me preocupar *demais* com passar dos limites. Qualquer coisa dúbia que eu porventura mencionasse sobre a vida na Índia provavelmente seria aceito. A Índia parecia ser o perfeito meio-termo entre a minha terra de fantasia e o mundo real.

Raciocinei que, se as coisas fugissem demais ao controle, bem, os leitores as aceitariam como o provérbio indiano (imagem: alegres meneios de cabeça e rostos sorridentes): *Tudo é possível, tudo é possível*. Porque na Índia, assim como na minha mente, praticamente tudo é possível, até mesmo, e sobretudo, quando está absolutamente claro que não é possível, não é possível de jeito nenhum.

Yasmin

Acho que é o seu porte físico que a diferencia dos outros.
Ela é *mignon*, mas caminha ereta, com a cabeça erguida, virando-se entre os buracos que se abrem na multidão como se estivesse à procura de algo mais importante do que um restaurante ou um riquixá. De alguma maneira, ela consegue deslizar pela confusão ilesa: os mendigos decidem não importuná-la, os vendedores ambulantes perturbam a pessoa ao lado, o fluxo de pessoas se divide bem a tempo de abrir caminho para o seu andar gracioso.

Talvez seja sua beleza sexy, o ar confiante que ela carrega ao redor de si como um campo de força, fazendo as coisas, as pessoas, o tráfego e os acontecimentos se afastarem respeitosamente porque, bom, uma garota como ela... não precisa passar por isso. Ela merece coisa melhor e consegue — só por causa de sua aparência. Imagino que amigas invejosas possam chamá-la de arrogante... ou coisa pior.

Ela tem cabelos cor de avelã no sentido mais verdadeiro da palavra — há vários tons de castanho neles, com fios ruivos e quase alourados também —, amarrados bem apertado e bem alto, enrolados em volta de si mesmos formando um redemoinho grosso e lustroso na parte de trás de sua cabeça.

Ela tem peitos. Eles incham e depois se curvam como duas ondas quebrando em seu tórax e morrendo na esguia praia de uma barriga que ondula mais abaixo, nua e exposta pela brilhante blusa colorida de *patchwork* cortada curta na altura das costelas. Óculos espelhados envolvem seus olhos, e a luz do sol se reflete nos pequenos espelhos costurados na minissaia que ela veste. É quase como se ela quisesse que as pessoas se vissem nela.

Vejo-a sentar-se na parte externa de um dos cafés que se espalham pela rua. Um cartaz anunciando telefonemas internacionais estampa STD em letras grandes acima de sua cabeça. Decido comer no restaurante do outro lado da rua, em parte porque lá é servido o melhor café da manhã e em parte porque quero observá-la mais um pouco.

Enquanto peço minha torrada e meu café com leite (que é exatamente isso, café com leite, sem água), vejo-a de relance em meio ao caos da rua que nos separa...

... Um motorista de riquixá, com o corpo inteiramente curvado sobre o guidão de sua bicicleta, arrasta um cliente para seu destino. O sol se prende aos restos de um reflexo nas pontas de seus cabelos escuros. Uma vaca com ar de iluminada perambula devagar em direção a alguma vegetação apodrecida na sarjeta e se abaixa para mascá-la. Ela põe um cigarro entre os lábios rosados como pêssego e traga nervosa. Uma vespa azul Bajaj usada como veículo para uma família inteira engasga, balança e prossegue sua viagem precária rua abaixo. Ela coça a sobrancelha grossa com um dedo esguio. Um homem de cabelos grisalhos e roupas sujas, largas, corre pela rua gritando com a vaca, que agora descobriu o caminho para a carroça de frutas. Ela está olhando diretamente para mim, empurrando de novo para o lugar os óculos que escorregaram pelo seu nariz...

Fico surpreso. Ela não acena nem me cumprimenta. Fica só olhando para mim, um olhar intenso, quase acusador. Uma onda de calor se espalha pelo meu corpo. Tenho a sensação de ter sido flagrado fazendo alguma coisa errada, de ter sido flagrado espionando-a. Depois do que parece um tempo agonizante de tão longo, ela torna a se virar para falar com um dos garçons adolescentes. Demoro alguns minutos antes de reunir coragem suficiente para atravessar a rua.

— Você se incomoda se eu me sentar com você? — consigo dizer, casual. Ela me lança um rápido olhar cor de esmeralda e, movendo sua cadeira de metal para um dos lados da mesa, indica um lugar para eu me sentar. — Como vai? — pergunto, já sabendo que ocupei espaço demais nessa não-conversa, que há palavras demais atribuídas a mim.

— James foi preso — solta ela, sem olhar para mim. Se ela está tentando me surpreender, funciona.

— O quê? — digo, querendo dizer algo como "Quem?", mas então, quando concluo depressa que James deve ser o namorado a quem ela se referiu na noite passada, percebo que "O quê?" é a pergunta adequada no fim das contas. Fico genuinamente assombrado com o fato de a polícia ter tornado a descer as escadas para prendê-lo depois da minha pequena distração.

— Ontem à noite.

— Como? Não estou entendendo.

— Quando voltei para o quarto ele não estava mais lá.

— É mesmo? Mas eu tinha certeza de que, depois de irem ao meu quarto, eles haviam ido embora do hotel.

Ela abaixa os óculos escuros para esconder o brilho úmido em seus olhos.

— Acabo de vê-lo. Fui à polícia. Ele está na cadeia. — Parece que ela está de algum modo culpando a mim, como se quem devesse ter sido preso fosse eu, não James. Ignoro esse pensamento. Ele não faz nenhum sentido.

— Só por causa de um pedacinho de haxixe? — pergunto.

Ela aquiesce e funga.

— É.

— Que péssimo. — Sei que é um comentário estúpido e ela não diz nada. Tento pensar em alguma outra coisa, algo para tranqüilizá-la. — Olha, tenho certeza de que vai ficar tudo bem. Eles já o acusaram?

— Já. Ele vai a julgamento semana que vem.

— Meu Deus, eles não estão de brincadeira. — Há outra pausa incômoda. — Você foi à embaixada?

— Vou hoje à tarde.

— Quer que eu vá com você? — E essa é a gota d'água, a última pergunta gentil que ela consegue suportar. Duas lágrimas correm até a extremidade de seu rosto por baixo dos óculos. Ela as enxuga antes sequer de chegarem na metade do caminho até a linha de chegada. Vê-la chorar me deixa um pouco chocado. Estou tomando consciência da realidade da situação. Enquanto estou ficando animado com minha vida assustadora, essa garota está sofrendo. Sinto uma tristeza genuína por ela. Mas em parte porque percebo que ela odiaria que eu sentisse pena. Vê-la descer a rua como ela acabara de fazer — nunca se poderia adivinhar que algo tão terrível acaba de acontecer em sua vida. Ela parecia tão segura, tão forte, tão bonita, tão intocável.

Mas, agora, vê-la desabar assim, tão de repente, de forma tão inesperada, e no entanto tão compreensível, a faz parecer particularmente vulnerável. Mais vulnerável do que a maioria. Para minha própria surpresa, afago suas costas suavemente. Se eu houvesse mesmo pensado em fazer isso, jamais teria me atrevido. Simplesmente acontece. Parece que há uma súbita intimidade entre nós, uma cumplicidade privilegiada que vem... não sei de onde. Talvez de uma bizarra experiência mútua como a que compartilhamos na noite passada. Quer dizer, essa garota me viu tentando fazer xixi, e nem sequer sei o seu nome.

— Vai ficar tudo bem — digo. — Não se preocupe, vai ficar tudo bem.

Passamos os minutos seguintes assim. Deleito-me com a sensação daquele instante. Como se eu estivesse abrindo caminho até ela. Continuo a afagar suas costas. Um gesto suave, firme, com a palma da mão, não com os dedos. Não a estou acariciando. Eu a estou amparando. Posso me sentir passando por cima de toda a sua dureza, superando sua atitude orgulhosa, quebrando as barreiras defensivas, porque eu a conheço, ela está me deixando conhecê-la, e agora precisa de mim... como amigo.

Depois de algum tempo, com um pequeno arrepio infantil que assinala o fim do choro, ela diz:

— Obrigada, ahn...

— Josh — digo rapidamente, pegando sua pergunta no meio. Tudo faz parte do papel de amparador que acabo de assumir. Eu tenho as respostas. Sou a única pessoa aqui capaz de fazê-la se sentir melhor.

— Obrigada, Josh. Por tudo.

Não há de que, penso comigo mesmo, tentando não levantar os olhos para o cara que está nos olhando da mesa do bar ao lado e perguntando-me por um instante o que ela quer dizer com "tudo", antes de ser seduzido pela idéia mais agradável de que o cara do bar ao lado possa estar pensando que essa garota e eu somos um casal. Talvez ele pense que eu esteja dando o fora nela. Talvez pense que é por isso que ela está chorando. Isso sem dúvida daria uma bela imagem de mim mesmo — partir o coração *dessa* garota.

— Qual é o seu nome? — pergunto, jogando fora a fantasia. É justamente esse o tipo de viagem mental que me causa problemas. Lembro a mim mesmo que se trata na realidade de uma situação bastante séria.

— Yasmin. — Sua voz soa rouca quando ela pronuncia o próprio nome, sexy como a voz de alguém com dor de garganta. Hyasmeen.

— Tente não ficar preocupada — digo, parte de mim querendo acreditar que Yasmin não pode ser real. Ela é tão bonita. Estou fascinado com sua aparência física. Percebo que seu lábio superior é ligeiramente mais grosso que o inferior. E esse nome, o seu nome. Acho que nunca conheci alguém chamado Yasmin antes. Jasmine, sim. Mas Yasmin... é tão excitante. Parece um Jasmine ceceado.

Percebo de repente que a estou encarando e imediatamente me forço a desviar o olhar para o saleiro e o pimenteiro sobre a mesa. Tento pensar em alguma outra coisa para dizer, mas não consigo achar nenhuma resposta. Balbucio vagamente algo como estar ali para ajudá-la, mas não sou eu quem está falando. Depois de algum tempo, acabo conseguindo articular:

— Tem certeza de que não quer que eu vá com você à embaixada?

— Não, não há necessidade — diz ela, apagando o resto do cigarro e empurrando a cadeira para trás bruscamente. Uma ligeira sensação de queda livre no meu estômago me diz que eu a perdi. Em algum lugar no meio das minhas fantasias idiotas, Yasmin, a verdadeira Yasmin, se recuperou. E agora ela é de novo a mulher sexy, durona, a um milhão de quilômetros de distância e completamente fora da porra do meu mundo. Pode esquecer a intimidade privilegiada; esse instante passou.

Ela se levanta para ir embora.

— Para onde você vai? — gaguejo.

— Dar uma volta.

— Mas o seu café... — digo, olhando em volta à procura do garçom. Quando torno a me virar, ela já sumiu.

O abismo

A maioria dos jornais indianos tem seus escritórios no mesmo prédio. É como em qualquer outro lugar. Jornalistas parecem gostar de se aglomerar. De isolar uma área da cidade para si, uma área onde possam planejar seus ataques mediáticos e reunir informações em um mesmo local — como um gigantesco conselho de guerra.

E o prédio do Bazar parece ter sido bombardeado várias vezes. Há grandes blocos de gesso pendurados na frente do prédio e, por algum motivo desconhecido, uma pilha de sacos de areia rasgados margeia a parede e se derrama na rua.

Lá dentro as coisas não são muito melhores. Os tetos estão desabando; blocos quadrados de amianto pendem, sustentados precariamente por finas vigas de alumínio. Lâmpadas frias e compridas iluminam os corredores de cor marrom-avermelhada e tremeluzem com dificuldade. Olhar para elas é como ter um alfinete enfiado repetidas vezes na parte de trás dos olhos. Água pinga e escorre de lugares misteriosos.

Entro no escritório do *Hindu Week*. Minha última visita foi há várias semanas. Os jornalistas parecem cansados de guerra, curvados na frente de computadores vagabundos. Tudo parece igual — os computadores, as mesas esmaltadas, as cadeiras giratórias. Tudo tem a mesma cor, o mesmo tom, como dentes manchados pelo fumo.

Gostaria que alguém abrisse as persianas.

— Oi todo mundo — digo, alegre demais. Ninguém levanta a cabeça. Todos eles me odeiam. Não posso realmente culpá-los. Sou simpático demais, sempre fui. Desde o primeiro instante em que entrei por engano naquele escritório, supus ingenuamente que pudesse fazer amigos. A verdade é que, quando Shiva finalmente me deu um emprego, eu devo ter passado a impressão de ser O Queridinho, pior pra mim.

Para começar, todo mundo sabe que Shiva só me emprega porque sou branco. Contratar um britânico lhe dá prazer. Acho que desperta sua veia irônica. O que seja. Mesmo assim, é um emprego a menos para os indianos. Mas, para piorar as coisas, é óbvio demais que não sou um jornalista de verdade. De fato não mereço estar aqui, ganhando o mesmo salário que eles. Como os empregados da Reuters, esses jornalistas batalharam para chegar aonde estão.

Eu? Eu sou só mais um inglês que veio à Índia para passar um ano de férias e nunca parou de retornar. A única diferença entre mim e os outros miseráveis é que não estou aqui por causa das drogas ou das raves ou dos gurus (pelo menos não de maneira ostensiva). Estou aqui em busca de uma carreira. E de alguma forma esse mínimo de iniciativa me valeu um passaporte automático para um emprego. Isso e a cor da minha pele.

Inclino a cabeça para esconder minha vergonha, e olho em volta à procura do coronel. Ele está sentado no canto como de hábito, em sua cadeira de couro vermelho — o único móvel decente do escritório inteiro. O coronel é o segundo na hierarquia do jornal, abaixo de Shiva. Não é tanto um jornalista medíocre que trabalha até morrer, é mais um gerente, um homem de relações humanas. É ele quem resolve os problemas de ego, quem apara as arestas, quem mantém a operação funcionando. Se Shiva fosse o único responsável pelo espetáculo, haveria caos, uma competição enlouquecida por sua atenção aleatória. Ninguém na verdade trabalharia, e as pessoas simplesmente passariam o tempo inteiro reclamando.

Mas o coronel mantém todo mundo feliz. Ele não levanta a cabeça quando me ponho de pé na sua frente. Não gostar de mim faz parte do pacote para manter todo mundo feliz. Mas ele não agüenta muito tempo. No final das contas, ele sabe que não passo de um menino.

— Oi, Josh. — Ele suspira baixinho antes de levantar os olhos para mim. Seus olhos têm uma cor entre o cinza e o azul, os cabelos estão rareando, e a barba é aparada. A barba está ficando branca. Ele diz que ela lhe dá um ar oficial, mais digno. Na verdade, ela só o faz parecer velho. Ninguém consegue acreditar que ele seja mais novo do que Shiva. Aparenta ter idade suficiente para ser seu pai. — O que há?

— Shiva vem hoje?

— Disse que vem.

Isso não significa nada. Shiva volta e meia diz que vai vir e depois assusta todo mundo com um telefonema histérico do Taj em Mumbai. Ele adora a atenção, a perturbação que consegue causar. "Shiva está em Mumbai, Shiva está em Mumbai, por que, por que, por quê?" Depois, é claro, há as chegadas. "Shiva está no corredor, Shiva está chegando, ele está no corredor." Quando as portas se abrem, as pessoas praticamente aplaudem.

— Bom, você sabe onde ele está?

— Não.

— Ele está no estúdio? — Entre outras coisas, Shiva é âncora em um programa de TV chamado *Política e a Nação*. Foi lá que o conheci, nos estúdios Doordarshan. A primeira matéria que escrevi foi sobre um surto de peste bubônica em Surat. Levei-a ao *Hindu Week* e, em vez de publicá-la, o coronel sugeriu que eu fosse ao programa seguinte de Shiva conversar sobre o assunto "A Índia está se tornando uma nação pária?".

— Não sei.

— Ah, está bem, então. Bom, vou esperar.

— Como quiser.

Três horas depois, Shiva chega. A transformação é magnífica, como a luz do sol. Lyla, uma garota baixinha e gordinha com olhos próximos demais um do outro e o rosto parecido com o de um rato, finalmente pára de ler com atenção velhas revistas de moda e transforma-se de repente em uma sucessão borbulhante de risinhos, piscando os olhos e incentivando Shiva a beliscar as dobras de sua cintura de forma sugestiva. Aquilo quase a deixa bonita. Lakshmi, que usa grossas camadas de delineador preto e provavelmente é a única que realmente trabalha no escritório inteiro, não consegue evitar inflar-se de orgulho quando Shiva a cumprimenta com um aceno de cabeça respeitoso. Tarik, o fotógrafo de um metro e oitenta e três, e seu imbecil assistente, Nawab, conseguem interromper a eterna arrumação de sua coleção de slides e filmes, e vestem dois coletes militares cheios de bolsos idênticos, prontos para a ação. O coronel clama por ordem e anuncia para as tropas entusiasmadas uma reunião de pauta há muito aguardada. Cadeiras são empurradas, subordinados são enviados para buscar chá, Lakshmi acende um cigarro enquanto Lyla mergulha a mão em um saco de salgadinhos.

Vou me sentar na periferia do grupo.

— Bem, então — diz Shiva depois de algum tempo, ajeitando os cabelos ralos com as duas mãos. Ao contrário do coronel, ele os tinge de preto, e os tem compridos e penteados com gel, e sua barba é escura e vistosa. — O que temos? — Ouve-se um barulho de pés se arrastando no chão e Lakshmi acaba rompendo o silêncio com uma dica que recebeu sobre o Comissário Eleitoral aceitar subornos. Lyla diz que conseguiu uma entrevista com uma *socialite* de Déli, e Tarik diz algo aleatório sobre tirar umas fotos para um novo livro sobre a Índia. — E você, Josh? — pergunta Shiva de repente, virando-se para me encarar.

Ele me pegou desprevenido, mas sei que preciso dizer alguma coisa, qualquer coisa.

— Ainda estou trabalhando disfarçado naquele negócio de tráfico de drogas — digo, baixo demais, sem convicção. Não consigo evitar. Diante do entusiasmo bombástico de Shiva sinto-me subitamente humilde. Talvez o ostracismo social esteja finalmente me afetando. Ou talvez seja o fato de, na realidade, eu saber que não tenho matéria nenhuma. Tudo que tenho são algumas anedotas da vida de um viajante com pouco dinheiro que vive em Pahar Ganj. Eu disse que descobri uma pista que leva a Baba, mas na verdade tudo que estou fazendo é reproduzir minhas conversas com outros viajantes e usar suas experiências como provas de algo muito mais sinistro. Mas preciso dizer alguma coisa. Preciso improvisar.

— O quê? — devolve Shiva, enérgico.

— Eu disse — um pouco alto demais agora — que ainda estou trabalhando disfarçado naquela matéria sobre tráfico de drogas.

Lyla dá um risinho sarcástico e leva a palma da mão à frente da boca, inclinando a cabeça em direção aos seios de Lakshmi com uma vergonha fingida. Sempre séria, Lakshmi se esforça para conter um sorriso irônico. Que par de piranhas. Então está bem, penso comigo mesmo, vou mostrar a elas.

— Continue, diga-nos em que pé está — continua Shiva.

— Está bem. — Começo respirando fundo, preparando o grupo para o tratamento completo de falação de merda. Se existe uma coisa que aprendi durante todos os meus anos, foi a estimular a expectativa dos outros. — Estou tentando encontrar uma pessoa que os viajantes chamam de Baba. Parece que ele é um ator desempregado de Bollywood que passa boa parte de seu tempo traficando para a Máfia, mas não tenho certeza. — É sempre bom nunca soar seguro demais quando estamos mentindo.

Assim você impede que alguém tire alguma conclusão e ao mesmo tempo faz o público se sentir de alguma maneira envolvido no que está dizendo, quase como se você estivesse avaliando o problema *junto* com ele. — O que sei é que todo mês ele viaja até Jaisalmer, a antiga fortaleza perto da fronteira com o Paquistão, para pegar um carregamento de heroína e pedras preciosas. Uma parte da heroína é vendida em Bombaim, mas o grosso é mandado para fora do país. As pedras preciosas também são exportadas, principalmente para o Oriente Médio, e embora a Máfia faça algum dinheiro com essa venda, seu principal motivo para comercializar os diamantes é ajudar a lavar o dinheiro da operação da heroína. Todas as viagens de Baba são especificamente planejadas para matar dois coelhos com uma só cajadada: ele compra a heroína para os negócios do mês seguinte e pedras preciosas suficientes para lavar o dinheiro dos lucros do mês anterior. É simples, na verdade.

— Continue. Muito bom. Estou gostando.

— Segundo as minhas fontes — digo, endireitando um pouco o corpo na cadeira, aproveitando aquele instante de glória jornalística —, Baba criou uma pequena operação própria de comércio internacional. Todo mês, ele faz um pequeno desvio para visitar Pushkar, a cidade turística perto de Ajmer, e encontra-se com três ocidentais. Ele lhes vende o que tem sobrando, sobretudo heroína e pedras semipreciosas, e eles, por sua vez, vendem a mercadoria para outros viajantes. Ouvi dizer que isso virou um negócio tão lucrativo para esses três indivíduos que eles agora têm uma ampla rede de vendedores cobrindo a maior parte do território do país.

— Quem são esses ocidentais? Você os conhece?

— Não.

— Eles operam juntos?

— Não sei. Tudo que sei é que moram na Índia há muito tempo e estão muito alto nessa estranha hierarquia do submundo dos viajantes. Aparentemente, um deles ficou famoso organizando raves em Goa, mas fora isso não sei muito mais.

— Então, que pistas você tem?

— Bem, estou trabalhando em duas. Passei os últimos quatro meses em Déli, tentando descobrir o paradeiro dos três ocidentais para ver se consigo comprar alguma heroína deles ou talvez até arrumar um emprego como um de seus vendedores. Estava pensando em ir a Pushkar e ficar por lá um pouco para ver se esbarro com Baba. Mas fiquei preocupado que, mesmo que o encontrasse, precisaria de alguém para nos apresentar. Acho que minhas chances aqui são melhores porque por estas bandas passam muito mais viajantes e é fácil fazer amizade.

— Quatro meses? — interrompe Lyla. — Você levou quatro meses só para descobrir isso?

— Não é fácil, Lyla — respondo, certificando-me de olhar para ela. — Você não acreditaria em como essa gente é hierárquica. É como tentar entrar em uma loja maçônica ou algo assim. Se você não mora na Índia há pelo menos dois anos nem é membro de um dos grandes *ashrams* há pelo menos seis meses, eles sequer falam com você. E é também muito perigoso. Sempre que tento abordar o assunto da operação comercial de Baba com os viciados, eles ficam indóceis. E na noite passada quase fui preso. — Dizer isso me dá uma sensação boa, relatar um acontecimento real, algo que de fato aconteceu.

— É mesmo? — diz Shiva. — Como você se safou?

— Bom, espero que não se importe, mas precisei citar o seu nome para não ter problemas. Então, se alguém da polícia ligar, você pode dizer que eu ainda trabalho aqui?

— Sim, claro, sem problemas. Qual é a sua segunda pista?

— A outra pista que estou seguindo parece mais promissora. Tenho um amigo que está trabalhando em Bollywood agora. Gosto muito mais dessa idéia. Somos amigos há muito tempo e estou tentado a simplesmente ir direto à fonte sem ter que passar por essa rede de viajantes. Há fortes chances de ele conhecer esse ator de Bollywood e talvez possa me apresentar a ele. Conversei com meu amigo alguns dias atrás e ele diz que tem planos de vir a Déli, então falarei com ele quando chegar.

— Interessante, muito interessante. Uma quadrilha internacional de tráfico de drogas, um escândalo em Bollywood, uma rede secreta de viajantes; gostei dessa matéria. Quero que corra atrás dela.

— Como você quiser, Shiva — digo, adorando ser o centro das atenções. É uma viagem total, a melhor de todas. Quase começo a acreditar em mim mesmo. Posso sentir o olhar irado de Lyla. Decido que é o momento de transformar minha iniciativa em algo concreto. — Mas... — começo.

— Sim?

— Talvez eu precise de algum dinheiro.

— Quanto?

— Não sei. Vinte e cinco mil rupias? — arrisco. A sala praticamente sofre uma convulsão.

— Vinte e cinco mil rupias! — grita Lyla. — Isso são quase seis meses de salário. Você deve estar brincando.

Shiva está sorrindo para mim, ouvindo a algazarra. Depois de alguns minutos, o coronel consegue acalmar todo mundo.

— Bem, Josh — diz Shiva. — Você sem dúvida dá muito valor a si mesmo.

— É, mas você não me paga há quatro meses, então...

— ISSO É PORQUE VOCÊ NÃO TRABALHA AQUI HÁ QUATRO MESES, SEU MERDINHA ARROGANTE! — grita Shiva para mim de repente.

Dou um pulo. Minha bexiga se contrai. Talvez eu tenha exagerado.

— É, eu sei, mas... — tento, débil.

— NÃO! CHEGA! — Silêncio. Posso sentir os olhos de todos sobre mim. Odeio vir a esse escritório. Ele me lembra o colégio. Lyla me olha com malícia, com uma expressão radiante no rosto. Não digo nada. Depois de algum tempo, Shiva diz:

— Tudo bem. Vou lhe dar suas vinte e cinco mil rupias. — A sala prende a respiração. — Mas...

— Sim, Shiva.

— É melhor você se infiltrar nesse negócio e conseguir uma matéria exclusiva para mim dentro dos próximos três meses, senão... — Olhamos um para o outro. — Senão é o fim para você, para mim e para todo esse jogo que estamos jogando com a sua vida.

— Que jogo? O que você quer dizer?

— Eu acho que você sabe. — Há uma pausa curta enquanto ele me lança um olhar repleto de significado. Então, subitamente, ele sai do transe. — Certo, Lyla, Lakshmi, vocês vão me levar para almoçar.

Quentin

Se eu não conhecesse Quentin há tanto tempo, provavelmente não gostaria muito dele. Para começar, ele é bonito demais — e sabe disso. Possui todos aqueles traços sombrios clássicos que de alguma maneira se traduzem em verdadeira beleza: maçãs do rosto altas, nariz fino, pele morena clara e escuros lábios carnudos. Seus cabelos são grossos e pretos e seus olhos castanho-claros. Ele é um daqueles raros exemplos de homem que outros homens conseguem admitir que são bonitos.

Mas, de um jeito engraçado, sua maior inimiga é sua própria beleza. Ele é incrivelmente vaidoso. Duvido que alguma vez tenha passado por um carro ou por uma vitrine sem dar uma espiada em seu próprio reflexo. E, muito embora tenha muitas qualidades, dá a impressão de ser muito superficial. Quando abre a boca, a maioria das mulheres acaba recuando. Seus olhares demorados estão quase sempre fora de contexto e seus movimentos nunca obtêm o efeito desejado.

Quando o vejo chegar à estação de trem de Nova Déli, percebo que, nos quinze anos desde que nos conhecemos, ele não mudou nem um pouco. Assim que ele joga sua mochila para fora do trem vagaroso e pula sobre a plataforma, com o tipo de informalidade afetada da qual só ele é capaz, não consigo evitar um sorriso. Sei que ele está pensando: "Cara, eu sou tão cool que acho que vou simplesmente jogar minha mala para fora do trem e depois vou me jogar atrás dela — Uhuuu!" Também sei que ele já me viu, mas isso não o impede de fingir que não viu.

— QUENTIN! — grito.

Com todo o excesso de interpretação de um momento musical de Bollywood, Quentin vasculha a multidão, aperta os olhos na minha direção e finge surpresa.

— JOSH! — grita ele de volta, e corre para me abraçar. Esse é um dos poucos momentos na companhia de Quentin em que sinto que ele não está sendo pretensioso. Aproveito esse instante. Também é bom voltar a ver um rosto conhecido depois de tanto tempo na Índia. — Como você está, cara? — pergunta ele, apertando o abraço.

— Bastante bem. Que bom ver você. E Bollywood?

— Ah, Josh, as gatas. As gaaaaatas de Bollywood são tããão gostosas.

— Então você ainda não está comendo ninguém.

— Não — retruca ele com um incomum humor cara-de-pau. Nós dois rimos.

— Deixe-me ajudá-lo com sua mala.

Nesse momento, Quentin está no "modo Índia". Ele ainda ostenta o visual cabelos encaracolados, barba por fazer estilo fashion, camiseta branca, jeans Levi's e pente no bolso de trás da calça — que se tornou sua marca registrada em King's Road durante os anos de adolescência —, mas agora também calça sandálias e usa um chapéu indiano. E, apesar de mal saber falar híndi, como muitos INRs (Indianos Não-Residentes), insiste em puxar conversa com cada mendigo, vendedor e motorista de riquixá enquanto saímos caminhando da estação.

Acabamos encontrando um riquixá que concorda em nos levar de volta ao Green por um preço decente. Mas é só depois de subirmos no veículo preto e amarelo de três rodas que percebemos que há um problema: o motorista é um completo psicopata. Ele insiste em ficar de frente para qualquer tipo de tráfego na direção contrária — de elefantes a enormes caminhões que arrotam fumaça — e em seguida voltar com um tranco para a própria pista como uma abelha enfurecida. Depois de quinze nauseantes minutos, chegamos sãos e salvos no Green.

— Caralho, que buraco — diz Quentin, olhando para o cartaz acima da entrada que informa que o hotel é filiado a uma rede internacional de hospedagem.

— Entre e fique quieto, pode ser?

Enquanto entramos, vejo Yasmin cruzando o poço lá embaixo. Ela veste outra roupa sexy, dessa vez um vestidinho azul bem escuro, quase preto — curto, é claro, para exibir suas pernas esguias. De início ela não nos vê porque está ocupada enfiando alguma coisa, um documento ou um *traveller's check*, na pochete abarrotada presa em volta de seus quadris. Mas então, no exato momento em que estou tentando decidir se deveria dizer oi ou fingir que não a vi, ela subitamente levanta os olhos e me lança um sorriso luminoso, doce e sincero, e só para mim.

— Oi — diz ela, parando.

— Olá, Yasmin, como vão as coisas? — digo, sem querer ser absorvido depressa demais por seu charme. Da última vez que fiz isso, ela me deixou sentado sozinho.

— Tudo bem — diz ela, meneando a cabeça de leve como se ainda estivesse processando a pergunta e descobrindo, para sua própria surpresa, que sim, ela está se sentindo bem hoje. — Tudo bem. — Ela torna a sorrir, metade do sorriso iluminado que acabara de me dar, mas adorável da mesma forma.

— Alguma notícia?

— Não, ainda não — diz ela, mordendo o lábio inferior com uma determinação tranqüila, como se estivesse tentando retirar alguma coisa com seus dentes perolados. Sem dar por mim, pergunto-me se ela sabe o quanto esses gestos casuais a tornam atraente.

— Você foi à embaixada?

— Eles dizem que eu devo esperar.

Concordo lentamente.

— Imaginei que fossem dizer isso.

Há uma pequena pausa e de repente percebo que Quentin está inquieto atrás de mim.

— Oi — diz ele, aproveitando a oportunidade para se intrometer e estendendo a mão por cima do meu ombro. — Sanjay.

Yasmin desvia o foco de seu olhar e aperta a mão de Quentin sorrindo, ligeiramente surpresa. Vejo-me preso e confuso entre eles dois. Sanjay?

— Oi — diz ela com um tom neutro. Meu coração subitamente se alegra ao ver que ela não parece estar prestando muita atenção na beleza de Quentin.

— Sanjay veio de Mumbai fazer uma visita — digo recuperando-me depressa, assumindo meu papel.

— Sei — diz Yasmin, aquiescendo sem expressão para nós dois. Não consigo evitar irritar-me com Quentin por se intrometer à força na minha interpretação. Agora me sinto obrigado a carregá-lo comigo. Agora não há apenas um eu, há um "nós", "um Josh e um Sanjay". Nós somos um par.

— Entããão — diz Quentin, batendo uma palma e vindo postar-se ao meu lado, selando nossa união. — Como vocês se conhecem?

Dou um grunhido para dentro. A situação está piorando. Sinto-me como a metade injuriada de um gêmeo siamês. Subitamente preso pelo quadril a alguém completamente insuportável.

— Acabamos de nos conhecer — responde Yasmin, sorrindo tão platonicamente que é difícil acreditar que houvesse qualquer química entre nós alguns instantes atrás. Tudo ficou estéril.

— É, alguns dias atrás — confirmo, lutando para chegar ao fim da frase como quem nada na lama.

— Maneiro — diz Quentin com um sorriso. — Que legal.

É isso que quero dizer quando falo sobre Quentin e garotas. Quando se trata da Vibração, da Energia que leva um relacionamento para a cama, ele é inacreditável e insensivelmente inábil. Acha que basta repetir as frases de efeito que ouve nos filmes. Se fosse um pouco mais observador, teria percebido os pequenos olhares e os sorrisos calorosos de alguns instantes atrás e baixado a bola. Afinal, onde está seu bom senso, porra? Por que ele simplesmente não se afastou de forma conveniente por alguns minutos? Porque é um idiota, por isso. Quer dizer, ele deveria ter sabido que eu o acabaria apresentando. Ou talvez, pensando bem, soubesse que na verdade eu não o teria feito. Imagino que isso explique as coisas. É então que percebo. O puto está estragando o meu lance de propósito. E ele se diz meu amigo.

— Você vai ficar muito tempo em Déli? — pergunta Yasmin com educação, quebrando o silêncio.

— Não — Quentin se precipita para responder. — Só por alguns dias.

— Ah. — Yasmin torna a menear a cabeça.

A pausa seguinte é como ficar em pé sobre carvões em brasa. Não sei por que Quentin simplesmente não consegue ficar calado. O que será que eu lhe fiz? Transfiro o peso do corpo de uma perna para a outra, pouco à vontade. E que história é essa de Sanjay?

— Bem, Quent... quer dizer, Sanjay. Deveríamos ir fazer o seu check-in. — Sorrio com olhos brilhantes, alegres, desesperado para pôr um fim naquele encontro infeliz.

— Sim, sim, vamos. É claro que eu quero fazer o check-in — diz ele enfim, sorrindo para Yasmin. Tento não olhar. Uma parte de mim sente vontade de chorar. A outra quer matar Quentin.

— Bem — conclui Yasmin —, prazer em conhecê-lo. — Ela sorri uma última vez. — A gente se vê por aí — diz, mais para mim do que para "a gente". Pelo menos já é alguma coisa.

— Que tal hoje à noite? — despeja Quentin de repente, no mesmo instante em que Yasmin dá seu primeiro passo. Aaaaarrrrgh! Por que ele não pode simplesmente ter um troço e morrer? Será que precisa estragar todos os momentos, por menores que sejam? Ela pára. — Quer dizer, por que não janta conosco esta noite? O Josh conhece um restaurante fantástico ao qual vem prometendo me levar há meses. Seria ótimo se você viesse. — O babaca simplesmente pirou. Está dizendo qualquer coisa, como um ogro tarado, salivando.

Yasmin olha para mim enquanto encaro Quentin. O mundo inteiro parece estar se movendo em câmera lenta. Vejo minhas mãos agarrarem o pescoço esguio dele. Quero sentir seus ossos se partirem. É só uma questão de tempo, digo a mim mesmo com uma calma patológica. Dentro de mais alguns minutos estaremos sozinhos. Então eu o matarei.

— Sim, tudo bem. Por que não? — Ouço-a dizer.

— Fantástico — vejo os lábios de Quentin se moverem sem realmente ouvir as palavras. — Encontramos você aqui por volta das... hummm... seis?

— Tudo bem — concorda ela depressa e então, antes de eu ter chance de perceber o que aconteceu, torna a desaparecer. Tudo que consigo fazer é encarar Quentin. Estou ligeiramente trêmulo.

— Que foi?!? — pergunta ele, lançando as mãos para o ar.

Negócios com a colônia

— Tudo bem, então, que história é essa de mudança de nome, hein? — pergunto enquanto Quentin desfaz as malas. Não sei como, consegui reunir tolerância suficiente para perdoá-lo. O fato é que eu próprio estou ansioso para encontrar Yasmin e não posso evitar dar algum crédito a ele por ter marcado o encontro, para começo de conversa. Sei que eu jamais teria tido coragem. Tenho muito medo da possibilidade de ser rejeitado para fazer isso. Talvez, no final das contas, haja algo de positivo na falta de tato de Quentin.

— Como assim? — pergunta ele, enquanto dobra as roupas em pilhas separadas por cor em cima da segunda cama que há no quarto. Eu havia me esquecido o quanto maníaco ele podia ser.

— Você sabe exatamente do que estou falando.

— Não é nada de mais. Eu só preciso de um nome indiano para Bollywood. E, além disso — diz ele, tornando a dobrar uma calça pelo vinco —, esse é o meu nome verdadeiro.

— O quê?

— Mamãe disse que eu deveria dizer que me chamava Quentin na Inglaterra. Ela achava que o nome soava refinado, de elite. Como Joshuaaahhh.

— Muito engraçado — digo, enquanto ele alisa uma camisa com as mãos. — Então seu nome de verdade é Sanjay?

— Na verdade é Sanjay Shahid Bhagat Jones, mas se quiser pode me chamar de Sanj para encurtar.

— Esquisito.

— Não é não. Caso você não tenha percebido, estamos na Índia e eu *sou* indiano. Por que não deveria usar meu nome indiano?

— Por nada, só é confuso, só isso. Ainda estou me acostumando a chamar Bombaim de Mumbai.

— Pessoalmente, considero um alívio nos livrarmos finalmente de todos esses equivocados nomes coloniais — diz Sanjay, mudando de assunto. — Usávamos: Arthur e Dougall, Cruickshank e Bruce, Sandhurst e Victoria; porra, que ridículo. Por que as ruas indianas deveriam ser batizadas com os nomes de coronéis do exército metidas e rainhas britânicas gordas?

— Mas não são só os nomes britânicos, são? O governo de Mumbai também se livrou de vários nomes de ruas muçulmanos e pársis.

— E daí?

— Bom, não é um critério propriamente secular, é?

— Olhe, não há nada de errado em ter orgulho do próprio país.

— O que tem isso a ver com o assunto? Caso você não tenha percebido — digo, imitando-o de propósito —, a Índia não é um país só hindu.

— Você não entende — diz ele, sorrindo com sarcasmo e passando por mim a caminho do banheiro. Ele despeja o conteúdo de seu *nécessaire* na pia e começa a arrumar três frascos diferentes de loção pós-barba, em cima da prateleira, por ordem de tamanho.

Não o deixo escapar. Decido que essa será minha vingança por seu comportamento lá embaixo.

— Nossa, daqui a pouco você vai estar dizendo como a Índia é inteligente por ter desenvolvido a bomba atômica.

— Que que tem? — diz ele, dando de ombros. — Por que não deveríamos ter a bomba?

— Vá se foder, Quentin.

Ele pára de remexer suas coisas e olha para mim com um olhar ameaçador digno de Bollywood.

— Nunca mais me chame assim. Entendeu?

— Ai que medo.

— Olhe, o negócio é o seguinte, bom — diz ele, ofegante —, você não faz a menor idéia do que é ser indiano, porra. Os fundamentalistas paquistaneses respirando no nosso cangote, os chineses pagando a conta; temos o direito de nos defender, entende? Não vamos mais ficar simplesmente parados, agüentando tudo. Então pode enfiar essa sua babaquice de não-proliferação nuclear no seu cuzinho de ignorante.

Que deprimente. Quentin está claramente querendo provar alguma coisa. Talvez ele esteja agindo como fanático por ser metade branco. Preso entre duas identidades sem que nenhum dos lados realmente o aceite. Talvez ele ache que sempre será mais indiano do que branco, então é melhor começar a representar esse papel. De um modo ou de outro, não é assim que vou chegar mais perto de descobrir a identidade de Baba. Recuo.

— Você que manda, Sanjay.

O restaurante sem nome

Caminhar pela parte antiga de Déli é como voltar no tempo. A maioria das ruas são vielas estreitas calçadas de pedra que se enroscam e se dobram como um labirinto e, a não ser que você saiba exatamente aonde está indo, é muito fácil se perder. É por isso que, depois de trinta e quatro curvas, de voltar para trás uma vez e de passar por dentro das casas de telhado baixo de três pessoas diferentes para chegar ao restaurante, tenho certeza de que estamos sendo seguidos.

— Ali, bem ali — sussurro com aflição para Yasmin e Sanjay. O restaurante à nossa volta está cheio. Cozinheiros suados agitam-se sobre carvões, garçons se esgueiram entre as mesas em velocidades dignas de GPs, copos de alumínio e pratos de papel flutuam acima de cabeças de cabelos bem pretos (quase azuis) e oleosos. — Cinco horas.

Com um tipo de comportamento que passei a esperar apenas de mim mesmo, Sanjay se vira, olha na direção do único outro branco sentado no restaurante, e grita:

— ONDE? Ah, tá, estou vendo. — Antes de tornar a se virar de frente para mim.

— Você precisava fazer isso?

— O quê? — pergunta ele, inocente.

Como resposta, lanço-lhe um olhar irado.

— Tenho certeza de que você não é o único turista que conhece este lugar, Josh — intervém Yasmin. — Quer dizer, isto aqui é... como se chama isto aqui mesmo?

— Não tem nome — respondo.

— Que ridículo — diz Sanjay.

— Bom, eu só pensei que, com toda a confusão recente em relação a nomes, seria melhor comermos em algum lugar anônimo. — Devolvo-lhe um sorriso de ironia. Não consigo me segurar. Ele está fazendo tudo para me irritar. Digo a mim mesmo para ter calma.

— Bom, será que este lugar é mesmo tão secreto assim? — pergunta Yasmin, preenchendo a pausa tensa.

— É. Praticamente ninguém conhece. É justamente por isso que estamos aqui.

— Isso não seria apenas um preciosismo da sua parte? — pergunta Yasmin com um quê de condescendência.

— Isso não tem nada a ver com a porra do restaurante — exclamo subitamente. Yasmin e Sanjay acusam o golpe. — Olhem, caguei se alguém está comendo no mesmo lugar que nós. É que vi aquele cara em Pahar Ganj quando estávamos saindo e ele nos seguiu no caminho para cá. Nenhum de vocês dois percebeu?

— Não — respondem juntos.

Um garçom chega e joga um sortimento de temperos de cores vivas e três copos d'água na nossa frente. Ele anota os pedidos. Somente um prato do cardápio ficou de fora — *kebab* de cordeiro. Mas são os melhores espetinhos de cordeiro do mundo, garante ele. A interrupção me proporciona um minuto para pôr meus pensamentos em ordem. Eu esperava poder conversar sobre Baba sozinho com Sanjay, mas agora tenho a sensação de dever uma explicação a Yasmin. Pondero por um instante a sensatez de revelar o segredo a mais um viajante, mas, depois do episódio com a polícia, ela já conhece metade dele. Além disso, ela tem outras coisas mais importantes com que se preocupar. E quando vejo o rapaz que eu pensava estar nos seguindo se levantar e ir embora sem comer nada, aquilo confirma todos os meus piores temores. De repente, sinto uma necessidade urgente de compartilhar minha história.

— O motivo pelo qual estou preocupado em estar sendo seguido é porque estou envolvido até o pescoço em uma coisa potencialmente muito perigosa — começo. Ambos olham para mim. — Vocês podem achar difícil acreditar nisso, mas estou trabalhando como jornalista disfarçado para me infiltrar em uma quadrilha internacional de tráfico de drogas. — Sanjay ri com sarcasmo. Consigo ignorá-lo. — E o motivo pelo qual pedi a você que viesse me visitar, Sanjay, é que quero que você me ajude.

— Claro, meu camarada, como quiser. — Ele olha em volta para o resto do restaurante, com cara de "que saco".

— Estou falando sério. Quero que você me apresente a uma pessoa.

Ele se vira e olha para mim através de duas pálpebras largas, céticas, semicerradas.

— Tudo bem, vou entrar na brincadeira. Quem?

— Uma pessoa em Bollywood.

— Você poderia ser mais preciso?

— Não. Ainda não sei quem ele é.

— Bom, isso facilita a vida.

— Olhe, você quer que eu explique ou não?

— Continue, então. — Ele suspira cansado, estendendo um braço insinuante por cima do encosto da cadeira de Yasmin. Engulo o ímpeto de quebrar-lhe o nariz e começo a história. Imagino que essa seja a melhor maneira de ganhar Yasmin. Basta contar-lhe uma história. Essa é uma das poucas características charmosas que possuo.

— Quando cheguei à Índia pela primeira vez, três anos atrás, fui a Jaisalmer fazer uma trilha montado em um camelo. Vocês sabem, o típico programa de turista. Certa noite, junto da fogueira, o condutor do meu camelo me contou uma história sobre ter contrabandeado heroína do Paquistão. Ele saltitava em volta da fogueira, imitando a perseguição que teve com os agentes da alfândega indiana montados em seus camelos. Foi hilário.

Nenhum dos dois parecia interessado.

— De todo modo — resumo rapidamente —, alguns dias depois eu conheço dois viajantes, Will e Darren. Darren usava heroína. Ele não parava de falar sobre um cara chamado Baba e sua fonte. Eu disse a ele que deveríamos ir procurar o meu condutor de camelo. Pensei que Baba fosse só um nome genérico para qualquer traficante de drogas. Pensei que o condutor de camelo certamente saberia onde encontrar um Baba. Então mostrei a Will e Darren onde encontrar o guia. Cheguei até a apresentá-los. Dois dias depois disso, Darren morreu de overdose no seu quarto de hotel e Will sumiu. A polícia veio me fazer perguntas. Disseram que eu fora visto circulando pela cidade com aquele tal de Darren e perguntaram se eu sabia alguma coisa sobre ele, sobre quem ele era e por aí vai. É claro que eu não disse nada, disse a eles que o vira uma ou duas vezes, mas que, fora isso, não sabia de nada. Não acreditaram em mim e passei um dia na cadeia.

— Por que motivo? — pergunta Sanjay, finalmente mordendo a isca.

— Eles não precisam de motivo — diz Yasmin respondendo por mim, com um pouco de tristeza.

— Exatamente. Enfim, eles acabaram me soltando. Saio da cidade. Três dias depois, li um artigo de jornal. Era sobre Will. O fato é que ele era filho do braço direito do embaixador britânico. O exército o havia encontrado, junto com o condutor de camelo, bem longe no meio do deserto. Seus pés haviam sido cortados.

— Eca, que nojo — diz Sanjay enquanto Yasmin faz uma careta. — Eles estavam mortos?

— Não, só precisavam de um copo d'água. É claro que estavam mortos, porra. A patrulha do exército que os encontrou disse que eles deixaram um rastro de sangue de mais de cem metros.

Nossos espetinhos de cordeiro chegam.

— Não estou com muita fome — diz Yasmin, empurrando o prato para o lado.

Sanjay, por sua vez, vai com sede ao pote. Ele começa separando porções do arroz com os dedos, molda-as e aperta-as com seu espetinho até formar pequenas trouxas, acrescenta chutney e pimenta, e depois usa o polegar para enfiar cada uma das trouxinhas na boca. Ele come depressa, sem deixar um único grão de arroz escapar de seus dedos. Depois de três bocados, pega sua água, inclina a cabeça para trás e bebe o copo inteiro de uma vez só. Sei que ele só está fazendo isso para se mostrar, achando que pode impressionar os viajantes com suas habilidades com a comida local. E realmente, de um modo engraçado, ele consegue. Eu, de alguma forma, estou impressionado.

— Huuummmm, isto está ótimo. Posso? — pergunta ele a Yasmin enquanto puxa o prato dela em sua direção.

— Fique à vontade.

— Continue — diz Sanjay, animado. Entre uma palavra e outra, posso ver a comida em diversos estágios de mastigação.

— Tem certeza de que não se incomoda, Yasmin? — pergunto. Ela sacode a cabeça. Pergunto-me por um instante se é uma boa idéia ela estar ouvindo isso, mas continuo. Agora já comecei, então posso muito bem terminar. Além disso, tenho consciência de que a minha narrativa a está mantendo concentrada em mim. No fim das contas, na verdade isso é tudo que desejo daquele instante: o olhar de Yasmin. Esqueça a conseqüência. — Bom, não demorei muito para entender que, não fosse pela polícia, eu provavelmente teria terminado como eles. Escapei por sorte. Mesmo assim, não quis arriscar nada. Afastei-me o mais que pude de Jaisalmer. Acho que depois disso fui para Katmandu. Eu queria ir embora da Índia. Fiquei completamente apavorado.

— Não é de espantar — diz Yasmin, com empatia.

— Bom, durante algum tempo nada aconteceu. Acabei terminando a viagem e voltei para a Inglaterra e esqueci a história toda. Somente quando voltei, no ano seguinte, foi que tornei a ouvir o nome Baba. Eu estava em Pushkar e conheci uns viajantes falando sobre o cara como se ele fosse uma espécie de guru. Eles diziam coisas como: "Não fosse pelo Baba, o movimento de viajantes *underground* não existiria", e coisas assim. Diziam que ele era uma lenda viva de sua época. Ninguém jamais o viu e ninguém sabia seu verdadeiro nome, mas diziam que ele era o responsável por "fazer tudo acontecer", o que quer que isso queira dizer. No início, não pensei que isso tivesse nada a ver com o meu Baba. Achei que eles estivessem só espalhando os ridículos mitos de viajantes habituais. Foi só quando comecei a trabalhar para o *Hindu Week* que descobri a existência das rotas de droga do Paquistão para a Índia, dos vínculos com a Máfia de Bombaim e dessas coisas todas. Isso me fez pensar. Depois de algumas investigações, acabei concluindo que Baba não é um mito. É uma pessoa de verdade. Desde então, venho juntando as peças do quebra-cabeça. Sei mais ou menos onde ele mora, o que ele faz, qual o seu sistema, para onde vão as drogas, praticamente tudo. Exceto quem ele é. E é aí que você entra, Sanjay.

— Você acha que o tal de Baba é alguém em Bollywood?

— Acho. Alguém com vínculos com a Máfia de lá.

— Isso não facilita a busca.

— Mas você conhece gente em Bollywood, não conhece? Quer dizer, sua mãe não tem vários contatos e tal?

— Tem, mas e daí? Por que você está se envolvendo com isso tudo? Mesmo que exista um Baba, coisa que eu tenho certeza que existe em qualquer país quente o bastante para cultivar droga, por que você quer conhecê-lo?

— Porque sou jornalista e estou preparando minha matéria.

— É o cúmulo — diz Sanjay, com cinismo. — Sr. Joshua King, correspondente da BBC, acho que não. Você está louco? Tudo que fez foi escrever uma ou duas matérias bobas para o *Hindu Week*. Você está longe de ser um jornalista investigativo experiente e, mesmo que fosse, acha mesmo que um jornalista seria estúpido a ponto de se envolver com uma quadrilha de tráfico de drogas?

— Acho que sim. E posso não ter muita experiência em jornalismo, mas essa é a minha chance de consegui-la. Essa é a minha Grande Matéria.

— Tá, tá — responde ele, cansado.

— O que você quer dizer com isso?

— Olha, Josh, faça a seguinte pergunta a si mesmo: caso estivéssemos falando de um bando de gângsteres britânicos barra-pesada ou de chefões da Máfia nova-iorquina, você estaria tão disposto assim a estourar a operação? Acho que você está cometendo um grave erro se pensa que a Máfia indiana não é tão séria quanto as outras. Você pode achar a Índia um lugar divertido para viajar e se endoidar, cara — diz ele, fazendo-me o gesto de paz e amor e uma cara de doidão —, mas os gângsteres daqui não são mais gentis do que nos outros lugares. Confie em mim.

— Mas não estou interessado na Máfia inteira — insisto, tentando com muito esforço permanecer confiante. Não quero que Yasmin veja o que há de errado na minha relação com Sanjay. Quero que ela me veja enérgico, sensato e capaz de aceitar uma crítica. Estou até esperando passar uma má impressão de Sanjay, o nervosinho cínico. Isso sim seria legal. — Só estou investigando um único cara, o Baba. Ele não passa de um avião que ganhou fama fazendo negócios por fora com a comunidade de viajantes daqui. Tenho certeza de que, quando a Máfia ouvir falar nisso, vai ficar muito mais preocupada em cuidar dele do que de mim. E, além disso, eu estarei fora do país antes das coisas chegarem a esse ponto.

Sanjay vira-se de frente para Yasmin, meneando a cabeça.

— Você acredita na ingenuidade deste cara?

Tento não testemunhar a reação dela. Tenho medo de que ela concorde. Então ele torna a se virar para mim. — Acorda, Josh, e leia os meus lábios. EU NÃO VOU AJUDAR VOCÊ — diz ele quase gritando. — Até onde entendo, essa suposta solução para seu dilema profissional só pode conduzir a dois desfechos: absolutamente lugar nenhum ou, pior, nós dois no deserto sem sapatos. Veja bem, Josh, eu adoro você. Faz muito tempo que o conheço. Mas não estou disposto a ajudá-lo numa caçada idiota relacionada à Máfia, muito menos para uma bosta de um jornal. Simplesmente não quero participar disso. Então — diz ele, com um tom revigorado e apontando para o meu prato —, vai comer os seus espetinhos ou como eu?

Lakhs e crores

Tenho de admitir que Sanjay tem certa razão. Afinal, ele me conhece. Sabe o tipo de colégio que freqüentei — um colégio onde os alunos eram ricos demais para sequer sair na porrada. Ele sabe que eu não sou durão. Nem sequer sei brigar. Como eu — um branquelo atolado, um covarde, na verdade — iria querer brigar com a Máfia?

E é então que percebo.

Se vou escrever um Bestseller, é possível que tenha de fazer coisas — coisas assustadoras, perigosas — só para conseguir a história. *Será que estou preparado para entrar em situações perigosas?* Por um instante, não tenho mais tanta certeza. As palavras realistas de Sanjay me fizeram duvidar de mim mesmo. O que significam todos os meus argumentos? Para quem espero proferir esses discursos — para Sanjay, para Shiva? Sanjay *tem* razão. Ser pobre é uma coisa, mas ser ferido, ou até morto, é outra bem diferente. O que estou fazendo exatamente?

Uma sensação oca e nauseante penetra até o fundo do meu estômago. Posso pressentir o fracasso. Afinal, esse plano é a minha única solução. Se ele realmente for tão pouco realista quanto Sanjay diz, que outras escolhas eu tenho? Muito poucas. Subitamente sinto-me deprimido. Vejo Sanjay se virar para falar com Yasmin e decido que simplesmente terei de pensar nisso mais tarde. Enquanto fico ali conjecturando, ele está assumindo a dianteira.

— Então, como você veio parar na Índia, Yasmin? — Ouço sua voz pegajosa escorregar pelos meus pensamentos nebulosos.

— Ah — diz Yasmin, soltando ar pelo nariz. — Boa pergunta. Não sei. Já estive aqui tantas vezes, na verdade não consigo me lembrar do que me fez vir pela primeira vez.

— Por que você vem tanto, então?
— Por causa de Osho — diz ela, decidida.
— Quem? — pergunta Sanjay.
— Bhagwan Rajneesh — intervenho; é a minha vez de me mostrar um pouco. Se há algo que aprendi enquanto tentava penetrar no submundo dos viajantes foi ser versado nos diversos *ashrams* e nos mais populares gurus da época. Sei tudo sobre Osho, embora nunca tenha ido ao *ashram*.
— Eu não sabia que você era saniasi, Yasmin.

Ela sorri para mim.

— Você nunca perguntou.
— Ah, vocês estão falando sobre o cara de Pune — recupera-se Sanjay.
— É, minha mãe esteve na dele durante algum tempo. Ele não é o cara do sexo livre?
— Não é só isso — diz Yasmin, quase como se "sexo livre" fosse uma expressão ultrapassada, para turistas.
— Sim, mas todo mundo não precisa fazer um exame de Aids antes de entrar? — insiste ele.
— Sim, mas...
— E não existe um quarto, tipo uma cela acolchoada no escuro, onde vale tudo? — interrompe Sanjay, ansioso. Posso ver que Yasmin está ficando irritada. Deixo-o cavar sua própria cova. — Porra, cara, deveríamos ir lá um dia — diz ele, lançando um sorriso e fazendo uma expressão sugestiva na minha direção.

Deixo-o desamparado com um rápido dar de ombros, como se já tivesse ouvido falar aquilo tudo antes e não estivesse nem um pouco impressionado.

— Então, faz muito tempo que você vai lá? — pergunto, olhando-a com uma expressão gentil.
— Alguns anos — diz ela, falando só comigo agora, excluindo Sanjay completamente. Posso ver que ela está puta da vida.
— Você o encontrou alguma vez? O Osho, quero dizer?
— Uma vez, logo antes de ele morrer, muito depressa — diz ela. — Ele me iniciou.
— Uau — digo, com uma admiração adequada. — Como ele era? Foi incrível?

Ela sorri para mim, com os lábios rosados suavemente fechados, e aquiesce, sem dizer nada. Retribuo seu sorriso, como se estivéssemos ambos experimentando um instante de êxtase espiritual mútuo, como se o próprio fato de Yasmin ter encontrado Osho — uma vez e muitos anos atrás — hoje me permitisse absorver visceralmente seus maravilhosos poderes. Tampouco estou fingindo tanto assim. Yasmin é tão linda que, de certo modo, uma parte disso tudo realmente transmite uma sensação de espiritualidade. Espiritualidade sexy, se é que você me entende. Afinal, no fim das contas, Osho não é isso?

— Então Yasmin é o seu nome de verdade? — Sanjay torna a se intrometer na conversa com a sensibilidade de um trator. — Porque eu ouvi dizer que todos os discípulos...

— Saniasis — corrige Yasmin, ainda olhando para mim.

— ... Desculpe, saniasis. Ouvi dizer que todos os saniasis trocam de nome quando são iniciados.

— Nem todo mundo tem uma necessidade compulsiva de mudar de nome, sabe, Saaanjaaay. — Torno a provocá-lo. Derivo um prazer doentio de atingi-lo dessa maneira, como se estivesse socando um hematoma.

— É, ele tem razão — diz Yasmin, para minha desolação e visível alívio de Sanjay. — Várias pessoas realmente mudam de nome. Mas eu não mudei.

— Por que não? — pergunta Sanjay.

— Porque Osho disse que meu nome já refletia minha beleza interior. Disse que eu não precisava trocar de nome para me livrar do meu ego. Ele já era puro.

— Uaaau!!! — Sanjay e eu exclamamos simultaneamente. Yasmin retribui nosso sorriso com discreto orgulho. Sorrio para ela, mas em seguida sinto o sorriso se dissipar quando me lembro, de algum lugar, que Osho parou de falar nos anos antes de morrer. Como ele poderia ter comunicado tudo isso a Yasmin sem dizer nada? Meio estranho.

— Então — ouço Sanjay continuar, obviamente decidido a não deixar sua própria recuperação lhe escapar —, como você entrou nessa? Quer dizer, como ouviu falar em Osho?

— Meu namorado me apresentou. Os pais dele eram saniasis. Ele praticamente nasceu lá dentro.

Gosto de observar o rosto de Sanjay acusar uma hesitação.

— Ah, tá — diz ele, sobrancelhas arqueadas como se estivesse interessado, na verdade para esconder sua desolação diante do fato de que, sim, é claro, como poderia não haver um namorado no roteiro. Afinal, ela é muito gostosa. É claramente o tipo de garota que, não se sabe como, passa ininterruptamente de um relacionamento para outro, atraente demais para ser deixada no limbo como o restante de nós. — Ele está aqui, o seu namorado? Em Déli, quero dizer — recupera-se ele, bastante bem.

— Está.

Nesse ponto, Sanjay não consegue evitar franzir o cenho.

— Então por que ele não saiu conosco hoje à noite? Teria sido legal conhecê-lo. — Pelo menos ele tenta dizer isso de forma alegre.

— Ele está preso.

Se ao menos Sanjay conseguisse fingir estar tão genuinamente embasbacado quanto está nesse momento, provavelmente teria sucesso como ator de cinema, penso comigo mesmo.

— Ai. Merda. Desculpe. Por quê? Quer dizer, que barra pesada.

— Hum, hum — concorda Yasmin, balançando a cabeça e mordendo os lábios. — Se não fosse por Josh, eu provavelmente também estaria presa — acrescenta ela com um vago sorriso para mim.

Sanjay nos olha de um para o outro.

— É? Como assim?

Yasmin narra nosso primeiro encontro e descreve de maneira elogiosa o modo como lidei com a polícia.

— Uau — diz Sanjay, desapontado. — É uma história e tanto. Mas e o seu namorado? Ele vai conseguir sair?

— Não sei. A situação não parece boa. A não ser... — Ela hesita.

— A não ser o quê? — Sanjay e eu perguntamos juntos.

— Ah, nada — diz ela, fazendo um pouco de suspense.

Como peixinhos que somos, Sanjay e eu mordemos a isca ansiosos.

— O quê? — digo.

— É, diga lá — incentiva Sanjay.

— Bem — diz ela com relutância —, um dos oficiais me disse que eles poderiam ajudar James a fugir.

— Você está brincando — digo. — O que precisa fazer em troca?

— O que você acha? — diz ela, olhando direto para mim.

— Ai, meu Deus, ele quer que você vá para a cama com ele — intromete-se Sanjay.

— Não, não, nada disso — diz ela com uma pequena exclamação de desdém. Adoro o retrato de um adolescente obcecado por sexo que Sanjay está pintando de si mesmo, com bastante exatidão, eu poderia dizer. — Não. Ele quer dinheiro.

— Quanto? — pergunto.

— Nem vale a pena pensar nisso.

— Vamos lá, diga — insiste Sanjay.

— Ele quer — ela faz uma pausa e sorve o ar por entre os dentes — um *crore*.

— Quanto é isso? — pergunto. — Cem mil?

— Não, isso é um *lakh* — responde Sanjay.

— Então quanto é um *crore*? Nunca consigo me lembrar.

— Dez milhões de rupias — diz Yasmin.

— Ah.

— Ah.

— É, ah — confirma Yasmin.

Todos fazemos os cálculos mentais. Sou o último a descobrir: um *crore* equivale a duzentas mil libras.

Coço o queixo e olho para Sanjay. Ambos desejamos ter nos atido ao tema inicial da conversa.

— Então, quando é a audiência dele? — pergunta Sanjay por nós dois.

— Semana que vem.

— Talvez ele saia — tenta Sanjay.

— Acho que não. É só uma audiência preliminar. A embaixada diz que poderia levar anos até o caso dele realmente ir a julgamento.

— Olha, tenho certeza de que não vai demorar tanto assim — diz Sanjay, antes de acrescentar. — Você tem parentes, alguém que pudesse ajudar? Que pudesse talvez emprestar o dinheiro?

— Não — exclama ela, exasperada. Há um curto intervalo durante o qual Sanjay e eu absorvemos essa energia inesperada. Família é obviamente um assunto delicado para Yasmin. Posso ver os músculos tensionando os cantos de sua boca. Penso que ela está prestes a chorar e estendo-lhe um dos guardanapos de papel, mas então, de repente, ela parece não precisar dele. Pega o papel e simplesmente o dobra em uma das mãos antes de dizer: — Não, pelo menos ninguém com quem eu possa contar.

Por algum motivo, seu estoicismo — não tenho certeza se por ter falado sobre James e sua família — me faz sentir orgulho. Nem Sanjay nem eu insistimos. Acho que ambos podemos ver que Yasmin merece ficar sozinha com seus pensamentos. O restaurante agora está praticamente vazio.

Olho para meu relógio. São oito horas, mas a maior parte de Déli já foi se deitar. Olho para Sanjay e meneio a cabeça em direção ao garçom, que está a apenas algumas mesas de distância.

— Tá, claro. Vou acertar a conta.

— Obrigado, parceiro — digo, e viro-me para afagar o braço de Yasmin. — Vai ficar tudo bem, Yasmin, eu prometo — digo enquanto ele está longe.

Ela olha para mim com olhos ardentes.

— Você não deveria fazer promessas que não pode cumprir.

Um percussionista brasileiro e um dragão cingapuriano

Tenho um pouco de café de verdade, um fogão a querosene e uma cafeteira italiana no Green, então sugiro subir até o telhado para tomar um café. Yasmin recusa, beija-me no rosto (mas não Sanjay) e volta para seu quarto, encerrando a noite. Quando chegamos lá em cima, vemos duas silhuetas sentadas no canto, com a brasa de um *chillum* aceso flutuando entre elas. Sanjay sugere que digamos oi.

Conforme chegamos mais perto, reconheço um deles. É um cingapuriano magérrimo que vi circulando pelo poço. Ele é um residente antigo — um viciado em heroína que vendeu seu passaporte anos atrás. Lembro-me de ele ter fumado heroína na minha frente uma vez. Ele se movia de cócoras como um sapo de brinquedo desembestado, reunindo o material para a tarefa: fósforos, papel-alumínio retirado de um maço de cigarros, um canudo curto, uma moeda e, é claro, o açúcar. Lembro-me que o mais interessante era a moeda. Ele a punha dentro de sua boca em forma de O para resfriar a fumaça, explicou.

Agora está de cócoras. Cabelos pretos compridos cobrem esparsamente as laterais raspadas de sua cabeça. Finos pêlos brotam de seu queixo e rastejam entre os buracos ocos em suas bochechas amarelas e opacas. A visão desse homem, da calça preta de pescador tailandês que ele sempre usa, me deprime. Por algum motivo, ele me dá a sensação de que nunca vou sair da Índia. Simplesmente vou ficar preso aqui, como ele, desperdiçando minha vida em uma espécie de estado de sonho semi-horrível que todo mundo chama de viagem. Não sei o que faria caso precisasse vender meu passaporte e realmente viver esse tipo de vida. Metade do atrativo de se vir à Índia é a possibilidade de ir embora.

Nunca vi o outro cara antes, mas ele é uma visão mais alegre. Tem cabelos revoltos e crespos que brotam de sua cabeça em um penteado afro desgrenhado. Sempre que ele se mexe, os cabelos saltitam. E, por sinal, ele se mexe bastante. Ele se apresenta, gesticulando enlouquecidamente, como um percussionista brasileiro. Mas, depois de detectarmos seu sotaque australiano, Sanjay e eu descobrimos que ele na verdade é um taxista que mora em Sydney. Ele me faz sorrir quando descobrimos isso. Acho tranqüilizador que, como eu, muitas outras pessoas tenham duas versões de si mesmas.

Depois de aceitar educadamente a parca contribuição de haxixe de Sanjay, o percussionista australiano/brasileiro prepara a mistura. Tira um cigarro Will de um maço box amarfanhado e o põe atrás da orelha enquanto acende um fósforo. Então segura o cigarro na palma da mão e desliza a longa chama amarela por cima do papel até este ficar carbonizado e o tabaco lá dentro estar tostado e seco. Ele larga o fósforo e esvazia o conteúdo do cigarro na palma da mão. Então começa a soltar o haxixe. Ele não o aquece nem o esfarela. Simplesmente destaca pedaços do bloco de haxixe e esfrega os dedos juntos até a resina se soltar e cair sobre a pilha de tabaco. Depois de alguns minutos, a mistura está coberta. Ele põe o *charas* de lado com uma deliberação religiosa e começa a moer e esfregar a mistura com a mão livre. Então tira o *chillum* de sua mochila de lona com estampa étnica. O cachimbo parece um pilão oco. Ele faz alguns movimentos circulares bobos com o cachimbo de formato fálico por cima da mistura e entoa algumas palavras como se estivesse lançando um feitiço. Então começa a pressionar o lado mais grosso do cachimbo na palma da mão, enfiando e pilando o tabaco até este estar todo lá dentro.

O dragão cingapuriano puxa um retalho amarelo pintado com letras vermelhas em sânscrito e rasga um pedaço quadrado da ponta. Estende a mão para pegar a garrafa meio vazia de água mineral ao seu lado, desenrosca a tampa, insere o pedaço de tecido na boca e vira a garrafa de cabeça para baixo até a água começar a pingar por entre seus dedos e no telhado quente de tijolo. Ele desvira a garrafa e espreme o excesso de água do pano. Então o abre, fazendo espirrar mais água, e entrega o pequeno pedaço ao brasileiro. O percussionista envolve a extremidade menor do cachimbo com o tecido e o amarra para que fique no lugar. Isso esfriará a fumaça. Ele o estende para Sanjay.

Sanjay dá um sorriso, se ajeita, depois desliza o *chillum* de modo a pô-lo entre dois de seus dedos e o polegar, com um pequeno espaço aberto embaixo. Com a mão esquerda espalmada, ele envolve os dois dedos que seguram o cachimbo, criando uma vedação. O brasileiro acende outro fósforo.

Sanjay leva o cachimbo à própria testa, sacode os cotovelos até suas mãos estarem segurando o cachimbo no lugar certo, e grita a saudação a Shiva: "BOOM SHANKAR!" — mais um ritual de "Fumo Sagrado" que os viajantes adotaram em nome da autenticidade étnica, o equivalente indiano de Jah Rastafari. Não sei se ele faz isso porque está em modo Índia ou para impressionar os viajantes, mas, de todo modo, nenhum de nós lhe dá o reconhecimento que eu sei que ele quer por isso.

— Fale baixo, parceiro — alerta o brasileiro ao ver que a voz de Sanjay ecoa poço abaixo. — A polícia ainda pode estar por perto.

— Desculpe.

Sanjay inclina a cabeça para um dos lados e leva o *chillum* à boca. O brasileiro segura o fósforo acima da mistura e a faz encolher e pegar fogo, enquanto Sanjay chupa a extremidade como se fosse um enorme charuto. Depois de cinco baforadas, a mistura está cintilando, cor de laranja, como um cometa ardendo na atmosfera. Sanjay dá uma última baforada e depois traga com força, fazendo o haxixe estalar e a brasa ficar vermelha. Ele retira o *chillum* no mesmo instante em que perde o fôlego e deixa entrar um pouco de ar para resfriar a fumaça.

Não adianta. Sanjay me lança um olhar de pânico para me dizer que tragou demais e posso ver os espasmos de sua garganta conforme a fumaça luta para tornar a sair. Sanjay me entrega o *chillum* depressa, dá seis engasgadas rápidas no fundo da garganta e libera uma enorme nuvem de fumaça que dura cinco segundos e parece o vapor saído de uma panela de pressão. Então começa a tossir. Tossidas fortes, convulsivas, que fazem suas bochechas inflarem, seus lábios ficarem roxos e sua garganta emitir ruídos que soam como os avisos de uma morte iminente.

Todos rimos dele. Ele olha para mim. Lágrimas escorrem de seus olhos. Durante um segundo, penso que está chorando.

— Sua vez — ele consegue articular.

Envolvo o *chillum* com as mãos do mesmo modo, dou uma ou duas baforadas para acender a brasa e sorvo, meio rezando para não ser tão guloso quanto Sanjay. Deixo a fumaça cascatear garganta abaixo e sinto-a preencher meus pulmões como um banho. Ela tem sabor de flores, um cheiro doce como néctar. Afasto o cachimbo no instante em que meus pulmões me dizem que estou atingindo a capacidade máxima e sorvo um pouco de oxigênio. Prendo antes de soltar, vendo a fumaça se derramar para fora da minha boca como uma superestrela pornô em deleite.

Durante um segundo, não sinto nada. Então começa. Primeiro vem aquele rufar grave, que nasce dentro dos meus pulmões e explode nos meus ouvidos como um cogumelo atômico. Passo o cachimbo para o dragão cingapuriano, que diz alguma coisa, mas não consigo ouvir o que ele diz porque o som da explosão no meu coração e nos meus pulmões e ouvidos continua rufando mais e mais e mais. Percebo que estou sorrindo.

Então o som do rufar começa a sumir em algum lugar ao longe. De repente sinto-me incrivelmente leve. Minha mente está limpa e — não há outra maneira de descrever isso — simplesmente me sinto maravilhosamente vivo, satisfeito e calmo. Tudo faz sentido e eu simplesmente me permito apreciar o gosto floral que ainda persiste na minha garganta.

Quando dou por mim, estou rolando no chão de tanto rir e não sei por quê. Lembro-me vagamente de ouvir Sanjay arrotar e de ver uma pequena nuvem de fumaça sair de sua boca, e talvez seja isso que acho tão engraçado.

O *chillum* dá mais duas voltas, rufando e rindo até todos termos a sensação de que acabamos de cair do céu e não conseguimos acreditar em onde estamos, sabemos apenas que é extremamente engraçado e não parece ser nada sério.

Depois de algum tempo, conseguimos nos controlar o suficiente para começar a conversar. Ou pelo menos eu consigo me controlar, porque só percebo o fato de que estamos tendo uma conversa no meio da frase de outra pessoa. O brasileiro está ocupado despejando os resquícios queimados do *chillum* sobre o telhado e batendo com a extremidade do cachimbo na palma da mão até soltar a pedra que fica lá dentro. Ele a deixa cair no chão como uma rocha em brasa.

O cingapuriano está ocupado rasgando outro pedaço do tecido, não quadrado, mas dessa vez comprido e fino. Ele o enrola em cima da coxa até o tecido ficar parecendo um pedaço de barbante. Entrega-o ao brasileiro, que enfia o barbante pela extremidade mais grossa do cachimbo. Depois de uma ou duas tentativas, o barbante aparece do outro lado. O cingapuriano segura uma extremidade enquanto o brasileiro segura a outra e então ele começa a esfregar vigorosamente o interior do cachimbo até o tecido ficar preto de alcatrão. Quando termina, olha para o céu noturno através do cachimbo como se este fosse um telescópio.

— Acho que tá limpo — diz ele, dando uma esfregada rápida na pedra antes de deixá-la cair de novo dentro da extremidade mais grossa do *chillum*.

— Pode até dar trabalho, mas que dá onda, dá — diz Sanjay, ainda tossindo um pouco.

— É — concordamos, todos doidões.

— Então, como eu estava dizendo, porra, o mundo é tudo uma sacanagem. Melhor foder logo com ele antes que ele foda você, tá sacando? — recomeça o brasileiro. Sua pronúncia da palavra foder é tipicamente australiana.

— É — contribui o drogado cingapuriano. — Eu fiz uma mutreta com o seguro uma vez. Dois mil dólares. Fácil. Viajei seis meses pela Índia. Obrigado, homem do seguro. Toda a minha vida dei dinheiro à companhia de seguros. É hora de eles devolverem.

— Eu só gostaria de conseguir bolar um esquema que me fizesse ganhar tanto dinheiro que eu nunca mais tivesse de trabalhar — diz Sanjay. — Essa é a maior sacanagem de todas. Trabalhar a vida toda em empregos que odiamos, só para ganhar uma porra de uma pensão daqui a cinqüenta anos quando estivermos velhos demais para aproveitá-la direito.

— É — tornamos todos a concordar.

— Eu não quero ser rico — diz o brasileiro agitando as mãos na frente dos nossos rostos —, só quero ter dinheiro suficiente para poder viver a vida como quiser. Vou ser honesto. Sou percussionista há dez anos. Provavelmente nunca vou conseguir viver disso. Não sou bom o suficiente. Então em vez disso o que eu tenho de fazer? Dirigir uma porra de um táxi a vida inteira. Muito escroto.

— Entendo — digo.

O cingapuriano está esparramado contra a parede, detonado de heroína.

— Melhor eu levar ele lá para baixo — diz o brasileiro baixinho. — De qualquer maneira, preciso de mais uma dose. — Ele se levanta e põe o cingapuriano de pé. Suas pernas parecem que vão se partir com o esforço.

Dinheiro

Depois que eles vão embora, Sanjay e eu nos deitamos e tentamos procurar estrelas. Tudo que conseguimos ver foi o néon cor-de-rosa da cidade refletido em nuvens marrons. Agora estou sentimental. A tensão entre nós parece ter se dissipado um pouco. Espero poder começar de novo.

— Sanj?
— Oi.
— Você se lembra de quando meu pai morreu?
— Lembro.
— Eu alguma vez lhe mostrei a carta que ele me deixou?
— Não. Mas você me falou sobre ela um dia. Acho que me lembro de você ter dito que havia várias coisas sobre imortalidade e sobre voltar do mundo dos mortos. Coitado do cara. Ele deve ter ficado bem louco no final.
— É. Eram todos aqueles remédios estranhos que ele tomava.
— Estou surpreso por você nunca ter processado ninguém. Ao que parece, esses médicos realmente fizeram merda.
— Os médicos não tiveram nada a ver com isso. Pelo menos nada que eu pudesse provar. Papai tinha essa idéia maluca na cabeça de que preferia morrer primeiro a envelhecer, então tomou cinqüenta e seis Viagras, treze *ecstasys* e uma ou duas doses de anfetamina antes de se jogar com o carro das colinas de Estérel. Eles nunca chegaram a descobrir exatamente o que o matou primeiro.
— Meu Deus. Mas é uma boa maneira de morrer... imagino eu.
— Talvez.

Faço uma pausa, deixando a informação ser digerida, permitindo que a intimidade faça o seu trabalho, destranque portas, abra suas defesas.

— Enfim — recomeço. — Eu algum dia lhe disse que seu último desejo foi que eu escrevesse um livro?

— Não. É mesmo? Sobre o quê?

— Ah, nada especial — minto. Não sei por quê. Talvez eu esteja apenas indo com calma, aproximando-me aos poucos do objetivo. — Ele disse que só queria me ver dar um rumo na vida. Você sabe, me concentrar em alguma coisa.

— É exatamente disso que você precisa, não é? Um sermão do túmulo.

— Bom, o engraçado é que acho que estou me acostumando com a idéia.

— É mesmo?

— É. Acho que estou chegando a um ponto em que gostaria de fazer alguma coisa da vida, sabe, alguma coisa significativa.

— Não há nada de errado com isso — diz Sanjay.

Até ali tudo bem.

— O problema é que... — digo, instigando-o.

— O quê?

— Bom, publicar um livro não é exatamente fácil, você sabe, e, bem, há o problema do fluxo de caixa.

— Você está precisando de dinheiro?

— Não, não. Nada disso. Ainda estou me virando com minhas economias do trabalho. — Adoro dizer "trabalho", como se eu realmente *fizesse* alguma coisa. Como se eu não estivesse de modo algum vivendo da caridade do meu falecido pai. — É só que, bem, como posso dizer isso? Se eu escrever um livro e não for publicado, não terei nenhuma fonte de sustento.

— Verdade.

— E a idéia de ser um artista faminto não me atrai muito.

— Tô entendendo. A maioria dos artistas famintos morreu de fome ou, pelo menos, vendeu seu talento a algum emprego que detestava.

— Então... o que você sugere que eu faça?

— Sei lá. Arrumar um emprego e escrever no tempo livre, acho.

— Exatamente.

— Exatamente o quê?

— Foi exatamente o que pensei.

— E?

— Bom, eu tenho um emprego... mais ou menos.
— Ih, ih. Não vamos voltar àquela história do *Hindu Week*, vamos?
Ouço a vibração positiva subitamente sair de tom.
— Ouça — continuo depressa, desesperado para me explicar antes das barreiras tornarem a se formar —, se eu fizer essa matéria para o *Hindu Week* do jeito certo, mato dois coelhos com uma só cajadada. Eles me pagam e eu sou publicado. Esse poderia ser exatamente o começo que estou procurando. Tá entendendo? Faz tanto sentido.
— Tá. Pode parar por aí. Vamos entender isso direito, está bem? Então você diz que o *Hindu Week* vai pagá-lo.
— É.
— Quanto?
Não respondo. Eu sabia que ele faria isso.
— Vamos, quanto? — insiste ele.
— Vinte e cinco mil rupias — murmuro entre os dentes.
— Quanto?! Vinte e cinco mil? Isso são só quinhentas libras, Josh. Meu Deus. É ainda menos do que eu pensava. Às vezes eu não consigo acreditar em você. Você não duraria um mês com esse dinheiro, nem na Índia.
— Eu sei, mas pelo menos serei publicado.
— Oba, oba! Uma merda de uma materiazinha. Grande coisa.
— Bom, é melhor do que nada.
— Não é melhor do que estar morto. — Não tenho resposta para isso. Ele continua, implacável. Sabe quando está com a vantagem. — Ouça, amigo, o único motivo realmente bom para se meter com a Máfia é caso isso fosse lhe render tanto dinheiro que você pudesse se permitir nunca mais ter de trabalhar novamente. Quinhentas libras não vão levá-lo muito longe. E se acha que uma matéria na imprensa vai ajudá-lo a publicar um livro está muito enganado.
— É, mas a aventura poderia me fornecer o material de que preciso para publicar um livro.
— Você realmente é uma peça, Josh, sabia? Quer dizer, aqui está você, tentando me convencer a ajudá-lo a se infiltrar na Máfia para que *você*, o sr. Candidato a Escritor, possa obter material para um livro. Depois de todos esses anos, você ainda me surpreende. Não acha que é um pouquinho presunçoso supor que eu possa querer arriscar a vida por você?

Não digo nada. Ele está embalado e não há por que ficar no seu caminho. Sei que fracassei. Não há nada que eu possa fazer agora. Fracassei antes mesmo de começar. E há uma boa parte de mim que concorda com Sanjay. Não tenho o direito de lhe pedir para me ajudar com isso. Sinto-me até ligeiramente envergonhado pela minha audácia.

— Se você está realmente decidido a escrever um livro sobre a Máfia na Índia, por que simplesmente não inventa a história, como todas as outras pessoas?

— Fico preocupado que possa não ser verossímil — digo debilmente.

— E daí? Ficção é apenas ficção — retruca ele, bombástico.

— Se não for verossímil não vai funcionar. Eu preciso fazer isso para... pesquisa. — É assim que estou chamando a experiência ultimamente. Soa profissional. Afinal, sei que não posso simplesmente inventar coisas. É perigoso demais, sou muito suscetível ao inacreditável, preciso ter pelo menos um fio de realidade que possa torcer. Preciso realmente conhecer a Máfia indiana para escrever um livro.

— Escreva sobre alguma outra coisa, então.

— Não consigo pensar em mais nada sobre o que escrever. — Agora estou soando patético e sei disso. É meu último recurso. Estou tentando provocar sua compaixão. É meu último recurso fazê-lo sentir tanta pena de mim que ele aceite.

— Que tristeza. Escrever um livro não é fazer coisas perigosas e sair em busca de aventuras, sabe? O importante é escrever bem. Se você realmente quiser fazer algo significativo com sua vida, então deveria aprender a escrever bem. Pare de perder seu tempo com essa idéia ridícula. É estúpido demais.

— Bem, sobre o que você sugeriria que eu escrevesse?

— Sobre o que você quiser. Por que não escrever sobre o seu pai?

— Acho que eu poderia escrever sobre ele, só que...

— O quê?

— Eu preciso... — Sei que isso vai soar estúpido, mas digo assim mesmo. — Preciso escrever um bestseller. — Não sei por que simplesmente não abro o jogo com Sanjay sobre o desafio do meu pai. Acho que agora estou com vergonha. Meio que gostaria de nunca sequer ter mencionado isso tudo. Além disso, é claro, há a semente da ganância no fundo da minha mente... que ainda cresce. Se eu contar a Sanjay sobre os cinco milhões de libras, há uma chance, uma forte chance, de ele querer uma parte. Não que eu seja totalmente avesso a compartilhar com ele um pouco do dinheiro. Só não quero deixá-lo ansioso. Não quero sugerir que, caso ele me ajude, eu com certeza, algum dia, lhe darei um ou dois milhões. Não há nenhuma garantia disso, nenhuma garantia mesmo. Não. Não há por que aumentar suas expectativas. Melhor testar sua caridade e depois recompensá-lo, súbita e gloriosamente. Talvez seja isso que eu esteja fazendo. Testando-o, testando nossa amizade. Ele não sabe, mas, se me ajudar, pode acabar rico... *pode*, obviamente, é a palavra que importa. Porque ainda não estou me comprometendo. Até onde sei, ainda posso me revelar um pilantra realmente ganancioso, sovina e traiçoeiro. Tudo depende. Há tantas variáveis. O júri ainda não se decidiu a meu respeito. Um cara legal? Vamos pensar nisso quando os cinco milhões estiverem no bolso. É isso que quero dizer. É por isso que não digo nada. Porque nada é certo. Nem o bestseller, nem o dinheiro e nem sequer eu.

Sanjay não diz nada durante algum tempo. Uma parte de mim pensa que provavelmente é melhor assim. Não gosto de me sentir ganancioso. Cinco milhões de libras — é muito dinheiro. Minha cabeça pira sempre que penso nisso. É como uma doença. Não me considero uma pessoa gananciosa. Só acho que pensar em todo esse dinheiro me contamina com avareza. É um motivo poderoso. Parte de mim acredita que seria melhor nem chegar perto dessa história. Melhor levar uma vida normal e tediosa e permanecer puro, manter minha alma limpa. Eu deveria simplesmente ir para casa e arrumar um emprego como todas as outras pessoas. É então que me sinto culpado. Sinto-me mal por ter pedido isso a Sanjay. Espero que ele não fique magoado comigo. Espero que não mencione esse episódio a nenhum dos nossos outros amigos. Isso seria embaraçoso. As pessoas vão pensar que enlouqueci de verdade.

Então, no exato instante em que estou me habituando a esse modo de pensar e em que estou prestes a desistir de tudo, ele embarca em um discurso totalmente diferente. Não sei de onde vem isso.

— Sabe o que eu acho? — começa ele, com uma onisciência superior. — Não acho que isso tenha nada a ver com "fazer alguma coisa significativa", nada mesmo. Acho que você só está procurando um atalho para se tornar rico e famoso. Eu estou certo, não estou? Você acha que perseguir a Máfia vai torná-lo famoso de algum jeito. Nem sequer tem tanta vontade assim de ser escritor. Você apenas gosta da idéia de ter seu nome no letreiro. Bem? Estou certo?

— Por que você diz isso?

— Talvez porque esta seja a primeira vez que ouço você expressar algum interesse por escrever um livro. Tudo parece tão sem sentido. E o fato de insistir que seja um bestseller. Você está se entregando.

— Eu já lhe disse, meu pai me falou para fazer isso.

— E daí? O que há de tão significativo em escrever um livro, afinal de contas? Certamente não vejo em que escrever um livro sobre a Máfia na Índia é tão significativo assim. A não ser, é claro, que você esteja esperando que ele o torne rico e famoso e, nesse sentido, dê significado à sua existência.

— Acho que você está falando de si próprio, não de mim. — Ele agora está me irritando com sua nova diatribe. Por que não consegue simplesmente ficar calado quando está com a vantagem? Ele precisa insistir. Agora estou feliz por não ter mencionado os cinco milhões.

— O que quer dizer com isso?

— Bom, por que você quer ser um *superstar* de Bollywood? Se não for pelo dinheiro e pela fama, não sei por que é — devolvo.

— Ah, por que você não vai se foder?

Não digo nada. Eu sabia que meu último comentário o atingiria no coração. Não estou mais tentando convencê-lo do que quer que seja. Estamos apenas brigando. E agora estou disparando flechas em seu calcanhar-de-aquiles. Conheço a sua história. Sei como machucá-lo.

A verdade é que Sanjay veio trabalhar em Bollywood porque não teve alternativa. Originalmente ele queria ser ator — "um ator de verdade", como diz — em Londres. Mas, apesar de uma carreira longa e extensa em peças escolares, Sanjay simplesmente não conseguiu entrar no circuito profissional.

É por isso que ele tem todas essas tiradas prontas sobre "artistas famintos" *versus* "trabalhar em empregos que odiamos" = "inútil". Ele sabe o que é viver de seguro-desemprego, assim como sabe o que é levar a vida pegando transporte público e trabalhando de terno cinza. Ele fez praticamente de tudo para evitar essa contingência. Passou fome e fez trabalho burocrático — manutenção de arquivos, basicamente.

Mas ele finalmente desistiu. Acho que, depois de algum tempo, todas aquelas rejeições, todos aqueles "Não nos telefone, nós telefonaremos para você" o cansaram. Provavelmente isso também teve algo a ver com cinco anos de chateação persistente de uma mãe dominadora que empregou uma estratégia bastante inteligente: de um lado, desencorajá-lo como um "menino de talento limitado que deveria conhecer os próprios limites" e simultaneamente, de outro, garantir-lhe que uma "fantástica carreira de ator" o esperava na Índia (seu principal objetivo sendo atrair o filho único de volta para casa).

Qualquer que seja o motivo, Sanjay acabou por ceder. Pôs seus sonhos na mala e voltou para casa, onde lhe prometiam trabalho. É essa a sua concessão. Assim ele consegue "atuar" e ganhar um bom dinheiro. O pior aspecto de sua situação é que Sanjay não suporta a Índia, despreza Bollywood e odeia a mãe. Mesmo assim, não consegue lidar com as duas escolhas de vida que o esperam em Londres. Assim, acabou voltando para casa, onde lhe prometiam trabalho. Pode chamar isso de ressaca colonial, mas aparentemente aqui o nepotismo ainda funciona. Pelo menos era isso que eu pensava, e Sanjay também, imagino. O divertido para qualquer observador é que Sanjay está aqui há seis meses e ainda não foi chamado para sequer um teste. Tudo que ele tem feito é passar o dia sem fazer nada na casa da mãe, que só faz importuná-lo, ficar doidão e tentar se reintegrar à cena social de Mumbai. Sei tudo isso graças a nossas conversas ao telefone. Durante as últimas semanas, tenho sido seu único ouvido compreensivo. Mas agora estou usando suas próprias confissões como armas contra ele. Por que não deveria fazê-lo? Afinal, ele também não tem me poupado.

— Bom, pelo menos não estou arriscando a vida por causa disso — recomeça Sanjay depois de algum tempo, sem convicção, e então pára, como se estivesse pensando melhor na situação toda. Posso perceber que consegui magoá-lo. Ele é muito sensível, nosso Sanjay, pelo menos quanto a determinadas coisas. Insensível e inepto com garotas, mas basta um golpe no lugar certo e ele se dobra com docilidade. Talvez ele se sinta traído. Há uma parte de mim que se sente mal. Não quero atacá-lo. Sanjay é meu parceiro. E a idéia não é brigar. A idéia é tentar convencê-lo a me ajudar. Percebo então que estraguei tudo. Tento pensar em alguma coisa para dizer, alguma coisa para ajeitar a situação. No mínimo, deveríamos ajudar um ao outro, Sanjay e eu. Somos tudo o que temos aqui na Índia, estamos sós.

— Sanjay — começo.

Ele não responde.

— Sanjay, escute. Eu sinto muito, Sanjay, sinto muito mesmo...

Então ele simplesmente me interrompe, muito exageradamente, todo ultrajado, com o nariz empinado, e diz:

— Sabe o que mais? Isso tudo é simplesmente estúpido. Para mim chega dessa conversa. Vou para a cama.

— Ah, vamos, amigão...

— Não — diz ele, fazendo biquinho. — Não quero mais falar com você.

— Como quiser. — Atores. Tão intensamente temperamentais.

— Boa-noite — diz ele, levantando-se para ir embora.

— Boa-noite.

Merda.

Déjà vu

Yasmin está no meu quarto.

— Vai, Josh, depressa, depressa.

— Tem certeza de que eles estão atrás de mim?

— Isso tem importância? — pergunta ela entre os dentes, lançando olhares nervosos pela fresta da porta. Concluo que ela provavelmente tem razão. Seguro morreu de velho. Agarro uma camiseta e sigo descalço até as escadas, me vestindo pelo caminho. Resisto à tentação de olhar para baixo à procura de lanternas.

Descemos o primeiro lance de escadas pulando os degraus de dois em dois antes de eu me lembrar de Sanjay. Agarro o ombro de Yasmin.

— Sanjay, não podemos deixá-lo — digo, e antes de ela ter oportunidade de responder torno a subir correndo as escadas até o quarto dele. Está trancado. Não tenho coragem de bater e fazer barulho. — Sanjay, Sanjay, Sanj... — digo, quase em um sussurro, através de sua janela coberta com tela de arame. Posso ver sua silhueta, encolhida com as mãos entre as coxas, na posição da prece. — Quentin, acorda. Porra, cara, levanta. — Ele sequer se mexe. — Merda.

Yasmin já subiu metade das escadas, agitando as mãos para mim como um guarda de trânsito impaciente. Seus olhos verdes, como os de um gato, gritam para mim no escuro. Pressiono a tela de arame com a mão, em uma espécie de gesto de boa sorte, antes de sair correndo atrás dela. Descemos dois lances de escadas até o terceiro andar.

— Rápido, aqui dentro — diz Yasmin com a voz rouca, e depois me puxa pelo pulso para dentro de um quarto vazio, a três portas do seu.

Ela fecha a porta e ficamos ali em pé, respirando no escuro. Durante algum tempo, tudo, exceto nós, parece silencioso. Meus ouvidos se aguçam à procura de pistas. Isso não parece uma batida policial. Tudo está silencioso demais. A essa altura o hotel inteiro deveria estar acordado e correndo em pânico de um lado para o outro.

— Tem certeza... — começo, antes de Yasmin me cortar com um *shhh*. É então que os escuto. Há sussurros. Não consigo distinguir o que estão dizendo. Os pensamentos de Yasmin abafam telepaticamente as palavras deles. Tudo que consigo ouvir na minha cabeça é a sua voz: "PRONTO, ENTÃO, AGORA VOCÊ ACREDITA EM MIM?"

Uma sombra consegue se esgueirar pela noite, visível pela fresta da nossa porta. Ela não nos vê. Um par de sapatos de sola de borracha sobe as escadas rangendo.

— Vamos — sussurra Yasmin. Ela lança um olhar rápido para o vão das escadas antes de me conduzir, como um homem cego, rumo ao desconhecido. Não faço perguntas, paro de procurar pistas. Na minha mente há apenas ordens para mover meu corpo. Estou seguindo algum instinto primordial para escapar. Lutar ou fugir. Mexer a perna, andar na ponta dos pés, não cair. A sensação é estranhamente meditativa, calma. Tirando a voz, há apenas o vazio. O ah-tão-suportável-vazio-do-ser.

Depois de evitar os policiais, o resto é fácil. Passamos depressa pela recepção sem sermos vistos, e desembocamos precipitadamente no beco sem saída semi-asfaltado. Começamos a correr, meus sentidos em alerta total para cocôs de cachorro e de vaca. Quando penso neles, meus imensos pés subitamente não parecem tão desajeitados assim — a idéia de escorregar em um monte de bosta cheio de vermes tem o efeito profundo de me devolver a coordenação motora. Quase me divirto pulando pela rua escura com todas as suas formas e sombras ameaçadoras. Sentir meu corpo reagir às minhas ordens é um sentimento desconhecido, mas que provoca profunda satisfação.

Alguns metros mais adiante na rua principal, um cachorro cheio de carrapatos — com partes do pêlo arrancadas de tanto se coçar e pedaços de pele nua cobertos de feridas sangrentas — pula em cima de nós de repente, saído das sombras, e tenta morder nossos pés. O susto nos faz acelerar o ritmo da corrida e mantê-lo assim até bem depois de passado o território do cachorro. O ritmo das batidas do meu coração faz latejarem e doerem meus dentes, e sinto gosto de sangue na minha garganta.

Digo a Yasmin para pararmos.

— Para onde estamos indo? — pergunto ofegante, curvando o corpo, segurando com firmeza meus joelhos fracos, pressionando as mãos neles e esticando os braços ao máximo.

— Não sei — ofega ela em resposta. — Só pensei que devêssemos dar o fora daquele lugar.

— Você tem certeza de que era a polícia?

— Tenho sim. Ou você acha que eu gosto de correr seminua por Déli no meio da noite? — É só então que percebo como Yasmin está com pouca roupa. Ela veste apenas um short cinza de algodão, que parece mais uma calcinha do que um short, uma camiseta de alças finas do mesmo material cinza e chinelos. Eu a desejo.

— Deveríamos achar um lugar para ficar — digo, antes de acrescentar depressa: — Aqui não é seguro.

Ela concorda e entramos no primeiro beco que conseguimos encontrar. Não demora muito para nos depararmos com um letreiro de néon cor-de-rosa e uma recepção ladrilhada de branco. Não reparo no nome do lugar. Estou ocupado demais contando os finos pêlos que cobrem a nuca de Yasmin.

Ela acorda o adolescente atrás do balcão, que nos leva até um quarto como um sonâmbulo. Uma cama de casal, com lençóis brancos limpos, ocupa gloriosamente o centro do piso. Há até ar-condicionado e toalhas limpas penduradas debaixo de um aviso louvando os méritos do sistema de água quente. É estranho estar em um hotel normal. O lugar é limpo, confortável e nada intimidador. Subitamente me ocorre que nem todo mundo vem à Índia para usar drogas, encarar a polícia e conhecer gente desajustada. Algumas pessoas vêm aqui e se hospedam em hotéis normais, e fazem coisas normais como visitar o Taj Mahal e se preocupar com a comida. Vejo Yasmin entregar uma pequena pilha de rupias para o menino e pergunto-me por um instante se deveria oferecer algum dinheiro. Então percebo que não tenho nenhum dinheiro comigo e meio que me pergunto como Yasmin pôde ser tão previdente a ponto de trazer algum consigo. Talvez ela sempre carregue sua pochete de dinheiro. Não consigo ver nenhuma protuberância em suas parcas roupas. Mas então, no exato instante em que estou começando a me perguntar se isso é estranho, a porta se fecha atrás de nós e de repente estamos sozinhos.

— Pareceu complicado demais pedir quartos separados — diz Yasmin, virando-se para olhar para mim. — Você se importa?

Tento não engasgar com a resposta.

— Não, de jeito nenhum, sem problemas. Isto está ótimo. — Sei que não consegui.

— Vou tomar uma chuveirada — anuncia ela, abaixando os olhos para os próprios pés, imundos da rua. Ela desaparece com uma das toalhas.

— Eu vou depois — respondo, com entusiasmo demais. Digo a mim mesmo para ficar calmo, mas, em vez disso, vejo-me sentado na beirada da cama, sacudindo a perna direita como um maníaco. Lembro-me de repente de alguém ter me dito que pessoas que sacodem as pernas em público na verdade estão simulando uma masturbação. Paro de sacudir a perna e olho em volta para o quarto, procurando desesperado alguma coisa para fazer. Presto atenção no barulho da água batendo no chão do banheiro antes de ser abafada pela forma nua de seu corpo, depois batendo de novo, depois abafada, depois batendo, misturada ao ruído do sabonete fazendo espuma. Olho para baixo e vejo que minhas duas pernas estão saltitando como cães no cio.

Levanto-me e leio as instruções do aparelho de ar-condicionado. Primeiro em inglês, depois em alemão, depois em sânscrito. Ligo o aparelho. Nível 1, 2, 3, 4, 5. Um ar gelado faz meus cabelos voarem. Torno a descer. 5, 4, 3, 2, 1. Torno a subir, depois torno a descer. A água pára. Escolho o nível 2 e procuro depressa alguma coisa para fazer. O quarto está vazio. Onde está o jornal quando se precisa dele? Deito-me na cama, e forço meus pés a calçarem um par de pesadas botas imaginárias, prendendo-os ao chão. "Não sacudam, não sacudam." Tento não imaginar exatamente que parte do corpo ela está esfregando com a toalha. Pergunto-me se vou poder usar a mesma toalha de manhã. Será que ela estará com o cheiro de Yasmin ou com cheiro de sabonete?

A porta do banheiro se abre.

Imagino que tenha havido ocasiões, instantes na verdade, em que descubro que a mulher com quem estou não corresponde exatamente às exigências necessárias. Não importa quem seja, sempre consigo encontrar algum defeito, alguma inadequação que reduz a excitação da visão inicial. Pernas curtas demais, bunda ligeiramente grande demais, seios pequenos demais — o que seja. A verdade é que a maioria das pessoas não é perfeita e, por algum motivo, consigo deixar minha preocupação com essas falhas crescer até se transformar em um empecilho. As inadequações que me vejo perdoando no começo transformam-se nas razões para terminar tudo no final.

Mas Yasmin é perfeita. Não há nada errado com ela. Nada. Não há verrugas feias nem protuberâncias obscenas. Não há nada de repulsivo escondido, como axilas não-depiladas. Nada de buracos de celulite, nada de mãos masculinas, nada de cicatrizes roxas. É então que percebo. Eu poderia amar Yasmin para sempre.

Ela fica ali em pé por um instante, tampando perfeitamente o brilho amarelo da lâmpada do banheiro com o formato de sua cabeça. Posso ver um halo. A toalha está bem segura e apertada contra seus seios mais-do-que-medianos e estica-se pela curva de seus quadris e pelo alto de suas coxas. Ela ainda está pingando, segurando as roupas com uma das mãos.

— Sua vez — diz ela, torcendo o excesso de água das pontas dos cabelos e lançando-me um sorriso.

Tento agir de forma descontraída, mas de repente percebo que literalmente disparei até a porta e encosto nela ao passar, com uma perna ainda no vão da porta. É um momento embaraçoso e não dizemos nada. Logo antes de eu terminar minha chuveirada, que leva no máximo cinco minutos, subitamente me ocorre que eu deveria agradecer a Yasmin por salvar a minha pele. Isso poderia ser um bom começo.

Quando volto para dentro do quarto, ela está deitada na cama vestida, com o lençol substituindo a toalha, esticado sobre seu corpo, e o travesseiro escurecendo à medida que absorve a umidade de seus cabelos. Seus braços estão cruzados e seus olhos estão perdidos ao longe.

— Yasmin — digo baixinho, prestando atenção para manter a barriga retesada. Aprendi esse truque em uma sessão de fisioterapia que tive para me ajudar a parar de curvar as costas. O segredo de uma boa postura está todo na barriga.

Ela pára de sonhar acordada e concentra a atenção em mim, sonolenta, antes de sorrir.

— Ahn.

Caminho até o lado da cama e sento-me ao seu lado. Ela está olhando direto para mim, bem nos olhos. Não parece nem um pouco vulnerável. Nem sequer perturbada. Sinto cócegas no estômago. Penso em segurar sua mão, mas decido não fazê-lo. Sei que minhas palmas vão estar suadas e tremendo.

— Eu só queria agradecer.
— Por quê?
— Por me ajudar agora há pouco, com a polícia e tal.
— Não seja bobo.
— Não, sério — digo, olhando-a com os olhos mais gentis que minha mãe jamais me deu. — Eu agora poderia estar encrencado se não fosse por você.
— A última coisa de que preciso é ver mais amigos irem para a cadeia na Índia. Além disso...
— O quê?
— Ah, nada.

O aparelho de ar-condicionado pontua o silêncio com seu murmúrio. Pergunto-me se deveria pedir para beijá-la e essa idéia faz as cócegas no meu estômago atingirem um ritmo de pânico. Então me lembro da regra: se você precisa pedir, não vai acontecer.

— Mas como você os ouviu? — pergunto, acalmando o massacre no meu estômago. — A polícia, digo. Eles estavam sendo tão discretos.
— Eu estava acordada e ouvi alguém dizer o seu nome. Foi assim que descobri que estavam atrás de você.
— Foi mesmo? Merda. Você não acha que descobriram que meu visto de trabalho expirou, acha?
— Talvez. Quem sabe? De qualquer maneira, agora não importa. Você está seguro, é só isso que importa.
— Espero que Sanjay esteja bem.
— Ele vai ficar bem — responde ela, confiante, antes de afundar no colchão. — Agora vamos dormir um pouco. Está tarde.
— É, tem razão — digo, puxando a camiseta por cima do rosto enquanto a tiro para esconder a rejeição e dando a volta na cama antes de apagar as luzes e me deitar ao seu lado. Um espaço fresco e limpo nos separa, mas não me atrevo a chegar mais perto para me aquecer. Já houve animação suficiente por uma noite.

Não está dando pé

S ó consigo ver o alto de suas coxas acima da água. Meus braços estão ficando cansados. O cloro da piscina faz meus olhos arderem e posso sentir seu gosto. Quando a água não está batendo em minhas orelhas e o som de seu chapinhar não está alto demais, posso ouvi-lo chamar o meu nome.

— Vamos, Josh, você consegue. Você consegue. Nade até o papai.

Minhas pernas estão ficando cada vez mais pesadas. Não pareço conseguir me manter na superfície. Minhas pernas estão me arrastando para o fundo. Agito e estico os artelhos, tentando desesperadamente alcançar o fundo da piscina, mas não há nada além de água. Franzo os lábios e estico o pescoço, tentando tomar ar à medida que minha cabeça começa a afundar abaixo da superfície. Mexo os braços com o máximo de força de que sou capaz, fazendo arder os músculos dos meus ombros, mas não adianta. Posso sentir a água entrar na minha boca e se prender na minha garganta. Estou me afogando, penso comigo mesmo. O medo me submerge, e a tristeza também. Mesmo na água morna, posso sentir o calor das minhas lágrimas enquanto pisco com a concentração de tentar permanecer vivo.

Como ele pode fazer isso comigo? Por que papai está deixando que eu me afogue?

— Socorro, papai. Papai, socorro. Por favor. — Sei que ele não consegue me ouvir. O som abafado das batidas do meu próprio coração faz latejar meus ouvidos, e meus pulmões estão pegando fogo.

Então eu o ouço. Ele está me chamando. Abro os olhos e vejo que ele está em pé quase do meu lado. Se eu apenas conseguir esticar o braço. Tento agarrar a superfície da água. Ele está dizendo alguma coisa. Posso vê-lo, de pé como um gigante, com os braços estendidos para mim. Estou tão perto. A água se afasta por uma fração de segundo e engulo ar. Meus ouvidos se esvaziam com um glu, glu, glu.

— Bata os pés, Josh. Bata. Chute. Olhe, estou com o dinheiro. Aqui estão os cinco milhões. Nade até eles. Vamos lá, nade!

Bato as pernas e chuto e começo a me levantar. Percebo que vou conseguir. Ele agora está tão perto. A alegria me impele e começo a bater e chapinhar com todas as forças que me restam. Meus pulmões precisam de ar, mas tudo logo estará terminado, penso comigo mesmo. Estou tão feliz por não me afogar. Seu short de náilon azul ondula na minha frente e estendo a mão para segurá-lo. Sinto o tecido com a ponta dos meus dedos. Consegui. Consegui.

Então, de repente, ele some. Tento segurar a água, mas ele não está ali. Torno a abrir os olhos e o vejo, a quilômetros de distância. No último segundo, ele se afastou. Por um instante, sinto-me submergido pela injustiça daquilo tudo. Nunca vou alcançá-lo. Sempre que eu chegar perto, ele simplesmente vai se afastar. Posso sentir a esperança escorrer da minha mente, pelo meu corpo, até meus pés. O peso do desespero começa a me puxar novamente para baixo. Tudo fica em câmera lenta e, enquanto afundo mais uma vez abaixo da superfície da água, posso ouvi-lo dizer:

— Vamos lá, Josh. Bata os pés! Pense no dinheiro.

Paro de chapinhar e sinto-me cair cada vez mais para o fundo. O peso da água faz pressão nos meus olhos e posso sentir minhas bochechas se encherem com meu último suspiro. Restam apenas mais alguns segundos, e tudo estará terminado. Nos últimos instantes, tudo que ele foi capaz de me dizer foi: "Pense no dinheiro." Deixou que eu me afogasse e só o que disse foi: "Pense no dinheiro."

Resta um segundo agora. Um punho de ar morto faz pressão para fora dos meus pulmões e garganta acima, forçando minha boca a se abrir. Posso sentir meus lábios ficarem azuis enquanto os mantenho firmemente fechados para resistir. O ar começa a forçar seu caminho para cima, para dentro do meu cérebro e para trás dos meus olhos. Ele começa a se expandir. Abro a boca e o ar turbilhona ao meu redor em uma confusão de bolhas. Meus pulmões revertem instintivamente o mecanismo e a pressão para fora se transforma em pressão para dentro. Tento beber a água em vez de respirá-la, mas é inútil. Sinto o fluxo da água entre meus dentes. Ela faz cócegas na minha garganta e começa a me encher.

De repente, a mão de alguém me agarra pela axila e, com um grande som de vácuo, eu vôo até a superfície da água. Liberdade, ar e luz estão por toda parte. Minha libertação é como um êxtase. Então vem a dor. Meus pulmões sofrem um espasmo. Começo a engasgar e a vomitar. Água misturada com filamentos pegajosos de saliva e vômito escorrem pelos ombros sardentos do meu pai. Posso sentir as palmadinhas reconfortantes de suas imensas mãos nas minhas costas e sob o meu bumbum, onde ele está me segurando.

— Desculpe, filho. Desculpe. Não queria forçá-lo tanto. Tudo acabou agora. Tudo acabou.

Depois de algum tempo, os espasmos nas minhas entranhas diminuem e dão lugar a soluços secos. Todos os meus membros doem e sinto-me sonolento por causa do choque. Meu lábio inferior treme de frio e descrença diante do que acaba de acontecer.

— Por que, papai? — consigo articular. — Por que você fez isso?

— Eu estava testando você, filho — diz ele, com a mão ainda a me afagar. — Queria ver se você tinha coragem. Queria ver o quanto desejava o dinheiro.

— Mas eu quase morri, papai.

— Eu sei, filho, eu sei. Desculpe.

Limpo o vômito do meu queixo e uma idéia subitamente me ocorre.

— Papai?

— Sim?

— Pode me dar o dinheiro agora?

Há uma pequena pausa e posso senti-lo mudando as mãos de lugar de modo a pô-las agora em volta do meu peito. Ele me aperta com força e posso senti-lo afastar-me dos seus ombros para me fazer ficar de frente para ele. Minha bochecha macia roça na aspereza de lixa de sua barba por fazer, e pergunto-me por que ele não se barbeou. Então vejo seu rosto. Ele está embaçado diante dos meus olhos e não consigo distinguir seus traços, mas sei quem é. É Baba!

Grito e me debato freneticamente com os braços e pernas, mas ele está me segurando com os braços esticados na frente do corpo e tudo que consigo atingir é o ar e o osso duro de seu antebraço. A saliva voa de sua boca retorcida enquanto ele grita:

— Não, não pode, porque você não conseguiu. Olhe para você, menininho. Você é fraco. Você não é nada. Sempre será nada!

Sua cabeça se inclina para trás enquanto ele começa a emitir sua risada rouca, sinistra. Sinto suas mãos apertarem mais o meu peito e esmagarem minhas costelas enquanto ele torna a inclinar a cabeça para a frente para me encarar. O ódio escorre do canto de seus olhos e inunda seu olhar.

— Pare. Socorro. Não consigo respirar.

E com isso ele torna a me mergulhar bem fundo na água. O ar sai dos meus pulmões com força mais uma vez e a água entra depressa. Contorcendo-me e virando-me, eu me debato, soco e grito. Esmurro seus braços com os punhos fechados, mas os ossos são muito duros. Os nós dos meus dedos doem. No exato instante em que estou à beira da morte, acordo.

Temidas confissões

Estou sentado muito ereto na minha cama. Respiro com dificuldade. Estendo a mão e acendo a luz. Há lençóis por toda parte, empapados de suor. Minha mão lateja de dor. Olho para ela. A pele do nó dos dedos está esfolada e meu mindinho dói como se estivesse quebrado. Olho em volta e vejo que estava socando a cabeceira de madeira da cama. Ela está lascada. Olho em volta para o resto do quarto. Yasmin está agachada no canto, soluçando.

— Eu tentei acordar você, eu tentei — diz ela, com lágrimas escorrendo pelo rosto e a boca retorcida. — Você estava me atacando. Você me assustou. Desculpe, eu tentei, eu tentei.

Estou tremendo, aterrorizado.

— Me abrace.

Ela rasteja até o pé da cama e se atira em cima de mim. Abraçamo-nos como crianças perturbadas, ninando, afagando, ofegando, apertando, acariciando, beijando. Olhos, orelhas, cabelos, suor, lágrimas, sangue, hálito, lábios, línguas. Afeição, carinho — bálsamos contra a destruição.

Então começam as tumescências. Girando-nos, dobrando-nos, numa intensa contorção de membros, nós nos debatemos às cegas até ficarmos nus. Agarro ossos duros e carne macia. Ela belisca pele e alcança lugares proibidos. Mordo seu pescoço e ela deixa que o faça. Não esperamos. De repente estou dentro dela, sentindo a pressão de seu calor molhado, bombeando profundamente. Ela empurra o corpo para cima, fazendo-me penetrar mais fundo, e sinto-me chutando os lençóis como se ainda estivesse aprendendo a nadar. Ela começa a chamar meu nome. Deslizo as mãos por baixo de seu corpo. Ela enlaça as pernas nas minhas, prendendonos um ao outro. E então estamos unidos completamente, o mais próximos possível. Alguma coisa encosta no final do meu corpo e sei que é o começo do corpo dela. Ela começa a tremer e balançar a cabeça ao lado da minha, dizendo-me para comê-la. Nós nos afogamos nos gritos um do outro. Eu me deixo gozar. Ela se agita e se convulsiona e depois diz, no fundo do meu ouvido:

— Não posso, não posso, não posso... — antes de finalmente desabarmos um por cima do outro, como dois balões murchos.

Levamos muito tempo para nos desprendermos. Ficamos ali deitados escutando nossa respiração, vendo o suor secar no corpo do outro. Ela afaga meu rosto. Posso sentir a aurora despontar lá fora. Depois de um longo tempo, ela diz:

— O que está acontecendo, Josh? — Não digo nada. Quero lhe contar sobre papai. Sinto que deveria explicar. É quando me dou conta. Salto para fora da cama e já estou vestido quando me precipito corredor afora.

O talismã

Sanjay está agachado do lado de fora da minha porta quanto chego.
— Porra, onde é que você estava?
Não respondo. Posso senti-lo me observando enquanto abro caminho em meio aos destroços. Metade do meu quarto está espalhado pelo vão das escadas. A outra metade sumiu. Yasmin chega atrás de mim, ofegante por causa da corrida.
— Ah, não — diz ela.
Dinheiro, passaporte, passagens aéreas, *traveller's* — sumiu tudo. Eles levaram até meu canivete e meu *walkman*. Isso não parece ter importância.
— A carta, cadê a porra da carta? — Não pareço conseguir me concentrar antes de Sanjay me deter, segurando uma folha rasgada de papel A4.
— Acho que consegui salvá-la — diz ele, nervoso.
— Me dê isso — disparo antes de desabar no chão. Posso senti-los olhar para mim. Viro-me para encarar Yasmin e digo, desconexo:
— Meu pai, esta é a carta do meu pai. — Ela aquiesce devagar e sorri com os olhos, entendendo as palavras sem nexo.

Na merda

No final das contas, a idéia de roubar Baba vem de Yasmin. Estamos no banco, em pé no meio de uma massa insistente de corpos e braços, pessoas vindas de todos os lados aglomeradas junto a seus respectivos caixas. Yasmin está esperando para trocar *traveller's*. Ela diz que pode me emprestar algum dinheiro para viver.

Estou apenas começando a perceber o quanto estou encrencado. No início, não achei que nada do que a polícia levou tivesse importância para mim: eu tinha a carta do meu pai. Mas agora posso ver que estou na merda. Assim como todos os outros criminosos, viciados e almas perdidas do Green, estou preso na Índia sem ter como fugir. Se eu precisava de um chamado de volta à realidade, isso sem dúvida é um.

— Yasmin?

— Ahn.

— Puta merda, como é que vou sair deste país sem passaporte?

— Não se preocupe. Nós vamos pensar em alguma coisa.

— Você tem certeza de que foi a polícia, não tem? Tem certeza de que não fui simplesmente roubado?

— Nós já conversamos sobre isso. Você sabe que tenho certeza.

— Talvez você tenha se enganado. Quer dizer, talvez eu devesse correr o risco e ir à embaixada tirar um passaporte novo.

Yasmin subitamente se vira de frente para mim.

— Não, Josh. É perigoso demais. Eles podem denunciar você.

— Mas...

— Sem *mas*. A polícia a esta altura já deu seu nome para a embaixada e os oficiais de lá terão de denunciá-lo caso você apareça. Vi um monte de cartazes de "Procura-se" de holandeses quando fui procurar ajuda para James.

— Eu simplesmente não posso acreditar. Simplesmente não posso acreditar que Shiva tenha me abandonado desse jeito. Por que ele não me deu cobertura?

— Bom, você mesmo disse. Qualquer um poderia ter atendido o telefone no seu jornal. E aquela tal de Lyla? Talvez ela tenha dito alguma coisa.

— Tenho de admitir que isso é extremamente provável. — A depressão me submerge. Estou fodidaço. Agora sequer sinto medo. Sinto apenas resignação. Este é o meu destino, penso comigo mesmo. Meu pior pesadelo está virando realidade. É isso que mereço por... não tenho certeza por quê. Por ser um babaca, por embarcar nesta idéia estúpida, por não amar meu pai de verdade, por ser tão egoísta, por só pensar no dinheiro. Sinto-me repleto de ódio por mim mesmo. Foi nisso que deu, estou na mesma situação do dragão cingapuriano.

Vejo um guarda armado, que tem o queixo apoiado no cano de uma espingarda de cano duplo e espicha uns olhares compridos para Yasmin. Lanço-lhe um olhar mau, desejando que sua arma dispare, imaginando seus miolos voando para cima do aparelho de ar-condicionado na parede atrás dele. Odeio os homens indianos por encararem Yasmin o tempo todo, embora saiba que eu próprio faço muito isso.

— Pergunto-me se ainda posso contar com Shiva para os vinte e cinco mil.

— Duvido.

— Por que não?

— Bom, a palavra dele não tem sido muito confiável até agora, tem?

— Não, acho que não — digo, desanimado. — Talvez eu devesse ir procurá-lo.

— Pode ser arriscado.

— Pode ajudar.

— Bom, então você deveria ir. — Ela vira a cabeça para trás para olhar bem dentro dos meus olhos cabisbaixos, e arqueia as sobrancelhas. — Anime-se. Olhe, tudo vai ficar bem. Nós vamos descobrir um jeito. Está bem?

— Tá, claro que tá.

Ela enlaça os dedos nos meus. Sorrio para ela. E é então que ela diz.

— Ei, sabe o que deveríamos fazer? Deveríamos roubar o dinheiro do seu sr. Baba! — Então ela começa a rir, uma risada maravilhosa, cheia de genuína espontaneidade.

O engraçado é que, quando ela diz aquilo, parece tão óbvio. De repente me sinto revigorado, embora não tenha certeza que isso se deva à idéia de Yasmin ou ao fato de ela estar segurando a minha mão. Tudo que sei é que o mundo inteiro de repente parece fazer sentido. Sei exatamente o que preciso fazer. De repente percebo que, durante esse tempo todo, venho perdendo tempo. Não preciso arriscar a vida por causa de uma matéria de jornal. Sanjay tinha razão. No fundo, sempre soube que ele tinha razão. Essa idéia toda tem sido totalmente ridícula. A verdadeira resposta para o que eu quero está óbvia desde o início.

Se vou me envolver com a Máfia, então posso fazer as coisas direito. Afinal, o que eu quero realmente? Quero apenas o dinheiro, certo? Por que pegar o caminho mais comprido? Por que irritar a Máfia em nome de uma matéria que pode ou não me fazer ganhar milhões — especialmente quando existe a oportunidade de simplesmente pegar o dinheiro diretamente. Os riscos são os mesmos, mas as recompensas são muito maiores. E, além disso, sei que não quero ser escritor. Não de verdade. Sou demasiado preguiçoso e incapaz. Escrever um bestseller requer trabalho árduo e talento — duas coisas das quais tenho um estoque baixo. Tudo que realmente quero é desistir de tudo e não trabalhar. Não quero participar. Eu sou um nada e sempre serei um nada. Participar das coisas dá margem ao fracasso. Não consigo lidar com a rejeição necessária para escrever um livro. A última coisa de que preciso é um lembrete de que sou um perdedor. Sei que sou um perdedor. Não preciso ser sorrateiramente obrigado a me envolver na vida, na sociedade, na tentativa de sucesso. Não quero fazer nada da vida. Quero apenas relaxar.

E não preciso do dinheiro de papai para fazer isso. Não preciso de sua cenoura balançando na minha frente, reinserindo seu filho desencaminhado no caminho certo. Foda-se isso. Posso conseguir meu próprio dinheiro. Fora da norma, fora dos limites do protocolo e do sistema. Posso me tornar um criminoso. Melhor ainda do que isso. Posso ser um criminoso que rouba dos criminosos. Eu não sou um cara mau. Não quero ser o cara malvado que geralmente se precisa ser para enganar o sistema. Assim também consigo ser um cara legal. Um herói rico. Sim, sim, sim, sim. Tudo faz sentido. Esse sou eu. Esse é um papel feito sob medida para a minha mentalidade. Não preciso mais de papai. Foda-se papai. Ele tentou mudar quem eu sou. Desse jeito tenho o que quero e continuo a ser eu mesmo. Finalmente, sim, graças a Deus, foda-se ele e sua imortalidade. Já é hora de ele morrer e ficar morto. Quem precisa de sua ressurreição?

Finalmente a vida faz sentido. Tenho a sensação de ter me encontrado. Torno a olhar Yasmin nos olhos. Eles parecem extremamente verdes. Talvez seja o excesso de umidade. Percebo um pequeno sinal escuro na sua íris direita, sua única imperfeição. De algum modo isso consegue tornar sua aparência ainda mais perfeita.

— Yasmin, você é um gênio — consigo dizer enfim.

No início ela não me ouve. Por um segundo mergulho em meus próprios pensamentos. Então ela diz:

— Desculpe. O que você disse?

— O quê? Ahhh! — Volto à realidade, sorrindo. — Porra, então, eu disse que você é um gênio, Yasmin, um gênio do caralho. — Inspirado, levanto-a e a aperto.

Ela solta um gritinho.

— Me solte. Porra, você é maluco.

Posso sentir o banco inteiro a nos observar, mas não ligo. Não consigo parar de sorrir para ela.

— Você não entende? — sussurro, animado. — Isso seria a solução para todos os nossos problemas — digo, estendendo o *todos* a todas as coisas em nossa longa lista. — Poderíamos ganhar dinheiro suficiente para cuidar de você, de mim, de James, de todos nós. Porra, não posso acreditar que não pensei nisso antes.

Uma mulher baixa com o corpo enrolando em um sári coberto de flores vermelhas e amarelas envoltas em folhas de parreira vira-se para trás e diz, para ninguém em especial:

— Estamos todos esperando dinheiro, madame. A senhora precisa esperar. Eu preciso esperar.

Yasmin a ignora.

— De que você está falando?

— Nós vamos roubar o Baba.

— O quê?

— Nós vamos roubar o dinheiro de Baba.

— Roubar o Baba? — diz ela.

— É.

— Como?

Seqüestro de pipa

Sanjay aceita a idéia surpreendentemente bem. Ele está lá em cima, no telhado, vendo as crianças empinarem pipas em pé nos telhados brancos, cor-de-rosa e cobertos de tijolos vermelhos que ondulam no horizonte. Não chegamos realmente a conversar desde a nossa discussão, mas, depois da dura, sinto que há implícito no ar um pedido de desculpas mútuo — uma solidariedade renovada entre nós. É por isso que abordar o mesmo assunto com ele pela terceira vez me deixa tão nervoso. Não quero destruir completamente o armistício tácito.

— Não dá para acreditar no que esses meninos estão fazendo — diz ele ao nos ver chegar. — É um seqüestro de pipas. Estão vendo aquele cara ali — diz ele, apontando para um adolescente de cabeça raspada no prédio ao lado do hotel —, ele acabou de roubar a pipa daquele menino. — Ele aponta para outro menino pequeno que está gritando em cima de um telhado a dois prédios de distância. — Usou um pedaço de barbante com uma pedra presa na ponta, e depois a lançou por cima do barbante que o outro menino estava usando para empinar a pipa. Então puxou a pipa em sua direção, cortou o barbante do menino, amarrou a pipa em um barbante novo e pronto. É coisa de louco. — Olhamos para o adolescente que empina orgulhoso sua pipa roubada, olhando de vez em quando na direção da sua vítima indefesa para se gabar. — Muito engenhoso — diz ele. Depois de algum tempo, ele se vira e vê nossos sorrisos. — O que houve? — pergunta.

— Temos novidades, ou melhor, temos uma idéia para lhe propor — digo com cautela.

— Ih, isso não me parece boa coisa.

— Por que você diz isso? — pergunto, meu sorriso e entusiasmo vacilando de leve.

— Porque da última vez que você teve uma boa idéia, Josh, ela envolvia comer espetinhos suspeitos e perseguir mafiosos traficantes de droga.

Pelo menos ele está fazendo piada. Insisto.

— Não é idéia minha — digo, um pouco na defensiva demais. Depois acrescento depressa, orgulhoso: — É idéia da Yasmin. — Ele olha alternadamente para nós dois. Posso ver que está com ciúmes. Provavelmente não é uma boa idéia esfregar isso na sua cara. Sei que ele sabe que alguma coisa aconteceu entre mim e Yasmin na noite anterior, mas fomos discretos. Além disso, meu entusiasmo secreto com a conquista foi consideravelmente prejudicado desde que a dura da polícia me deixou sem ter onde cair morto.

Depois de Yasmin lhe falar sobre o plano, Sanjay passa algum tempo sem dizer nada. Ele simplesmente fica olhando o adolescente empinar sua pipa e coçando a barba por fazer. Esperamos. Depois de algum tempo, ele simplesmente aquiesce. É como se, como aconteceu comigo no banco, tudo parecesse fazer sentido para Sanjay pela primeira vez. Pelo menos a idéia de perseguir os mafiosos começa finalmente a fazer algum sentido. Ele não diz nada, mas é óbvio que está pensando no dinheiro que poderíamos ganhar e, mais importante, na liberdade que ele poderia comprar com ele. Não se trata mais de mim e do meu livro. Não, agora se trata de Sanjay e de seus sonhos. Trata-se de escapar de sua mãe e de sua aversão criada, expatriada, em relação à Índia. Trata-se de aspirar a algo mais do que Bollywood. Trata-se de nunca mais ter de trabalhar em um escritório. Trata-se de tudo que estive pensando e dizendo e tentando fazer — só que agora tudo está dentro do contexto.

Ou talvez ele esteja pensando que essa aventura ainda está distante demais para lhe causar algum mal. Não há problema em chegar um passo mais perto, talvez para ver melhor. Quem pode saber o que está acontecendo na cabeça de Sanjay? Até onde sei, ele leu a carta que meu pai me escreveu e agora finalmente entende por que estou fazendo tudo isso. Talvez esteja fazendo uma aposta. Talvez ache que, no mínimo, eu vá conseguir material para um livro e reivindicar meus cinco milhões. Ele certamente não menciona isso. Certamente não pede um pedaço desse bolo. Ou talvez ele só esteja interessado em Yasmin. Talvez pense que envolver-se irá ajudá-lo a conquistá-la. Tudo que me importa é que ele finalmente articula as cinco palavras que passei os dois últimos anos da minha vida esperando para ouvir.

— Eu sei quem ele é — diz, ainda sem se virar para nós. Não digo nada. Ficar em pé ao seu lado observando os meninos que empinam pipas parece ser a única coisa sensata a fazer por ora. As pipas de cores pastel flutuam diante do horizonte de Déli, que vai ficando rosado devido à poluição e ao crepúsculo. Sobem e descem, e de vez em quando rodopiam, fora de controle, quando os meninos que puxam seus barbantes desafiam o vento. Algumas vezes elas caem e se espatifam. Imagino que seja esse o risco que se corre quando se sai em busca de emoções baratas.

PARTE DOIS

Eleve sua mente

É cedo. Estou acordado. Estou hospedado no albergue jesuíta perto do bairro da prostituição de Mumbai. Meu quarto dá de frente para o banheiro do corredor e posso ouvir homens escarrando e fazendo suas abluções matinais. Eles sempre me acordam às cinco e meia, seis da manhã. Não ligo. A vida não poderia ser melhor do que isso.

Esse é o momento em que a vida pára. Não, é ainda melhor do que isso. Esse é o momento antes mesmo da vida começar. Amanhecer na cidade. Antes das buzinas e dos canos de escapamento, antes do calor e do suor pegajoso, antes dos bons-dias e dos sorrisos encardidos, antes da fome e do dinheiro, antes do fedor da sobrevivência cotidiana realmente se instalar.

Fico deitado, com a cabeça levemente apoiada sobre um travesseiro duro de espuma, e olho pela janela para o pequeno jardim lá fora. Não há muita coisa nele, só uma ou duas palmeiras e algumas buganvílias, mas isso basta para me proporcionar um sopro de natureza no esgoto em movimento que é essa cidade. Mumbai fica a mil e seiscentos quilômetros ao sul de Déli e a monção passou rumo ao norte, de modo que o ar está sereno e fresco como o orvalho sobre a grama. A luz dourada do sol escorre das folhas como jóias cintilantes. Um melro canta.

Muitos agora estão meditando. Limpando suas mentes, libertando-se de seus fardos, respirando pelo simples prazer de respirar.

Fecho os olhos. Minha visão, a última imagem congelada do mundo exterior gravada na parte interna das minhas pálpebras, começa lentamente a se dissolver, pouco a pouco, como se o próprio mundo estivesse se desintegrando. Primeiro a escrivaninha do meu quarto, depois o caixilho da janela; o melro sai voando e a palmeira desaparece de repente. Pouco a pouco, o mundo é removido para eu ver o que há por trás. O vazio — uma acolhedora escuridão azul que preenche os espaços recortados em papelão, como a Verdade revelada.

— AAARRRGGGHHH! CCCHHHRRR! PFT! PFT! FLOP!

O catarro atinge a pia com um som seco e a porra do indiano gordo (posso só imaginar) que está se purgando suspira com um alívio satisfeito. A ilusão subitamente termina (ou subitamente recomeça, dependendo do ponto de vista que você quiser adotar), e estou de volta ao mundo real. E é isso. Minha dose diária de iluminação chegou ao fim.

Então, em vez disso, decido pensar em Yasmin. Ou pelo menos tento. Imaginá-la na minha frente é quase tão difícil quanto meditar. Tudo que vejo é o rosto de outras pessoas prejudicando a recepção. Tento me concentrar em partes selecionadas de seu rosto e de seu corpo, traços dos quais tenho certeza, pontos de partida pelos quais me guiar.

Mas nem isso ajuda. Vejo um umbigo saliente, uma orelha de lóbulo vermelho, uma pequena língua lambendo dois lábios, mas nenhum dos pedaços parece querer se unir para formar uma imagem única. É muito frustrante. Simplesmente não consigo vê-la na minha mente. Amaldiçôo-me por não ter tirado nenhum retrato. Eu deveria ter previsto que isso seria um problema. Sempre sofri de bloqueio mental quando se trata de lembrar novos amores.

Assim, muito embora eu já o tenha feito uma centena de vezes, decido repassar o plano na minha mente mais uma vez. Na verdade, não tenho nada melhor para fazer.

E no corner vermelho

Eis o plano. Nós sabemos que Baba está traficando heroína e diamantes. Pelo menos eu digo que sabemos isso. Na verdade tenho apenas minhas suspeitas, pedaços que juntei de modo coerente porque eles parecem se encaixar. Não tenho nenhuma prova real, concreta que explique os procedimentos dele, mas Yasmin e Sanjay nunca me pressionaram para lhes dar provas. Acho que eu os contaminei com minha própria convicção. Pelo menos um de nós precisa fingir que sabe o que está fazendo.

Todos concordamos que não estamos interessados em roubar a heroína de Baba. Por algum motivo, envolver-se com heroína parece pesado. Talvez sejam todos aqueles anúncios dos anos 80 — aqueles que davam a entender que a simples presença da heroína bastava para se viciar e levar a uma vida inútil. Não sei. Heroína simplesmente parece assustador. E, no que me diz respeito, ainda existe uma idéia de que, caso esse plano não funcione, então no final das contas eu poderia simplesmente acabar tendo de escrever um livro a respeito. Nesse caso, precisarei ser um herói, não um traficante de heroína. Talvez eu simplesmente não tenha conseguido ainda me livrar do meu complexo de herói. Ou talvez esteja apenas me garantindo, certificando-me de que, qualquer que seja o desfecho do plano, haverá um saco de dinheiro à minha espera no final do percurso. Por algum motivo, a idéia de descartar totalmente a possibilidade de me tornar um escritor simplesmente não parece... *prudente*. Não ainda. De todo modo, não importa muito. Todos afinal concordamos que nenhum de nós saberia o que fazer com um saco cheio de heroína depois que a tivéssemos roubado.

Então é isso. A heroína está fora da jogada. A alternativa que inventamos para substituí-la é roubar o dinheiro e as pedras preciosas que Baba usa para financiar sua operação. E planejamos fazê-lo com apenas duas trocas de malas. Simples. Limpo. Preciso.

A chave do plano é a confiança. Por algum motivo, concluo que Baba já vem fazendo negócios com seus parceiros paquistaneses há tanto tempo que haverá confiança entre eles. Isso significa que se, e trata-se de um imenso se, tivermos a oportunidade de trocar o dinheiro que ele usa para comprar a heroína por notas falsas, os paquistaneses não vão conferir.

E isso é fundamental. Supomos que Baba não esteja traficando heroína suficiente em uma única viagem para que possamos apenas substituir o dinheiro. O esquema tem que render dinheiro suficiente para nos garantir pelo resto da vida — assim como o dinheiro que precisamos para tirar James da prisão. Eu estimo que Baba esteja comprando, sei lá, duzentos e cinqüenta mil, meio milhão talvez — o equivalente a meio milhão de libras em cada operação. E se bobear até mais.

Então precisamos organizar tudo para que Baba saia vivo de sua próxima transação. Isso nos dará justo o tempo de que precisamos para fazer uma segunda troca de malas e pegar os diamantes. É com isso que pensamos ser realmente possível ganhar dinheiro. Todos imaginamos que Baba esteja comprando diamantes no Paquistão a um preço muito baixo. O preço dos diamantes no mercado negro poderia ser duas, três vezes maior, no mínimo. Não sabemos ao certo, mas a hipótese não parece irrealista.

E há uma chance muito boa de que o lucro de cada uma das viagens de Baba exceda em muito um milhão de libras. Se Baba compra duzentos e cinqüenta mil de heroína e a vende por seis, sete vezes o preço, ele estará comprando pelo menos o equivalente a um ou dois milhões em diamantes para lavar os lucros. Mesmo com uma estimativa conservadora, o equivalente a um milhão e meio em diamantes na fronteira valerá, fácil, três milhões no mercado negro.

Além disso, há a matemática. Duzentos e cinqüenta mil em dinheiro, três milhões no mínimo em diamantes e outras pedras preciosas. Isso significa, sem contar o dinheiro para libertar James, que cada um de nós ficará com um milhão. Mais do que suficiente, concordamos, para passar o resto da vida sem nunca mais levantar um dedo.

Nós três dividimos as tarefas. Yasmin diz achar que conhece um lugar em Amsterdã onde pode arrumar notas falsas e concordamos que, enquanto ela estiver *em casa*, pode também se inscrever em um curso de gemologia. Se vamos trocar os diamantes por diamantes falsos, é melhor garantir que pelo menos um de nós conheça a diferença entre um diamante verdadeiro e um falso e, melhor ainda, a diferença entre uma falsificação boa e uma falsificação ruim.

Porque mais crucial ainda do que Baba sair vivo dessa transação na fronteira é nós sairmos vivos da Índia antes de ele perceber o engodo. Temos consciência de que talvez tenhamos de ficar na Índia por algum tempo ainda mesmo depois do plano executado. Não podemos simplesmente entrar num avião e fugir. Afinal, a negociação para tirar James da prisão levará pelo menos uma ou duas semanas. Então tudo precisa ser feito com calma. Precisamos nos certificar de que o alarme não seja dado cedo demais. E, para evitar isso, temos que ter certeza de que as pedras que trocarmos sejam convincentes o bastante para ele não perceber nada estranho antes de ser tarde demais. Sanjay acredita que a Máfia, ou os paquistaneses, irão matar Baba com bastante rapidez logo que descobrirem a verdadeira qualidade de suas respectivas mercadorias.

O que nos convém às mil maravilhas. Com Baba fora do esquema uma vez o plano concluído, não haverá nada que nos relacione ao roubo. A teoria é que os bandidos simplesmente culparão Baba. E nós fugiremos, livres como o ar. Pelo menos é essa a teoria. No que me diz respeito, gosto bastante do quê de Robin Hood que há no plano. Roubar dos bandidos prendendo-os na teia de suas próprias maquinações me agrada. Gosto da idéia de eles matarem seu próprio comparsa. Transformar o bandido em vítima. Não sei como me sentirei quando isso se tornar realidade, caso venha a acontecer, mas ora, Baba teoricamente é o bandido. Não se supõe que ele mereça algo assim? É desse jeito que as coisas funcionam nos bestsellers, digo a mim mesmo. No mínimo, sua morte se encaixará nesse enredo.

A principal responsabilidade de Sanjay é nos apresentar a Baba. Ele ainda não revelou quem é Baba — diz que precisa de tempo para ter absoluta certeza de que se trata do cara certo —, mas isso parece uma responsabilidade grande o suficiente para garantir a Sanj a sua parte. Sem ele, não temos nada. Yasmin e eu sabemos disso. E, visto tudo que Sanjay nos disse, Baba e sua família são próximos o bastante para que sua apresentação seja segura.

Tudo tem algo a ver com a mãe de Sanjay, que de algum modo criou vínculos extensos com a Máfia de Mumbai. Ela parece conhecer todas as pessoas certas. Isso poderia se dever a seu segundo casamento com um cara que Sanjay detesta com tanta veemência que mal consegue pronunciar seu nome.

De todo modo, as relações entre Baba e Sanjay remontam a alguns anos. Acho que eles podem até ter freqüentado o mesmo jardim-de-infância, embora não estivessem na mesma turma. Sanjay não deixou essa relação totalmente clara. Isso não importa muito para Yasmin ou para mim. Contanto que ele possa obter uma apresentação, que é o suficiente para ele ganhar o seu milhão.

Como estou dizendo, a chave desse plano é a confiança. Caso não consigamos chegar perto de Baba, não chegamos perto das malas. Ganhar sua confiança é tudo. Sem ela, não há plano, não há dinheiro, não há saída da prisão, não há fuga do sistema, não há nada. E, por algum motivo, essa é a tarefa que me foi atribuída. Sou eu quem vai ter de ganhar a confiança de Baba. E é por isso que estou aqui, passando o tempo e vivendo discretamente em um albergue jesuíta no bairro da prostituição de Mumbai.

Sou eu quem terá de chegar perto o suficiente para realizar a troca das malas. Sanjay insiste que não conhece Baba bem o bastante para fazer isso. Ele poderia simplesmente ficar com medo. Poderia concluir que só está disposto a se arriscar até certo ponto nessa louca empreitada. E, francamente, não posso exigir mais. Porque eu próprio estou com medo, e nem sequer conheço o cara. Mesmo assim, alguém precisa fazê-lo, e visto que fui eu quem inventei tudo isso para começo de conversa, parece justo que seja eu a assumir a tarefa de me aproximar de Baba.

E é em parte por isso que venho tentando meditar. Limpar a mente com respirações límpidas antes do gongo indicar o início do próximo *round*. É também por isso que estou repassando o plano mais uma vez. Estou organizando minhas idéias, concentrando minhas habilidades internas, tentando ficar calmo. Preparando-me para me aproximar do bandido. Então é isso. Olho-me no espelho. Estou sozinho agora. Yasmin partiu para Amsterdã há uma semana. Sanjay diz que, depois que fizer as apresentações, terá de ficar nos bastidores. Baba conhece sua família bem demais para ele se envolver profundamente.

Posso contar apenas comigo mesmo. Esse é o ponto em que encaro meus medos e entro no ringue. Esse é o ponto onde tudo começa. Será que sou capaz de fazer isso? Não é hora para duvidar de mim mesmo, penso. É aqui que testo minha coragem. Estou me preparando para entrar numa situação perigosa. Errado. Já estou pronto. Franzo os lábios e entôo três *ohms*, travando uma luta de boxe com meu próprio reflexo. Tenho boa aparência. Olhos azuis, cabelos louros, um vago desenho de peitorais sobre minha estrutura ossuda. Não sou um cara feio. Ora, foda-se. Eu sou é bonito pra cacete. Diga isso em voz alta. Vamos lá, Josh — soco, soco, um, dois, esquiva, golpe rápido, guarda —, diga isso em voz alta, você é Josh e tem orgulho disso.

— Você é o cara — digo para mim mesmo baixo demais, de forma não muito convincente. Vamos, Josh, melhor do que isso. Você é o cara, porra. Quero ouvir, mais alto. — Você é o filho-da-puta mais bonito — tento, ainda baixo demais. Vamos lá, amigo, se você vai se aproximar de Baba, tem de acreditar. — VAMOS LÁ, BABA! VAMOS NOS PREPARAR PARA DETONAR! — grito.

Alguém bate na minha porta.

— Por favor, pode falar mais baixo aí dentro!? Há hóspedes dormindo.

— Ahn, sim, claro. Desculpe.

— Obrigado.

Torno a olhar para mim mesmo, com as bochechas coradas de vergonha.

— É, vamos lá, Baba. Estou pronto para detonar... eu acho.

Baba

O verdadeiro nome de Baba é Sohrab Kutpitia. Ele é brâmane, o que significa que é rico. A maioria dos brâmanes de Mumbai é rica. Eles começaram a fazer dinheiro porque os colonizadores britânicos os favoreciam. Mais tarde, quando os britânicos foram embora do subcontinente, os pársis compraram propriedades em Bombaim a preços baixos. Hoje elas valem milhões.

Estou em uma dessas propriedades com Sanjay. Trata-se de um arranha-céu construído sobre a colina de Malabar, com vista para o oceano. O apartamento de sua mãe fica no décimo quarto andar. Há apenas três quartos, mas, comparado a meus humildes aposentos em Shiv Niketan, parece um palácio. A luz amarela de um sol baixo enche cada quarto, enquanto uma varanda protegida por persianas espalha uma sombra suave pelo piso de madeira da sala de estar. Pinturas vermelhas e cor de laranja típicas do Rajastão cobrem as paredes, e uma tapeçaria de *patchwork* se estende no final do comprido sofá branco em que estamos sentados.

Na nossa frente, uma mesa de centro de nogueira, baixa e intrincadamente esculpida, está coberta de livros sobre cura e receitas à base de ervas para a preparação de remédios aiurvédicos. Aparentemente, essa é a última coqueluche espiritual da mãe de Sanjay. Depois de se aventurar em todas as outras religiões, da cientologia ao vudu, ela agora está voltando às próprias raízes, concentrando-se nos místicos indianos em sua busca da Verdade.

Estamos curvados sobre a mesa bebendo chá aromatizado com cardamomo e misturado com leite. Sanjay está me mostrando uma entrevista que Sohrab concordou em conceder certa vez a uma revista de moda para promover um filme que estava fazendo para a rede de televisão LNC. A entrevista data mais ou menos de quatro anos atrás. Sohrab está posando nu, mas seus genitais não aparecem. A maioria das fotos é em preto-e-branco e o mostram de cócoras com a cabeça inclinada para baixo, de modo que seus cabelos compridos cobrem as partes ofensivas.

Ele está jovem nas fotos, mais ou menos da nossa idade — vinte e poucos, trinta anos —, com o nariz fino e comprido e a pele ligeiramente esburacada. Um par de grossas costeletas pontudas desce da linha de seus cabelos e cobre suas bochechas. Por algum motivo, elas lhe dão um certo ar de demônio. Em uma das fotos ele está gritando para a câmera, com o rosto distorcido pela dor, a boca e a língua comprida esticadas deixando as amídalas à mostra.

— Então ele não é ator?

— Não, ele produz e dirige — explica Sanjay. — Pelo menos fazia isso antes.

— Ele tem alguma coisa a ver com Bollywood?

— Muito pouco. Desde que começou a trabalhar para Mukti, não fez praticamente nenhum filme.

— Quem é Mukti?

— Ah, Josh, por favor — diz Sanjay, balançando a cabeça e levantando os olhos para o céu. — Que bom jornalista você daria. Mukti é provavelmente o maior chefão da Máfia de Mumbai. Ele administra tudo. A indústria cinematográfica, a indústria das drogas, os terroristas, todo mundo. Até a porra da polícia, no final das contas, presta contas a Mukti. Esta cidade é dele e, segundo algumas pessoas, o estado também.

— Tá, OK, OK. Mukti. Claro, já ouvi falar nele — digo, apressando-me para disfarçar minha ignorância. — Ele foi o cara que organizou todos aqueles bombardeios, os que levaram aos motins de Bombaim — arrisquei.

— Isso. Ele mesmo. Ele é coisa muito séria. Você nunca, nunca vai querer ser surpreendido fazendo algo que o contrarie. Ele vai mastigá-lo e tornar a cuspi-lo. Só isso.

— Então como você conhece esse tal de Sohrab Kutpitia? — pergunto, mudando levemente de assunto. Realmente não quero ser lembrado, pela nona vez, do quão incrivelmente dura a Máfia indiana é.

— Eu lhe disse, nós fomos da mesma escola. Muito tempo atrás.

— E será que ele vai se lembrar de você?

— Ainda o vejo por aí. Nós às vezes freqüentamos os mesmos círculos sociais.

— Como assim, você tem o hábito de andar por aí com traficantes da Máfia, é?

— Não, mas Mumbai não é exatamente uma grande cidade. Se você tem dinheiro, há poucos lugares para ir e freqüentar. Então, como estou dizendo, nós nos vemos por aí.

— Como pode ter certeza de que ele é Baba?

— Porque ele é esquivo feito a porra.

— Isso não é exatamente uma prova concreta. Tem certeza absoluta?

— Tenho.

— Como?

— Confie em mim. Sohrab é Baba.

— Quero saber como você sabe.

— Não posso lhe dizer isso.

Nesse exato momento, um empregado entra pela porta. Ele parece metade do homem que deveria ser, magricelo, encarquilhado e corcunda. Veste um casaco branco abotoado na frente, grande demais para seu tamanho. Parece que foi ele quem encolheu na lavagem.

Sanjay fala com ele rispidamente em híndi quando ele tenta limpar as xícaras vazias. O velho dá nos calcanhares e desaparece com tanta docilidade quanto entrou. Pobre coitado, penso comigo mesmo ao ver isso. Bem mais de oitenta anos e ainda correndo por aí atrás de Sanjay.

— Por que não? — pergunto, como se a conversa jamais houvesse sido interrompida.

— Porque não posso. Você simplesmente vai ter de confiar em mim.

Penso no assunto por um instante. Não há nenhum motivo real para eu não confiar em Sanjay a esse respeito. Talvez ele esteja sendo discreto por causa da ligação de sua própria família com a Máfia. Parece provável. Decido não pressioná-lo.

— Contanto que você consiga me apresentar.

— Vou tentar. Conheço o lugar que ele freqüenta. Vou levar você lá hoje à noite.

— Ótimo.

O Porão

De todas as boates onde fui na vida, o Porão está entre as piores. Quando Sanjay e eu chegamos, por volta das onze, o lugar já estava lotado. Levamos quinze minutos para percorrer os cinco metros que separam a entrada do bar, e as bebidas custam mais do que duas desagradáveis semanas no Shiv Niketan.

A música que faz tremer as caixas de som, que parecem ter sido fabricadas juntando dois rolos de papel higiênico e uma caixa de papelão, é uma mistura bizarra de heavy metal, house, soft rock, hip hop e pop. Nesse momento, "Walk Like an Egyptian", das Bangles, está sendo seguida por "Back in Black", do AC/DC. Durante algum tempo, na pequena pista de dança dos fundos, um grupo de caras que parecem universitários balança a cabeça para a frente e para trás como galinhas, o que suponho ser o "andar egípcio" que dá título à música, mas eles se adaptam com mais facilidade a um estilo literalmente bate-cabeças à medida que a canção do AC/DC progride.

O único outro aspecto digno de nota é a pichação nas paredes. A boate inteira está coberta com um humor ofensivo escrito quase sempre em pilô atômico de cores diferentes. Depois de encontrar um canto sujeito a poucos empurrões, Sanjay me explica gritando por cima da música como, na noite de inauguração da boate, jovens foram convidados a escrever o que quisessem nas paredes. A maioria das rimas e trocadilhos são sexistas, mas, sem exceção, todos são ruins. O único semidecente que encontro é: "Experiência é o nome que se dá aos próprios erros."

Porém, apesar do ambiente de discoteca de cidade pequena, o Porão ainda assim consegue fazer com que eu me sinta inteiramente deslocado.

Sanjay me avisou mais cedo que eu deveria me esforçar um pouco, mas tenho apenas minhas "roupas de viagem", que consistem basicamente em todas as coisas do meu guarda-roupa em casa que eu estava disposto a perder ou estragar. E, depois de quase seis meses na Índia e várias surras dadas pelos lavadores, os *dhobis*, elas parecem decididamente em pior estado. Metade dos botões da minha "melhor" camisa estão amassados e os punhos estão se desintegrando. Também emagreci tanto que minha calça *jeans*, o único vestígio confortável do Ocidente que consegui salvar, está praticamente caindo. Tive de apertar o cinto tão alto que agora há uma dobra desagradável no meu rabo onde todo o tecido que sobrou parece se acumular e se dobrar sobre si mesmo. Pareço uma pessoa obesa que teve a gordura removida artificialmente e meu jeans é como a pele solta que sobrou, com estrias e tudo.

Sanjay, por sua vez, está lindo. Ele veste uma camisa de algodão preta de caimento como seda, um jeans preto e botas de motociclista pretas com uma fivela prateada no tornozelo. Todas as roupas parecem ter um corte perfeito, acentuando seu corpo esbelto em todos os lugares certos, de modo que ele parece ter músculos onde na verdade não tem, e fazendo seus quadris e ombros se curvarem exatamente da maneira certa, que até eu mesmo tenho vontade de abraçá-lo.

Pergunto-me por que a Levi's 501 parece cair em Sanjay exatamente tão bem quanto no cara do comercial, enquanto o meu, mesmo num dia bom, fica apertado demais nos tornozelos (acentuando meus pés grandes), apertado demais nas coxas (revelando minhas pernas finas) e folgado demais no quadril (não ajudando em nada minha bunda inexistente).

Sanjay também tem talento para acrescentar o toque pessoal necessário a seu visual, para se afastar da imagem de pôster de cartolina e se exibir como alguém individualmente bonito. Um pouco como uma supermodelo com uma verruga no rosto, acho eu. O toque de Sanjay esta noite é deixar aparecer alguns dos pêlos pretos no alto do peito e usar um colar de couro preto onde estão penduradas pequenas contas amarelas, vermelhas e azuis de massa de modelar Fimo. O colar fica agarrado ao seu pescoço como uma gargantilha. Essa combinação de pêlos e bijuteria despretensiosa funciona perfeitamente. Ele tem uma aparência ao mesmo tempo másculo e afeminadamente sexy, sexualmente atraente e, no entanto, totalmente abordável.

E, de fato, ele é abordado.

As garotas se dirigem aos montes para Sanjay, algumas que ele já conhece, outras literalmente pairando ao seu redor, batendo os cílios despudoradamente até ele enfim ficar encabulado demais para não fazer nada a respeito. Ele é gentil o bastante para me apresentar à maioria delas, mas depois de algum tempo o desequilíbrio fica insuportável. Tenho consciência suficiente de que devemos parecer o equivalente masculino da garota gorda de dentes ruins e sua amiga bonita. As pessoas devem pensar que ele sai comigo porque é bonito demais para ter uma verdadeira personalidade ou verdadeiros amigos, e eu saio com ele porque nunca faço sexo e espero catar as migalhas que ele deixar para trás no circuito da azaração.

O problema é que não consigo catar nenhuma sobra, e depois de algum tempo Sanjay começa a conversar com uma supergata, passando a mão pelos cabelos com gel a cada cinco segundos e rindo afetadamente, enquanto eu gravito atrás dele fumando um cigarro atrás do outro.

Oito doses de bebida depois, o pesadelo continua. Sohrab ainda não deu as caras. Acaba de passar da uma e meia da manhã. A boate está só ligeiramente menos abarrotada, mas a atmosfera se deteriorou consideravelmente. Quase todas as luzes foram apagadas e há casais em todos os cantos sarrando como adolescentes. A música que está tocando é "Voodoo Ray", do grupo A Guy Called Gerald. Sanjay e sua garota estão tão perto de mim que eu poderia ser acusado de *voyeurismo* caso permanecesse ali por mais tempo, então decido sem pensar que house é o meu tipo de música e que estou bêbado e sou desconhecido o suficiente para começar a dançar sozinho.

Isso se revela uma má escolha. Levo alguns minutos tentando liberar minha porção dançante (o que requer grande concentração da minha parte), antes de perceber que estou cercado por silhuetas ondulantes. De relance, vejo mãos e a pele do que parecem ser coxas, e em mais de uma ocasião literalmente vejo quadris se mexendo para a frente e para trás. Não consigo acreditar que as pessoas estão trepando à minha volta. Bato em retirada depressa, depois de decidir que simplesmente vou ter de arrumar um jeito de tornar a me intrometer em uma conversa com Sanjay se quiser alguma coisa para fazer. Sei que isso é mal-educado e que eu provavelmente vou ser inconveniente, mas, francamente, qualquer coisa é melhor do que fazer o papel do perdedor entediado e solitário na pista *da fudelança*.

— Essas pessoas estão fazendo o que eu acho que elas estão fazendo? — grito para Sanjay, inclinando-me em direção à sua orelha, apontando para a multidão e ignorando a beleza morena ocupada em parecer bonita ao seu lado.

Ele olha rapidamente por cima do meu ombro antes de dizer com simplicidade:

— Estão.

— Que nojo — digo, com uma moralidade embriagada.

— Por quê? O que há de errado em foder?

— Tudo bem, mas... na pista de dança — balbucio. — Isso não tá certo.

— A maioria das pessoas em Mumbai mora com os pais porque é caro demais arrumar lugar para morar sozinho — explica ele, um pouco impaciente e demasiado sóbrio. Pergunto-me como Sanjay consegue ser tão *compos mentis*. Ele não pode ter bebido tanto quanto eu. Sem dúvida está ocupado demais azarando a piranha gostosa que ainda gravita ao seu redor. Será que ela não percebe quando não a querem por perto? — Então, quando uma garota tem namorado, eles não têm onde trepar. A não ser aqui.

— Não deveriam fazer isso de modo um pouco mais discreto?

— Como assim? Não existe lugar melhor. Aqui é escuro e, melhor ainda, todos estão ocupados demais com suas próprias atividades para se preocuparem com o que os outros estão fazendo. Não é diferente da antiga corrida de submarino.

— E as noivas virgens e essas coisas? — digo, passando um braço em volta do seu ombro e certificando-me de olhar para a garota de forma acusatória.

— Várias das mulheres da cidade hoje em dia só se casam no final da casa dos vinte anos. Ninguém pode esperar permanecer virgem por esse tempo todo — diz Sanjay, certificando-se de sorrir para a menina.

Para minha grande irritação, ela sorri de volta para ele e diz:

— É isso aí. Então, quando é que você vai *me* convidar para dançar, Sanjay?

— Agora mesmo — diz ele, inclinando-se para a frente e beijando-a enquanto meu braço de algum modo continua preso a seu pescoço. Vejo-a pôr a língua dentro da boca dele e arrastá-lo às cegas, andando de costas, para fora do meu alcance e para dentro da multidão copuladora.

— Que nojo — grito embriagado para eles conforme vão desaparecendo, depois viro-me para esconder a vergonha por ter sido tão facilmente vencido pela avalanche sexual.

Durante algum tempo, examino a multidão e observo todos os rostos se dissolverem uns nos outros antes de perceber o quanto estou bêbado. Decido que eu provavelmente deveria ir para casa porque Sohrab nunca vai aparecer e chego até a dar um passo rumo à saída quando, de repente, do nada e saído de lugar nenhum, eu o vejo.

Ele é mais baixo do que eu o havia imaginado em meus dias em Déli, onde na minha mente ele adquiria um aspecto maior do que a própria vida. Pelo menos parece baixo ao abraçar o imenso e redondo leão-de-chácara na porta. Percebo que ele cortou os cabelos compridos. Seus cabelos agora estão curtos e penteados para trás. O gel parece estar pingando sobre o terno de marca que ele está vestindo. Mas ainda tem as costeletas demoníacas. Três garotas graciosas, uma das quais veste uma minissaia de um comprimento chocante para a Índia, seguem em seu rastro. Vejo o leão-de-chácara suspender algumas pessoas pelo colarinho e pô-las de lado com firmeza, abrindo caminho até o bar. É óbvio que Sohrab está em seu elemento. Ele aperta a mão de várias maneiras com o barman, que em seguida joga as mãos para cima quando Sohrab tenta lhe passar um bolo de dinheiro. Sohrab põe um cigarro na boca e o deixa pender do canto dos lábios, despreocupado. O leão-de-chácara o acende para ele.

— Um verdadeiro garoto dourado de Mumbai — murmuro entre os dentes. Olho em volta para ver se encontro Sanjay, mas ele sumiu há muito tempo. Tudo que posso ver são ombros curvados e pernas em movimento e cabeças de cabelos escuros jogadas para trás. Sanjay poderia ser qualquer um deles.

Não sei se é apenas o álcool que me deixa mais corajoso, mas decido que prefiro encarar Sohrab sozinho do que me espremer de volta até a pista da *fudelança* e bater no ombro de homens em seu instante de triunfo até encontrar Sanjay, que sem dúvida estará ele próprio entretido com outra coisa. Simplesmente não consigo encarar mais essa humilhação.

— Será que é tão difícil dizer oi? — digo em voz alta e para mim mesmo. Duas adolescentes em pé perto de mim me lançam um olhar estranho. Então, antes de saber o que realmente estou fazendo, vejo-me caminhar em direção a Baba, o Baba que venho procurando por todo esse tempo.

Quando chego perto, um pequeno espaço se abre para ele e seu séquito junto ao bar, de modo que, na tentativa de parecer discreto, tomo a direção de suas costas como se estivesse me encaminhando para a saída. Vejo-o olhar para mim por um instante.

— Eu preferia você de cabelos compridos — digo depressa quando nossos olhos se cruzam, mas quando termino a frase ele já não está mais olhando para mim, e as palavras se dissolvem na música terrível são ignoradas. Nessa hora a minha máscara alcoólica cai por um segundo, e de repente não me sinto tão corajoso. Gostaria que Sanjay estivesse comigo. Mas ele não está. Respiro fundo e me espremo para dar a volta no séquito até estar próximo o suficiente para pôr a boca a centímetros de seu ouvido.

— Eu disse — falo, com um tom de ligeira irritação — que preferia você de cabelos compridos.

Ele se vira para olhar para mim. Com o canto dos olhos, vejo o leão-de-chácara redondo movendo-se na minha direção.

— Eu conheço você? — pergunta ele, contraindo os cantos da boca.

— Ainda não — respondo. Seus olhos são pretos e sem vida. Eles se concentram em mim antes de trocar olhares com o leão-de-chácara que agora está em pé atrás de mim. — Sou um jornalista de Londres — começo descontraído, mas tentando não arrastar a voz — e gostaria de fazer uma matéria com você como parte de uma série que o meu jornal está fazendo sobre cineastas indianos. Está interessado?

O lado direito de seu lábio se levanta em um meio-sorriso de sarcasmo. Há um intervalo curto antes de ele aquiescer para o leão-de-chácara. Quando dou por mim, estou sendo carregado pelo meio da multidão por uma mão grossa em volta do meu braço.

Não tenho tempo para protestar. Percebo vagamente cabeças se virando na minha direção e vasculho a multidão à procura de Sanjay, mas é claro que ele não está em nenhum lugar visível. Minha bexiga lateja de forma ameaçadora. Quando dou por mim estamos do lado de fora, na noite quente. O leão-de-chácara me arrasta até um estacionamento escuro nos fundos da boate e me joga contra a parede e aperta o cotovelo no meu pescoço. Ele apóia o peso do corpo na minha jugular, forçando meus olhos a lacrimejarem. É difícil respirar. Começo a ficar tonto. Então o rosto de Sohrab flutua para dentro do meu campo de visão, com traços difusos. De repente estou de volta ao meu sonho, de volta à piscina, e com Baba.

— Por que você não faz um pouco de pesquisa da próxima vez que decidir sair escrevendo artigos? — Posso sentir o cheiro de nicotina em seu hálito. — Putos jornalistas — cospe ele. O leão-de-chácara aperta meu pescoço com mais força. Estou quase desmaiando.

— Não consigo... — tento.

— Você deveria saber que eu não faço mais filmes.

— ... respirar. Não consigo...

Ele me dá um soco no estômago, atingindo meu plexo solar enquanto o leão-de-chácara me segura com firmeza contra a parede. O pouco de ar que há em meus pulmões sai com um ruído borbulhante. Então, enquanto tento engolir ar, demoro alguns segundos para reagir quando nada acontece. Parece que alguém acaba de me jogar dentro de um lago gelado — meus pulmões ofegantes sobem e descem com inspirações curtas, involuntárias. Atiro-me para a frente quando o leão-de-chácara afrouxa a pressão e seguro meu diafragma. Posso sentir seus espasmos, mas não há ar nenhum entrando nos meus pulmões. O leão-de-chácara me solta completamente. Tento dar alguns passos para a frente, sorvendo o ar como um peixinho dourado. Na minha mente não há lugar para calma. Meus pulmões não estão funcionando e, durante um horrível instante, acredito que vou morrer. Desabo no chão, chiando e dobrando os joelhos junto ao peito como um feto. Estou encarando o asfalto quando o silêncio se faz à minha volta.

Quando dou por mim, o leão-de-chácara está me levantando do chão e esticando meus braços acima da cabeça.

— Fique em pé, cara, fique em pé, cara — diz ele. Meus testículos estão queimando de dor. Todas as partes do meu corpo me dizem para eu me agachar em posição fetal.

Posso ouvir vagamente Sanjay ao fundo.

— Ai, meu Deus do céu, Sohrab. O que você fez, cara?

— Ele só está sem ar. — Posso ouvir o leão-de-chácara respirando pesadamente. — Ele vai ficar bem.

— Eu não sabia que ele era seu amigo — Sohrab está dizendo. — Você deveria lhe dizer para tomar mais cuidado com o que diz aos desconhecidos daqui para a frente.

— Ah, sim, claro, Sohrab. Vou dizer a ele, não se preocupe.

— Ótimo. Então você pode assumir a partir daqui, não pode? Vamos, Khan, vamos voltar lá para dentro.

Não sei como, consigo continuar de pé quando o leão-de-chácara me solta. Sanjay corre para me agarrar pela cintura e me equilibra antes de eu desabar de novo. Agora há um pouco de ar nos meus pulmões e eu consigo usar esse pouco para dizer:

— Você ainda não respondeu à minha pergunta.

Sohrab dá meia-volta. Posso ouvir Sanjay me mandando calar a boca e depois implorando para Sohrab me ignorar. Consigo empurrar Sanjay para longe e ficar o mais ereto possível, de modo que, quando Sohrab chega perto, estou muito mais alto do que ele. Ele parece mau. Pode ser baixo, mas avalio que poderia me derrubar com facilidade. Parece aquele tipo de cara baixinho e irritado. Tento não deixar meu medo transparecer. Ele é do tipo capaz de farejar medo.

— Meu Deus, Josh, cala a boca... Por favor, Sohrab — continua Sanjay.

— Não, cala a boca você, Sanjay, porra — exclamo. — Só um drinque, Sohrab, só isso. Eu pago. — Sohrab olha para mim e Khan se põe na sua frente para assumir o controle da situação. — Eu quero só conversar. Em off.

Sohrab segura o braço de Khan e aperta os olhos, fixando-os em mim. Ele faz uma pausa antes de dizer:

— Sobre o quê?

— Sobre o que quiser. Você, a indústria cinematográfica, qualquer coisa.

Ele faz outra pausa.

— Se eu vir meu nome em algum jornal, vou sair atrás de você.

— Como eu disse, tudo em off, Sohrab. Só um papo.

Depois do que parece um tempo muito longo, ele finalmente diz:

— Tudo bem. Amanhã à noite no Taj, às nove — antes de se virar para ir embora. Assim que eles saem, inclino-me e tento respirar o mais fundo possível.

— Meu Deus, Josh, você enlouqueceu por completo? — diz Sanjay depois de eu recuperar o fôlego.

— Não, Sanjay. Estou só correndo alguns riscos — digo, sorrindo para ele e passando o braço em volta do seu pescoço para me apoiar. — Afinal, é preciso ter pica para ganhar dinheiro.

— Você tem muita sorte de ainda ter uma — diz ele, meio rindo.

Quando tento rir junto com ele, faço uma careta.

— Só me ponha num táxi para casa, pode ser?

Há três carros pintados de amarelo esperando do lado de fora da boate. Antes de eu entrar em um deles, viro-me de frente para ele, apoiando-me em uma porta aberta.

— Obrigado, Sanjay. Se não fosse você... bom, eu estaria fodido agora, acho eu.

Ele sorri para mim, aquiescendo de leve com a cabeça.

— De nada. E, se não fosse você, eu estaria *sendo* fodido agora, acho eu.

— É, desculpe por isso. Por que decidiu me procurar?

— Pode chamar isso de meu sexto sentido.

— Peça desculpas à gata por mim.

— Pedirei, se conseguir encontrá-la. Vá para casa e lembre-se de não ser desagradável com todos os criminosos que encontrarmos de agora em diante, está bem?

— Prometo — digo eu antes de cair sobre o assento.

— Para Byculla, chefe — diz Sanjay ao taxista inclinando-se pela janela da frente. O taxista enfia uma primeira e sai pela rua sem olhar.

Grade sanfonada, carros em disparada

O Shiv Niketan está trancado quando chego. Dou um grunhido ao ver a grade de ferro sanfonada e o grande cadeado de metal. É a última coisa de que preciso. Sacudo o portão e encosto a boca nele, fazendo meus lábios passarem por entre um dos buracos em forma de losango.

— Alôôô! Tem alguém aí? — grito. Minha voz ecoa pelo corredor e é lançada de volta para a rua. Torno-me dolorosamente consciente do som. Com o canto do olho, vejo o que havia pensado ser uma pilha de sacos se mexer na sarjeta. — Alôôô — torno a chamar com menos convicção. Percebo uma prostituta fumando no final do quarteirão. Por algum motivo, a presença dela me reconforta um pouco. Talvez seja porque é uma mulher. Torno a sacudir o portão. Continuo sem resposta. Vejo que agora há um homem falando com a prostituta. Pergunto-me se ele é o seu cafetão ou um cliente. Olho para a esquerda. A auto-estrada de oito pistas se estende ao longe, escura. Não há um carro por perto, mas mesmo assim o ar parece carregado de fumaça de exaustores. A noite está marrom.

Sento-me nos degraus e avalio minhas alternativas. Não posso ir para a casa de Sanjay sem acordar sua mãe. Não quero ir para um dos hotéis em Colaba. Afinal, a principal razão para eu estar hospedado no Shiv Niketan é evitar outros viajantes.

E é então que percebo que estou sendo observado. Durante algum tempo, não levanto os olhos. Só fico ali sentado, de cabeça baixa, mas posso vê-lo olhando para mim do outro lado da rua. Olho rapidamente para a direita. A prostituta não está mais lá. Começo a sentir a batida do meu coração contra os dentes. Até o som da minha respiração parece alto demais.

Tento me levantar e viro-me para sacudir o portão sem olhar para o homem. Se eu não olhar para ele, talvez ele desapareça, raciocino comigo mesmo de modo irracional. Fecho os olhos e encosto a cabeça no portão, sussurrando uma pequena prece.

— Por favor, atendam à porta. Alguém, por favor, acorde. — Sacudo a grade e respiro fundo antes de gritar bem alto: — Alô! Acordem, sou eu, o inglês. Abram!

Faço uma nova careta ao ouvir minha voz retumbando pela rua. Percebo que minhas mãos estão tremendo. Posso sentir os olhos dele furando a minha nuca. Viro-me com a mesma compulsão estúpida de alguém que desce as escadas do porão na ponta dos pés em um filme de terror. Está escuro demais para eu ver se aquela é a mesma pessoa que estava me seguindo em Déli.

Antes de saber o que estou fazendo, ouço-me gritar para ele do outro lado da rua:

— O que você quer? Por que você está me seguindo? — Até o eco soa trêmulo. Ele não responde.

De repente, o ruído de um carro vindo em nossa direção enche o horizonte. Seus faróis iluminam a noite quando ele passa por cima do viaduto. Ambos olhamos e o vemos ganhar velocidade enquanto desce a encosta; então, quando seus faróis tornam a subir ao chegarem em terreno plano, vejo o rosto do homem. Ele ainda está longe demais para eu saber se é o mesmo cara que me seguiu em Déli, mas é branco, o que me faz concluir que deve ser o próprio. Parece alto, corpulento, como se houvesse um dia praticado musculação. Tem cabelos castanhos, repartidos ao meio, e parece estar sorrindo.

O carro passa em disparada antes de eu conseguir ver mais. Por um instante considero a possibilidade de atravessar a rua para confrontá-lo, mas então ouço a grade de ferro sacudir atrás de mim. Viro-me para ver um menino novo, com os olhos ainda pesados de sono enquanto se debate com o cadeado.

— Obrigado, Deus — digo. Ele abre o portão justo o suficiente para eu me esgueirar para dentro. Viro-me para verificar a rua enquanto o menino fecha a grade ruidosamente. Uma luz de néon cor-de-rosa na ilha de concreto que separa os dois lados da rua treme rapidamente. Porém, fora isso, não se vê mais nada.

A Fundação Street

Sanjay não acredita em mim quando lhe digo que estou sendo vigiado. Estamos deitados na grama ao lado da piscina do clube Breach Candy — mais uma relíquia da história colonial que só recentemente passou a aceitar a entrada de indianos. Ainda posso ver o aviso em vermelho sob a cal do muro atrás de nós: NÃO É PERMITIDA A ENTRADA DE INDIANOS. Assombra-me pensar que essa política tenha durado tanto depois do fim do império. Mesmo hoje, os indianos que buscam solidão dentro de seu terreno tranqüilo são tão brancos quanto qualquer ocidental. Homens gordos e já ficando carecas, com sotaque inglês de classe alta, gritam para crianças que tomam sorvete enquanto mulheres de jeans se bronzeiam.

— Por que alguém estaria seguindo você?

— Não sei. Acho que pode ter alguma coisa a ver com essa rede de viajantes secretos. Talvez estejam atrás de mim depois que comecei a fazer perguntas em Déli.

— Você tem idéia do quanto soa paranóico?

Não digo nada. Tenho de admitir que tudo agora parece mesmo um sonho. Até onde sei, poderia ser minha imaginação me pregando outra peça — acrescentando o misterioso homem branco à mistura, pelo bem da narrativa. Tento me lembrar do quanto das minhas lembranças é verdadeiro. Terá sido o álcool? Terá sido um sonho? Terá sido o medo, iluminando coisas que não estavam lá? Talvez eu tenha visto um vulto do outro lado da rua e o transformado em espião, um pesadelo noturno. Afinal, por que alguém estaria me seguindo? Por que alguém ficaria parado no meio de uma auto-estrada esperando eu aparecer só para tornar a desaparecer na noite depois de eu chegar? Para me assustar. Para se certificar de que eu chegasse em casa são e salvo? Tudo isso parece muito pouco provável. Não posso mais confiar em mim mesmo. Minha cabeça dói por causa da ressaca e o calor não ajuda em nada. Penso em dar uma nadada, mas então percebo uma garota bonitinha, um pouco gorda, observando-nos do outro lado da piscina. Mesmo a distância, posso ver seus seios lutando para escapar do jugo de sua camiseta branca e seus quadris largos forçando os botões de uma Levi's 501 preta.

— É ela?

Sanjay ergue-se nos cotovelos e olha para o outro lado rapidamente, depois se levanta depressa e sacode os restos de grama da parte de trás das pernas.

— É. — Ele dá alguns passos rápidos antes de se virar e dizer: — Vamos lá. — Quando o alcanço, posso vê-lo fazendo charme. — Parvaaati, querida. Que bom que você veio. É tão bom vê-la de novo. Ai, meu Deus! Quanto tempo? Quanto tempo faz? — Não posso culpar Sanjay por fingir um sotaque de Mumbai. Afinal, teoricamente é de lá que ele vem.

Posso vê-la sorrir para ele, amável, enquanto ele a abraça e lhe diz como ela está bonita. Sanjay me deixa atrás dele sem ter o que fazer durante alguns segundos, pouco à vontade, antes de me apresentar.

— Agora, Parvati, quero que conheça um grande, grande amigo meu. Ele está muito interessado na Fundação Street e adoraria conhecê-la. Parvati, este é meu velho amigo Joshua.

— Oi, Parvati, ouvi falar muito de você — digo, estendendo a mão e olhando-a nos olhos. Ela tem olhos gentis, como os de uma gazela. Uma camada fina de pelinhos escuros cobre suas bochechas, dando a seu rosto um aspecto desfocado.

— Oi, Joshua.

— Por favor, me chame de Josh.

Ela dá um grande sorriso branco que se separa ligeiramente de suas gengivas. Nos três segundos desde que a conheço, Parvati parece ser a doçura personificada. Estou achando difícil acreditar que ela um dia tenha namorado Sohrab. Sanjay se oferece para ir buscar sorvete enquanto Parvati e eu nos sentamos na grama. Um menininho vestindo uma minúscula sunga azul da Speedo passa por nós correndo, seguido rapidamente por duas menininhas de tranças.

— Não vai ser assim por muito tempo — brinco, enquanto ambos rimos das crianças.

— Ah, não sei não. Nós, meninas de Bombaim, gostamos de perseguir meninos.

Sinto-me inclinado a dizer que é um direito seu — ainda estou um pouco chocado com o sucesso de Sanjay na noite anterior —, mas resisto.

— É mesmo? Eu não imaginaria que você precisasse perseguir alguém — digo em vez disso, elogiando-a, mas Parvati não ri com afetação nem enrubesce. Apenas olha para mim com olhos tristes e, por um instante, tenho a impressão de que ela está prestes a chorar. — Desculpe, era para ser um elogio — digo, com genuína preocupação.

Ela me dá um sorriso débil.

— Eu sei, você é muito gentil. Mas, infelizmente, desde que terminei com meu namorado, é só o que pareço fazer hoje em dia.

Não posso evitar ficar satisfeito comigo mesmo. Sanjay disse que não seria preciso muita coisa para fazer Parvati começar a falar de Sohrab, mas fico assombrado diante da rapidez de sua disposição.

— Quanto tempo faz que vocês terminaram?

— Dois anos.

— É muito tempo.

— Eu sei. É patético, não é? — Seus olhos ainda estão úmidos. Sinto pena dela e descubro-me culpado por a estarmos usando dessa maneira. Mas o candidato a jornalista dentro de mim não deixa isso durar muito.

— O que aconteceu?

— Ahhhh — suspira ela com todo o peso do mundo —, é uma história muito, muito comprida. Mas se você quiser mesmo saber...

Ela tem razão. Realmente a história se revela muito comprida. Pelo menos do modo como ela a conta. Porém, três sorvetes e duas horas depois, já sei tudo que preciso saber para os propósitos do meu encontro com Sohrab na mesma noite. No final, não me sinto muito mal por tê-la enganado. É óbvio que ela ainda está desesperadamente apaixonada por ele, apesar do modo como a tratou, e que falar sobre ele parece de alguma forma tornar sua dor mais suportável. E, apesar da má situação das minhas finanças, chego até a fazer uma pequena doação à Fundação Street, que me dá direito ao privilégio de patrocinar um menino de rua de Mumbai durante um ano.

Noites de cocaína

Não demoro muito para perceber que Sohrab está muito doido de pó quando ele enfim aparece no hotel Taj Mahal, quarenta e cinco minutos atrasado. Ele funga sem parar e seus olhos de peixe se dilataram até ficarem parecidos com os de um tubarão. Ele sequer toma conhecimento da minha presença quando se senta na minha frente, pede uma Cuba Libre, belisca a bunda da garçonete, leva um tapa na cara, e a chama de piranha gorda.

— Venha, vamos lá, branquelo — são suas únicas palavras para mim. Uma limusine comprida com vidros escuros está nos esperando do lado de fora, e enquanto subimos no banco de trás somos cercados por meninos de rua. Sohrab literalmente cospe neles antes de vários porteiros correrem para mandá-los embora. — Vá — late ele para o motorista antes de puxar um pequeno painel da porta e despejar uma pilha de cocaína em cima dele.

— Para onde, senhor?

— Apenas vá — diz ele, batendo o pó com um cartão de crédito. A limusine é comprida demais para a pequena entrada do lado de fora do hotel, e levamos vários absurdos minutos para conseguir sair dali. Sohrab não pára de praguejar enquanto o motorista dá marcha à ré e avança um centímetro de cada vez, seguindo as instruções de quinze porteiros aos gritos. Meninos de rua, achando aquilo divertido, estão colados nas janelas para assistir à nova atração de circo.

— Tome — diz ele, estendendo-me uma nota enrolada de cem dólares. Olho para baixo e vejo que ele bateu seis carreiras. Não discuto, mas sinto uma ânsia de vômito ao levantar a cabeça e ver um membro deformado arranhando a vidraça ao meu lado.

— Não está acostumado, hein? — diz Sohrab com um sorriso sarcástico ao me ver segurando o vômito que sobe pelo fundo da minha garganta. Durante um minuto, não digo nada.

— Bom, não estou acostumado com pó malhado — consigo responder depois de algum tempo. Eu me odeio por estar ali naquela limusine, cheirando essa droga horrível, inútil.

— Vá se foder! O pó não está malhado — lança-me ele, antes de acrescentar: — Está?

Os cristais gelados deixam minha língua dormente e escorrem pelo interior do meu corpo deixando um rastro amargo. Ouço o choramingar do leproso lá fora:

— *Baksheesh, baba. Ek rupiyah. Ek rupiyah.*

— Quanto custou? — perguntei.

— Umas duzentas libras — diz ele, inclinando-se para cheirar sua segunda carreira. Minha cabeça faz as contas depressa. O mendigo quer uma rupia para comer e eu acabo de cheirar o equivalente a mil rupias em cocaína. Não consigo me lembrar de ter me sentido pior. Ele se levanta fungando, e algumas partículas brancas caem na parte da frente da sua camisa. — Eu mato aquele puto do Ajay se isto estiver malhado — diz ele, com uma voz que o faz parecer gripado. — Você acha mesmo que está malhado? — pergunta ele, batendo no meu braço e tornando a me apresentar a nota. Tiro os olhos da expressão de dor encostada na janela e olho para Sohrab.

— Este é o pior pó que já cheirei na vida — digo, com a maior cara-de-pau. De repente percebo que estou prestes a esmurrar seu rosto com meus punhos, pegar todo o seu dinheiro e dá-lo aos mendigos. Mas alguma coisa me detém. Talvez eu esteja com medo. — Vou recusar, se não se importar.

Ele ri para mim com sarcasmo.

— Se você vai sair comigo esta noite, não vai recusar não.

Fecho os olhos e tento ignorar o patético barulho de batidas em todas as janelas. Então, quando pego a nota, percebo por que não estou batendo em Sohrab. Não é medo. É interesse. Ou, como diria meu pai, um objetivo preciso.

Inclino-me e soco a droga para dentro do meu sistema. Em seguida me levanto depressa, com a adrenalina circulando a mil, os intestinos roncando. Sinto uma onda de poder. O pó só faz aumentar meu mau humor, mas me faz sentir por baixo dele uma força sobre-humana. Meu ego infla e flutua, grande, audaz e dominador. Passo a língua pelos lábios. Sinto-os pegajosos e secos. Minha boca está dormente, mas posso sentir a textura dos lábios — colante, como um cimento branco.

Então, quando finalmente nos desvencilhamos da entrada, tudo entra em câmera lenta, como um disco de 45 rotações girando subitamente na velocidade errada. Meu mecanismo interno é impelido para a frente com a mudança de ritmo. O zepelim do meu ego assobia e começa a desabar de depressão. Preciso de outra carreira.

Mehmet Mahmood

No final, tudo acaba valendo a pena. Depois de três festas, uma garrafa de rum e muita cocaína, Sohrab começa a confiar em mim. Com a informação obtida de Parvati mais cedo naquele dia, não é difícil fazê-lo confessar. Quando se sabe provocá-las, as pessoas lhe contarão seus segredos mais profundos e sombrios. Ele parece não se lembrar que eu teoricamente sou jornalista. Ou talvez acredite que sua ameaça da noite anterior o manterá a salvo.

Estamos sentados na praia de Chowpatty, no final da Marine Drive. Sohrab diz que ali é um bom lugar para relaxar e fumar. Não consigo imaginar por que ele acha isso. Meninos de rua não param de perguntar se queremos *massagens especiais*, e as luzes que margeiam a baía são fortes o suficiente para vermos os detritos dançando sobre as ondas como roupas de baixo sujas dentro de uma máquina de lavar. Há um cheiro de peixe no ar. A praia de Chowpatty é um lixo, cheia de latas enferrujadas e pedófilos.

— Você se importa se eu lhe perguntar uma coisa, Sohrab? — Não espero ele responder. — Sabe, tem uma coisa que está me intrigando. Não consigo entender por que vinte e quatro horas atrás *você* estava batendo em mim e agora, esta noite, tudo que fez foi me levar a festas, me encher de droga e birita e me apresentar a todos como seu amigo. Quer dizer, não é porque você tem poucos amigos, é? Tirando por tudo que vi até agora, você está por dentro de tudo. Por que essa mudança?

— Eu gosto de você, Josh — diz ele, um pouco falsamente. — O que há de tão errado nisso?

— Nada, fico lisonjeado. Mas você mal me conhece.

— Não sei. Sinto que temos alguma coisa em comum. Acho que, sob alguns aspectos, você e eu somos muito parecidos.

— É mesmo? Sob que aspectos?

— Sei lá, cara. Foi só o jeito como você insistiu para nos encontrarmos para um drinque. Você sabe. Insistente. Isso meio que me fez lembrar de mim mesmo antigamente, não faz tanto tempo assim. Além disso, você não deveria levar tão a sério o soco que lhe dei. Eu não tinha a intenção de machucá-lo de verdade. Só fico um pouco exaltado, bom, você sabe, sempre que as pessoas me perguntam sobre meus filmes.

— Por quê? Por causa do que Mehmet Mahmood fez com você?

— Ah, então você sabe sobre isso.

— Bom, você não esperaria que um jornalista não fizesse sua pesquisa, não é? — digo, sardônico. Ele responde com uma exclamação curta, sorridente, e um meneio irônico de cabeça. — Mas o que aconteceu exatamente entre vocês dois? Quer dizer, se não se importar em me contar. Tudo que sei é que ele tirou o financiamento do seu filme e que desde então você não fez mais nenhum.

Vejo o sorriso se dissipar de seus lábios.

— Aquele babaca arruinou a minha carreira. — Não digo nada e, por um tempo que parece muito longo, ficamos simplesmente ali sentados ouvindo os vagos sons compassados de meninos mendigos fazendo massagens especiais em homens na outra ponta da praia. Estou achando difícil manter fora da minha cabeça a imagem do que eles estão precisando fazer para sobreviver. Depois de algum tempo, ele diz: — Sabe, quando cheguei a Nova York não tinha nada. Literalmente só apareci. Sem visto, sem renda, sem ter onde morar — nada. E eu consegui, cara. Estou lhe dizendo, eu saí do nada. Três anos atrás, eu era um Grande Diretor de Cinema — diz ele, com a pompa adequada.

— Mas o que deu errado?

— Venho fazendo essa pergunta a mim mesmo há muito tempo. Acho que deu errado muito antes de as coisas realmente mudarem para mim. É engraçado, mas você nunca consegue entender de verdade as conseqüências das suas ações. Quer dizer, se eu pudesse voltar ao começo, diria que minha vida estava destinada a fracassar antes mesmo de ter começado.

— Como assim?

Como Parvati, era difícil para Sohrab editar sua história. Quando se trata de contar a história de sua vida, ele não consegue ter uma visão geral dos fatos e tem tendência a abarrotar as lacunas com detalhes cronológicos. Vejo-me organizando seu solilóquio sob a forma do artigo de mentira que eu supostamente poderia estar escrevendo para o jornal londrino imaginário onde alego trabalhar.

BRIGA DE CACHORRO GRANDE

MUMBAI, Índia, 25 de outubro de 1999 — Cinco anos atrás, Sohrab Kutpitia era um jovem talento promissor, recém-formado pela New York Film School sob a talentosa orientação de Chester Morris, famoso professor residente responsável pelo surgimento de nomes como Joseph Karr e Mel Lee.

Com dois pequenos filmes de sucesso debaixo do braço e algumas idéias de roteiros na cabeça, Kutpitia voltou para sua cidade natal de Bombaim — hoje conhecida como Mumbai —, para embarcar em uma carreira de direção no vistoso mundo de Bollywood. Ele prosperou.

— Sempre soube que Sohrab conseguiria — recorda Chester Morris em uma entrevista concedida por telefone. — Ele tinha garra. Para fazer qualquer coisa que realmente valha a pena na vida, é preciso ter garra.

Não demorou muito para o circuito internacional de cinema descobrir os filmes de Kutpitia, que incluíram grandes sucessos de bilheteria na Índia como *Kali, o matador* e *O bandido do amor*. Depois de apenas dois anos, Kutpitia, hoje com 32, recebeu o telefonema pelo qual estava esperando.

— Não acreditei quando Mehmet Mahmood, do canal LNC, me ligou e pediu para comprar os direitos do meu último roteiro — relembra um Kutpitia de morena beleza. — Era um sonho que se realizava.

Porém, embora Kutpitia na época não o soubesse, o telefonema de Mehmet se revelou um cálice envenenado, um cálice que arruinaria sua carreira para sempre. Inicialmente, o filme recebeu um enorme orçamento, e Kutpitia entrou em um frenesi de relações públicas, contratando centenas de pessoas e gabando-se de ser o novo grande diretor indiano.

— O roteiro chamava-se *Ameaça de Mumbai* — continua Kutpitia. — Admito que era imaturo. Eu o vendi como a melhor invenção do mundo desde o pão fatiado e disse a todos os meus amigos e contatos em Bollywood que essa era sua chance de entrar no circuito internacional de cinema.

Nesse sentido, Kutpitia plantou a semente de sua própria ruína. Três dias antes da data marcada para o início das filmagens, Kutpitia recebeu um telegrama de Londres mandando-o comparecer a uma reunião urgente no escritório central do LNC.

— É engraçado, mas quando você recebe más notícias não consegue admitir para si mesmo que aquilo está acontecendo de verdade — explica um sombrio Kutpitia. — Lá no fundo, você sabe que está encrencado, mas continua a acreditar que tudo vai dar certo.

Essa reunião se revelou o pior momento da vida de Kutpitia.

— Mehmet insistiu em uma mudança de roteiro — diz ele. — E quando digo mudança de roteiro, quero dizer reescrevê-lo completamente. A única coisa que ainda era minha e permaneceu no roteiro foi o título. — Artisticamente vaidoso e imaturo demais para chegar a um acordo, Kutpitia cometeu então o que chama de o maior erro de sua carreira. — Mandei Mehmet se f*** e enfiar o roteiro no c*. Em seguida peguei o vôo seguinte de volta a Mumbai e disse a todo mundo que o filme havia sido cancelado. Demiti trezentas pessoas em um dia, algumas delas as mais importantes da indústria. Lembro-me que ninguém acreditou em mim. Todas as pessoas importantes ligaram para Mehmet. A maioria o conhecia pessoalmente. Ele lhes disse que a decisão de abortar o filme havia sido minha. E foi isso: minha carreira... terminada.

Mas amigos e especialistas na indústria dizem que não havia nada que Kutpitia pudesse ter feito.

— Mehmet usou Sohrab direitinho — diz Chester Morris. — Ele sabia que Sohrab seria orgulhoso demais para aceitar que o roteiro fosse reescrito de forma tão brutal. Tudo que ele queria era pôr os seus dedinhos sujos nele. Tenho orgulho do que Sohrab fez. Ele defendeu sua integridade artística. De outro modo, ele teria simplesmente virado mais um criado de Mehmet, não mais do que um bode expiatório.

— A única coisa boa que resultou de toda essa história foi que ela me ensinou a mais valiosa das lições — diz Kutpitia. — Você não é nada se não tiver poder. Talento, criatividade, habilidade... nada disso vale nada se outra pessoa estiver dando as cartas. E a única maneira de ser poderoso é ser rico. Sem dinheiro você não é nada. Se você vai fazer o que realmente quer fazer nesta vida, então é melhor ser rico. É o único jeito. No que me diz respeito, o mundo é briga de cachorro grande, e estou tentando ganhar peso antes de passar por bobo de novo. Meu lema? Acabe com o mundo antes que o mundo acabe com você.

Mehmet Mahmood não retornou diversos telefonemas solicitando seus comentários antes do fechamento desta edição.

Motivos escusos

A í está ela de novo. Aquela expressão. Foder o mundo antes que ele foda você. Exatamente como o brasileiro disse. E é então que percebo.
Sohrab é o bandido que eu vinha procurando.

Sua história, e o modo como ele a conta, explica muita coisa. Ele um dia teve tudo. A doce namorada, a carreira de sucesso, amigos. Sim, agora eu percebo, é por isso que Sanjay conhece Sohrab. Eles eram amigos, bons amigos.

Mas e agora?

Repasso aquela noite na minha cabeça e me lembro, em retrospecto, da maneira como as pessoas o abordavam — cautelosas, a distância. É como se Sohrab não tivesse nenhum amigo de verdade. Não mais. Não desde que ele se queimou, não desde que passou para o lado negro da força. Vítima de sua própria ambição. É um solitário.

Ele se parece com meu pai sob muitos aspectos. Artista fracassado, ambicioso, amargo e orgulhoso, ele se vendeu para ganhar dinheiro, com uma vaga promessa, lá no fundo de sua mente, de um dia voltar a seus sonhos. Papai também era solitário. Lembro-me disso agora. Talvez seja isso que você ganhe por abandonar seus sonhos — solidão.

Sohrab foi feito sob medida para o papel que escolhi para ele. Sua história será a minha história. Seu personagem será o personagem do meu pai. Afinal, papai jamais qualificou o papel que poderia desempenhar no Bestseller. Ele nunca especificou se deveria ser um mocinho ou um bandido. Disse apenas que queria um papel significativo. E aqui está. Se eu for honesto, talvez sempre soubesse que papai tinha de ser o bandido. Afinal, ele realmente me deixou puto com seu bilhete suicida. E, é claro, eu ser como sou significa que, na verdade, tenho de ser o herói. É muito difícil pensar em mim mesmo de qualquer outro modo. Existe um Bestseller em Sohrab Kutpitia, eu sei. Sob qualquer ângulo que eu olhe, Sohrab vale vários milhões de libras. Ou eu roubo dele e ganho milhões, ou o uso como personagem de um romance, fazendo o papel do meu pai. É venda certa. Sohrab é venda certa. Sohrab é o meu homem.

Pergunto-me se é por isso que gosto dele, porque ele é como papai, porque ele é o bandido que eu venho procurando. Porque ele é o meu bilhete de loteria.

Hum. Essa é difícil, mas acho que não, não sei por quê.

Enquanto fico ali sentado, olhando para ele, percebo, e sei que isso soa estranho, mas... Eu realmente gosto de Sohrab. Vinte e cinco horas se passaram depois que ele me surrou, e eu realmente, genuinamente gosto dele. Por quê? Não sei. Por que alguém gosta de outro alguém? Talvez porque eu tenha percebido que, por baixo de sua aparência arrogante, Sohrab na verdade é divertido e interessante, mesmo quando não está tentando ser.

Estou achando surpreendentemente fácil me soltar com ele. Passei a maior parte da noite me perdendo no momento presente. Ri. Fiquei bêbado. Fiquei doidão. Depois de passar todo aquele tempo no Green, constantemente de guarda e distante enquanto tentava me infiltrar na rede dos viajantes secretos, era revigorante relaxar, para variar.

Porque, verdade seja dita, eu próprio sou um solitário. Sou solitário há muito tempo — desde que papai morreu, na verdade. Há quase dois anos exatos. E não sei, assim que Sohrab começou a se abrir, eu simplesmente comecei a gostar dele. Contra minha própria vontade e contra tudo, não consegui permanecer distante com ele, mesmo que tenha tentado. Ele passou pelas minhas defesas. Fez com que eu lhe desse um pouco de mim esta noite, um pouco do meu verdadeiro eu. E não foi apenas encenação.

Tento dizer a mim mesmo que nada disso importa. O que importa é que posso ver uma porta de entrada, uma porta de entrada para ganhar sua confiança. A solidão de Sohrab é a minha porta de entrada, agora posso ver isso. Vi o modo como as pessoas olharam para mim esta noite. Quase com pena, como se eu fosse sua próxima vítima ou algo assim. Os desconhecidos são provavelmente as únicas pessoas dispostas a serem simpáticas com ele. No entanto, elas logo se distanciam depois de descobrir quem ele é, o que ele faz.

Mas eu não vou me distanciar. Não vou ser como todos os seus outros companheiros de uma noite só. Darei a Sohrab a minha lealdade e ela vai surpreendê-lo. Não serei um amigo indigno de confiança. Eu não vou abandoná-lo. Afinal, é assim que vou conquistar sua confiança.

Posso sentir os espasmos da culpa à espreita, admito. Como eu disse, gosto de Sohrab, e isso não se deve ao fato de ele preencher todos os meus requisitos escusos de uma vez só. Ele é mais do que isso. É um bandido com um lado bom. Esse bandido não é de todo mau, e o mocinho em mim não é de todo bom. Isto aqui não é Hollywood, isto aqui não é ficção. Isto aqui é realidade.

Mas reflito que não posso me permitir ter sentimentos em relação a ele. Não de forma genuína. Só de forma genuína o suficiente para deixá-lo em uma posição onde eu possa acabar com ele. Cuidado, digo a mim mesmo. Continue assim, mas vá com calma. Não se exalte.

— Por que você está me contando isso tudo? — pergunto.

— Por que você acha?

— É porque você quer que eu escreva coisas desagradáveis sobre o sr. Mehmet?

— Você não é só um rostinho bonito, é, bebê Josh? — diz ele, sorrindo para mim com um pouco de tristeza.

Sorrio de volta para ele. A primeira luz da manhã forma um estranho véu à nossa volta. Formas esquisitas emergem da escuridão do modo como realmente são. Finalmente posso ver que o dinossauro no final da praia na verdade é o carrossel e o escorrega em um parquinho. Ainda é cedo demais para as coisas terem cor. O mundo tem uma aparência azul fosca, e o rosto de Sohrab adquiriu uma cor cinza de giz. Os pedófilos vão indo embora devagar, um de cada vez, mas quase juntos.

— Acho que já vou andando para casa, Sohrab, se você não se importar — digo, pondo-me de pé e sacudindo a areia fria do meu traseiro. — Foi uma noite e tanto. Obrigado.

— Claro — diz ele, levantando-se ao meu lado. — Eu gostei. Vamos sair de novo algum dia. — Ele me estende um cartão de visitas. — Ligue para mim.

— Vocês do mundo do cinema nunca mudam, não é? — brinco.

— Não, acho que não — diz ele, achando graça. Começamos a andar em direção à rua em busca de um táxi, uma vez que a limusine já foi embora há muito tempo. Então, olhando para o chão, ele diz: — Não é só porque quero que você escreva sobre Mehmet, Josh. — Ele faz uma pausa. — Quer dizer, eu me diverti esta noite, eu... gosto de você. Sinto que nós... nos identificamos.

É essa a palavra que eu estava procurando. É verdade. Sohrab e eu temos uma identificação.

— Obrigado. Eu também gosto de você.

— Então me ligue. Estou falando sério. Temos de sair juntos.

— Sim, claro, vou ligar. — Olhamos um para o outro. Já chegamos ao final da praia, e dois táxis oportunos vêm em nossa direção. Sohrab faz sinal para eles.

Antes dos táxis nos alcançarem, vejo-me dizendo:

— Aliás — como um detetive fazendo "uma última pergunta" antes de deixar o assassino ir embora —, o que você faz para ganhar a vida hoje em dia, já que não está mais fazendo filmes? Quer dizer, como vai ganhar todo esse dinheiro de que fala?

Ele não responde.

O táxi pára do nosso lado.

— Suponho que o fato de você não responder significa que eu terei de pesquisar mais? — digo, recuando, tentando tornar aquele instante mais leve antes que o clima bom que estava encerrando a noite cesse por completo.

Ele apenas olha para mim, com uma das mãos na porta do táxi, e diz, de uma forma que me faz gelar:

— Não força a barra, Josh. Se não quer se queimar... — diz ele, antes de inclinar a cabeça para dentro do táxi —, então não deveria brincar com fogo. — Suas palavras ficam se repetindo na minha cabeça durante todo o trajeto até o Shiv Niketan.

O Medo

Tenho uma confissão a fazer. Quando ainda estava em Déli, logo depois de Yasmin pegar o avião de volta para Amsterdã, quase desisti de toda essa grande conspiração. Foi depois de eu ter ido visitar James na cadeia. Ou melhor, eu deveria dizer, depois que tentei ir visitar James na cadeia. Na verdade nunca cheguei a passar dos muros da prisão. Na última hora, amarelei. Quando cheguei lá — não sei, o Medo simplesmente tomou conta de mim por completo.

Ele me dominou em um instante. Em pé na frente daqueles muros sem janelas encimados por arame farpado e guardas carcerários andando de um lado para o outro — talvez tenha sido realidade demais. Talvez tenha sido apenas um pouco de realidade, qualquer quantidade de realidade, a me encarar pela primeira vez — pelo menos pela primeira vez durante essa aventura, talvez até pela primeira vez em toda a minha vida. De repente percebi — com detalhes fantasmagóricos — como as coisas podiam dar errado, bem, caso as coisas dessem errado.

Durante os poucos minutos que passei ali em pé — do lado de fora daqueles imponentes muros circulares, aprisionados entre o lugar nenhum deserto e um quase algum lugar suburbano —, pude me imaginar numa cela minúscula, sem luz, cheia de fezes pelo chão, sendo enrabado e espancado.

Quase pude ouvir os gritos ensandecidos dos meus companheiros de cela. Pude ver as cabeças raspadas e as calças largas de pijama enquanto caminhávamos, cansados, pelos corredores. Comi a terrível comida e peguei todas as inomináveis doenças. Sofri as tiranias inevitáveis e as torturas impiedosas. Vi os ratos, os insetos e as grades. Senti o gosto do meu suor — um suor ranço, azedo, saído de algo que fermentava em um local quente e fechado. E vi a minha própria imagem piscando repetidamente entre todos esses pensamentos, como a cena de um slide projetada no telão da minha mente, eu curvado e com o rosto contorcido enquanto era enrabado, enrabado, enrabado.

A contrapartida não estava mais sujeita a discussão. Aquilo não era como um daqueles papos com Sanjay — pesando os prós e os contras. Aquilo eram muralhas, verdadeiras muralhas de pedra capazes de me encurralar e me prender e de me enterrar vivo junto com todos os outros zumbis condenados. Eu estava olhando para uma vala comum — uma vala comum viva, respirando, infeccionando. Não se pode argumentar com muros. Não se pode argumentar com a prisão. E certamente não se pode argumentar com o fato de ser enrabado.

Foi então que soube que jamais poderia cumprir uma pena de prisão. Não uma pena longa. "Dez anos, sr. King, dez anos", eu podia ouvir o juiz repetir na minha mente com seu sotaque afetado. *Isso* sim me mataria. Dez anos seriam a minha sentença de morte. Não uma sentença repentina, mas uma sentença lenta. Aquele pobre coitado do James. Ele deve estar morrendo lá dentro, pensei.

E foi então que um guarda veio por trás e me disse que os visitantes deveriam se registrar por ali e que eu deveria estar com meu passaporte em mãos caso desejasse fazê-lo. Nesse momento minha mudança de opinião foi repentina, como uma revelação barata. Ele havia me fornecido a desculpa perfeita para ir embora e, no mesmo movimento, a desculpa perfeita para desistir de tudo. Eu sabia que não poderia mais seguir em frente com o plano, que agora estavam me dizendo efetivamente, em termos um tanto incertos, para não fazê-lo.

Balbuciei minhas desculpas e virei as costas para o horror. Decidi que voltaria a Pahar Ganj e conseguiria um passaporte falso. Pediria a Shiva para me ajudar. Ele me ajudaria a sair do país, não ajudaria? Eu escreveria para Yasmin e lhe pediria desculpas. Não precisaria lhe dizer por que estava dando para trás. Começaria a carta com algo no estilo: "Pensando melhor..." Ela entenderia. Não? Eu sabia que Sanjay entenderia. Ele vinha fazendo alusões a desistir de tudo desde o primeiro momento em que se comprometera com a admissão bastante temerária de que sabia quem era Baba.

Estranhamente, foi isso que decidi fazer durante a viagem de riquixá de volta para casa. À medida que os subúrbios desertos ao meu redor iam ficando verdes, eu me vi abandonar a imagem de mim mesmo curvado e sendo enrabado e, em vez disso, comecei a pensar obsessivamente em Sanjay e sua admissão e o que ela havia feito subseqüentemente para modificar a química entre todos nós, mas de modo mais especial entre Yasmin e ele. Eu talvez devesse dizer que *voltei* a pensar obsessivamente nisso.

O fato é que minha excursão à prisão — mesmo que ela tenha incluído algumas imagens bastante indigestas — havia proporcionado uma bem-vinda distração para meus pensamentos sobre Sanjay e Yasmin, e o modo como eles haviam flertado descaradamente depois que ele admitira conhecer Baba. Talvez tenha sido por isso, subconscientemente, que para começo de conversa eu fora à prisão — qualquer coisa para me distrair do meu ciúme.

E agora que tudo estava terminado me vi voltar ao assunto com um ímpeto renovado. Durante um tempo curto, eu parecia ter me afastado dos pensamentos que vinha repassando na minha mente havia dias — circulares e cacofônicos, como um disco arranhado dentro da minha cabeça —, e parecia que o interlúdio da prisão havia me feito bem. Pelo menos agora eu conseguia ouvir a música.

Minha conclusão neste exato momento era que Sanjay admitira conhecer Baba para se mostrar. Ele vinha querendo levar a melhor sobre mim desde a primeira vez que havia reparado que Yasmin e eu estávamos nos aproximando. Era uma reação involuntária ao espasmo de ciúme que vi varar seus olhos quando anunciei que Yasmin havia inventado a idéia de roubar a Máfia. Ele provavelmente não teve a intenção de dizer aquilo. A frase simplesmente escorregou da sua boca, como uma de suas terríveis cantadas. Afinal, isso teria sido *tão* típico de Sanjay.

Eu precisava reconhecer, porém. Nessa ocasião, estranhamente e pela primeira vez, aquilo realmente funcionou. Yasmin *foi* mais simpática com ele depois daquilo — muito mais. Tentei não culpá-la por ser tão malandra. Até *eu* estava sendo simpático com Sanjay naquele momento, então não achava que pudesse realmente culpar Yasmin. Ela entendia a situação. Pelo menos foi o que eu disse a mim mesmo. Nós precisávamos de Sanjay. Não podíamos excluí-lo com nossas demonstrações explícitas de afeto. Era mais importante manter as coisas mais frias entre nós e deixar que Sanjay se sentisse desejado.

Mesmo assim, havia momentos em que aquilo me atingia. Como na ocasião em que eu a vi passar o dedo pelo cós do jeans dele enquanto caminhavam por Pahar Ganj — literalmente encostando na sua bunda. A pior parte foi que ela estava muito gostosa quando fez isso.

E foi por ter começado a pensar de novo em todas essas coisas que acabei nunca escrevendo para Yasmin a carta que explicava por que eu queria desistir de tudo. Quando finalmente consegui voltar para o meu novo hotel (o Green tinha de certo modo perdido a aura aventureira que me atraía), o disco estava novamente arranhado e aquela imagem...

ARRRGH!

... aquela terrível imagem dos dois andando juntos...

(Que na verdade eu não deveria ter visto, mas só vi porque a loja em que havia entrado não tinha mais cigarros Chesterton e, portanto, eu havia saído antes do que deveria.)

... e foi então que os vi — andando daquele jeito — com o dedo dela na calça dele...

Meu Deus, aquilo ia me fazer enlouquecer.

Então, em vez de dizer que eu queria desistir, eu me vi escrevendo a ela minha primeira carta de amor (no que mais tarde se revelou o início de uma série de cartas que se estendeu por um período de seis semanas). Não foi fácil... equilibrar as palavras entre nossa breve intimidade e o terror da minha obsessão. Mesmo assim, foi muito mais fácil do que dizer que eu planejava abandonar o plano, o que, imaginei, teria sido um tiro certeiro que a arremessaria direto nos braços de Sanjay. Comigo fora do caminho e James na prisão, ele estaria livre para colher Yasmin como uma flor castigada pelo vento e plantá-la com firmeza em seu próprio vaso.

Não, eu jamais deixaria isso acontecer. Então me esqueci de estar sendo enrabado e tornei a me concentrar na tarefa que tinha pela frente. Prosseguir com o plano, ganhar a confiança de Baba, fazer a troca das malas e, o mais importante de tudo, lutar para que Yasmin fosse minha.

E é por isso que, quando vou ao correio e descubro que há uma carta para mim (enfim!), fico um pouco nervoso. O homem do outro lado do balcão fica um pouco irritado quando lhe digo que não tenho passaporte, mas cem rupias logo dão um jeito nisso. Esse é o instante em que descubro se fui bem-sucedido, digo para mim mesmo enquanto ele me entrega o envelope de espessura decepcionante com um carimbo postal onde se lê "Nederland". Esse é o instante em que descubro se Yasmin realmente me ama, ou se ela está só brincando.

Amsterdã, 11 de outubro

Meu querido Joshua,

Obrigada, obrigada, obrigada por todas as suas lindas cartas e desculpe ter demorado tanto a responder. Você escreve tão lindamente. Gostaria de saber escrever assim. Talvez você um dia aprenda holandês para eu poder lhe explicar como me sinto. Ou talvez meu inglês melhore! É claro que também tenho saudades de você — muitas saudades. E sinto muito, de verdade, ter demorado tanto a escrever. Mas, nossa, tenho estado tão ocupada! O curso de gemologia vai indo muito bem. A maioria das pessoas diz que é preciso passar pelo menos um ano aprendendo todos os testes necessários, mas consegui convencer meu professor a me ajudar a me concentrar apenas em diamantes, rubis, safiras e esmeraldas, já que concordamos que Baba contrabandeia principalmente essas pedras. Alguns testes são mesmo difíceis. Você não acreditaria em como são complicados. Existem tantas pedras sintéticas tão bem feitas que é difícil diferenciá-las das verdadeiras. E os truques que as pessoas inventaram, você não acreditaria! Por exemplo, é possível envolver safiras ruins em lama com óxido de titânio para torná-las azuis novamente. Só o fato de pô-las no forno de microondas já ajuda! E eu assisti a um vídeo outro dia sobre cientistas militares que desenvolvem diamantes sintéticos em placas de Petri. Eles revestiam as vidraças dos caças com esse material para elas não ficarem arranhadas quando os aviões voavam baixo no deserto durante a Guerra do Golfo. Não é uma loucura? Algumas pessoas dizem que hoje em dia já existe uma tecnologia capaz de produzir diamantes sintéticos individuais, mas acho que isso ainda é caro demais. É melhor usarmos falsificações, como planejado. É claro que terão de ser falsificações de muito boa qualidade. Você foi esperto ao lembrar que não queremos que Baba perceba que trocamos as pedras antes de conseguirmos sair do país. Isso sim seria um desastre. Aliás, ouvi dizer que Bancoc é um lugar melhor para vender as pedras do que Amsterdã. Aparentemente, eles não fazem tantas perguntas e por lá passa mais mercadoria do mercado negro. Assim que Baba estiver confiando em você completamente, deveríamos reservar passagens.

Como vai Sanjay? Ele ainda está falando com seu sotaque engraçado? E como você está se virando no seu albergue engraçado? Esse lugar parece terrível — ainda pior do que o Green, se é que isso é possível. E o Porão! Se eu soubesse que você teria de passar tanto tempo lá quanto passa só para ganhar a confiança de Sohrab, talvez não tivesse sido capaz de pedir para você se envolver. Pobrezinho. Temos de ir a uma rave em Amsterdã algum dia. As boates daqui são incríveis. Eu convido você.

Recebi uma carta de James outro dia. Ele não parece muito bem. Ele me disse que você não deveria nunca ir visitá-lo quando estiver em Déli. Encontrar gente de fora só o deixa mais deprimido. Coitado do James. Tenho tanto medo por ele. Espero que consiga manter a sanidade naquele buraco infernal. Mesmo assim, talvez tudo valha a pena quando isso terminar. Se os seus cálculos estiverem certos, haverá dinheiro mais do que suficiente para tirá-lo da prisão. A cada dia que passa eu me vejo acreditando cada vez mais que teremos sucesso. Felicidade numa ilha deserta, aqui vamos nós!

Ai, Josh, eu gostaria que você estivesse aqui comigo. Algumas vezes acordo à noite me sentindo tão sozinha. Aqui não há ninguém com quem conversar. Meus pais não querem saber de nada e os pais de James estão me culpando — não me pergunte por quê. Você sempre sabia como me fazer me sentir melhor sempre que eu estava com medo ou deprimida. Que situação! Sinto tantas saudades suas. A única coisa que me faz seguir em frente são as suas cartas. Você tem sido um amigo tão bom para mim. Tenho vontade de pegar um avião e receber um dos seus abraços. Tudo que quero é que alguém me abrace um pouco.

Prometa-me que vai cuidar de mim quando eu voltar. Não falta muito agora. É isso que fico dizendo a mim mesma.

Escreva-me de novo em breve.

Com amor,

Yasmin

P.S. O cara que está conseguindo o dinheiro falso para nós me disse que existe uma empresa na Rússia que fabrica rubis e safiras sintéticos de excelente qualidade. Você quer que eu compre alguns, ou deveríamos comprá-los em Jaipur conforme o combinado?

Na maior dureza

Começo a me perguntar por que continuo a receber cartas sem nenhum dinheiro dentro. Não que as duas coisas andem necessariamente juntas, mas eu estava contando com Yasmin para me mandar mais dinheiro. Tudo bem me escrever lindas cartas de amor — e eu acho que o tom das cartas me agrada, pelo menos pareço estar fazendo *algum* progresso —, mas agora percebo que eu preferiria ter recebido a notícia de uma transferência de dinheiro do que algumas "saudades". Eu pensava que estivesse deixando clara a minha condição cada vez mais empobrecida. Bom, pelo menos ela está se divertindo, pelo visto, nas raves de Amsterdã. Meu Deus. Não quero concluir isso, mas Yasmin está começando a me parecer um pouco egoísta.

Sento-me em um banco de críquete de carvalho claro e avalio minhas alternativas. Uma vaga sensação de ansiedade começa a brotar do fundo do meu estômago à medida que lentamente vou me dando conta de que não tenho alternativas. Sanjay diz que está duro, e já pedi dinheiro emprestado à mãe dele duas vezes. Tenho um estranho mau pressentimento, como se pudesse ver as estrelas se alinhando na minha frente — mapeando algum destino temido, mas inevitável.

A agência do correio se ergue diante de mim, estranha mistura de arquitetura colonial gótica, domos azuis como os de uma mesquita e colunas de mármore. Viagem no tempo. O estalar dos cascos dos cavalos nas ruas de pedra ecoa atrás de mim, misturado ao farfalhar de vestidos vitorianos e ao abrir e fechar de pára-sóis com babados para ajudar a se proteger do sol. O grito de uma buzina me transporta de volta para o Agora e não consigo mais sentir a história. Só as antenas parabólicas brancas e os outdoors anunciando tubos gigantes de pasta de dente. Como vinhas trepadeiras, a loucura moderna cobre todos os monumentos antigos desta selva urbana.

É então que percebo. Só sobrou um lugar para onde me virar. Vou ter de ligar para Shiva e lhe perguntar: a) por que ele não me deu cobertura; e b) se ele ainda tem meus vinte e cinco mil. Sei que Yasmin acha isso um risco, mas, francamente, não consigo ver muito bem por que o seria. Além disso, não se pode dizer que ela tenha me deixado muitas outras escolhas.

Pego um ônibus de um andar só de volta ao Shiv Niketan; felizmente ele não está lotado demais. Em tempo normal, essas viagens são como cachorros-quentes. Um pau encosta na minha bunda enquanto o meu fica espremido em outra bunda. Várias vezes senti ereções subindo pelo meu traseiro. Não há escapatória. Você simplesmente precisa aceitar o estupro, passivo. Aparentemente existe uma palavra para isso, *fraternização* — pessoas que confraternizam em lugares públicos, embora eu nunca a tenha encontrado no dicionário. Os rebites que unem as peças do ônibus se soltaram, como uma costura de má qualidade, e uma folha de alumínio afiada como navalha treme e sacode ao meu lado.

Passamos pelo Terminal Rodoviário Victoria, que agora tem um nome novo que não consigo pronunciar e do qual ninguém nunca se lembra, depois seguimos pela estrada Mohammed Ali, passamos pela mesquita em estilo anos 1970 e atravessamos o bairro muçulmano até Byculla. Centenas, milhares, milhões de pessoas amontoadas. Adoro observá-las. Talvez seja sua cor, não tenho certeza. Tudo que sei é que, quando vejo todas essas pessoas, não me sinto tão insignificante quanto quando estou em Londres.

Quando estou em casa e olho para todos aqueles ternos cinza indo e voltando de suas vidas cinza, não posso evitar me sentir apenas mais uma formiga no formigueiro. Talvez seja porque estou no meu contexto, talvez seja porque consigo compreender o que significa *ser* um deles. Aqui, porém, a sensação é outra. Aqui todas essas pessoas diferentes parecem uma celebração. Todo mundo tem um aspecto diferente, sem ao menos precisar tentar. Elas simplesmente são assim. Milhões de pessoas profundamente, imensamente diferentes.

Três ruas depois, a folha de alumínio se solta, expondo minhas pernas ao mundo exterior, no mesmo instante em que o ônibus pára com um safanão em frente ao Shiv Niketan. Parece que minha calça caiu. Salto do ônibus com pressa enquanto o motorista sai para tornar a grampear os pedaços. Pergunto-me se terei tempo suficiente para pegar o resto do meu dinheiro e tornar a pular para dentro do ônibus, pegando uma carona até as cabines telefônicas perto da estação ferroviária de Bombay Central sem precisar pagar nenhum extra.

Mas os acontecimentos se sucedem. Assim que entro no saguão do albergue, vejo minha mala no canto, feita às pressas e fechada precariamente com uma fivela de plástico. Depois de um curto instante de confusão, percebo que estou sendo despejado. Fico transtornado de indignação.

— Que diabos exatamente está acontecendo aqui? — exclamo, aproximando-me furioso do balcão e apontando para minha mala. Posso sentir meu rosto vermelho, quente, em meio ao ar abafado da recepção.

A mulher atrás do balcão não levanta os olhos do livro azul que está preenchendo com números vermelhos e grita:

— SAM! SAM! O quarto 103 está aqui. — Então ela vira a página, desce o dedo por uma das colunas, encontra meu nome e o risca com caneta na minha frente. Apagado. Pergunto-me há quanto tempo ela está esperando para fazer isso.

Um homem de ar gentil com a cabeça cheia de cabelos grisalhos, um par de orelhas grandes e peludas e um nariz que decidiu recomeçar a crescer com a velhice (por que isso acontece?) surge saído de alguma desconhecida sala dos fundos. Ele me dá um sorriso cristão.

— Ah, quarto 103, sim, sim, vejamos então, sr. Joshua, não é?

Aquiesço em resposta, escolhendo o silêncio como a arma do meu desprazer.

— Sim, sr. Joshua. Como vai? Meu nome é Sam. — Ele estende a mão. Não posso fazer outra coisa senão apertá-la. — Sim, então agora nos conhecemos. Muito bem. Agora diga-me, sr. Joshua... um nome muito bonito, Joshua, hum. — Um breve estalar de lábios e reorganização de idéias preenchem os espaços vazios. — Sim, como eu dizia, meu nome é Sam, tome, talvez queira ficar com um dos meus cartões. — Ele estende a mão para uma das gavetas perto da mulher desagradável, que desaprova, e tira lá de dentro um cartão de visitas. Ele o entrega a mim. — Viu, aqui está, este sou eu.

Estudo o cartão.

> SAM PEREIRA.
> Jesuíta.
> (Mas eu não tive culpa!)

Não consigo deixar de sorrir e levantar os olhos para vê-lo olhando para mim com um largo sorriso.

— Gostou?

— Sim, é muito bom. Eu também fui batizado católico.

— É mesmo? — diz Sam, batendo uma palma. — Ouviu isso, Rose? O nosso sr. Joshua é um de nós. Bem, quase — acrescenta ele no final, com uma risadinha.

— Fascinante — grunhe Rose para dentro de seu livro azul e vermelho.

— Ora, vamos, Rose, anime-se. A vida é curta. — Então ele diz, deliberadamente alto: — Para você, de todo modo — e mal consegue conter o próprio riso. Rose o ignora e ele se mexe e sacode os ombros atrás dela, animado, rindo da própria piada. Impossível não sorrir de volta. — Então, sr. Joshua, acredito que esteja precisando de hospedagem.

— Bem, eu não estava até...

— Até deixar de pagar a conta — conclui Rose. Ela agora está olhando para mim. Seu rosto é um pouco gordo, mas bonito, sério e protetor, com profundos olhos escuros e um sinal acima da sobrancelha. — E nós ainda não recebemos os detalhes do seu passaporte como o senhor prometeu.

— Eu paguei a...

— E faz mais de um mês que o senhor está aqui — interrompe ela.

— E daí?

— Ah, sr. Joshua — intervém Sam. — Geralmente não aceitamos hóspedes por mais de duas semanas seguidas, é uma política nossa.

Eu sabia que tinha de haver algo errado com o aluguel barato.

— O quê? Então vocês simplesmente vão me pôr na rua? — Eles olham para mim com expressões que querem dizer "bom, sim". — Não é muito cristão da sua parte — acrescento rapidamente. Rose deixa escapar um longo suspiro, como se já houvessem lhe dito isso um milhão de vezes. Mudo de tática. — Não haveria nenhum jeito de eu poder ficar, só por mais alguns dias, até encontrar outro lugar?

Sam olha para mim com dúvida no rosto, e depois se inclina até o ouvido de Rose, onde o toque de seus lábios fazem cócegas. Depois de alguns instantes ela meneia a cabeça de leve.

— Sr. Joshua, decidimos deixá-lo ficar, pelo menos por mais alguns dias.

— Ótimo — exclamo aliviado.

— Sob uma condição — interrompe-me Sam antes de eu ter a oportunidade de agradecer.

— Que condição?

— O senhor terá de prestar alguns serviços à comunidade local.

— Que tipo de serviço?

— Ensinar inglês aos meninos de ruas e aos *hijras*.

— Os homens-dama! De jeito nenhum.

— Ah, por favor, sr. Joshua, eles não são damas. São eunucos e, acredite em mim, tiveram vidas muito difíceis.

— Não me interessa. Não vou chegar nem perto desses monstros.

Pela primeira vez desde que o vi, a expressão de Sam se endurece. Subitamente percebo que ele é mais decidido do que a maioria das pessoas, talvez até mais do que Rose.

— Hum, muito bem. Então devo concordar com minha mulher. Talvez esteja *mesmo* na hora do senhor ir embora.

Merda. Apresso-me em consertar a situação.

— Com que freqüência?

— Duas horas, três vezes por semana — diz Sam, rápido e clemente.
— Nós damos aulas debaixo do viaduto. Seria maravilhoso ter um especialista de verdade.

— Tudo bem, eu aceito.

— Maravilha — exclama Sam, enquanto um grande sorriso branco suaviza o rosto de Rose.

Trapalhão

— Arrumei um emprego.

O rosto de Sanjay está tão cheio de expectativa depois de dizer isso que me sinto obrigado, em nome dos bons costumes, a lhe retribuir com montes de entusiasmo.

— É mesmo, que ótimo. Ótimo mesmo. O que é? Como você conseguiu? Conte-me tudo.

Estamos sentados no Trishna, restaurante com reputação de ser excelente, mas que na verdade é só mais um lugar em Mumbai para ser visto. Com exceção dos raros homens barbados, a riqueza aqui pode ser avaliada pela flagrante ausência de pêlos faciais. Todos os rostos parecem muito lisos. Até os garçons raspam os bigodes e têm uma atitude condizente com a aparência. Pessoalmente, eu teria me contentado em comprar uns espetinhos de cordeiro e um pão indiano tipo *Roomali roti* do vendedor ambulante atrás do Taj, mas Sanjay insistiu. Agora que ele está em Bollywood é mais importante do que nunca ir a todos os lugares certos, ser visto pelas pessoas certas. Mas na verdade eu não estou reclamando. Sanjay diz que quem convida é ele, o que significa que quem vai pagar é a mãe dele.

— Satyajit Chopra está fazendo um filme novo chamado *Theek hai, Theek hai*.

— O quê? Tipo *Tá bom, tá bom*? Meio estranho, não?

— É uma coisa cultural — diz Sanjay. — Você não entenderia.

Não o pressiono a respeito. Não quero irritá-lo. Afinal, é ele quem está pagando. Um garçom se aproxima e serve nossas cervejas Kingfisher, o que consiste basicamente em virar as garrafas de cabeça para baixo dentro do copo e fazer o máximo de espuma possível. Faz sentido. Daqui a alguns minutos não vai mais haver gás algum e a cerveja simplesmente não se pareceria muito com uma cerveja sem um colarinho limpo e branco. É melhor começar com algo parecido com o penteado de Don King e ir diminuindo do que ver a espuma acabar antes da hora. Bebemos as cervejas depressa, em grandes goles.

— Aaaahhh — exclama Sanjay, estalando os lábios como o cara do anúncio. — Que delícia.

Sorrio para ele.

— Continue, então. Qual o papel? Quem você vai representar? Você vai ser um herói ou um vilão?

Sanjay faz uma pausa.

— Nenhum dos dois — diz ele por fim. — Na verdade eu não vou *atuar* nesse filme. Pelo menos não em um papel importante. Quer dizer, provavelmente vou fazer algum trabalho de figurante de vez em quando, não é realmente um emprego de ator.

— Que tipo de emprego é então?

— Mais um emprego de boy.

— Ah — digo, tentando não deixar transparecer minha surpresa. Em um set de filmagem, os boys equivalem a escravos. Eles são os miseráveis, os mais reles dos reles, praticamente Intocáveis.*

— Acordar cedo e dormir tarde muitas vezes, basicamente.

— Entendi. — Faço uma pausa. Quero lhe fazer várias outras perguntas, como se é isso mesmo o que ele quer fazer, mas sinto que provavelmente deveria me contentar com demonstrar animação. Não quero estragar a noite. Afinal, tenho a sensação de que Sanjay pensa que chegou a sua hora. Como se ele finalmente houvesse alcançado o sucesso, ou algo assim.

— Então, como você arrumou isso? O salário é bom?

— O salário não é nada de mais, mas consegui o emprego sozinho. Vi um anúncio em uma revista de cinema e me candidatei. Foi simples, na verdade. Mamãe não ajudou em nada, o que me deixa satisfeito, para ser honesto, porque ela não estava conseguindo muita coisa e eu me sentia muito dependente. Não era saudável.

Olhamos um para o outro. Ambos sabemos que foi sua mãe quem lhe arrumou o emprego. Ela provavelmente estava só esperando Sanjay redimensionar suas ambições. Boy em um filme novo ela podia conseguir,

---

* Os Intocáveis compõem a casta mais baixa e miserável da Índia.

papel principal no próximo sucesso de bilheteria de Bollywood, não. Mesmo assim, preciso dar a ela o crédito por não ter assumido que arrumou o emprego. Pelo menos agora Sanjay pode alegar uma espécie de vitória, o que, suponho, explica em parte seu entusiasmo em relação ao trabalho.

— Quer dizer, é preciso começar de algum lugar, não é? — conclui, como se estivesse lendo meus pensamentos e respondendo com a defesa seguinte.

— É, você tem toda razão — respondo. Não estou disposto a tirar-lhe seu sucesso. Ele parece feliz. Não quero estragar isso. — Chopra é ótimo, cara. É sensacional você ter conseguido esse emprego. Assim que ele vir seu rosto vai querer que você atue no próximo filme dele, não há dúvida. Você tem razão. Isso é exatamente o empurrão de que precisa. É sensacional, sensacional mesmo. Parabéns — digo, levantando o copo. Brindamos e bebemos, depois tornamos a nos servir. Mais colarinho, por favor.

— Obrigado, Josh. Você é um bom amigo.

— Estou feliz por você. Estou mesmo. É sensacional.

— Quero dizer, toda aquela loucura em que estávamos pensando lá em Déli. Meu Deus — diz ele, jogando a cabeça para trás e meio rindo. — O que estávamos pensando? Roubar Sohrab só porque não conseguíamos os empregos que queríamos. Parece tão bobo agora, não é? Ali estávamos nós, perdendo nosso tempo bolando um plano estúpido, quando tudo de que precisávamos era crescer e arrumar o que fazer. Fomos tão arrogantes de pensar que simplesmente poderíamos começar de cima. Temos de começar de baixo e ir subindo, como qualquer outra pessoa, não é?

Durante todo o seu discurso, ele não olha para mim. Quer dizer, ele está me olhando, mas não está olhando *para* mim. Está mais ou menos focalizando o olhar no espaço entre nós dois, se é que se pode chamar isso assim. Eu ficaria surpreso se ele estivesse conseguindo ver alguma coisa. Ele parece vesgo. Mas não acho que ele queira me ver. Acho que ele só quer dizer aquilo. Dizer o que tem a dizer sem se deixar distrair pela minha reação facial. Ele sabe que isso é um truque sujo e, quando o garçom chega trazendo nossa comida em cinco tigelas de metal que mais parecem um rim, ele aproveita a oportunidade com desespero, felicíssimo, como se por quanto mais tempo pudesse me impedir de dizer alguma coisa, mais provável seria eu não discutir com ele. Ou talvez ele queira apenas saborear o momento pelo máximo de tempo possível. O momento em que ele me disse que vai desistir de tudo e em que não tive oportunidade de fazê-lo se sentir mal por causa disso. Fico só olhando para ele enquanto os pratos são trazidos e ele continua:

— Uau, uau, uau. Olhe só esses camarões, Josh. Não são os maiores camarões que você já viu? Suculentos, suculentos. Estou lhe dizendo, a comida aqui é ótima. A melhor de Mumbai. Você vai adorar. Eu garanto. Hummm, hummm.

Até o garçom o acha esquisito. Depois de algum tempo, ele se afasta de nós com um franzir de testa e um vago "bom apetite, senhores" que consegue encaixar em algum lugar no meio das baboseiras sem sentido de Sanjay. Sanjay joga comida nos nossos pratos, sem parar de falar um só instante. Em seguida começa a comer, rápido demais, e precisa cuspir um camarão cor de laranja fumegante no prato porque queimou a boca. Nem isso interrompe o fluxo dos seus comentários.

— Ai, ai, ai, meu Deus, está quente. Ui. Vamos lá, Josh — diz ele, finalmente reconhecendo minha presença. — Você não está comendo.

— Perdi o apetite — digo.

A frase o detém, mas ele tenta não deixar isso acontecer.

— Não seja bobo — diz ele, ainda inclinado sobre o prato, sem querer olhar para cima.

— Se você queria desistir, por que simplesmente não disse?

— Como assim? — tenta ele, finalmente se permitindo encarar o meu olhar enquanto toma um gole de Kingfisher. Posso vê-lo passar a língua pelo céu da boca, sentindo a área lisa e anestesiada que ele sabe que acabará se transformando em uma bolha, depois estourando e depois doendo. Enquanto faz isso, seu rosto tem uma expressão triste. Nada como uma boca queimada para arruinar uma refeição. Bem feito para o traidor.

— Suponho que tenha sido por isso que você me trouxe aqui, não? — começo. — Pensou que pudesse simplesmente me enganar com uma refeição metida a besta e algumas cervejas. Pensou que poderia simplesmente nos dar as costas. Nos deixar na mão desse jeito. Meu Deus, que babaca você é.

As palavras parecem duras quando as digo, mas estou um pouco alterado. Talvez seja a surpresa. Talvez seja sua tática de falar depressa que me irritou. Não sei. Só quero revidar, com força, da mesma forma que ele me atacou, quando eu não estava olhando.

A reação de Sanjay é imediata. Talvez tenha sido o "babaca", ou pode ter sido a boca queimada que o abalou, mas nessa hora Sanjay põe tudo para fora. Ele toma cuidado para não falar alto demais — não gostaria de fazer uma cena no Trishna —, mas seu rosto diz tudo, inchado e vermelho como o interior de sua boca. É raiva controlada.

— Eu nunca o deixei na mão, seu otário — diz ele com intensidade, com os lábios roxos. — Se alguém deixou alguém na mão, foi você. Envolver-me em algo estúpido como isso. Esta é a porra da minha cidade, cara. É aqui que eu moro. Não posso sair por aí sacaneando gente como Sohrab. Preciso morar aqui, pelo amor de Deus. E, de todo modo, tudo que fiz foi ajudar você e aquela piranha estúpida por quem você sente tesão.

Minha vez.

— Chame Yasmin de piranha de novo e eu arranco o seu couro.

— Quer arrancar o meu couro? Bom, tudo bem, vá em frente. Mas quando é que você vai perceber, Josh? Porra, ela só está usando você, cara. Está usando você para arrumar dinheiro para *ela* poder tirar o namorado *dela* da cadeia. O que você ganha? É isso que eu quero saber. O que eu ganho? Não sei em que estava pensando quando me envolvi nessa história.

— Ah, entendi, então é disso que se trata. Yasmin. Você está puto porque Yasmin gosta de mim e não de você. É curioso mesmo, não é? Josh fica com a garota e Sanjay tem ciúmes. Hein? Admita. Você sentiu atração por ela e, agora que sabe que ela não está interessada, quer sair. Meu Deus. Você é ainda mais patético do que pensei.

— Tá, tudo bem, eu admito. Senti atração por ela. *Senti*, no passado. Mas não, isso não tem nada a ver com o fato de você *ter ficado com ela*. Porque francamente, Josh, e odeio o fato de ter de ser eu a lhe dizer isso, você não *ficou* com nada. Ela tem namorado, porra. Ela não está interessada em nenhum de nós dois. E, mesmo que estivesse, eu certamente não iria me meter com Sohrab só para levá-la para a cama. Ela não vale isso. Ninguém vale.

— Faria alguma diferença se eu lhe dissesse que isso não tem nada a ver com ela? — digo, contando uma meia mentira. — Trata-se de ganhar dinheiro para podermos viver nossos sonhos, Sanjay. Está lembrado? Nossos *sonhos*. Como querer ser ator. O motivo pelo qual estamos fazendo isso é para você não precisar sair do nada. Para você não precisar ser uma porra de um escravo em um set de filmagem. Trata-se de ir contra o sistema, de subverter a norma, de ter o dinheiro necessário para tornar nossas vidas diferentes, significativas, para transformá-las em alguma coisa, não apenas na porra da mediocridade de merda que todo o resto das pessoas tolera no caminho em direção a seus sonhos e na qual, vinte anos depois, descobrem que ficaram presas.

Depois disso ele não diz nada. Posso ver que o magoei. Apesar de todas as minhas melhores intenções no começo da conversa, deixei transparecer minha verdadeira opinião. Sou honesto demais. Sou socialmente desajeitado. Não, não é isso. Sou simplesmente vingativo. Eu só queria revidar o ataque dele. Olho por olho. Ele me deixou na mão, então eu o magoei. Privei-lhe da glória do seu emprego, a única coisa que o está fazendo se sentir bem em relação a si mesmo. Meu Deus, eu me odeio nesse instante. Que filho-da-puta eu posso ser. Só sou agradável quando as coisas acontecem do meu jeito. De outra forma posso ser uma criaturinha realmente desagradável. Dizer todas as coisas que as outras pessoas podem pensar, mas que têm a sensibilidade de nunca dizer. Eu nunca consigo segurar essas coisas. Falta-me o filtro, o filtro que torna as pessoas agradáveis. Eu sou uma engrenagem defeituosa no mecanismo que faz a sociedade funcionar. Desafio a elegância social. Sequer consigo ser gentil com os meus amigos. Eu sou mau.

A comida começa a congelar na nossa frente e tenho uma vaga noção do homem na mesa atrás de mim voltando a atenção de seu ouvido novamente para a própria conversa e para longe da nossa. Pergunto-me quantas pessoas ouviram. Pergunto-me o quão alto nossas vozes ficaram. Pergunto-me se alguém nos ouviu citar o nome de Sohrab e se o fato de escutarem teria alguma importância. Sanjay parece realmente chateado, como se fosse chorar ou algo assim. Nesse instante, sinto um grande carinho por ele, um sentimento que cresce dentro de mim.

— Olha — digo depois de algum tempo, mais calmo, um pouco mais baixo, inclinando-me por cima da mesa. — Entendo que você não queira mais se envolver. Você tem razão, esta é a sua cidade, e não me entenda mal, o emprego é sensacional, estou feliz por você, estou mesmo. Tenho certeza de que as coisas vão dar certo para você. E você tem razão. Fez muito para nos ajudar. Não tenho o direito de lhe pedir mais nada. E não vou pedir. Essa nunca foi a minha intenção. Você fez a sua parte. Você me apresentou, lembra? Não precisa fazer mais nada. Basta nos deixar cuidar do resto e nós nos lembraremos de você — nós o resgataremos de todo esse trabalho duro que você parece tão inclinado a fazer. Pode nos chamar de seu plano B, tá? Sanj? Vamos, amigão, fale comigo.

Ele está novamente de olhos baixos, fitando a comida. Espero que não esteja chorando. Pobre coitado. Eu o amo, penso nesse momento. Ele é praticamente um dos poucos amigos que tenho, amigos verdadeiros, quero dizer. Apesar de todos os nossos altos e baixos, ele resistiu ao teste do tempo, foi o único bobo o bastante para ficar. Ele sempre esteve disponível para mim, desde que nos conhecemos, o que é bem mais do que se pode dizer da maioria das pessoas. Afinal, é o tempo que faz uma amizade, não é? Não são os interesses compartilhados, os momentos loucos, nem mesmo as "afinidades". E, se existe uma coisa que Sanjay e eu com certeza temos em comum, uma coisa que é nossa e só nossa, é tempo. E não há nada mais precioso do que isso.

Ele respira antes de falar.

— Você não está entendendo — diz ele por fim, levantando os olhos para mim. Ele não está chorando. Não parece nem perto das lágrimas. Parece apenas sério. — Não se trata apenas de eu desistir. Isso não basta.

— Não basta? Como assim não basta?

— Você tem de parar, Josh.

— Não entendi.

— Você não pode mais fazer isso. Não pode continuar perseguindo Sohrab.

— Como assim, não *posso*?

— Só isso. Estou lhe dizendo para parar.

— Bem, desculpe — digo, dando uma risada um pouco maldosa —, não posso fazer isso. Não gosto que as pessoas me digam o que fazer. Não gosto sequer que elas cheguem perto da mais vaga sugestão de que possam ser capazes de mandar em mim. Sou arrogante demais para isso.

— Por que não?

— Você sabe por quê. Você pode querer fazer o seu trabalho de boy, mas eu não quero. Vou levar isso adiante. E não é por causa de Yasmin, nem por causa de James, nem por causa de qualquer outra pessoa. É por minha causa.

— Meu Deus, como você é egoísta! Não consegue ver que, se levar isso adiante, nada de bom vai acontecer? Não comigo, pelo menos. Se você conseguir, eu perco, se você fracassar, eu perco. De um jeito ou de outro, você estraga tudo para mim aqui. Você destrói qualquer chance que eu tenha de ter sucesso em Mumbai.

— Por quê?

— Abra os olhos. Quem apresentou você? Quem conhece você? Quem é você? Você é a porra do amigo inglês do Sanjay. É isso que você é, e tudo que você fizer reflete em mim.

— Você está sendo dramático.

— NÃO ESTOU, NÃO! — grita ele, e depois se controla quando dois grupos de cabeças se viram na nossa direção. — Não estou, não — sussurra ele. — Mumbai é pequena, pequena, pequena. Todo mundo se conhece e sabe que você está comigo. Entendeu? Então simplesmente pare. Fui uma porra de um idiota por ter me envolvido para começo de conversa. Não sei no que eu estava pensando. Desculpe, mas basicamente você e aquela... — Posso ver que ele quer dizer "piranha" de novo. — Você e Yasmin me pressionaram. Vocês me forçaram a entrar nessa história. Fui um idiota. Eu estava me mostrando, estava pensando em outras coisas totalmente diferentes, e agora... Desculpe, mas agora isso precisa parar.

Olho para ele e avalio tudo que está dizendo. Comparadas com a ambição dos meus próprios planos, suas palavras parecem não ter muito peso. Mas lhe dou uma chance de aumentar o que ele tem. Uma chance de me convencer, se puder, muito embora, lá no fundo, eu saiba que ele não vai conseguir. Mas eu lhe dou essa chance. É o mínimo que posso fazer. Afinal, ele é meu amigo.

— Bom, o que você sugere que eu faça se desistir disso tudo, então? Para onde eu vou? Você se esquece de que eu não tenho passaporte e sou procurado pela polícia de Déli por porte de drogas.

Ele então põe a mão no bolso e tira de lá algo que se parece, de forma perturbadora, com um passaporte britânico e uma passagem aérea.

— Tome — diz ele. — São meus. Fique com eles. — Ele me entrega os dois objetos juntos. Examino os detalhes. Ele tem razão. São dele. Estou segurando o seu passaporte, a sua passagem de volta para a Inglaterra.

— Você está falando sério? — pergunto. — Isso nunca vai funcionar e você sabe que não.

— É claro que vai. Você mesmo disse. Todos aqueles viajantes do Green vendem seus passaportes para outras pessoas poderem usá-los. Você pode fazer a mesma coisa. Basta tirar minha foto com um estilete, ou melhor, encontrar um profissional que faça isso, e eu pago.

— É arriscado demais, cara. E, de qualquer maneira, eu não me pareço em nada com um Sanjay, não é?

— Não se preocupe. O nome que está lá é meu nome inglês. Quentin Jones. Que tal? Você agora vai ser eu. Coisa que sempre quis ser — diz ele, tentando amenizar a conversa, provocar uma risada, fazer parecer que estamos nos divertindo na frente da todo-poderosa clientela do Trishna.

— Muito engraçado — digo com sarcasmo. Em seguida paro para pensar. Suponho que isso não esteja totalmente fora de cogitação. Mas estou bastante surpreso com a atitude extrema de Sanjay. Refiro-me ao fato de ele me dar seu passaporte e sua passagem de volta. Isso poderia parecer generoso vindo de qualquer outra pessoa que não Sanj. Mas, de algum modo, parece apenas desesperado. Talvez ele esteja mesmo com medo. Talvez eu o tenha subestimado, tenha subestimado isso tudo. Mas e se o plano de Sanjay não funcionar? E se eu for pego na hora de passar pelo controle de passaportes? Suponho que terei de fazer isso um dia. Poderia ser melhor se eu o fizesse sem uma mala cheia de diamantes e dinheiro. Mas afinal, depois disso, o que eu vou fazer? Mesmo que eu consiga chegar em casa são e salvo, onde estarei? De volta à estaca zero. Pior, de volta à estaca zero menos um sonho, menos uma vida, menos vários longos meses, e menos todo o dinheiro que eu jamais tive. Ah, sim, e menos Yasmin. Que é o ponto decisivo, na verdade. Sanjay pode dizer o que quiser sobre ela, sobre as razões dela e o namorado dela. Mas ele não sabe tudo. Não tem todos os fatos à sua disposição. Ele nunca a olhou nos olhos, pela porta que se abria, e viu a alma lá dentro. Ele não conhece Yasmin. Não do modo que eu conheço.

— Desculpe, amigão, não posso aceitar — digo, devolvendo-lhe o pacote.

Durante alguns segundos, Sanjay não diz nada. Fica só olhando para mim. Olho de volta para ele. Depois de algum tempo, deixo cair o passaporte e a passagem no seu canto da mesa e então ele torna a olhar para mim.

— Eu realmente esperava que não tivéssemos de chegar a este ponto. — Ele suspira.

— Eu também sinto muito — digo, sem saber ao certo do que ele está falando, simplesmente sigo o fluxo da rejeição. Ele sente muito, eu sinto muito, todos sentimos muito um diálogo do tipo concordo-discordo.

— Bom, então é isso.

— Acho que sim. — Estou até gostando do clima de resignação da situação toda. Ele está fora, eu estou dentro, não há nada que possamos fazer. É simplesmente assim que as coisas são. É a realidade.

Então ele diz, sem drama:

— Não há mais nada entre você e eu.

Nesse momento sinto meu rosto se franzir, um pouco intrigado.

— Perdão? — Como assim, "nada"? Fico um pouco irritado por ele ter conseguido aumentar a mão desse jeito, subir as apostas do nosso jogo emocional. Eu estava no mesmo nível dele até essa última frase, devolvendo tudo que ele me lançava. Agora, de certa forma, ele parece estar com a vantagem.

— Ouça-me com atenção, Josh, porque o que estou prestes a dizer, ou melhor... — Ele faz uma pausa. Está trabalhando a dramaticidade agora, tirando o máximo possível de sua primeira frase. — De agora em diante, não quero falar com você, não quero ver você, não conheço você e, se alguém me perguntar, vou dizer que acabei de conhecê-lo. — Cerro os dentes em resposta ao bolo que se forma subitamente na minha garganta. Suas palavras doem. — Você agora não é nada para mim. Não me deixou nenhuma escolha. Tenho de negar qualquer relação com você, é o único jeito. E não é apenas por agora, não é apenas por alguns meses. Isso é para sempre. Senão nunca serei capaz de fazer nada nesta cidade sem ficar olhando por cima do ombro e esperando o seu futuro aqui me alcançar como se fosse o meu passado.

— Que poético — tento.

— Bom, pode chamar isso de meu discurso de despedida. Porque isto é uma despedida.

As coisas acontecem depressa daí em diante. Posso ver que ele já repassou tudo isso na cabeça, já ensaiou a cena muito bem. Ele se levanta, joga quinhentas rupias em cima da mesa, e pega seu passaporte e sua passagem. Enquanto isso, fico sentado olhando para ele. Ele me pegou totalmente desprevenido.

— E a sua parte? — consigo dizer com dificuldade.

— Fique com ela — diz ele com desdém —, é só vento mesmo.

Então, e tenho de lhe conceder isso porque ele o faz com muita elegância, ele se levanta da mesa, vira-se e vai embora, de cabeça erguida, sem olhar para trás, e depois desaparece. Fico chocado. Não consigo acreditar que tudo está terminado entre nós. Quinze anos de amizade terminando assim. Mas algo terrível dentro de mim me diz que aquilo é verdade. Tudo está terminado. Tudo. Está. Terminado.

O que você faria se eu desafinasse?

Minha primeira aula começa mal. Para início de conversa, ninguém aparece. Somos só Sam, eu e outro cara, um médico de barba rala que trabalha para uma instituição de caridade para portadores de AIDS e diz querer coletar amostras de sangue dos *hijras*.

Esperamos quase duas horas debaixo do viaduto, respirando fumaça de escapamento da hora do rush e tentando tirar mendigos e lixo da área cimentada triangular que Sam escolheu para ser a "sala de aula". Há dois enormes pilares de concreto com pichações políticas em vermelho — martelos e foices, sobretudo, e uma ou outra referência a Gulab Miti, o fundamentalista hindu local — emoldurando a cena. O lugar tem cheiro de mijo. Pergunto-me como vamos conseguir ensinar alguma coisa com todo o barulho à nossa volta.

— Então, há quanto tempo você faz isso, Sam? — pergunto enquanto a noite cai e as luzes da auto-estrada começam a derramar um néon cor de laranja.

— Ah, há muitos anos — diz ele.

— E quem vem? Quer dizer, quando vem alguém? Agora já está escuro demais para uma aula, não?

— Ah, não, claro que não. Muitas pessoas vêm, você vai ver.

— Mas como elas vão ver o quadro-negro? — pergunto, apontando para o bloco de concreto que sustenta o viaduto.

— Não tem problema. Não se preocupe, Joshua. Está tudo muito bem.

Olho para o médico, que simplesmente me olha de volta. Isso está começando a parecer uma completa perda de tempo, mas fico grato pela distração. Desde que Sanjay me deixou, tenho sentido muita pena de mim mesmo, tenho me sentido muito só. Eu me culpo pela rejeição dele. Não posso evitar pensar que o modo pelo qual ele me largou foi por eu ter sido tão grosseiro a respeito do seu emprego. Não acredito que tenha tido pelo fato de eu perseguir Sohrab nem nada disso. Acho que simplesmente o deixei puto e ele decidiu, ali mesmo, em um instante, que não gostava mais de mim.

Sei que é bobagem, mas não posso evitar pensar assim. Talvez seja a solidão deturpando meus pensamentos. Qualquer que seja o motivo para Sanjay ter me abandonado, o resultado é o mesmo. Aqui estou eu, sozinho em uma cidade estranha. Não conheço ninguém, não tenho ninguém e nenhum lugar para onde ir. Descubro-me sendo supergentil com pessoas que não conheço de verdade, como Sam, só para ter alguém para ser gentil comigo em troca, só para ver se o serão. Acho difícil acreditar que qualquer pessoa possa ser gentil comigo. Quando alguém é, isso me assombra. Obviamente não sou muito gostável. Se o fosse, teria mais pessoas na minha vida.

Quem eu tenho agora? Papai está morto, Shiva me traiu, Yasmin está em Amsterdã, Sanjay me baniu. Estou sozinho, realmente sozinho. Tento dizer a mim mesmo que a solidão é um sintoma de ser um "viajante". Sempre em movimento, como eu, sempre na Índia, sempre em busca da liberdade — tudo isso tem um preço. Tento me consolar: nós nascemos sozinhos, morremos sozinhos. É assim que as coisas são. Acostume-se, digo a mim mesmo.

Mas não adianta. Algumas vezes choro com a cabeça enterrada no travesseiro para ninguém me ouvir, ou para poder ouvir melhor o meu próprio desespero, para poder realmente me afundar nele. Algumas vezes ele simplesmente fica grande demais. Porque o negócio é o seguinte, na verdade — as pessoas não nascem sozinhas, nascem? Nós nascemos nos braços das nossas mães. Assim que nascemos, temos alguém. É isso que é nascer, é isso que é viver. Quer dizer, se estamos falando de espiritualidade, então é claro que se poderia usar o argumento do "nascer sozinho, morrer sozinho". Mas a vida não é toda assim, é? A vida não é toda espiritual. Ela é corpórea, é social, é emocional, é um monte de coisas. E, nesta vida, as pessoas não tentam ficar sozinhas. Elas tentam estar com outras pessoas. Porque isso faz bem. Porque ficar sozinho não é legal. E algumas vezes isso é difícil, porque pode ser complicado se relacionar. Mas as pessoas o fazem. Porque estão trabalhando para ir em direção a algo que querem. A sociedade. Mas eu não trabalho para isso. Não me esforço. Sou anti-social. Simplesmente não sou legal. Não é de espantar que ninguém goste de mim. Não é de espantar que eu esteja sozinho.

De repente, Sam lança seus braços compridos e suas mãos imensas para cima e começa a acenar e gritar para dois meninos que por acaso estão passando por ali. Vejo seus rostos reagirem com pânico, como se houvessem sido pegos fumando no banheiro, mas logo parecem se conformar com seu destino. Sam agora está gritando seus nomes e conseguiu abrir caminho no tráfego até o lado da rua onde estão. Eles esperam por ele, chegando mais perto um do outro para se protegerem.

Cinco minutos depois eles o estão seguindo, relutantes, e Sam tem um largo sorriso de vitória no rosto. Ele começa a me chamar do meio da rua, e os carros se desviam dele enquanto ele atravessa confiante, como um cego inconsciente do perigo.

— Está vendo, Joshua, eu lhe disse que eles viriam. Estes são Pankash e Anoop, dois muito, muito bons alunos meus. Sim, você vai ver, eles gostam muito de treinar o inglês. Não é, crianças? — pergunta ele, olhando para baixo à sua volta.

Os meninos agora estão ao seu lado, atraídos e mais intrigados depois de verem um homem branco debaixo do viaduto. Um deles, Pankash acho eu, veste uma camiseta que um dia foi branca, mas cuja cor agora parece mais próxima da merda. Ainda dá para distinguir o logo desbotado da Nike na parte da frente. O outro, Anoop, veste apenas uma calça rasgada e chinelos. Posso ver a sujeira contrastando com sua pele escura. Em alguns pontos, ela a torna preta.

— Crianças, este é o sr. Joshua — diz Sam, apoiando uma das mãos no ombro de Pankash. — Ele é o novo professor de inglês.

Ambos então sorriem para mim, com os dentes brancos brilhando muito na escuridão.

— E aí, senhor Joshua — dizem ao mesmo tempo. Então, menos simultaneamente: — Muito prazer conhecer, senhor.

— Não, crianças, assim não — repreende Sam. — *Muito prazer em conhecê-lo.* É assim que se diz. — Sam sorri para mim, desculpando-se. — Sinto muito, Joshua. Eles estão fora de forma.

— Tudo bem — digo, tentando soar como um professor. A responsabilidade me deixa muito desconfortável. — Bom, você acha que devemos começar, ou vai aparecer mais alguém?

— Ah, devemos começar, devemos começar — diz Sam ansioso, empurrando os meninos para a frente pelos ombros, com delicadeza. — Está ficando tarde — admite ele enfim.

— É, bastante — digo. Os meninos se aproximam de mim devagar, ou poderia ser só relutância. — Está tudo bem, meninos, não precisam ficar envergonhados — digo para incentivá-los. Eles estão hesitantes, como animais. — Eu tenho doces. — Ponho a mão no bolso e tiro lá de dentro uma barra de chocolate. Eles correm e a arrancam da minha mão. — Não se esqueçam de dividir — digo, enquanto sinto o olhar de Sam sobre a cena, um pouco reprovador.

Conseguimos ter quarenta e cinco minutos de aula. Ou melhor, eu consigo. Eles não dizem nada o tempo todo, exceto para repetir minhas palavras enquanto eu me esforço para repetir os nomes das coisas que conseguimos ver da rua. Ensinar inglês se revela muito mais difícil do que eu havia previsto.

Mesmo assim consigo dar conta do recado, e os meninos parecem ficar acordados. Pelo menos permanecem sentados de pernas cruzadas e olhando fixamente para mim durante quarenta e cinco minutos, com as mãos segurando a cabeça, quase sem piscar os olhos. Sam observa a cena com benevolência enquanto o médico suspira irritado e examina as próprias unhas. Termino a aula desafiando-os a se lembrarem de cinco das palavras novas que lhes ensinei para a próxima vez.

— Vai haver uma próxima vez, não vai, Pankash? — digo, olhando para o menino imundo de camiseta da Nike. Ele apenas me encara. — Anoop? — Nenhuma palavra. Olho para Sam. Ele me olha de volta antes de se sacudir subitamente, como se saísse de um transe, e me lança um sorriso.

— Muito bem, crianças — diz ele, aproximando-se delas depressa. — Isso é tudo por hoje. Agradeçam ao seu professor, sr. Joshua, e veremos vocês aqui amanhã, está bem? — Eles se levantam despreocupados, sem se importar em limpar a sujeira dos traseiros. Mas por que se importariam? — Tentem não chegar atrasados da próxima vez e digam aos outros para virem — diz ele. Não posso evitar a sensação de que ele está sendo irônico.

Anoop se vira para ir embora, mas então Pankash se aproxima de mim com as mãos estendidas e diz:

— *Chocalati*, senhor.

Sam começa a lhe falar rispidamente em híndi e se aproxima dele. Pankash se encolhe junto às minhas pernas para se proteger.

— Está tudo bem, Sam — digo, levantando a mão. — *Ne chocalati*, Pankash. *Chocalati* terminou — digo, olhando para baixo, para ele.

— *Finis?* — pergunta ele.

— *Finis* — repito.

Pankash então olha para Anoop, que está ali perto nervoso, depois para Sam, antes de tornar a olhar para mim. Ele então dá um grande sorriso, cheio de bochechas e de vida, estendendo as mãos para mim mais uma vez.

— *Ek rupiyah*, senhor?

Olho para Sam, que parece estar fora de si de tão ultrajado, e rio.

— *Ek rupiyah?* — exclamo em resposta a Pankash. — *Ek rupiyah!* Vou lhe dar *ek rupiyah* — digo, e agarro-o pelas axilas e começo a fazer cócegas até ele desatar a rir uma risada maravilhosa.

Então vejo Anoop rir, e Sam também, e até o médico está sorrindo. É efeito da risada de Pankash... ela é contagiosa. Depois de algo como um minuto eu o deixo se desvencilhar e ele se afasta, correndo em direção a Anoop, e então os dois saem juntos rindo e gritando para mim enquanto abrem caminho no tráfego.

— *Ek rupiyah*, senhor, *ek rupiyah*, *ek ruuuupiyaaaah*!

Sam dá um suspiro, balança a cabeça e emite um leve ruído de desaprovação, como se dissesse: "O que vou fazer com esses meninos?", até levantar a cabeça e me ver sorrindo. Ele então sorri de volta e nós nos entreolhamos, e sei que ambos estamos experimentando uma sensação boa e recompensadora, porque pelo menos conseguimos entreter os meninos durante quase uma hora. E uma hora longe da vida que eles levam já é alguma coisa, uma coisa importante, e sei que eu gostaria de fazer isso de novo.

Não me sinto mais tão sozinho assim. Tenho a sensação de ter algumas pessoas na minha vida. Papai, Shiva, Yasmin, Sanjay — eles podem ter ido embora. Mas eu tenho novos amigos agora, não tenho? Tenho Sam e Pankash e Anoop e, ah, claro, quase me esqueci — tenho Sohrab.

Combustíveis fósseis

Eu o sigo às cegas pelas largas escadas de madeira que rangem conforme subimos os cinco lances. Mal consigo distinguir o corrimão de uma ou outra tábua quebrada. Uma senhora espia de trás da porta, desconfiada, com uma fraca réstia de luz amarela vazando pela fresta, destacando-se na escuridão indistinta. Ela a fecha ligeiramente quando passamos, uma fração de centímetro.

Sohrab diz:

— Buu! — e ela bate a porta, causando um instante de noite, antes de tornar a abri-la depois de apenas um segundo, mas só um pouquinho, menos ainda do que antes. Sohrab ri e diz: — Vamos.

Posso ouvir as batidas da festa acima de nós. Estamos quase lá. Meus pulmões doem. Os lances são compridos, a escada, íngreme. Antigamente, quando esse prédio foi construído, a forma física das pessoas devia ser melhor. Ou talvez simplesmente houvesse menos poluição, e fosse mais fácil respirar. Posso ouvir as buzinas constantes do tráfego no cruzamento lá fora. Passamos por persianas no corredor seguinte, com algumas lâminas faltando como uma boca banguela.

A mulher, a poeira, o gesso que desaba, as tábuas quebradas do piso, as persianas banguelas — tudo é velho. O prédio é velho. As pessoas dentro dele são velhas. São as únicas que podem se permitir morar aqui, no centro de Mumbai. As pessoas que se mudaram quando era barato. Logo depois de os ingleses irem embora. Como os pársis. E elas nunca foram embora. Ainda estão aqui, envelhecendo nesse prédio velho. Virando fósseis.

É difícil imaginar que haja uma sala cheia de jovens lá em cima.

Sohrab, ofegando e dizendo palavrões, finalmente encontra a porta e tateia em busca da campainha. A batida do baixo atravessa as paredes. Pergunto-me se o fóssil vai agüentar, se não vai desabar esta noite e me engolir, mortos-vivos sugando sangue jovem e nos enterrando, enterrando, enterrando. Nós esperamos. E esperamos.

Sohrab toca a campainha e não tira o dedo até alguém atender. A porta se abre depressa com um ruído de vácuo e surge um clarão de luz e som e pessoas conversando e garrafas de vidro tilintando e música tocando, e uma moça jovem, sorridente, cabelos escuros ao vento, olhos puxados, mas ainda redondos, como os de uma egípcia.

— Oi, Sohrab — diz ela com uma voz convidativa. Ela soa francesa. Olha em volta dele e sorri para mim, cheia de vida, entusiasmo, frescor e inocência, e jovem, jovem, jovem. — Oi — diz ela para mim. Ela não tem mais de dezoito anos, dezenove no máximo. É bonita de um jeito exótico, mas há algo de errado com seu rosto, ele está ligeiramente distorcido. Não consigo ver muito bem porque ela está de costas para a luz.

— Myla — diz Sohrab, inclinando-se para beijá-la no rosto. — Este é Josh. Ele vem da Inglaterra.

— Oi — digo.

— Oi de novo — diz ela. — Vamos entrar?

Ela se vira e nós a seguimos. Primeiro passamos por uma cozinha, onde pessoas se aglomeram e bebem, comem e conversam, depois por algumas janelas altas em um quarto onde três moças e quatro rapazes estão deitados em uma cama de casal fumando, depois por uma sala onde há pessoas sentadas, dançando e gritando ao som do antiquado aparelho dos anos 70 instalado em um canto. São todos jovens, os objetos são todos velhos. É um contraste estranho, mas, de alguma forma, funciona.

Outra moça, muito pequena, muito jovem, com seios demasiado grandes para sua estrutura óssea, agarra o pulso de Myla e sussurra alguma coisa em seu ouvido. As duas riem. Myla se vira para mim e então vejo que ela teve o rosto operado, que ele é artificialmente liso onde não deveria ser, e depois vejo seu pescoço, enrugado e cheio de cicatrizes. Ela parece ser metade manequim, metade gente.

— Letta quer que você comece os trabalhos — diz Myla para Sohrab. Ela é espontânea. Agradável.

— Deixe-me primeiro descolar uma bebida — diz Sohrab.

— Na cozinha — diz Myla antes de se virar. — Sirvam-se.

Sohrab se encaminha para uma porta, em ângulo reto em relação àquela pela qual entramos. Eu o sigo. Entramos em um corredor e é só quando vejo a cozinha no final dele que percebo que o apartamento é circular. Sohrab se encaminha para a geladeira enquanto eu ataco os salgadinhos. Estou faminto. Não comi nada o dia todo. O dinheiro está ficando apertado, então tenho tido de cortar uma ou outra refeição. Digo a mim mesmo que vou ficar bem contanto que Sohrab continue me trazendo a festas como esta. Como cenouras, pastinhas, *pakoras* e *bhajis*. Sohrab me cutuca nas costas com o fundo de uma garrafa grande de Kingfisher.

— Calma, valentão, assim você vai ficar doente — diz ele enquanto me viro para encará-lo, com a boca cheia de comida. — É um espanto você continuar tão magro com um apetite desses.

— A festa parece boa — balbucio, deixando-o ver a comida na minha boca.

— Estudantes — responde ele, como se isso explicasse as coisas.

— Como conseguem pagar um lugar assim?

— Sei lá. Cinco meninas dividem o apartamento, eu acho. Algum pai paga o aluguel.

— Entendi.

Não dizemos nada durante algum tempo. Sohrab olha em volta, avaliando a cena. Então, depois de alguns minutos, ele diz:

— Encontro você mais tarde.

— Tudo bem — digo, tornando a me virar para a comida. — Vejo você mais tarde.

Mais ou menos uma hora depois, estou entupido. Gostaria de comer mais, mas acho que meu estômago encolheu. Sinto-me um pouco enjoado agora. Caminho em direção à geladeira para pegar uma quarta bebida. Myla, que agora usa um lenço de seda azul transparente na cabeça, entra. O lenço a faz parecer ainda mais exótica, como um habitante do deserto.

— Está gostando da comida? — pergunta ela.

— Hum, hum — digo, aquiescendo.

— Eu mesma fiz os *pakoras*.

— Estão deliciosos — respondo. Vou ter de fazer melhor do que isso, digo a mim mesmo. Até agora não consegui falar com uma só pessoa. Não sei o que há de errado comigo. Acho que minha falta de confiança em mim mesmo está me tornando ainda mais inepto socialmente do que o normal.

Percebo como a amizade de Sanjay me servia de muleta na Índia, e agora estou achando difícil me sustentar sem ela.

— O que aconteceu com o seu rosto? — pergunto, sem perceber que o estou fazendo. Isso deve ter alguma relação com o lobo frontal do meu cérebro. Estou apenas regurgitando as associações impressas mais recentemente na minha mente.

Ela arqueia uma sobrancelha para mim. Talvez seja a única que funcione.

— O quê?

— Quer dizer, você não parece indiana — recupero-me debilmente. — De onde você é?

— De Nagaland. No nordeste do país.

— Eu adoraria ir lá algum dia.

— Deveria ir. É incrível. — Ela pronuncia a palavra de forma pouco usual. Seu sotaque é sexy. Na verdade, pensando bem, ela é bem sexy.

Há um silêncio desconfortável e então ela diz:

— Quando eu era pequena, esbarrei numa chaleira de água fervendo.

— Eu sinto muito.

— Você queria saber o que havia de errado com meu rosto.

Não sei o que responder a isso. Porém, por algum motivo, acho-a muito atraente quando ela pronuncia essas palavras. Talvez seja sua honestidade juvenil. Sem jogos, só a verdade.

— O que você está fazendo em Mumbai? — recomeço.

— Estudando.

— Estudando o quê?

— Fotografia.

— O que você gosta de fotografar?

Ela não diz nada. Sorri e depois deixa os olhos flutuarem para cima como se estivesse tendo algum tipo de convulsão interna. Ela agarra minha mão e eu seguro seus dedos e ela me puxa para junto de si e sinto meu rosto ser puxado e de repente sua língua está em minha boca, macia e ágil. Fecho os olhos e sinto o calor dos seus lábios e deslizo as mãos por seus quadris e sinto seus seios encostarem no meu peito e ela parece um travesseiro, macia, morna e limpa. Então ela se afasta subitamente dizendo:

— Nossa. — Olho para ela. Seu rosto ficou fora de foco. Seus olhos brilham. Ela diz: — Obrigada. — Em seguida, desaparece.

Fico ali em pé durante alguns segundos tentando entender o que acabou de acontecer, e então percebo que estou sozinho na cozinha. Decido segui-la. Vou na mesma direção que ela, tornando a passar pelo quarto. Vejo que a cama agora está lotada. Há pelo menos quinze pessoas deitadas em cima dela, com os membros enroscados, mãos que acariciam. Então, como uma trilha de pistas, vejo lampejos de indícios, pequenos clarões, primeiro com o olho esquerdo, depois com o direito, depois na minha frente, e quando me viro vejo tudo. O espelho, as notas de rupias enroladas, os sorrisos ansiosos, e o rapaz falando alto demais. A trilha leva a Sohrab e eu o vejo em um canto, atrás do traseiro de Myla quando ela se inclina. Ao lado de Sohrab há um cara limpando o nariz. Sohrab entrega um saquinho de papel para Myla. Ela lhe dá dinheiro. É então que ele levanta os olhos e me vê olhando para ele. Ele olha para mim. Há uma pausa de um instante. Então ele meneia a cabeça, uma vez, para cima, levantando o queixo, apenas um vago sinal de reconhecimento. Não sei o que fazer. Então simplesmente fico ali como um estúpido, e antes de saber o que estou fazendo me vejo acenar. Sohrab então sorri para mim e eu me vejo sorrindo de volta. Caralho, penso, Sohrab é mesmo um traficante.

Pergunto-me se posso conseguir uma carreira.

III comunication

A cabine telefônica de compensado branco foi feita para abrigar alguém com metade do meu tamanho, então, depois de abrir a porta na altura da minha cintura, sou obrigado a me virar e praticamente cair lá dentro, agachado. Sobre uma prateleira perto do meu cotovelo há um grande telefone verde de discagem rotativa, e a cada giro do disco ouve-se um *clic-clac-clic* ensurdecedor até ele voltar à posição inicial. Depois de discar apenas quatro dos dezessete números necessários para ligar para Shiva, em Déli, a voz suave e untuosa de uma mulher surge na linha de repente, misteriosa, milagrosamente.

— Qual o número, por favor?
— Alô, alô, é da casa de Shiva Reddy?
— Alô, alô, qual o número por favor?
— Alô, o quê?
— Alô, aqui é a telefonista. Qual o número que o senhor está discando?
— Ahn.
— Alô, alô.
— Sim, está me ouvindo?
— Sim. Qual o número?
— Dois, sete, dois.
— Três, sete, três?
— Não, dois, sete, dois.
— Três, sete, três?
— Nããão. Dooois, seeete, dooois.
Clic.
— Merda.

São necessárias mais três tentativas e quarenta e cinco minutos antes de eu descobrir que falar inglês como um indiano é a única maneira de me fazer entender. Enfim consigo fazer a ligação. Dez minutos depois, o telefone toca.

— Alô.
— Alô, pois não. — É a voz de uma mulher, áspera.
— Oi, o Shiva está?
— Quem é?
— É Josh, sou um colega de trabalho.

Silêncio. Algumas ondas de rádio, um ou dois cliques altos, e o som muito, muito distante da conversa telefônica de alguém. Fecho os olhos para me concentrar melhor. Vozes no escuro. É como escutar o espaço.

— Alô? Alô? Alô?
— Sim.
— Posso falar com Shiva?
— Ele não está.
— Ah. — Posso sentir o fone se afastando do ouvido dela. — Espere! Não desligue.
— Sim?
— Posso deixar um recado?
— Pode.
— É um recado muito importante. Você garante que ele o receberá?
— Pode dizer.
— Por favor, diga a Shiva que estou em Mumbai e preciso de dinheiro. Diga-lhe que sinto muito por não ter entrado em contato antes. Precisei sair da cidade inesperadamente e...
— Espere, espere, você está falando depressa demais.
— Desculpe. — Espero um segundo. — Nada disso importa agora. Por favor, diga-lhe apenas que estou em Mumbai e que preciso do dinheiro.
— Onde você está hospedado? Para onde ele deve mandar o dinheiro?
— Diga-lhe apenas para organizar as coisas de modo que eu possa buscar o dinheiro no escritório do *Hindu Week* daqui. Você fará isso?
— Vai levar tempo.
— Por favor, diga-lhe apenas que é urgente. Muito urgente.
— Está bem, Joshua, não se preocupe.

Alguma coisa estala, dessa vez na minha mente, não na linha. Então a ligação cai. O homem que administra a loja de telefones está apontando para o relógio. Comparo a hora com a que está marcada no meu Casio digital. Ele está tentando me cobrar dez segundos a mais. Não que isso faça muita diferença. Só tenho mais cinqüenta rupias. O homem resmunga ao ver os cantos rasgados da nota, mas eu dou de ombros.

— É a última que eu tenho. É pegar ou largar. — Viro-me e saio andando pela rua.

De repente, a ficha cai na minha cabeça. Meu coração aperta quando reconheço a voz no telefone. Era Lyla. O que ela estava fazendo na casa de Shiva? Eles provavelmente estão tendo um caso. Espero que ela na verdade não me odeie tanto quanto eu acho que odeia. Shiva é minha única esperança. Sem os seus vinte e cinco mil, estou fodido. Não tenho mais a quem recorrer.

Deixei tudo para a última hora. Venho tentando entrar em contato com ele no escritório já há duas semanas, mas é claro que ele nunca está. Levei esse tempo todo para descobrir seu telefone de casa. Como fui estúpido. Eu sabia, há muito tempo, quando recebi a carta de Yasmin, que precisava entrar em contato com Shiva depressa. Acho que me distraí. Eu tinha muito com que me preocupar, como seduzir Sohrab e ensinar aos meninos de rua, algo que se tornou um ritual diário. Nunca tentei *realmente* entrar em contato com Shiva. Todos esses telefonemas. Eles simplesmente pareciam um desperdício de dinheiro. E agora estou de mãos atadas, de verdade.

Não tenho idéia do que vou fazer em relação a hoje à noite. Sohrab diz que há uma grande festa em Manori Island, a mais ou menos vinte quilômetros do centro da cidade. Estamos nos dando tão bem, sei que estou progredindo. Posso sentir isso. O problema é que estou faminto. Tenho gastado o pouco dinheiro que me resta mantendo uma atitude elegante e tentando acompanhar o ritmo dele. Sohrab muitas vezes se oferece para pagar, mas não posso aceitar sempre. Ele vai pensar que eu sou uma sanguessuga. Pode até começar a desconfiar.

Diz que pareço mais magro a cada vez que me vê, em geral em alguma festa ou outro lugar em que ele esteja vendendo. Pelo menos tenho umas roupas novas. Falou que eu precisava ter uma aparência vagamente respeitável se quisesse sair com ele com tanta freqüência. Emprestou-me algumas de suas antigas roupas. São pequenas para mim, mas pelo menos são de grife.

Vi Sanjay por aí, sobretudo em festas, mas, fiel à sua palavra, ele está me ignorando completamente. Não posso dizer que isso não dói todas as vezes, porque dói. Digo a mim mesmo para lhe dar algum tempo. Ele vai mudar de idéia. Só espero que não arruíne o plano todo, dizendo a Sohrab quem eu sou de verdade, só para evitar qualquer futuro constrangimento possível.

Se Shiva não vier em meu socorro nos próximos dois dias, terei de começar a mendigar. Isso sim seria uma ironia. Meu Deus, espero que Lyla dê o recado. Espero que ela não me odeie tanto assim.

A fome é terrível, pior pela manhã. Passo a noite inteira tentando não pensar nela, ansiando pelo sono para me servir de alívio, e então, quando adormeço, na verdade simplesmente apago durante duas ou três horas de cada vez. Acordo com um aperto no estômago e geralmente tenho cãibras durante uma hora antes de conseguir sair da cama. As festas são minha única esperança. Só consigo uma refeição decente quando vou a uma delas. E, quando nenhuma comida é servida, há sempre o pó. Isso ajuda um pouco.

Sento-me no final de um muro em ruínas ao redor de um escritório. Três meninos de rua se aproximam e pedem dinheiro. Examino seus rostos, para ver se reconheço algum deles da aula. Agora leciono para cerca de trinta meninos e pelo menos quinze *hijras*. Foram Pankash e Anoop que deram o alarme. Contaram a todos os outros meninos que havia *chocalati* de graça. Tudo que eles precisam fazer é ficar sentados olhando um homem branco apontar para coisas e percorrer o alfabeto. De todo modo, eles já sabem a maioria dessas coisas. Vêm apenas por causa do *chocalati*. Eles sabem disso. Eu sei disso. Tento equilibrar um pouco seu regime. Quando posso, roubo comida das festas e guardo. São comidas salgadas e eles não gostam tanto, mas eu insisto. Só lhes dou o *chocalati* depois. Chocolate é caro, e não tenho dinheiro para isso, mas vale a pena só para ver o rosto deles. Eles agora são meus novos amigos. Gosto de fazê-los felizes.

Mas esses meninos não são da aula. Viro meus bolsos do avesso para lhes mostrar que não tenho nada. Eles continuam a me importunar mesmo que eu continue a lhes dizer:

— *Ne rupiyah, ne. Chalo.* — É porque eu sou branco. Eles acham que todo branco tem dinheiro. Se eles soubessem.

E é então que um deles, um menino de cabelos sebentos com uma barriga proeminente e uma pinta verde no braço, aponta para o meu Casio e diz:

— Ei, tio, relógio digital, hein, para mim? Hein? — E é então que percebo que não perdi tudo, que não estou completamente duro. Ainda não. Tudo que preciso fazer é empenhar meu relógio.

Que sotaquezinho...

Consigo duzentas rupias pelo Casio, o suficiente para pegar o trem, o ônibus, o riquixá e depois a barca até a ilha, mais, ou menos, uns drinques. Encontro Sohrab na barca. Vejo-o ao subir a bordo, antes de ele me ver, conversando alto com uma moça branca magra de cabelos castanhos partidos ao meio e um rapaz indiano de rosto simpático. Ele está rindo estrondosamente, e posso ouvir sua voz viajar por cima da água embora ele esteja na outra ponta da barca, a vários metros de mim. Ele está dizendo como as festas em Manori são incríveis, quanto tempo faz desde a última festa, como elas costumavam ser boas, na verdade lendárias, blablabla. Provavelmente são clientes novos, penso. Sohrab tem faro para marketing. Ele sempre conversa com compradores em potencial, e no final sempre faz uma venda.

Ouço vagamente o cara indiano lhe perguntar, com um sotaque londrino, quem organiza tudo, e é então que Sohrab me vê. Ele ignora a pergunta como se estivesse reservando uma resposta para mais tarde, em um momento mais adequado, e grita:

— Josh, querido, oba! Oba! Eu sabia que você conseguiria vir! Que maravilha, cara, venha aqui e pegue uma cadeira antes que não sobre mais nenhuma — de uma maneira que passa uma boa impressão de nós dois.

Percebo uma moça indiana maquiada demais sorrindo para mim enquanto tento passar, desastradamente é claro, pelas pernas aglomeradas e pelos bancos de madeira. Não me viro para olhar para ela. Estou precisando de todos os meus poderes de concentração para não cair em cima de alguém enquanto o barco oscila suavemente. Piso no pé de alguém e eles não se privam de reclamar, uma garota solta um grito agudo e depois murmura alguma coisa demasiado pessoal. Ignoro-a e sigo em frente aos trancos e barrancos.

Finalmente consigo chegar até Sohrab. Ele agarra minha mão em um aperto firme, alto, puxando-me e abraçando-me, pressionando dolorosamente os nós dos nossos dedos em nossas costelas ao fazer isso. É um gesto exagerado, mas afastar-me de qualquer maneira que fosse seria desrespeitoso, então simplesmente sorrio e agüento firme. Pelo canto do olho posso ver o casal nos olhando, sorrindo com a expectativa de me conhecer. Sohrab vira-se depressa e faz as honras.

— Josh, estes são Nikki e Sumit. — Ele pronuncia o nome *Shoomit*. — Eles acabam de se mudar do Reino Unido para cá. — Por algum motivo, descubro-me gostando deles imediatamente, antes de dizerem o que quer que seja. Pode ser o simples fato de serem da Inglaterra, não é sempre que se conhece ingleses que moram em Mumbai, mas não acho que seja. Eles simplesmente têm uma cara simpática.

— Sumit é câmera no canal LNC, dá pra acreditar? — diz Sohrab.

— LNC? — pergunto, sorrindo afetadamente. — Bom, que esquisito. Ele conhece Mahmood?

— Não sei, não perguntei. Sumit, você conhece Mehmet Mahmood?

— Não. Quer dizer, é claro que sei quem ele é, mas na verdade não sou câmera do LNC. Só estou trabalhando como freelancer em um documentário que eles estão fazendo. — Quase espero que ele diga "Sacou?", no final da frase com um sotaque londrino, mas ele não diz.

— Sobre o quê? — pergunto, espremendo-me para o lado de Sohrab.

— Sobre o Kumbh Mela.

— Ah, aquele enorme festival com todos os *sadhus*? — ouço-me dizer, sentindo instintivamente um sotaque londrino afogar meu sotaque de colégio particular. Sei que é triste, mas imagino que ser arrogante seja uma maneira infalível de fazer os outros me odiarem, e estou tentando fazer novos amigos. Espero que ele não perceba a mudança. Também espero que meu conhecimento sobre os homens sagrados o impressione.

— É — diz ele, magnânimo. — O que você está fazendo aqui?

— Josh é jornalista — diz Sohrab por mim.

— É? — diz Sumit.

— É — continua Sohrab depressa. — Ele está escrevendo um artigo sobre como Mehmet Mahmood é babaca, não está, amigão? — Ele pronuncia a palavra *babaca* de forma estranha. É uma palavra nova para ele.

Ele começou a usá-la porque eu a uso muito. Adora. Usa sempre que pode encaixá-la em uma conversa. Na verdade, acho que o motivo pelo qual ele está falando por mim é para poder dizer essa frase e usar sua nova palavra. Todos começamos a rir, como é apropriado.

— Acho que alguém já fez isso, não fez? — sugere Sumit, sorrindo com um prazer genuíno.

Todos rimos com mais força, aproveitando a brincadeira.

— Já — acrescento, em uma última tirada enquanto todos riem. — Várias vezes.

As risadas duram mais alguns segundos antes de diminuírem lentamente e se transformarem em seriedade.

— Não, sério — interrompe Sumit antes da conversa morrer —, sobre o que você está escrevendo?

— Sobre a indústria cinematográfica indiana — digo, meio sorrindo, deixando as coisas fluírem. Nessa hora a barca começa a dar ré, fazendo o mar lamber o casco à nossa volta, grosso como óleo.

— É mesmo? — dizem Nikki e Sumit ao mesmo tempo, entusiasmados. — Nikki está fazendo uma tese sobre cinema indiano — diz Sumit, olhando para ela com orgulho.

— Que interessante — digo. — Qual o título?

— *O cinema indiano e seu efeito na cultura popular* — diz Nikki, felizmente com um sotaque normal.

— Uau — digo. — Onde você está estudando?

— Na School of Oriental and African Studies, a escola de estudos orientais e africanos da Universidade de Londres.

— Legal.

— Eu adoraria ler a sua matéria, quando você terminar, é claro — diz ela.

Nesse momento sinto um aperto no coração. De algum modo, eu sabia que a conversa chegaria a esse ponto. Desde nossa conversa em Chowpatty, consegui evitar falar sobre a matéria com Sohrab. Esperava até que ele houvesse esquecido.

— É — diz Sohrab repentinamente. — Quando vai sair a sua matéria? Parece que você está trabalhando nela há anos.

— Ela, ahn... — Sinto-me totalmente despreparado para essa pergunta vinda do nada. — Para ser sincero, não sei. Acho que dentro de mais umas duas semanas — acrescento, percebendo tarde demais que deixei meu sotaque londrino de mentira desaparecer. De repente tenho muito em que pensar, e vejo-me na situação de ter de equilibrar várias bolas para conseguir sair ileso.

— Por que está demorando tanto? — pressiona Sohrab.

— Ahn...

— Você já terminou? Quando vou poder ver o que fez?

Evito os olhos de Sohrab olhando para a água. Há três enormes postes no canal, com fios elétricos estendidos entre eles, por cima da água. Por algum motivo isso me parece perigoso. A barca se move com pequenas explosões do motor. Pequenas cristas de espuma se formam sobre a água. Mumbai cintila ao longe, cor de laranja. O ar aqui fora parece muito mais fresco.

— Sim, eu já terminei — consigo dizer enfim.

— Bom, e quando ela vai ser publicada?

— Não vai.

— Não vai o quê?

— Não vai ser publicada — digo, deixando meu instinto para contar mentiras assumir o controle.

— Por que não?

Percebo que Nikki e Sumit se viraram para dentro de si mesmos, excluindo-se dessa conversa com tato. Acho que eles podem sentir a tensão. Chegam mais perto um do outro, quase como se estivessem se desculpando, como se fossem em parte responsáveis. Eles são muito educados. Eu sabia que tinha boas razões para gostar deles. Sou um bom avaliador de caráter, acho eu.

— Porque... bom, eu não ia dizer nada...

— O quê? — pergunta Sohrab, genuinamente preocupado.

— Eu perdi o emprego. — Digo as palavras depressa, como se fossem uma só. Euperdioemprego... pode-se encontrá-la no dicionário na letra *e*. Definição: *demitido, despedido, mandado embora, dispensado*.

— O quê? — diz Sohrab então, incrédulo. Até mesmo Sumit e Nikki perdem um pouco de sua atitude reservada, expressando preocupação e empatia com sua linguagem corporal.

— É. Faz mais ou menos duas semanas — digo com uma resignação natural, como se um parente distante houvesse acabado de morrer.

— Por que você não me contou?

— Não quis te trazer mais esse problema — digo, feliz por estar tornando a assumir o controle da situação. Consigo até tornar a pôr um pouco de sotaque londrino na minha voz.

— Bom, por que você foi demitido?

— Eles não gostaram da matéria que escrevi — digo, vendo o mapa de desculpas esfarrapadas desdobrar-se subitamente diante dos meus olhos, mostrando-me, de forma lenta e clara, o caminho para sair daquela situação.

— Por que não?

— Meu editor disse que era difamação.

— Difamação? — diz Nikki.

— Ai, Josh, você não escreveu um monte de coisas contra Mehmet Mahmood, escreveu? — pergunta Sohrab, um pouco como um pai orgulhoso, preocupado com seu filho bobo. — Eu estava só brincando. Você não sacou isso?

— Mas era tudo verdade. Como você me contou, Mehmet Mahmood tem o monopólio do cinema indiano internacional e age como um tirano. Por que eu não deveria escrever isso?

Sohrab segura a cabeça com as mãos.

— Seu idiota.

— Não se pode ser demitido por apresentar uma matéria da qual seu editor não gosta — diz Nikki, com boa intenção, mas estragando as coisas de verdade para mim.

— É — percebe Sohrab de repente. — Não se pode ser demitido por isso.

— A menos que se diga ao editor para aceitar a matéria ou enfiá-la no cu.

Não sei de onde vem isso. Pode chamar de inspiração. Sei que Sohrab vai se identificar imensamente com isso. Estou no caminho certo. Estou desempenhando o meu papel. Estou atuando com perfeição. O que posso dizer? Estou em chamas.

— Você não fez isso — diz Sohrab.

— Fiz — digo, com orgulho fingido.

Nikki e Sumit sorriem com nervosismo para mim, como se quisessem continuar gostando de mim, mas tudo que eu disse até agora tenha me feito passar por um completo idiota. E isso sem contar o sotaque arrogante e minha tentativa patética de disfarçá-lo. Mas a essa altura não me importo muito com o que eles estão pensando. Estou enganando Sohrab de forma brilhante. Posso ver seu rosto se retorcer, pescando todas as associações e conexões nos recantos de sua mente, aproximando a minha experiência da sua, projetando sobre mim sua sensação de ser uma vítima. Concluindo que agora também fui infectado com o vírus de Mehmet. Pobre Josh, posso vê-lo pensar, Mehmet Mahmood o fodeu também, indiretamente, à sua própria maneira. E o orgulho! Ah, o orgulho nos olhos dele, por eu ter mandado meu editor se foder. Ele adora isso. Somos uma só pessoa, pensa ele. Josh e eu somos iguais. Nesse momento eu sei que o conquistei. Do nada, simples assim. Quem poderia pensar que essa noite seria a minha noite?

— Puta que pariu, cara — diz ele, sorrindo e me dando um tapa nas costas. — Você é louco. Preciso ver essa matéria que você escreveu. Parece incrível.

— Eu lhe mostro amanhã — digo.

A barca agora está se aproximando do cais, um homem corre para pegar uma corda, os motores se invertem, e a água borbulha atrás de nós em uma onda agressiva.

— Só tem um problema — provoco, enquanto as pessoas na parte da frente da barca começam a se levantar, esperando para sair. Alguém assobia e grita da praia, e podemos ouvir a batida da música eletrônica ao longe. Posso ver uma fileira de riquixás esperando para nos levar.

— Qual? — pergunta Sohrab, olhando para mim. Torno a olhar para ele e olho dentro de seus olhos, pela primeira vez em toda essa viagem, preparando-me para lhe contar a primeira verdade em muito tempo.

— Estou duro.

Sohrab ri, uma risada alta, afetada e feliz, quase segurando as costelas enquanto o faz. Algumas pessoas nos olham. Nikki e Sumit estão ocupados tentando descobrir se algo dentro da bolsa de Nikki ficou molhado. Aparentemente, eles a puseram debaixo de suas pernas, em cima de uma poça. Sohrab olha para mim e me dá um grande sorriso.

— Não se preocupe com nada, amigão. Eu vou cuidar de você. Esta noite, sou eu quem convido. Combinado?

— Combinado — digo, tentando soar humilde, percebendo Miss Maquiagem se virar para trás e olhar para mim por um instante antes de estender a mão para outra pessoa, que a ajuda a descer da barca. Sorrio para ela, e depois de pisar no cais ela se vira e sorri de volta para mim.

Trabalho a fazer

Sohrab e eu estamos sentados debaixo de uma palmeira, com a areia fria sob nossas bundas, música eletrônica tocando à nossa volta, o oceano batendo na costa ao longe. As pessoas rodopiam, pulam e dançam, e às vezes parecem se mover como um corpo só, manipulado e moldado pela música, como em uma coreografia. Uma coreografia improvisada, se é que isso existe. Ou poderia ser apenas o *bass*.

O público é heterogêneo. Em parte indiano, em parte internacional, mas são todos esquisitos — à sua própria maneira. Vejo executivos ambiciosos e almas perdidas, roupas da Gucci se balançando ao lado de malabares, cabeças inteiramente raspadas e cabelos compridos com tranças multicoloridas. Só Deus sabe de onde veio toda essa gente. Há um grupo que veio de Goa visitar a cidade, isso eu consigo entender, e que está aqui para uma última festa louca movida a drogas antes de voar de volta para casa.

O resto das pessoas deve ser de Mumbai, embora eu não reconheça muitas. Talvez seja porque estão muito alteradas. Algumas das expressões faciais são assustadoras, todos monstros fazendo caretas. Todos regrediram ao estágio de crianças falando bobagens. São as pílulas, aparentemente. Sumit me diz:

— Elas dão muita onda. — Ele comprou três papelotes de Sohrab e agora está se agarrando com Nikki perto de uma das caixas de som. Eles parecem estar se divertindo pra caramba.

Sohrab e eu não estamos nos drogando. Não sei por quê. Para ser sincero, isso parece uma espécie de erro. Por algum motivo, conseguimos nos envolver em uma discussão por demais acalorada sobre os meninos de rua e a razão pela qual eu lhes ensino inglês. Talvez seja por causa do álcool, mas Sohrab está realmente me irritando, tentando me convencer não apenas de que ensinar aos meninos de rua é uma perda de tempo, mas também de que eu não tenho esse direito.

— Você só está lhes dando uma esperança falsa. — São suas palavras exatas enquanto recebe duas mil rupias de algum otário por outro pacotinho suspeito.

Decido que, se existe alguma coisa da qual eu realmente não gosto em Sohrab, é da maneira como ele trata os pobres. É difícil evitar dizer ao cara branco de cabelos escorridos que Sohrab malha a brizola com Ajax. Estou em boa posição para afirmar isso. Já cheirei muito do seu pó. Mas me contenho. Em parte porque, para ser honesto, não é só Sohrab que tem essa atitude em relação aos pobres. Praticamente todo indiano de classe média que já conheci é assim, incluindo Sanjay.

Todos parecem falar sobre pobreza na Índia como se tivessem alguma informação privilegiada, alguma compreensão mais profunda que pensam lhes dar o direito de tratar os pobres como merda. Nunca vejo Sohrab dar dinheiro a nenhum dos mendigos; ele geralmente só grita com eles, e sempre que o assunto dos meninos de rua vem à baila há um desdém intolerante na sua voz. E não é que ele seja um cara mau. É porque ele é de classe média. Todos fazem isso. Todos tratam mal os pobres.

Talvez isso tenha a ver com classe. Talvez seja o sistema de castas. Como se as coisas fossem como são por causa do carma, como se estivessem escritas nas estrelas, como se fossem algo que eu não entenderia, que jamais seria capaz de entender... porque não sou indiano.

No que diz respeito a Sohrab, a Sanjay, à mãe de Sanjay e às garotas que conheço do Porão, e até mesmo, de uma estranha maneira invertida, à boa, doce e caridosa Parvati, os pobres são pobres por algum motivo e não vale a pena brigar por causa disso. Vejo Sohrab distribuir mais um papelote. Pergunto-me se Parvati sabe que ele vende pó para todos os seus amigos. Pergunto-me se ela se importaria. Provavelmente não.

O que é estranho em relação a Parvati é que ela faz alguma coisa quanto à pobreza em Mumbai. Ela aborda o problema de forma construtiva distribuindo sopa para os pobres e promovendo workshops educativos. No entanto, sua atitude em relação à pobreza é a mesma de Sohrab. Eu sei. Nós conversamos sobre isso daquela vez, à beira da piscina. Ouvi-a pontificar sobre atos aleatórios de caridade como se eles fossem um prazer inútil, uma gentileza contrária à intuição que só faz exacerbar o problema. Ela disse que dar individualmente não faz nada para resolver o problema, só transforma as pessoas em mendigos e, assim, gera mais pobreza. Foi por isso que fiz uma doação para a Fundação Street. Para calar a sua boca.

Foi a atitude dela que me surpreendeu. Ela parecia desprezar os pobres quase tanto quanto Sohrab, embora faça mais para ajudá-los do que Sohrab, ou do que eu, aliás.

Tudo é tão paradoxal. Todos eles são paradoxais. O paradoxo é tão comum aqui que é um clichê. Parvati e sua caridade. Sohrab e seu pó. Quer dizer, aqui está ele, vendendo uma das drogas mais caras do mundo em um país devastado pela pobreza. E ele também ganha um dinheiro enorme fazendo isso. O pó vem de tão longe que é mais caro aqui do que em qualquer outro lugar. E a classe média paga literalmente os olhos da cara por ele aqui. Por quê? Jamais saberei.

Eles são todos iguais, todos farinha do mesmo saco. Moram na Índia e nenhuma de suas vidas faz sentido para mim. Elas são radicais demais. Como daquela vez em que Sohrab me levou para dentro de sua limusine e cheiramos pó com os mendigos batendo nos vidros. Certa vez, vi um Lotus vermelho-sangue passar cantando pneus pelo cruzamento em frente ao Shiv Niketan e praticamente atropelar um menino que vendia jornais no sinal. É tudo a mesma doença, algo que a minha sensibilidade não consegue conceber. É a margem, a distância entre os pólos, pólos que vivem juntos, todos no mesmo espaço, interagindo, acontecendo, tudo na minha frente: é isso que não entendo.

Tento dizer a mim mesmo que essa é a razão pela qual vim para cá. Tento dizer a mim mesmo que a Índia é o único cenário verossímil para o meu tipo de narrativa, que é o meio-termo perfeito entre o meu mundo de fantasia e o mundo real. Lembre-se...

... *Tudo é possível, tudo é possível...*

Mas não faz diferença nenhuma.

As histórias podem render boa ficção, mas sua realidade é demais para qualquer estômago. Talvez eu devesse desistir das aulas de inglês, ou das festas, ou de ambas. Acho que o contraste entre as minhas duas vidas está finalmente começando a me afetar.

Digo a mim mesmo para não insistir. Digo a mim mesmo para não estragar tudo por causa dessa discussão estúpida. Progredi bastante com Sohrab essa noite. Não estrague tudo agora tentando fazê-lo abraçar uma moral honrada. Não estou aqui para isso. Minha tarefa não é tornar

Sohrab perfeito. Não é torná-lo "bom". Porque ele não é bom. Ele é uma porra de um traficante, pelo amor de Deus. E eu não deveria tentar mudá-lo. Pelo contrário, minha tarefa é passar para o lado negro da força com ele. Sou eu quem tem que mudar.

— Talvez você tenha razão — digo, conseguindo depois de algum tempo esconder minha hostilidade. — Talvez eu esteja lhes dando esperanças falsas. Na verdade, só estou fazendo isso para poder ficar no Shiv Niketan.

— Não sei por que você fica lá, aliás — diz ele. — Aquele lugar é um antro, e Byculla, meu Deus, aquilo é praticamente o pior lugar do mundo.

— Onde você quer que eu fique? Se eu tivesse dinheiro para ir para algum outro lugar...

— O que você precisa é de um emprego de verdade.

— Que descoberta genial.

— Você poderia trabalhar para mim — diz ele então, como se estivesse procurando uma maneira de pedir isso desde que nos sentamos, desde que começamos a falar sobre os meninos de rua.

— Fazendo o quê?

— Sei lá. Uns trabalhinhos. Tenho algumas idéias.

— Que tipo de trabalhinhos?

— Falamos sobre isso depois.

— Vamos lá. Que tipo de trabalho eu poderia fazer para você? — pressiono.

— Ouça, você quer um emprego ou não?

— Quero.

— Bom, então deixe de ser jornalista e pare de fazer tantas perguntas. Você logo vai descobrir. Só precisa fazer o que eu mandar. E, por enquanto, isso significa buscar mais seis drinques para nós. Tome cem rupias. Vá cuidar disso.

— Sim, senhor.

— E não fique ofendido.

— Sim, senhor, está bem — digo, pegando a nota e me levantando. Quando fico em pé, ele me dá um chute na canela e quase tropeço ao dar o primeiro passo.

— Porra, você é um desajeitado, sabia? — grita ele enquanto entro na zona do *bass*.

Espicho a bunda e aponto para a nádega direita com um dedo, articulando sem som as palavras "Tomar no rabo" para ele, antes de me afastar. Posso senti-lo sorrindo atrás de mim, e quando chego ao bar percebo que também estou rindo — um sorriso muito, muito largo. Fodam-se os meninos de rua, digo para mim mesmo. Esqueça Pankash e Anoop. Vou largar as aulas. Eles foram uma distração. Se o contraste está me matando, vou largar as aulas. Preciso me concentrar na tarefa que tenho pela frente. Não tenho de fazer novos amigos. Tenho de manter um objetivo preciso. Tenho de continuar indo a festas. Fazendo companhia a Sohrab e ajudando-o a parecer descolado enquanto vende pó sozinho num canto. Porque eu agora estou quase lá, penso comigo mesmo. Ah, estou tão perto.

Are you experienced?

E stou no Porão, acabo de vender meu oitavo papelote, nada mal para duas da manhã. Meu último cliente parece tão arrumadinho, de suéter amarelo com as mangas por cima dos ombros e amarradas em volta do pescoço, que fico chocado. Depois que ele vai embora, olho novamente para a citação de Oscar Wilde do outro lado do salão. "Experiência é o nome que se dá aos próprios erros." Ela virou uma das minhas preferidas desde que comecei a vir aqui regularmente.

A música que está tocando é "Boogie Oogie Oogie", do A Taste of Honey, e a guitarra *wah-wah* testa os limites do sistema acústico feito de papel higiênico.

Sohrab nunca chega realmente a me confessar que é traficante, não com palavras, pelo menos. Mas eu sei e ele sabe que eu sei, e isso parece convir a nós dois. Já o vi entregar pacotinhos suficientes em festas e ele não fez nenhum esforço para esconder isso. Acho que parte do motivo pelo qual ele nunca fala realmente sobre isso é que tem um pouco de medo de que eu possa reagir como todos os outros amigos em tempo parcial que ele já fez, que eu possa abandoná-lo quando isso estiver dito, quando houver se tornado real, em termos tangíveis, articulados. É melhor deixar tudo entendido tacitamente, e podemos seguir em frente, continuar a sair juntos, a ser vistos juntos e a agir como melhores amigos. E eu não digo nada porque quase sinto que, se disser alguma coisa, posso até afugentá-lo. Tenho a sensação de que, nesse caso, talvez *ele* me rejeite, talvez em antecipação ao fato de eu lhe virar as costas, para adiantar-se a qualquer rejeição potencial.

Acho que o que estou querendo dizer é que a confiança, a confiança completa, ainda não existe realmente. Ela está se construindo devagar, dia após dia, mas ainda não existe realmente. Agora que estou trabalhando para ele, nossa relação sem dúvida mudou. Sem dúvida passamos de conhecidos a colegas de trabalho, mas não estamos exatamente no estágio de "amigo de verdade". Ainda não. Talvez seja só uma questão de tempo.

No início, eu zanzava de um lado para o outro para ele, conforme sua sugestão, simplesmente fazendo pequenos trabalhos. Sobretudo entregando pacotes, o avião do avião, pode-se dizer. Duas semanas depois disso, ele me mandou ir vender no Porão. Nem me lembro mais de como ele transpôs essa barreira. Acho que simplesmente me disse para ficar perto da porta dos banheiros da uma às quatro da manhã e cobrar mil rupias por cada papelotezinho de *origami* que vendesse. Alguns papelotes só custavam cem rupias. Acho que são aqueles que contêm uma substância marrom. Não faço perguntas. Parei de ser jornalista. Além disso, não há possibilidade de grandes lucros aqui. Sohrab me diz para me concentrar nos papelotes de mil rupias. Faz sentido. Importação-exportação. O negócio local da cocaína dá margens de lucro melhores. Quanto à heroína — acho que é uma droga internacional. Mesmo assim, recebo alguns pedidos do marrom, não muitos, mas alguns.

Vejo Sanjay passando por mim, espremendo-se em meio à multidão. Tento atrair seu olhar, mas ele não me vê. Ou talvez simplesmente tenha se aprimorado em fingir que não me vê. Não posso culpá-lo. Acho que agora entendo suas motivações — naquele dia em que ele me largou no Trishna. A notícia de que agora sou o novo braço direito de Sohrab se espalhou. Sanjay provavelmente sabe que comecei a traficar no Porão. Ele pode até estar com um pouco de medo de mim. Ou isso poderia não passar de uma egotrip minha. Ele está com a piranha que conheceu na primeira vez que viemos. Isso tudo parece ter acontecido anos atrás. Engraçado como as coisas acontecem, penso comigo mesmo então. Tento me lembrar do nome dela, mas não consigo. Acho que nunca fui realmente apresentado. Quem poderia saber que, na vez seguinte em que todos estivéssemos juntos no Porão, eu estaria traficando? Sinto um pouco de vergonha, depois fico um pouco contente por Sanjay não ter me visto. Recuo para a sombra só para garantir, para garantir que ele ainda não precise fingir que não me viu. Eu não gostaria disso. Ainda não consigo lidar com a mágoa.

"Walk this Way", do Run-DMC, começa a tocar aos berros.

"Experiência é o nome que se dá aos próprios erros." De certo modo, é claro, Wilde está certo em fazer a piada. Não há por que disfarçar os próprios erros — fingir que algo de bom vai decorrer deles. Um erro é um erro e pronto. É algo que se lamenta. Chamar isso de "experiência" não o torna menos lamentável. O que quero dizer é que acho que vender droga no Porão é provavelmente um erro.

O pior é que eu tampouco tenho certeza de que isso esteja me levando aonde preciso ir. Vender pó no Porão parece muito adequado por ora, mas é lento quando penso em onde preciso chegar com Sohrab. Jaisalmer, a quadrilha internacional de tráfico de heroína, as malas e as trocas, o nível de "amigo de verdade", tudo isso parece tão distante, um elo longínquo da cadeia. E não tenho a sensação de que ser o mensageiro/empregado/traficante de Sohrab esteja necessariamente me levando muito longe.

Algumas vezes tenho a sensação de que ele só está me empregando para me manter onde quer que eu fique, em Mumbai, ao seu lado, uma companhia amigável para quando ele precisar. Parece até que ele está me pagando para ser sua puta. Talvez isso seja duro. Acho que só estou um pouco desiludido com minhas perspectivas profissionais, só isso. Sinto-me um funcionário local. Sinto-me um foca trabalhando como repórter no caderno de cotidiano, quando na verdade deveria estar cobrindo a guerra no Afeganistão. Sinto-me frustrado. Preciso fazer as coisas andarem. Levar as coisas a outro patamar. Inspirar mais do que a confiança de Sohrab. Preciso fazê-lo ter Fé em mim. De algum modo, preciso impressioná-lo. Talvez com o tempo isso simplesmente aconteça. Talvez não. Quando será que Sohrab vai realmente abrir o jogo comigo?

O que preciso fazer é ganhar mais dinheiro para Sohrab. Então, e só então, ele vai de fato acreditar que sou capaz. Essa é a única maneira de efetuar a transição para o nível seguinte, de conseguir chegar a Jaisalmer. Ele precisa me ver como um parceiro sério, precisa me ver subir de posto. Preciso mostrar um pouco de iniciativa. Gerar mais lucros, aumentar as vendas, cortar custos. Preciso conseguir mais do que a sua confiança. Ele precisa ter Fé em mim. Não posso simplesmente deixar tudo a cargo do Tempo. Isso vai demorar demais.

"*You gotta have Faither, Faither, Faith...*", grita George Michael.

E se eu exteriorizasse a minha experiência, se transformasse meus erros em mera ficção, algum dia teria alguma coisa para mostrar. Teria capítulos. Capítulos de verdade. Eu realmente teria conseguido o consolo que as pessoas buscam quando chamam seus erros de "experiência". Teria algo de verdade para contrabalançar minhas cagadas. E esses capítulos um dia se transformariam no meu Bestseller. Dizem que a melhor escrita se baseia na experiência. Bom, é disso que se trata. Isso aqui é experiência. Estou coletando material. Isso não é sequer um erro. Nada que eu faça agora pode ser um erro. Posso levar as coisas ao limite. Afinal, estou fazendo algo nobre, estou buscando experiência. Estou coletando material. Estou me tornando um escritor. Ficção pode ser ficção, mas não se pode simplesmente inventá-la, sabe. É preciso fundamentá-la na experiência, é preciso vivê-la, realizar a fantasia. Sanjay estava errado e eu estava certo. Esta história simplesmente não seria verossímil se eu não a estivesse vivendo de verdade, se não estivesse fazendo minha pesquisa.

— Dois, por favor — pede a garota. Ela é magérrima. — Obrigada. — Seus dedos tocam os meus quando ela me passa o maço de notas, todas de cinqüenta. Nem conto. Ela não é boba de tentar me enganar. Afinal, a notícia já se espalhou de que eu sou mau, Mau, Mau Mesmo. Agora acredito nisso. Eu sou Mau pra Caralho, *Bad to the Bone*. Não, não se preocupe, essa não é a próxima música.

É então que a idéia simplesmente me ocorre. No exato instante em que a guitarra de Frankie Goes to Hollywood grita "Na, Na, Na"... Calma, não faça isso. Sei como vou fazer isso. Sei como vou impressionar Sohrab. Sei como aumentar os lucros. Sei como levar as coisas um passo adiante. É simples. Basta fazer o que todos os grandes capitalistas fazem. Suprir a demanda. Não há por que deixar toda essa heroína ser desperdiçada, mesmo que as margens não sejam muito boas. Não é bom fazer isso. É ruim fazer isso. Vou completar minha migração. Vou me tornar completamente mau se fizer isso, igualzinho a Sohrab. Não serei um herói. Serei um bandido. Isso não vai me fazer gostar de mim mesmo. Sentirei vergonha. Isso não me fará feliz. Mas não importa. Se isso conseguir me levar aonde preciso ir, então não importa se sou feliz, infeliz, bom ou mau. Afinal, será uma experiência. Será um capítulo a mais para o meu Bestseller.

Pelo menos é assim que justifico a idéia de vender heroína para os meninos de rua.

10

Sohrab está saindo pela porta quando chego à sua casa.

— Josh! E aí? Eu estava justamente indo te encontrar. Você está atrasado hoje. — Ele diz isso com a voz um pouco alta demais para minha ressaca.

— É, desculpe.

— Não tem problema. Tudo bem. Pode chegar atrasado o quanto quiser. — Acho que Sohrab está se adaptando muito bem a seu papel de gerente. Ele tem um talento natural para repreender e elogiar este empregado na medida certa, fazendo-me dar o melhor de mim. Sorrio para ele.

— Então — solta ele, com os olhos levantados —, como nos saímos na noite passada?

— Bem. Vinte das grandes na última vez que contei.

— Vinte! Puta merda.

— Podia ter sido mais, se você tivesse aumentado a oferta.

— É, bom, eu estava querendo conversar com você sobre isso. — Ele está todo vestido de branco. Calça cargo branca larga, uma camiseta branca de algodão e tênis Adidas brancos.

— É?

— É. — Ele faz uma pausa. Pergunto-me se é agora. Seria essa a promoção que estou esperando? — Tem uma pessoa que quer conhecer você.

— Quem?

Sohrab aperta os lábios.

— Meu sócio.

— Eu não sabia que você tinha um sócio. Qual o nome dele?

— Sabia sim. Você só não estava prestando atenção. Ajay. Ele cuida do fornecimento, entre outras coisas, é claro. — Como vender diamantes, penso. Sorrio para Sohrab. — É, ele está impressionado com você. Nós dois estamos. Ele quer conhecer você pessoalmente.

— É mesmo? Quando? — É isso, penso. Eu vou para Jaisalmer. Devo ligar para Yasmin esta noite. Dizer-lhe para pegar o próximo vôo para cá. Eu consegui. Enfim. Conquistei a confiança de Sohrab. Não, melhor do que isso, conquistei a sua Fé. Meu Deus, como estou ansioso para vê-la, percebo então. Faz quase três meses. E parece que faz muito mais. Enfim estamos progredindo.

— Agora.

— Ah, está bem — digo, baixando os olhos discretamente para minha calça para ver se estou vestido adequadamente. — Onde ele mora?

— No Manley's, em Colaba Causeway. Venha, vamos pegar a moto — diz ele, apontando para sua Enfield, uma motocicleta grande como um elefante, com pára-lamas de corrida verdes ingleses e um tanque de gasolina da mesma cor. Os assentos são largos e pretos. Sohrab põe a mão embaixo do pára-lama e tira de lá um molho de chaves. Ele as gira em volta do indicador, agarrando-as enquanto monta orgulhoso na moto. Então enfia uma chave de latão na ignição antes de dar umas pisadas no pedal. Depois de algumas tentativas, faz uma pausa e dá uma pisada forte. A moto ganha vida. — Suba — diz ele. Eu subo na garupa.

Preciso de mais ou menos cinco segundos para perceber que Sohrab não sabe dirigir, o que, de modo estranho, torna-o bem capacitado para dirigir em Mumbai. Durante os primeiros dez minutos, tenho certeza de que vamos cair; ele não parece conseguir controlar a moto com o peso extra. Mas de alguma forma acho que o nosso ziguezague ajuda, porque faz os outros veículos se afastarem de nós e significa que conseguimos abrir um caminho livre.

Mas isso só faz deixar Sohrab ousado, ávido para ir mais rápido e exibir as suas proezas. Agarro-me à barra na parte de trás do assento, perguntando-me se conseguirei pular para fora da moto logo antes do impacto. Impossível não olhar para o chão, que corre debaixo de nós como um rio. Começo a ficar enjoado quando Sohrab resolve que consegue dirigir e manter uma conversa ao mesmo tempo.

— Vinte m... incrível... Porão... pagamento. — O vento leva embora as palavras, de forma aleatória.

— O quê? — grito no seu ouvido. Sohrab recua do painel e durante um breve instante, um tremor, estamos à beira do Fim. Não sei como Sohrab consegue nos trazer de volta do abismo.

— Meu Deus... precisa... gritar, porra.
— Perdão? O que você disse?
— Esqueça.

Conseguimos passar o resto da viagem em um silêncio mais seguro e, com exceção de um incidente com um caminhão assustador demais para recordar, chegamos a Colaba Causeway sem problemas.

— O que você me disse na moto? — pergunto enquanto desço.
— Ah, nada. Estava só me perguntando se deveríamos aumentar a parte dos caras do Porão, já que estamos fazendo negócios tão bons lá. Eles merecem um bônus.

Não digo nada.

Ele apóia a moto e começa a andar em direção ao Manley's. Agora estamos na cidade turística, o Taj Mahal é logo ali. Em comparação com a auto-estrada de seis pistas e com o Shiv Niketan, isto aqui é o paraíso. As ruas são largas e cheias de árvores, e vários dos prédios têm persianas espaçadas que protegem grandes cômodos de pé-direito alto e ecos frescos. Estamos perto do mar.

— Você deveria se mudar para cá — sugere Sohrab. — Agora está ganhando dinheiro suficiente para isso.

— É, talvez — digo, sabendo que não posso. Ele me paga bem, mas não tão bem, não bem o suficiente para me mudar do Shiv Niketan. Além disso, estou evitando outros viajantes.

Entramos na recepção. Um grande ventilador de madeira gira preguiçosamente, o piso é quadriculado de ladrilhos pretos e brancos. Um homem com uma barba por fazer preta meio grisalha e dentes manchados de betel meneia a cabeça para Sohrab enquanto aperto o grande botão bordô na parede acarpetada de marrom. Um elevador que serve cinco andares começa a funcionar com seu mecanismo antigo.

Depois de alguns segundos, o elevador chega e abro as portas pantográficas, uma versão menor das grades do Shiv Niketan. Entramos. Sohrab aperta o botão do terceiro andar e ouvimos mais barulhos de engrenagens. Ficamos calados. O teto é acarpetado de vermelho. Uma sineta toca, e de repente paramos no primeiro andar. Sohrab estende a mão para abrir a porta.

— Por que estamos parando aqui?

— O elevador está com defeito. Temos de subir os outros dois andares a pé.

Haverá algum propósito nesses episódios? Haverá alguma necessidade de toda essa baboseira de história infantil, ou será isso apenas a *verdadeira* Índia? Digo a mim mesmo que é só mais uma esquisitice. Como Parvati e sua caridade, como cheirar pó em uma limusine cheia de mendigos colados ao vidro — são só peculiaridades nacionais, são só capítulos para o romance. É justamente esse tipo de realidade ridícula que constrói uma narrativa interessante e verossímil, muito mais eficaz do que minhas criações fantásticas. As pessoas podem se identificar com coisas assim. Subimos correndo os dois andares restantes, dois degraus de cada vez, e antes que eu dê por mim estamos do lado de fora da porta do ilustre sr. Ajay, o grande traficante de Mumbai. Sohrab toca a campainha.

Já faz algum tempo que vi Yasmin pela última vez e sei que tem sido difícil para mim me lembrar de sua aparência, mas quando vejo a garota que atende à porta de Ajay pela primeira vez, todas as minhas idéias sobre *sex appeal* vão por água abaixo. De repente, sinto-me perdido.

Quer dizer, eu pensava haver entendido Yasmin. Começando pelo básico: sei que não existe nota 10. Algumas modelos e mulheres realmente excepcionais, como Yasmin, são nota 9. Mulheres bonitas são nota 8, bonitinhas são nota 7 e assim vai a escala, até chegar lá embaixo, na categoria das barangas de nota 1 e 2.

Mas definitivamente não existe nota 10.

Então como pode essa garota que atende à porta de Ajay ser atraente de um jeito tão estupendo, arrebatador, estonteante? Eu sequer vi seu corpo ainda e, no que me diz respeito, mesmo que ela tenha o físico de um tanque de guerra, só o seu rosto a faz ganhar, fácil, nota 9.

Ela parece meio indiana, com a pele de um tom bronzeado perfeito. Cabelos compridos pretos, finos, amarrados sem apertar na parte de trás de sua cabeça. Seus olhos são imensos, enormes, na verdade. Não são fixos nem selvagens. Mas de todo modo não é isso que os torna especiais. É sua cor. Eles são azuis. Não, são cor de água-marinha... são turquesa... são verdes. Meu Deus, eles mudam de cor dependendo da luz. É incrível, fascinante. De repente sei com quem ela se parece. Ela parece a versão adulta da menina afegã na capa da *National Geographic* — aquela que ganhou todos os prêmios. Ela é incrível. Nariz fino e comprido, lábios delicados e carnudos, maçãs do rosto altas, vários outros traços perfeitos. Mas são os olhos que me abalam, na verdade.

Isso só pode significar uma coisa. Existe nota 10.

Ou isso, ou Yasmin vai ter de ser rebaixada.

— Oi, Ayesha, Ajay está? — Posso ver Sohrab tentando ficar calmo, mas sei que ele a está encarando. Ela não diz nada, mas se afasta da porta e a abre para nos deixar entrar. Sohrab entra primeiro. Eu o sigo, debilitado.

— Oi — digo, passando por ela.

— Olá — responde ela, perto o bastante para eu sentir o calor do seu hálito no ouvido. Ela deve ter mais de um metro e oitenta! Descubro que preciso me manter ereto para ganhar cinco centímetros a mais. Percebo que meu pau está latejando. É patético, ou incrível, ou as duas coisas.

— Oi — repito. Não consigo evitar. Ela termina a conversa afastando-me delicadamente do raio de ação da porta enquanto a fecha. — Ah, desculpe — gaguejo, como de costume. Por que mulheres bonitas me fazem pedir desculpas?

Então, enquanto ela caminha pelo piso de tábuas mal ajustadas em direção a um arco que conduz a outro cômodo, aquilo tudo fica demais para mim. Ela está vestindo um macacão preto justo com um decote nas costas que pára logo acima de duas nádegas perfeitamente redondas. Acima delas posso ver dois enormes olhos verdes tatuados na base de sua coluna. Levo alguns segundos para entender, mas quando percebo para que eles servem... ai, meu irmão.

Ligadão

Tudo que consigo fazer é rir.

Sohrab olha para mim muito sério.

— Fique calmo, irmão.

— Estou calmo — digo, ainda sorrindo com ironia. — Mas quero dizer, por favor...

— Ei, escute, cara — sussurra ele com rispidez. — Esta é a mulher de Ajay, então fique calmo, certo?

— Tá, tá bom, você que manda — digo, tentando conter os risinhos como um colegial.

Seguimos Ayesha através do arco dourado até o cômodo principal. Ajay está deitado de costas, recostado em luxuosas almofadas de popeline branca, com o peito cabeludo nu e uma calça cargo branca igual à de Sohrab subindo por suas pernas morenas cabeludas. Reconheço-o instantaneamente. Ele é um videojóquei (VJ, para os iniciados) do Canal V, um bonitão sem talento. Impossível não pensar no quão facilmente Ajay poderia ser uma versão bem-sucedida de Sanjay, eles até se parecem, com a exceção de que o rosto de Ajay é mais largo na mandíbula, um pouco mais bruto.

— Fala, cara! — diz Ajay, estendendo a mão e levantando-se de leve em um dos cotovelos, num arremedo de esforço.

Sohrab se aproxima dele e agarra sua mão como um Irmão.

— Cara!

— É ele? — pergunta Ajay então, apontando para mim com um meneio de cabeça.

— É — diz Sohrab, orgulhoso.

— Fala — diz Ajay, tornando a menear a cabeça para mim de leve.

— Fala — meneio de volta. Lembro-me de ter lido uma matéria em algum lugar que Ajay na verdade não se chama Ajay e que ele é uma estrela do rock fracassada que foi descoberta por um caçador de talentos nas ruas de Mumbai e conseguiu o emprego do Canal V. Não acho nem que ele seja indiano. Ele é asiático canadense, ou algo assim.

Há uma pausa desconfortável, do tipo que eu geralmente não suporto e que tendo a preencher com algum comentário estúpido só para resolver a situação socialmente, amigavelmente, para o conforto de todos os envolvidos. Porém, por algum motivo, dessa vez consigo me conter. Não sei por quê. Talvez seja porque estou na casa de Ajay, o grande traficante de Mumbai. Melhor ficar quieto.

— Ayesha — diz Ajay depois de algum tempo. Sinto-a se aproximar de mim por trás. — Por que você não leva Josh para o quarto ao lado para tomar um drinque ou algo assim? Quero bater um papo com Sohrab por alguns instantes. Tudo bem pra você, Josh? — pergunta ele, com excesso de cortesia. Não gosto do modo como ele diz isso. Parece frio demais, distante demais, não como se ele estivesse prestes a me promover. Ele parece nervoso. Não pára de cutucar as unhas. Seus olhos têm enormes olheiras em volta, como bolas de sorvete cavadas em seu crânio. Ele parece ligado e cansado — péssima combinação.

— Claro — consigo dizer, calmamente.

Ayesha me pega pela mão e me conduz por uma porta meio descascada de tinta verde até uma pequena sala de estar.

— Feche a porta, amigão — ouço Ajay dizer a Sohrab, e então, quando ela se fecha, sua voz continua, abafada, mas presente. Tento nervosamente discernir o que está sendo dito.

Ayesha sugere que eu me sente em um sofá cor creme no canto da sala. Digo a mim mesmo para relaxar. Tudo vai ficar bem.

— O que posso lhe oferecer, Josh? Uísque? Cerveja? Vodca? — Sua voz é um pouco áspera, gutural como a de um persa, e além disso, é claro, há o pequeno ceceio, ou como quer que se chame aquilo quando alguém não consegue pronunciar os *rs* e *ws* ou, no caso dela, os *vs*. Isso consegue torná-la ainda mais sexy. Dez e meio.

— Estou bem, obrigado — digo, tentando fazer minhas pernas pararem de tremer.

— Tem certeza?

— Tenho, claro.

— De onde você é? — pergunta ela, sentando-se ao meu lado, bem perto.

— Da Inglaterra — respondo, encantado.

— Isso eu já percebi. De onde na Inglaterra?

— Ah, sim, claro. De Londres. — Estou nervoso. Acho que ela está percebendo.

— De onde em Londres? — Talvez ela esteja tentando me distrair.

— Notting Hill. Mas meus pais só se mudaram para lá recentemente, quer dizer, minha mãe... minha madrasta... ah, esqueça, é difícil demais para explicar. — Posso ouvir Sohrab e Ajay conversando do outro lado da porta. Penso ouvir Sohrab mencionar alguma coisa sobre o Rajastão. Tento escutar melhor.

— Pode falar, sou boa ouvinte.

Não lhe respondo. As vozes deles parecem um rádio em volume baixo.

— Algo errado? — pergunta Ayesha depois de algum tempo.

— Errado? Não. Por que haveria algo errado? — Minhas pernas agora estão tremendo de novo.

— Você parece distraído.

— O quê? Não, claro que não. Não, não há nada errado. Não estou distraído. Estava só pensando, só isso.

— Em quê?

— Bom, se você quiser mesmo saber, estava pensando que belos olhos você tem — digo depressa.

— Ah, obrigada. Muito gentil da sua parte.

— Todos os quatro — tento, atrevido.

— Ah, você notou a tatuagem — diz ela, sorrindo. — Mandei fazer há dois meses.

— É maneira.

— Você acha?

— Claro.

— Gosto da idéia de poder ver o que há atrás de mim.

— Esperta.

— É especialmente útil quando alguém está me comendo por trás — diz ela, na maior cara-de-pau.

Quase engasgo.

— Que legal. — Ela sorri para mim. Não quero mudar de assunto, mas posso ouvir distintamente Sohrab mencionar meu nome. Acho que o ouço dizer Cynthia ou algo assim. Então ouço Ajay lhe responder, um pouco mais alto, mais agressivo. Tento apurar a audição enquanto digo a Ayesha: — Deve ser ótimo para Ajay. — Há uma pequena pausa. Torno a prestar atenção na conversa da outra sala.

— Por que você diz isso? — Ouço Ayesha ao fundo. Não estou nem olhando para ela. — Por quê? — repete Ayesha, tocando meu joelho.

— O quê?

— Por que seria ótimo para Ajay?

— Bom, porque, vocês dois não...

— Nós dois não o quê?

— Bom, achei que estivessem juntos.

— Pode ser. Mas não é necessariamente uma exclusividade, sabe.

— Perdão?

Sohrab diz a Ajay claramente que ele está sendo paranóico e então Ajay lhe responde com uma voz alta indiscernível. Pergunto-me por que consigo ouvir Sohrab melhor do que Ajay. Talvez ele esteja mais perto da porta ou algo assim.

— Você me ouviu, e se não ouviu — diz Ayesha, com um sorriso de ironia —, bom, pior para você. — Outra pequena pausa. — E aí, quer uma carreira?

— Ahn, ééé, claro. Por que não? — Qualquer coisa para desviar minha atenção da conversa na outra sala. Sei que estão falando sobre mim e não gosto disso, não gosto nada disso.

Ayesha se levanta e caminha até uma mesinha, também branca, e se inclina, levantando a bunda na minha direção, lançando-me o olhar da tatuagem. Realmente parece que ela pode me ver. Ela puxa da gaveta um espelho com uma pedra de cocaína em cima e se ajoelha diante de uma pequena mesa baixa, de frente para mim.

É então que a gritaria na outra sala realmente começa. Ayesha olha para mim e depois para a porta.

— Ai, ai. Esses dois. Sempre brigando, brigando — diz ela, antes de olhar para mim e tornar a sorrir. Ela é mesmo uma gata, com seus olhos verdes e seu macacão. Quase espero que ela comece a ronronar. Ela torna a voltar sua atenção para a pedra que está raspando. Pequenos cristais se empilham sobre o seu reflexo como minas de sal em miniatura. Pergunto-me se ela está incumbida de me distrair. Pergunto-me se é por isso que ela está flertando comigo e me oferecendo pó. Para garantir que não vou escutar o que está acontecendo na outra sala. Pode ser.

É então que ouço Ajay gritar distintamente:

— SE VOCÊ NÃO FIZER ISSO, FAÇO EU.

De repente a porta se abre com um safanão. Ayesha e eu damos um pulo. Ajay entra bufando.

— VOCÊ — diz ele, apontando para mim. — LEVANTE-SE!

Instintivamente, minha bexiga se contrai.

— Perdão?

Posso ver Sohrab movendo-se ao fundo, com uma expressão de impotência no rosto.

— Você me ouviu — diz Ajay, um pouco mais calmo agora, em pé na minha frente. — Eu disse para se levantar. Levante-se e fique de frente para a parede. — Faço o que ele diz. Ele me revista. Quando termina, diz: — Vire-se. — Viro-me de frente para ele. Por algum motivo, percebo com orgulho que não molhei as calças. Possivelmente é a primeira vez. — Quem é você?

— Perdão?

— Quem mandou você?

— Quem me mandou?

Ele me dá um tapa, com força e bem no meio da bochecha, muito rápido, de modo que a pele fica ardendo, vermelha e dolorida. Mesmo assim consigo não molhar as calças.

— Comece a falar — rosna ele. Sohrab está roendo as unhas, olhando para mim, balançando a cabeça. — De onde está vindo todo esse dinheiro?

— O quê?

— O dinheiro. De onde ele vem?

— O que você acha? Do Porão, é claro.

Ele me dá outro tapa e me sacode pelo colarinho.

— FALA, CANA! Para quem você está trabalhando? Para a Interpol?

— Cana? — digo, com genuína surpresa. Eu não esperava por isso. — Eu não sou cana.

— É, deixe disso, Ajay, você sabe que ele não é cana — diz Sohrab, meio rindo, um quarto rindo, na verdade. — Olhe só para ele, não poderia ser cana nem se tentasse, os pés dele são chatos demais.

Ajay não se deixa impressionar.

— Pode calar a porra dessa sua boca, Sohrab, seu traidor. Você acha que só porque estou aqui, no topo, não sei o que está acontecendo nesse buraco de merda em que você rasteja. Acha que não sei o que acontece nesta cidade, seu puto.

— Não sei do que você está falando — arrisca Sohrab.

Ajay tem uma das mãos no meu colarinho e apóia o peso do corpo no meu esterno enquanto fala, na verdade grita, agora meio virado para Sohrab.

— Bela tentativa, amigão. Tentando me roubar. Mesmo que tenha sido eu a pôr esse negócio todo de pé, mesmo que tenha sido eu a tirar você da cadeia quando você se fodeu. Bonito, muito bonito. E o que isso lhe valeu? Uma porra de um cana na sua operação. Bom trabalho, Sohrab. Muito bem.

— Você está sendo totalmente paranóico — diz Sohrab. — Eu nunca tentei roubar você.

— Ah, é? Bom, veremos. Você — diz ele então, tornando a se virar para mim, ocupando todo o meu campo de visão com o rosto. Posso ver até os cravos do seu nariz. — Quanto você fez na noite passada? — Tento encontrar os olhos de Sohrab. Sei que isso é um teste. Ajay se movimenta na minha frente. — Ah-ah. Não olhe para ele, cana. Só me diga. Quanto você fez?

— Vinte.

Posso ver o rosto de Ajay se contrair.

— Na noite anterior.

— Dezoito.

A respiração de Ajay começa a ficar difícil. Suas narinas, que parecem esfoladas nas asas, provavelmente por causa do pó, bufam.

— Dezoito? — repete ele.

— Acho que sim.

— E na noite anterior?

— Não posso precisar. — Sei que estou dando todas as respostas erradas. Posso sentir Sohrab ficar tenso do outro lado da sala.

— DIGA-ME!

— Sei lá, dezoito, eu acho, não me lembro.

Ajay me solta, caminha com passos ruidosos em direção a Sohrab e depois passa por ele, dizendo com bastante calma, levando em conta as circunstâncias:

— Eu sabia que você estava me sacaneando. Eu simplesmente sabia.
Sohrab diz:
— Ajay, espere, posso explicar.
Ajay desaparece completamente do meu campo de visão e posso ouvi-lo dizer, alto o suficiente para que todos possam ouvir.
— Ótimo. Espero ansiosamente por isso. Mas primeiro preciso cuidar do cana.
Posso ouvir gavetas fechando e portas batendo. Sohrab olha para mim e meneia a cabeça em direção à porta, com um ar alarmado. Posso vê-lo articular palavras silenciosas para mim. Não sei o que ele está dizendo. Ouvimos o ruído de cabides. Então Ajay grita com naturalidade, como se estivesse saindo para caçar:
— Ayesha, amor, onde está a porra da minha arma?
Olho para Sohrab com um ar intrigado. Ele está brincando, certo? Uma arma? O que ele vai fazer com uma arma? É possível arrumar armas na Índia? Estou falando de armas de gângster, revólveres e coisas assim. Pergunto-me de que tipo é a arma dele. Quer dizer, posso imaginar uma metralhadora AK na Caxemira, mas um revólver em Mumbai? Simplesmente não bate. Isto não está acontecendo, digo a mim mesmo. Mas sei que está. E é então que percebo que Sanjay estava certo quando disse que eu não levava suficientemente a sério a Máfia indiana. Por que não consigo imaginar armas em Mumbai? A Máfia atira em pessoas aqui todo mês. E Ajay é um deles. Sohrab é um deles. Pensei que talvez até eu fosse um deles. Pensei que fosse conseguir uma promoção. Tudo é tão irreal. Isto não está acontecendo. Sohrab meneia a cabeça novamente em direção à porta, mas ainda não consigo me mover. Quase espero Ajay tornar a entrar pela porta gritando: "Primeiro de abril!"
Mas estamos em janeiro.
Então, sem nenhum aviso de verdade, Sohrab grita:
— CORRA, JOSH! CORRA! — e se joga do outro lado da porta, provavelmente em cima de Ajay. Posso ouvir os botões da camisa de Sohrab se desprenderem e caírem sobre o piso de tábuas com um leve ruído, instantes antes de os dois corpos desabarem juntos no chão, fazendo o quarto tremer enquanto eles caem no outro cômodo. Ayesha deixa escapar um gritinho e, embora o vão da porta atrapalhe minha visão, posso senti-los brigando no chão.
É então que se ouve um tiro.

Com exceção do débil ruído de um líquido escorrendo por eu ter mijado na calça, há apenas silêncio. Com exceção do zumbido nos meus ouvidos, há apenas silêncio. Com exceção do ranger de tábuas do piso quando Ayesha corre para o cômodo ao lado, há apenas silêncio.

Silêncio por vários instantes, antes de eu recuperar o controle dos meus pés.

Saio correndo em direção à porta da frente. Não olho para ver se Sohrab está bem. Não paro para ver se ele está morto. Apenas corro. Corro como ele me mandou correr. Corro porta afora, escada abaixo, recepção adentro, saio para a rua, dobro uma esquina, depois outra, passo por uma praça, desço um bulevar, margeio o litoral e entro por outra rua, e continuo em frente. Correndo, correndo, até que, depois de algum tempo, fico sem fôlego e percebo que não sei para onde estou correndo, que não há nenhum lugar para onde eu possa correr, porque não tenho para onde ir.

Confusão de personalidade

Estou olhando para o papelote, delicadamente aberto sobre o colchão sem lençol. A substância marrom lá dentro tem a forma de um retângulo. Experimentá-la me deixa nervoso. Sequer sei por que quero fazer isso. Talvez eu só esteja entediado.

Já faz três dias que estou escondido nesse quarto sem janelas. Pankash e Anoop me trouxeram até aqui. Eu os encontrei depois de sair correndo do Manley's, no cruzamento em frente ao Shiv Niketan. Foi só quando os vi que percebi que estava correndo o tempo inteiro em direção ao Shiv, guiado por algum instinto subconsciente que me levava de volta ao lar.

Foi então também que percebi que não podia mais ficar no Shiv Niketan, que meu instinto havia me levado a um lugar que eu jamais poderia chamar de *lar*.

Com Sohrab fora do caminho, Ajay viria me procurar. Sohrab devia estar morto, concluí, ou pelo menos gravemente ferido. Ele estava lutando no chão quando a arma disparou daquele jeito — com certeza havia sido atingido. Ajay não demoraria muito para descobrir onde eu estava hospedado. Ele provavelmente já sabia.

Então, quando vi Pankash e Anoop, pedi ajuda. Eles disseram "Sim", como se as pessoas sempre lhes pedissem ajuda. Disseram que os *hijras* me esconderiam, se eu tivesse dinheiro. Subi correndo até meu quarto e encontrei algum, a minha parte do trabalho daquela semana. Também peguei a heroína — bastante. Era tudo que me restava. O pó havia sido todo vendido, e meus outros pertences — as roupas de grife, as outras coisas — eram uma bagagem inútil.

Eles me levaram para a Cidade Proibida, como ela é chamada. É ali que moram as prostitutas e os homens-dama, sentados atrás de janelas gradeadas, incitando os passantes. Estou em um quartinho nos fundos. Durante o dia inteiro, ouço homens gordos comendo meninas de dez anos de idade que foram roubadas das montanhas e vendidas. Depois de algum tempo, as meninas desistem de chorar. Há só os homens gordos fodendo e grunhindo. É só o que ouço.

Talvez seja por isso que eu queira usar heroína — para abafar o som e o cheiro e o fedor daquilo tudo. Ou talvez seja porque me sinto culpado. Culpado por vender heroína para os meninos de rua para poder continuar a pagar os *hijras* que me abrigam. Arruinando suas vidas para poder continuar vivo. Ou talvez seja porque tenho medo. Medo de que Ajay acabe me encontrando. Medo de que ele acabe me matando. Medo de que todo esse carma volte para mim. Não faz diferença eu me punir logo agora, flertar com o vício antes que o destino cobre alguma justiça mais cruel.

Ou talvez eu só esteja perdido.

Já faz tanto tempo que estou nessa cidade sozinho, fazendo todas essas coisas que eu normalmente não faria — conquistar a confiança de Sohrab, fazer Yasmin me amar, conseguir material para o meu Bestseller —, que me perdi. Não sei mais quem sou. Passei por cima de barreiras demais, de regras demais — como a regra que dizia que eu nunca usaria heroína porque sou covarde e classe média demais e tenho muito a perder e vi todos aqueles anúncios dos anos 80 e sei que é uma estrada de mão única para o inferno. E, no entanto, aqui estou eu pensando em fazê-lo.

No início

Preciso sair daqui. Sinto tantas saudades de casa que não consigo parar de chorar. Tenho pena de mim mesmo. A tristeza parece um cobertor morno enrolado em volta do meu pescoço. O cobertor vai ficando cada vez mais apertado, mas é reconfortante demais para eu ser capaz de tirá-lo, muito embora eu saiba que ele está me matando. Mas é que eu estou tão triste. Todo mundo me odeia. Preciso sair daqui.

Estou no beliche de baixo. As luzes da rua se juntam em rígidas poças retangulares sobre o chão frio de linóleo. Ben Christie faz ranger o estrado de arame acima de mim. Sempre que ele se mexe, tenho um sobressalto. Tenho medo de que ele venha atrás de mim.

Ele e Tommy Jones me encurralaram no banheiro hoje de manhã. Arrancaram minha toalha enquanto eu escovava os dentes e me bateram com ela molhada. Eles me xingaram. São mais velhos do que eu, muito mais. Eu sou pequeno. Eles me imprensaram nos ladrilhos brancos e se esfregaram em mim. Não pude fazer nada. Senti-me tão fraco, e eles eram tão fortes. Então Scallywag entrou e lhes disse para parar. Quando eles foram embora, ele sorriu para mim. Depois, Ben e Tommy disseram que me pegariam. Se Ben acordar, vou morrer. Eu quero morrer. Quero que isso termine.

Alex Davis se vira no beliche do outro lado do dormitório. Ele acaba de voltar. Teve apendicite. Quase morreu, porque os médicos estavam assistindo à Copa do Mundo na primeira vez que os professores o levaram para o hospital, e disseram que ele estava bem, embora não estivesse. Então eles o trouxeram de volta. Lembro-me de como ele gritou naquela noite, e a enfermeira veio, e depois Scallywag chamou a ambulância e então ele sumiu — quatro semanas, quatro semanas inteiras longe desse inferno de colégio. Todo mundo agora é gentil com ele. Até mesmo Tommy e Ben o deixam em paz.

É então que tenho a idéia.

Começo a gemer, baixinho no início, igualzinho a Alex Davis. Depois seguro a barriga e começo a apertar o lado direito, pressionando a dor e acreditando nela. É isso o mais importante, digo a mim mesmo, acreditar na dor. A cama de Ben range de novo e eu me permito gemer mais alto. Alguém manda eu "Calar a porra dessa boca", e penso em desistir.

Mas então me lembro da manhã e de que amanhã haverá outra manhã igualzinha a essa, seguida por outra, e mais outra, então me permito continuar a gemer até o gemido acabar virando um grito. Fecho os olhos e começo a rolar pela cama, ofegante, começando a suar. Alguém acende a luz e posso ouvir Ben me dizer que, se eu não calar a boca, ele realmente me dará motivo para gritar.

Ouço a porta se abrir e grito mais alto, e sei que atrás dos meus olhos todo mundo agora está acordado e talvez até preocupado. É então que realmente começo a sentir a dor e, por um momento, penso preocupado que posso estar de verdade me machucando de alguma forma. Mas então percebo que estou apenas acreditando e que isso está funcionando.

Fico um pouco assustado ao ouvir a voz grave de Scallywag e sinto seu hálito de café frio e o cheiro de móveis velhos de suas roupas. Penso que, se eu não for até o fim com isso, terei sérios problemas, talvez até seja expulso, e eu só tenho dez anos.

Mas então a enfermeira chega, gorda e macia e com cabelos ruivos curtos partidos ao meio e bochechas sardentas e um sorriso branco gentil, perguntando para mim:

— O que houve, o que houve?

Grunho e ouço Ben dizer:

— Acho que ele está com apendicite, senhorita — como se ele realmente se importasse, mas sei que só está dizendo isso porque é o chefe do dormitório e pelo menos se espera que ele finja se importar.

Scallywag diz que vai chamar a ambulância, e então a enfermeira põe um termômetro na minha boca e sobe na cama junto comigo e deixa que eu me aninhe na maciez de sua barriga e de seus seios, afagando meus cabelos para trás e me dizendo sssshhhhh.

Quando os homens da ambulância chegam, ouço-a lhes dizer que minha temperatura é de 40 graus, e pergunto-me como isso é possível. Então eles estão me pondo em cima da maca e estou sendo empurrado para fora do dormitório e vejo os meninos acorrerem às janelas enquanto sou posto dentro da ambulância e levado embora, para longe, para longe daquilo tudo.

E agora estou no hospital, deitado de lado e ouvindo as perguntas do médico. Ele parece um ator de Hollywood com uma barba escura por fazer e um rosto másculo, atraente. E me pergunto se algum dia serei um homem. Eu sei todas as respostas certas para as perguntas dele, porque Alex Davis me disse tudo.

Então o médico põe uma luva de plástico na mão direita, pega um pote de vaselina e me diz:

— Vai ficar tudo bem, só preciso examinar lá dentro para ver se está dolorido. — Alex Davis não havia me falado sobre essa parte, então agarro a mão da enfermeira com força quando ele enfia o dedo em mim e faço uma careta quando ele vai até o fundo e aperta em volta e para baixo e me pergunta: — Está dolorido?

Respondo sim a tudo.

Eles me deixam sozinho, mas posso ouvir a enfermeira e o médico conversando atrás da cortina, e o médico diz:

— Seguro morreu de velho, você não acha? Especialmente depois do que aconteceu na vez passada.

Então a enfermeira diz:

— Mas dois casos de apendicite em dois meses. É tão improvável. — Nesse momento eu a odeio. Como ela pode me trair?

Felizmente, o médico lhe diz:

— Prefiro não correr nenhum risco. Ligue para os pais dele. Vamos prepará-lo, e operar imediatamente.

— Sim, doutor — diz a enfermeira. Então a cortina se abre e eu me lembro de continuar a fazer caretas e a grunhir enquanto eles me empurram pelo corredor.

E eles me empurram até outra sala. Estou deitado, ainda de lado, com o traseiro nu, frio e violentado, exposto pela parte de trás de um roupão de hospital engomado. Então alguém me dá uma injeção no traseiro. No início aquilo arde, como o frio às vezes arde, depois o local fica só um pouco dolorido quando a agulha é retirada.

Então tudo muda. Minha vida se derrete como gelo em água fervente. A dor de cabeça que consegui causar em mim mesmo evapora instantaneamente e o ar na minha mente clareia, e de repente parece leve e fresco como uma leve brisa primaveril. O mesmo acontece com meus problemas. Não me sinto mais triste, sinto-me feliz. Sequer tenho mais medo de Ben, e pergunto-me se algum dia seremos amigos. Sinto uma grande paz emanar de dentro de mim e tenho a impressão de ter várias coisas a compartilhar com todo mundo. Pela primeira vez desde que a conheço, a vida é bela.

Dou-me conta de que fingir uma apendicite foi um erro. Sento-me na cama e tento dizer a todo mundo que estou bem. O médico entra e diz:

— Como está se sentindo agora, Joshua?

Então eu lhe digo o quanto sinto por todos os problemas que causei, porque estou me sentindo bem melhor, na verdade nunca me senti doente, estava só fingindo para ir embora do colégio.

Ele olha para mim com seus olhos metálicos e atraentes e seu rosto tem uma expressão séria, máscula, antes de baixar a máscara azul sobre a boca e dizer a alguém em pé atrás de mim:

— Ele está pronto.

E é então que eles me empurram para baixo, de volta à maca, e ficam me dizendo que tudo vai ficar bem, muito embora eu tente lhes dizer vezes sem conta que sou só um farsante, sou só um farsante.

Depois de algum tempo, porém, eu desisto. O pânico não dura muito. Posso sentir a onda dentro de mim aniquilar todas as minhas outras emoções, atirando-as para fora do meu sistema como brinquedinhos de criança. Eu me solto e me deixo levar completamente.

Não sinto medo ao ver com o canto do olho a máscara de gás se aproximar, ficar ali pairando por um tempo até ouvir-se um chiado, e depois se grudar no meu rosto. Tampouco me preocupo quando sinto a queimadura fria de outra injeção no meu braço e depois sinto o líquido gelado subir até meu peito. E quando eles me pedem para contar de trás para a frente e para pensar na minha comida predileta, sei com absoluta certeza que esses serão meus últimos pensamentos. Mas eu não ligo. Noventa e nove, 98, 97... e hambúrguer. Eu gosto de hambúrguer. E então a escuridão aumenta, vinda lá do fundo de um lugar desconhecido na minha mente, e ela parece tão grande que acredito que realmente exista fora de mim. É então que percebo. Eu nunca mais vou acordar. Mas, como eu estava dizendo, sinceramente, não ligo.

Chapadaço

Ponho a moeda na boca e a firmo entre a língua e a parte macia e carnuda atrás dos meus dentes. Observo a substância marrom chiar e borbulhar em cima do papel de alumínio, e então aspiro as nuvens de fumaça com o canudo. Cuspo a moeda, coberta de vestígios de cobre na borda de prata, e aspiro ar para acelerar a onda. Aquilo parece estranhamente saudável, como pedir pão integral em vez de branco. Sinto-me doido, mas puro. Depois enjoado. A náusea é como a coceira — nada sério, nem sequer desconfortável. É só um sintoma, um mero sintoma menor dessa maravilhosa experiência. Quando o vômito vem, é como uma ablução, uma purgação dos excessos. Depois, sinto-me limpo. É então que relaxo de verdade. Com todas as minhas funções corporais resolvidas, não tenho mais nada com que me preocupar.

Descubro então, enquanto faço aquilo, que não era necessário sentir culpa por vender heroína para os meninos de rua. É como a morfina que me deram daquela vez em que fingi apendicite. Paz, contentamento — uma alternativa infinitamente preferível à dura realidade da vida.

Não. Não preciso sentir culpa. Os meninos de rua sofrem. Sei como eles sofrem. Todos fugiram de casa. Pankash e Anoop. Todos eles. Suas mães morreram e seus pais são alcoólatras que os espancam. Eles me contaram suas histórias.

Preferem vir para cá morar na merda a ficar naquelas aldeias de onde vêm — aqueles áridos fundos do inferno. Eles estão presos no purgatório. Condenados a morrer de fome. Não há esperança de escapar do círculo vicioso. É o novo sistema de castas. Toda uma nova camada, logo abaixo dos Intocáveis. Meninos de rua — fadados a viver e morrer na sujeira. Por que viver assim? Por que continuar a esperar quando não há escapatória? Vocês já ouviram a história de alguém que tenha saído da pobreza e ficado rico na Índia? Sohrab tinha razão. Parvati tinha razão. Não há por que lhes dar falsas esperanças. É melhor lhes dar apenas alívio. Melhor lhes dar apenas heroína.

Eu ajudo a aliviar sua dor, a facilitar sua luta. Agora eu entendo. Finalmente entendo — porque o sofrimento não é relativo. Nada é relativo. Tudo é distribuído em porções inteiramente desproporcionais. Eu sofri, talvez, mil dias durante minha vida. As meninas, aquelas que são forçadas a foder no quarto ao lado, já sofreram cinco mil, e eu tenho o triplo da idade. O sofrimento sequer é igual para todos. Algumas pessoas sofrem mais do que outras. As pessoas começam a enlouquecer. Já vi isso nas ruas. Pessoas loucas sentem mais do que pessoas sãs. Elas passam por cima das barreiras que mantêm o restante de nós no caminho certo. Elas sentem mais tudo. Alegria e tristeza, prazer e dor, sol e chuva. Mais dor, uma dor mais profunda, mais densa e muito mais abundante — essa é a verdade para os meninos das ruas e para as meninas do quarto ao lado.

Mas nunca entendi a lógica de uma vida com dor. Não desde que me deram morfina. Não desde que vi como é fácil curar o sofrimento. Afinal, eu estava sofrendo. Estava sofrendo tanto que fingi apendicite só para ir embora do colégio. E funcionou. Eu escapei. Encontrei a felicidade. Eles me deram morfina. Eu *precisava* lhes dar heroína. Sou obrigado a fazer isso. É a coisa certa a fazer, porque posso curar seu sofrimento. Porque sei como fazer isso, já sei há muito tempo.

É então que percebo que não estou perdido. Eu me encontrei.

Stranger in the Night

O rapaz de cabelos castanhos vem me visitar. Ele entra no quarto, o quarto sem janelas. Manhã, noite, não tenho certeza. Parece noite. Ele fala comigo. Estou detonado demais para me ligar, para interagir. Quando ele passa pela porta, é como se estivesse saindo de um sonho ou de um estado de vigília, seu rosto — bem no meu campo de visão. Em algum lugar entre meus sonhos e a realidade sei que ele está ali, mas por algum motivo parece que eu o estou imaginando. Como se sua simples aparição fosse apenas elaborada demais para ser verdade, algo moldado segundo os propósitos da trama. Talvez seja justamente o contrário. Talvez o esteja imaginando, mas ele parece real. Será que isso importa? O fato é: eu o vejo, eu o escuto. Por um instante, acho que ele sou eu. Jovem, esperançoso, cabelos repartidos no meio. É como olhar para um espelho arranhado. É difícil ler seu rosto. Mas então, quando ele me toca, sei que é apenas outro jovem branco. Ele não é eu, de modo algum. Ele diz que há algo que eu preciso saber, algo que tornará tudo diferente. Ele me diz que é importante não desistir de tudo. Diz para eu agüentar firme, por ele. Diz que precisa de mim. Diz que eles dois precisam de mim. Nós amamos você, diz ele.

Eu o vejo vasculhar os meus bolsos. Sei que ele está fazendo isso. Simplesmente o deixo fazer isso. Não há nada para levar. Estou no meu último papelote de heroína. Depois de algum tempo, tento erguer a mão para detê-lo. É humilhante vê-lo vasculhar meus bolsos assim, como se eu não conseguisse detê-lo se quisesse.

E descubro que não consigo. Sinto as mãos pesadas — pesadas como pálpebras em um sonho acordado. Um sonho dentro de sonhos. É hora de ir para a cama. Ele me ajuda a levantar as pernas. Diz que vai ficar tudo bem. Eu deveria parar de usar heroína. Não é nada de mais, digo. Estou só experimentando. Ninguém nunca se viciou só fumando heroína.

Ele me cobre delicadamente com um cobertor e então, logo antes de se virar para ir embora, diz:

— Se você precisa de dinheiro, deveria ir procurar Shiva.

Fim de linha (Freddie's dead)

O escritório da *Hindu Week* em Mumbai fica em Nariman Point, entre os arranha-céus e os ricos corretores da City. As ruas são largas, como em Colaba Causeway, mas não há árvores. Há apenas uma vista para o mar e algumas gaivotas grandes como albatrozes se banqueteando nos montes de lixo nas pedras e nos quebra-mares.

Tomei banho e vesti algumas das minhas roupas antigas, lavadas por menos de um quarto de papelote de heroína. Agora estou liso. Sem dinheiro, sem heroína, sem mais nenhum lugar onde me esconder. Estou novamente na rua. Quanto tempo faz que sumi? É difícil dizer. Não sei qual a data de hoje. Não vi dia e noite passando. E a heroína. Ela distorceu meu relógio interno. Preciso achar um jornal.

Agora que estou na rua, o fato de que vendi heroína para os meninos de rua parece irrealista à luz do dia. Pergunto-me se eu realmente teria levado a idéia adiante antes, nem que fosse para aumentar os lucros, para impressionar Sohrab e conseguir um convite a Jaisalmer? Se eu não houvesse sido motivado pelo meu próprio desespero, será que isso não teria sido simplesmente demais, um exagero, mesmo segundo os meus próprios padrões fantasiosos? Um branco de classe média vendendo heroína para os meninos de rua de Mumbai? De algum modo acho improvável. Mas e quando fiquei desesperado? E quando tive motivo? Será que isso tornou a opção mais verossímil?

Sinto que praticamente procurei minha situação desesperadora atual, um fugitivo escondido pelos *hijras*, só para poder perceber, justificar, na verdade, esse ato extremo, essa idéia inacreditável.

Imagine só! Você, Josh King, vendendo heroína para os meninos de rua. Que história! Agora justifique-a. Atire-se mais fundo no desespero e no inferno para torná-la verossímil, para torná-la real. Não basta apenas inventar tudo isso.

Sinto que estou enlouquecendo. Sinto que estou sendo tragado cada vez mais para o fundo do meu próprio jogo mental. O que começou como um interesse, um talento, um costume, agora se tornou algo maior do que eu. Como aquela história do gênio do xadrez que se tornou tão obcecado pelo jogo que via peças de xadrez por toda parte: cavalos, reis, torres... Uma árvore virava uma rainha. Uma pedra era um peão. E ele jogava xadrez com tudo, em todos os lugares, o dia inteiro. Depois enlouqueceu completamente.

Eu? Este serei eu? Tenho uma idéia fantástica e então, antes de me dar conta, a estarei realizando, vivendo? Tudo se reverteu. Não estou usando a fantasia para condimentar a realidade. Minhas fantasias estão assumindo o controle; elas estão criando a minha realidade.

Merda. Eu sabia que a heroína iria me detonar.

Há dois elevadores no prédio, um para os andares de número par, outro para os de número ímpar. Pego o elevador errado por engano e acabo tendo de descer a pé do vigésimo terceiro andar até o vigésimo segundo. Então descubro que a saída de incêndio está trancada, fazendo-me ter de descer os andares restantes de volta até o térreo e recomeçar. Quando chego ao escritório, estou suando em bicas. Já consegui fazer minhas roupas limpas parecerem sujas.

Acima da pesada porta de madeira há uma placa de bronze gravada com as palavras BAZAR. Entro, meio pensando no que farei caso o alarme de incêndio dispare enquanto estou aqui. Não há ninguém na recepção branca, então espero ali durante alguns minutos antes de decidir dar uma olhada ao meu redor. Não consigo ouvir nada. O lugar parece morto.

Atrás da recepção encontro uma sala comprida e estreita que na verdade parece ser metade de uma sala grande, dividida ao meio por divisórias de compensado. Há papéis e revistas empilhados nas prateleiras junto a uma das paredes e um aparelho de ar-condicionado no final. Fico ao lado do aparelho por alguns minutos e me refresco no frio artificial.

De repente, uma porta que eu não vira antes se abre na parede de compensado atrás de mim. Dou meia-volta. Uma mulher de cabelos pretos muito ondulados e com a pele clara cheia de profundas marcas de acne me encara, impassível.

— Você deve ser Josh — diz ela de repente, aproximando-se de mim e estendendo a mão como se estivesse me esperando. Seu aperto de mão não é frio, mas é decididamente profissional.

— Sim — digo, segurando sua mão, perguntando-me como ela me conhece.

— Sou Savita... Savita Roy.

Reconheço seu nome do crédito de matérias no jornal.

— Ah, sim, oi.

— Vou avisar os outros que você está aqui.

Savita torna a desaparecer pela parede de compensado. Decido segui-la. Eu estava certo sobre a sala ser, na verdade, metade de uma sala maior, mas fico chocado ao ver toda a atividade que o lado secreto contém. É o barulho que me impressiona primeiro. Telefones, pessoas falando, xícaras batendo e cadeiras rolando sobre rodinhas. Pergunto-me por um instante como paredes tão finas podiam ser tão bem isoladas acusticamente.

Levo alguns segundos antes de me concentrar em Lyla e Shiva no fundo da sala. Lyla está sentada em uma das cadeiras giratórias olhando para Shiva, que está apoiado em uma mesa, alisando os cabelos. Savita está conversando com eles quando todos se viram para olhar para mim. Durante um instante, nenhum de nós parece saber o que fazer.

Surpreendentemente, é Lyla quem se levanta com um pulo e corre até mim para dizer oi. Tenho um horrível pressentimento de que ela vai me beijar, mas ela se detém no último minuto.

— Ai, Josh, que bom que você está bem — diz ela, levantando e abaixando o nariz como um rato. — Estávamos tão preocupados com você.

— É mesmo? Por quê?

— Você não está sabendo?

— Não. O quê?

— Ah.

— O quê? O que foi? O que vocês todos estão fazendo aqui em Mumbai? Isso tem a ver com o meu dinheiro?

— Ahn. Acho melhor você conversar com Shiva — diz ela, virando-se na hora em que ele chega por trás dela... a deixa perfeita.

— Oi, Josh — diz Shiva com um sorriso gentil. — Como vai?

— Bem.

— Tem certeza?

— Hum, hum. Por que não estaria?

— Bom, é que nós ficamos sabendo...

— Ficaram sabendo o quê? — Meus intestinos roncam. Detesto a idéia de alguém ficar sabendo qualquer coisa a meu respeito sem eu saber. É no mínimo embaraçoso. Repasso meu passado mais recente na minha cabeça. Sinto um aperto no coração. Tenho muito de que me envergonhar.

— Ouvimos dizer que você tem se envolvido bastante com a sua matéria. — Pelo menos ele tem a decência de formular a frase de maneira delicada.

— O que está acontecendo, Shiva?

— Josh...

— O quê?

— O VJ Ajay morreu.

Quando ele diz isso, minha mente é submergida por um ruído branco.

— Quem é VJ Ajay? — tento, sem convicção.

Shiva inclina a cabeça e franze o cenho para mim.

— Tudo bem, Josh, não precisa esconder nada de nós. Sabemos da sua relação com Ajay.

— Que relação? Do que vocês estão falando?

Lyla está olhando para Shiva, instruindo-se quanto às técnicas de interrogatório.

— Por que você não nos conta o que vem acontecendo?

Não posso evitar olhar fixamente para a barba aparada de Shiva. Ela é tão perfeita. Os pêlos parecem ter sido posicionados estrategicamente. Será que existem perucas para o rosto?

— Primeiro me conte como isso aconteceu.

— Ele foi encontrado hoje de manhã na praia, em Juhu Beach, assassinado.

— Como? — consigo perguntar.

— Com um tiro no rosto.

Horrível. No rosto. Que dureza.

— Foi você, Josh? — pergunta Savita de repente. Shiva lança-lhe um olhar, mas Savita simplesmente continua a me olhar com olhos negros, impenetráveis.

— O quê? Não, é claro que não fui eu.

Eu? Por que ela acharia que fui eu?

— A polícia está te procurando — explica Shiva. — É melhor nos contar o que está acontecendo.

Estou começando a ter uma sensação muito ruim em relação a tudo isso.

— O quê? Eu? Por que a polícia está me procurando?

— Bom, vamos dizer assim: você deixou sua relação com Sohrab Kutpitia e com o VJ Ajay bem explícita por aqui, Josh. Mumbai não é uma cidade tão grande assim. Consegui retraçar praticamente todos os seus movimentos desde Déli até mais ou menos uma semana atrás, quando você simplesmente sumiu do mapa. Foi em parte por isso que eu vim até aqui. Para ver se você estava bem. — Não digo nada. Mais barulho branco. — Não se preocupe, eu falei com a polícia. Eles não suspeitam de você.

Não há alívio quando ele diz isso.

— Então por que eles querem me ver?

— Eles só querem lhe fazer algumas perguntas.

— De jeito nenhum.

— Acho que você deveria cooperar.

— O quê?!? E deixá-los me jogar na prisão por assassinato? Não, obrigado.

— Eles não farão isso. Eles sabem que você está trabalhando para mim.

— Isso não me ajudou muito da última vez.

— O que você quer dizer com isso?

— Da última vez que você disse que me daria cobertura, eu quase fui preso — digo com amargura.

— O quê?

— A polícia veio me prender um dia depois de eu ir encontrar você em Déli da última vez.

— Não é possível.

— Mas é verdade. Eles reviraram o meu quarto, levaram todo o meu dinheiro, o meu passaporte, tudo. É em parte por isso que vim para Mumbai.

— Acho isso difícil de acreditar.

— Por quê?

— Porque naquela noite eu jantei com o delegado de polícia Krishna. Falei com ele sobre você e ele me deu sua garantia pessoal de que ninguém o incomodaria.

Nada faz sentido. Por que a polícia reviraria meu quarto se Shiva me dera cobertura? Sem dúvida eles não agiriam assim sozinhos, sem a permissão expressa do delegado? Talvez simplesmente estivessem querendo me ferrar. Talvez não tenha sido uma batida policial. Talvez Yasmin tenha entendido errado. Talvez tenha sido um roubo.

Tudo que sei é que não vou entrar em uma delegacia indiana para participar de um inquérito de assassinato onde tenho associação com a vítima; sou um forasteiro na cidade, não tenho identidade, e há a possibilidade de eu também estar sendo procurado pela polícia de Déli por causa das drogas. Embora talvez não esteja. Sinto-me confuso.

Corra, ouço a voz de Sohrab gritar.

Corra. Corra. Corra. Cooooooorrrraaaa.

— Preciso ir — digo de repente, levantando-me.

— O quê?!? Não. Você não vai a lugar nenhum, Josh. — Começo a recuar de costas em direção à porta. — Josh, escute. Não entre em pânico. Vai ficar tudo bem.

— Desculpe, Shiva.

— Espere. Você vai precisar de dinheiro — diz ele então. Paro, esperando para ver se ele vai me dar algum. — Eu lhe darei todo o dinheiro que quiser. Basta você me dar a matéria. Então eu o pagarei.

Dinheiro. Melhor do que dinheiro... Pagamento. Nesse caso eu seria um jornalista. Um jornalista investigativo de verdade, trabalhando disfarçado. Talvez eu devesse aceitar. Deixar o Bestseller de lado. Contentar-me com o plano B. Jornalista é bom, jornalista é muito bom. Pelo menos poria fim a toda essa loucura.

A voz de Shiva torna a se fazer ouvir.

— Estamos dando uma matéria de capa sobre a morte de Ajay. Queremos dar um furo com alguém de dentro. Essa é provavelmente a maior história que surgirá em Mumbai em anos. Você tem idéia de como isso é grande? Tem alguma idéia de como Ajay era importante nesta cidade? Isso é um escândalo enorme. Você conseguiu, Josh. Esta é a sua chance de virar jornalista. As pessoas vão respeitá-lo. E nós vamos pagá-lo. Vamos pagá-lo muito, muito bem. Lembre-se de quem cuidou de você, Josh. Não nos traia agora.

Shiva fala rápido, como um vendedor que não quer me dar tempo para pensar, o que, estranhamente, tem o efeito contrário.

— Você deve estar brincando — ouço-me dizer.

— Pense nisso, Josh. É o único jeito de tirar a polícia da sua cola.

— É, tá bom, e de pôr a Máfia na minha cola. Eles vão querer pegar alguém pelo assassinato de Ajay. Não vou chegar nem perto dessa história. Vou embora daqui.

— Você está cometendo um grande erro, Josh. Se fugir agora, não posso lhe dar cobertura. Lembre-se apenas disso. Você está sozinho.

Já estou sozinho há muito tempo, penso comigo mesmo quando ele diz isso. Muito tempo. E cheguei até aqui, se é que posso dizer que quero estar "aqui". Mesmo assim, é melhor do que estar morto. Ainda assim, é melhor do que entrar em uma delegacia, ser enrabado, ou levar uma bala na cara por vingança.

— Vou arriscar — digo.

E, só para ter certeza, também desço de escada. Nunca se sabe, eles podem estar lá fora agora mesmo, esperando para me levar. Shiva pode até estar ligando para eles. Quem sabe de que lado ele está? Quem sabe qualquer coisa? Eu certamente não sei. Não sei nada. Não sei mais nada.

Ex Taçaum Churchi

Prefiro não pegar o elevador no Manley's, e consigo passar despercebido pela recepção e chegar ao quarto de Ajay. Decidi ir lá primeiro. Principalmente porque Colaba Causeway é mais perto de Nariman Point do que o apartamento de Sohrab e o Porão, e esses são os únicos lugares onde consigo pensar em ir à procura de pistas. Se não encontrar Sohrab depressa, estou fodido.

A porta está escancarada. As tábuas soltas rangem alto quando entro. O lugar parece ter sido saqueado, arrasado, com algumas roupas jogadas aqui e ali.

Ayesha está deitada de bruços sobre a cama, nua. O colchão foi fatiado pela metade de cima da cama e está pendurado em um dos lados, pesado. O bom senso me diz para sair dali. Caminho até Ayesha, esperando por algum motivo encontrá-la com a garganta cortada, afogando-se no próprio sangue.

Ela murmura alguma coisa, abafada pelo colchão.

— Ayesha? — digo, olhando para suas grandes tatuagens verdes.

Ela levanta a cabeça; um dos lados de seu rosto está vermelho e irritado, marcado com a textura do colchão. Seu queixo brilha, pegajoso, com o líquido que escorre de seu nariz. Ela me dá um sorriso forçado.

— Aaahhh, ééé vocêêê.

— Ayesha? Você está bem? — pergunto, tocando a parte de trás de seu ombro.

— Ééé vocêêê — diz ela, sorrindo.

A heroína detonou a mulher.

— Ayesha, escute — digo, sentando-me na cama ao seu lado e virando seu rosto na minha direção. O movimento a espanta no início, mas depois ela se deixa cair pesadamente, com a cabeça pendendo encostada na cabeceira. — Ayesha, escute, você está bem? A polícia veio aqui? O que você disse a eles?

Ela me sorri com olhos semicerrados.

— Me come.

— Ayesha, você disse alguma coisa para a polícia? — Ela apaga. — Ayesha? Acorde, acorde.

Ayesha abre os olhos e olha para mim.

— Me come, Ajay — diz ela, olhando para mim, mas sem me ver. Suspendo seu corpo. — A polícia foi — diz ela de repente, como se minha pergunta houvesse acabado de penetrar sua mente... como se seu cérebro estivesse funcionando no ritmo da heroína.

Pergunto-me o que ela disse a eles. Pergunto-me por que não a prenderam. Espero a pergunta seguinte, a pergunta sobre o que ela lhes disse ou não, encontrar o caminho para dentro de sua consciência. Preciso saber. Preciso saber se vou levar a culpa por isso. Então ela aquiesce, ou pelo menos tenta. No meio do gesto, desiste, e sua cabeça simplesmente desaba para a frente sobre seu ombro.

— O que você disse a eles? — pergunto. Ela consegue sacudir a cabeça de leve. — Ayesha, o que aconteceu? O que você disse a eles?

Ela aponta para o closet no fundo do quarto. Deito-a de costas na cama e ando até lá. Um dos lados do pau de cabide foi retirado do lugar e uma pilha de camisas, calças e cabides escorrega por um dos lados. No fundo do armário há outra porta. Ela só se abre quando é puxada para fora do forro. Eu não a teria visto se ela já não houvesse sido aberta. O encaixe é apertado, e na escuridão do closet as frestas muito estreitas são invisíveis.

Deve ter sido aí que ele escondia as drogas, o dinheiro e os diamantes. A animação dá um salto dentro de mim, como a sensação que se tem quando um avião perde altitude subitamente durante uma turbulência. Estou chegando mais perto da ação. Posso sentir. Quase posso sentir seu gosto. Ponho a cabeça lá dentro e tateio os cantos escuros com os dedos. Está vazio.

Levo mais dez minutos para descobrir de Ayesha que a polícia acabou de sair. A recepção interfonou com um sinal de alerta especial e ela se escondeu no compartimento secreto. Percebo que deve ter sido assim que ela descobriu que Ajay estava morto. Sinto pena dela. Sentada escondida dentro do compartimento secreto daquele jeito, ouvindo a polícia falar sobre seu namorado morto. Não posso culpá-la por querer se drogar. Graças a Deus, ela não lhes disse nada.

— Ouça, Ayesha. Onde está Sohrab? Eu preciso saber. Onde está Sohrab? Você o viu?

A pergunta se perde em algum lugar.

— Me come, Ajay... — Antes de eu saber o que está acontecendo, ela desliza as duas mãos para baixo, uma junto da outra, com as palmas voltadas para fora, até entre as coxas e começa a se esfregar com os próprios dedos. Fico olhando enquanto ela faz aquilo. Seus seios estão firmes no ar, com a pele arrepiada, os mamilos cor-de-rosa retesados, o peito arfante. — Ponha seus deeeedos deeeentro de miiiimmmm.

Tudo fica em câmera lenta. Depois do que parece um tempo muito longo, ela afasta uma das mãos das coxas e agarra minha mão direita, que ainda descansa sobre o seu ombro. Então ela desce minha mão e começa a massagear o seio esquerdo com ela. Vejo-a enfiar dois dedos dentro de si. Posso sentir seu cheiro, doce e pungente, no fundo da garganta.

— Me beeeeeijeee.

Não consigo me mexer. Enquanto é ela quem faz os movimentos, fico hipnotizado. Não consigo agir: não consigo rejeitá-la, não consigo aceitá-la. Não consigo beijá-la. Eu quero fazê-lo. Mas aí eu estaria fazendo coisas com ela. É ela quem está fazendo coisas comigo. Não tenho forças para dizer nem não nem sim.

Ela solta minha mão e estende a sua em direção ao meu pau, ainda massageando. Provoca uma ereção em mim, massageando-o da base até a cabeça. Ela se vira de lado, pressionando o peso da perna sobre a minha mão presa, e começa a remexer os quadris. Desliza a cabeça em direção ao meu pau, já com a boca semi-aberta, à espera, pronta.

Ela manuseia com dificuldade o zíper da minha calça. A praticidade substitui a paixão. Naquele curto instante de intervalo, encontro forças para me controlar.

— Ayesha, pare. Ouça-me — Pulo para fora da cama e começo a sacudi-la pelos ombros. — Ela começa a esticar a mão em busca do meu pau. — Escute ! Pare! ESCUTE, PORRA!

— Volte para mim.

Vejo uma garrafa de refrigerante Limca já pela metade sobre a mesa-de-cabeceira. Pego-a e derramo o conteúdo sobre a cabeça dela. Depois retiro sua mão de seu sexo e seguro-lhe os braços na lateral do corpo, prendendo-a à cama.

— Ouça-me, Ayesha, você precisa me dizer onde o Sohrab está. Ayesha? Ayesha?

— Ajay? Ajay?

— Não, não é o Ajay. É o Josh.

— Onde está Ajay? Onde ele está? — Não digo nada. — Ele foi embora, não foi? — Sua boca começa a se curvar para baixo. — Ajay foi embora. ELES O MATARAM. — Ela grita. Tapo sua boca com a mão. Ela começa a chorar e a se contorcer.

— Ssshhh, Ayesha, ssshhh. Calma, calma. Quem matou Ajay? Foi Sohrab? Diga para mim.

Ela sacode a cabeça.

— Eu não sei. Ajay foi embora. Eu não sei.

— Pense, Ayesha. Sohrab veio aqui?

Ela aquiesce. Isso poderia explicar a bagunça. Talvez Sohrab tenha vindo buscar a sua parte, os diamantes, não sei. O que quer que estivesse no fundo falso do armário, imagino.

— Você o viu?

Ela aquiesce.

— Hoje.

— Hoje? Quando? Hoje de manhã? Quando? — Ela perde o interesse e começa a tentar me agarrar de novo. Levanto-me e seguro seus ombros com as duas mãos. — Ayesha, quando ele veio aqui? Para onde ele foi? Diga-me.

— Ahn... Churchi Gate... Ahnchurchiii...

— O quê?

— Ex Tação.

— O quê?

— Trem. Ex Tação.

— Que trem, Ayesha?

— Ele disse para o táxi, Ex Taçaum Churchi Gate.

— Quando? Ayesha, quando?

Ela afunda em soluços incontroláveis e apaga. Tento reanimá-la, mas depois de alguns minutos percebo que não faz diferença quando Sohrab veio aqui ou foi embora. Ou ele está na estação ou não está. E tenho um palpite bastante bom sobre que trem ele vai tomar. Pego um cobertor embolado no canto e o sacudo por cima de Ayesha, formando um toldo flutuante que a cobre. Afasto-lhe do rosto os cabelos pegajosos de lágrimas e refrigerante.

— Vai ficar tudo bem, Ayesha. Fique aqui. Vai ficar tudo bem. — E, enquanto saio correndo do quarto, com Ayesha uivando descontroladamente atrás de mim, não posso evitar me perguntar por que é tão fácil para mim dizer isso às pessoas, mesmo quando está muito claro que tudo não está nada bem. Na verdade, tá tudo uma merda.

Puxe em caso de emergência

O trem está saindo da plataforma quando chego à estação. Pelo menos eu acho que é o trem certo. Há alguma confusão em relação à plataforma de onde deve partir o expresso para Jaisalmer, e também, é claro, há a possibilidade de Sohrab não estar indo para Jaisalmer, ou de ter tomado um trem anterior.

Durante alguns segundos, simplesmente fico ali vendo o trem partir. Uma luz poluída entra pelo teto, filtrada pelos imundos arcos vitorianos de vidro grosso acima da estação ferroviária. No meio da plataforma há montes de fibra de coco empilhados. Velhos com bandejas de metal e chaleiras de cobre penduradas no braço gritam "*Chai, chai*" para as janelas gradeadas do trem. Uma ou duas mãos estendidas trocam moedas por xícaras de barro e outros objetos.

O tempo está se esgotando. Não posso me dar ao luxo de fazer a escolha errada. É inútil perguntar a qualquer outra pessoa. Sei que, em uma situação extrema, quando eles vêem que você está desesperado, o conselho de um indiano é totalmente indigno de confiança. Especialmente se você for branco.

De repente tenho uma idéia brilhante. Dou um pique pela multidão de retardatários e vendedores de última hora, com toda a perícia de ultrapassagem de um piloto de Fórmula 1, e pulo para dentro do trem. Vasculho o corredor interno, mas não encontro o que procuro. Atravesso um dos vagões, espremendo-me e pedindo licença. O trem está ganhando velocidade. De repente encontro a alavanca de emergência, uma grossa corrente vermelha.

Puxo-a, retesando o corpo, preparando-me para o guinchar das rodas e a súbita freada. Nada acontece. Lá fora, a plataforma vai se afastando. Olho para minha mão, que segura a corrente vermelha com os dois pedaços rotos de barbante pendurados de ambos os lados. Percebo duas mulheres olhando para mim.

— Porra. — Os trilhos de trem dançam e se entrelaçam lá fora, formando desenhos cada vez mais simples. O vento começa a soprar dentro do vagão. Ventiladores empoeirados e sujos, protegidos por gaiolas de metal, começam a funcionar.

— Bela tentativa, Josh. — Viro-me. É Sohrab. Por um segundo acho que ele vai me atacar e me encolho instintivamente junto à parede do vagão. — Por que você está me seguindo?

— O quê? — gaguejo. Sohrab me olha com os mesmos olhos de tubarão que tinha daquela vez em que nos encontramos no Taj. Vejo-me retribuindo seu olhar, tentando descobrir se ele é um assassino, como se seu rosto pudesse me dizer isso. — Eu não estava... Eu só...

— NÃO ME SACANEIE, JOSH! — As duas mulheres atrás de nós acusam um pequeno sobressalto e então percebo centenas de olhos delineados de preto olhando para nós, e me dou conta de que estamos no compartimento reservado para as mulheres. Vejo Sohrab perceber isso também. Ele se controla e sibila para mim:

— O que você é? Ajay estava certo? Você é mesmo da Interpol?

— O quê? Não, é claro que não.

— Então por que está me seguindo, porra? Como você me encontrou?

Tento mudar de assunto.

— Você matou Ajay?

Sohrab dá um sorriso sarcástico.

— Vá se foder.

— A polícia acha que foi você.

— Não brinque.

— Por que está fugindo se não foi você?

— Na sua opinião?

— Não sei.

— Como você ficou sabendo sobre Ajay?

Minha mente gira, fora de controle. Não sei o que ele está me perguntando. Será um teste? Preciso blefar.

— No noticiário, como você acha?

— Então você sabe. A polícia já disse por aí que eu sou suspeito.

— Mas se não foi você...

— Ah, pelo amor de Deus, Josh, neste país suspeita e culpa são a mesma coisa. Você ainda não percebeu isso?

Não digo nada. São tantas as perguntas que minha cabeça está congestionada. Escolha uma, uma só, digo a mim mesmo.

— O que aconteceu daquela vez, você sabe, daquela vez no Benson, depois que eu saí correndo?

— Você quer dizer depois que me abandonou.

— Porque você me disse para sair correndo. Ele estava armado.

— Obrigado por me informar. Tenho sorte por ele não ter me matado. Ele estava completamente transtornado.

— O que aconteceu? Você atirou nele? Foi um acidente? Se foi um acidente, a polícia vai entender. É só explicar. Eu sustento a sua história.

— Não, eu não atirei nele. A arma simplesmente disparou. A bala atingiu a parede. Ficou tudo bem.

— Então o que aconteceu?

— Não sei. Depois que ele viu você sair correndo do apartamento, ele se acalmou. Acho que o tiro ajudou, deu um choque nele. Ayesha também ajudou. Quando saí de lá, ele estava bem.

— Então quem...

— Eu não sei! — grita Sohrab. — Eu não sei quem o matou. Tudo que sei é que não fui eu. Durante algum tempo, pensei que pudesse ter sido você. Quer dizer, por onde você andou na última semana? Por que não entrou em contato comigo?

— Eu estava com medo. Pensei que você estivesse morto.

— Meu Deus, que babaca — diz ele, sacudindo a cabeça e olhando pela janela para o lado de fora. O sol bate em suas feições e cria sombras cubistas em seu rosto.

— E agora?

— O que você acha? Agora é sair da porra da cidade. Eu é que não vou ficar lá para levar a culpa. Sei quando estão armando para cima de mim.

— Armando? Quem está armando para cima de você?

— Mukti. Mehmet. Não sei. Mukti, provavelmente. Talvez Mehmet tenha armado junto com Mukti. Quem pode saber? De todo modo, isso não importa muito. Tudo conduz ao mesmo lugar. Eu preciso sair de

Mumbai. — Há um intervalo. — Venha comigo — diz ele então, olhando subitamente para mim. — Venha comigo a Jaisalmer.

Aí estão elas. As palavras que eu estava esperando. Durante todo esse tempo.

— Eu não posso.

— Por que não?

Por que não? Simples. Não tenho o dinheiro falso, não há diamantes falsos, não há Yasmin, a especialista em pedras preciosas, nada. Eu fiz tudo para armar o bote e, na hora em que ele está armado, de repente descubro que não estou pronto.

— Simplesmente não posso... — Repasso desculpas na minha cabeça e consigo ir muito longe antes de perceber que, na verdade, não tenho nenhuma. Pelo menos nenhuma que possa usar neste caso.

— Josh, não seja estúpido. A polícia também está atrás de você, sabia? E vai ser ruim se o pegarem.

— Eles não vão me pegar. Eu sei onde me esconder.

O trem dá uma leve freada, diminuindo a velocidade para a primeira de uma série de paradas locais antes de chegar aos trilhos da linha expressa. Nós dois damos uma espiada para fora das janelas gradeadas e apertamos os olhos por causa do vento. Preciso tomar uma decisão. Se eu deixar Sohrab escapar agora, posso nunca mais tornar a vê-lo. Por outro lado, não há muito propósito em viajar até Jaisalmer de mãos abanando. Afinal, eu não tenho idéia de quanto Sohrab poderá me pagar — se é que ele vai me pagar — por acompanhá-lo. A troca das malas ainda é minha melhor alternativa para ganhar muito dinheiro.

O barulho da multidão vem descendo dos fundos do vagão em uma onda, e então surge a plataforma cheia de gente. O trem dá mais duas freadas e em seguida pára. Sohrab olha para mim. Olho de volta para ele. Foda-se, penso. Vá logo com ele. Esqueça a troca de malas. Esqueça o dinheiro falso. Esqueça Yasmin. Vá logo com Sohrab. Confie nele, como ele confia em você. Ele agora é sua única esperança.

Um homem vestindo uma grossa jaqueta azul de repente passa o bigode por entre as grades ao nosso lado e começa a gritar em híndi. Atrás dele há uma mulher de sári roxo, com três grossos pneus de gordura escorrendo pelos cantos do tecido na parte central de seu corpo.

— O que ele está dizendo?

— É o chefe da estação — diz Sohrab. Percebo o brilho das fivelas de bronze. — Ele quer saber o que estamos fazendo no compartimento feminino. — Uma mão surge por entre as grades, apontando e acenando para o final do compartimento. — Aquela senhora reclamou. Ele quer ver nossas passagens. — Ela então começa a agitar a mão para nós, como uma marionete nua. Eles parecem dois bonecos.

De repente, todos os olhos que estavam nos olhando parecem hostis. Ambas as extremidades do compartimento estão repletas de pernas, sacolas e gritos. Não há onde se esconder. Podemos ver o condutor acenando para chamar dois policiais que estão atrás da multidão na plataforma.

— Porra — diz Sohrab. — Polícia.

— Eu não tenho passagem.

— É mesmo?

Meneio a cabeça em resposta.

— Merda. — Sohrab suspira. Então ele olha para mim, com as sobrancelhas franzidas, resignado. — Merda.

— Acho que é o fim da linha — digo, afetado, enquanto o condutor se aproxima para nos encontrar junto à porta.

— Passagem, passagem! — late o condutor. Sohrab lhe entrega a sua. Os policiais são retidos pela turba, no meio da plataforma. A senhora gorda olha para mim. Passo por ela espremendo-me, sem esperar o condutor me deter, desço do trem e me embrenho na parte mais densa da multidão que consigo encontrar, longe da polícia.

— Vá me encontrar lá — grita Sohrab atrás de mim.

Viro-me para responder. A multidão me consome.

— Espere por mim — grito de volta, mas o condutor está bloqueando minha visão. Posso ver os policiais virarem a cabeça, procurando por mim. Deixo as pessoas me engolfarem e caminho em direção à saída da estação. Antes de sair, dou uma última olhada para ver se Sohrab consegue me ver, se ele me ouviu pedir para esperar.

Mas tudo que consigo ver é a senhora gorda balançando-se zangada no vão da porta enquanto o trem começa a se afastar lentamente da plataforma.

PARTE TRÊS

Reunidos

Yasmin voltou. Ela está em pé no vão da porta, olhando para mim. Parece diferente, mais modesta, normal. Um comprido vestido azul-escuro e um top suavizam todos os traços sexy que ela exibia durante nossos dias em Déli. Talvez seja porque ela acaba de descer do avião. Teve de usar roupas sóbrias para a alfândega. Ou talvez seja para mim — um sinal de que a loucura acabou. Acabaram-se as gatas sexy e as loucas missões. Não sei. É possível que isso ainda seja só o efeito do sermão de Sanjay ecoando nos meus ouvidos. Ele não parou de ecoar desde que cheguei aqui. Uma pequena parte de mim se pergunta por que eu vim. Acho que isso tem algo a ver com a minha própria noção pervertida de destino.

Foi só depois de quinze minutos me debatendo para passar pela multidão que percebi que o trem havia parado em Charni Road, não muito longe da casa de Sanjay. Simplesmente fazia sentido, imagino eu. Eu poderia ter voltado à Cidade Proibida, mas os *hijras* provavelmente não teriam me aceitado. Afinal, meu dinheiro havia acabado. E minha heroína também. E, além disso, o rapaz de cabelos castanhos sabe que eu me hospedo lá. Eu não podia ter certeza de que ele não iria me delatar para a polícia. E o Shiv Niketan estava fora de cogitação. Eu não era capaz de encarar Sam — nem agora, nem nunca.

Felizmente foi Sanjay quem atendeu à porta, e não sua mãe. Quando ele abriu a porta, me deu um abraço. Não posso dizer que não fiquei surpreso. Depois de todas as frias acolhidas que ele vem me dispensando... De qualquer modo, foi bom. Caloroso. Um pouco como voltar para casa depois de uma longa e solitária temporada fora. Parecia que ele estava me perdoando. Ou dizendo que, na verdade, nunca estivera chateado comigo.

Tudo fora apenas uma encenação... para me fazer mudar de comportamento. Era como se ele estivesse dizendo que éramos amigos de novo. Sempre fôramos. Sempre seríamos. Senti vergonha então, vergonha de tudo. Senti que deveria me desculpar. E o fiz. Sussurrei no seu ouvido. Ele disse que estava tudo bem. Tudo ficaria bem.

Então ele começou o sermão.

É claro que a polícia viera à sua casa. Todo mundo estava me procurando. Onde eu estava? Essa sim era uma boa pergunta. Eu geralmente a evitava. Não havia sentido em complicar as coisas com uma confissão integral. Ele não precisava conhecer a Verdade, toda a Verdade, e nada além dela. Precisava saber apenas que eu estava de volta, que não estava mais vendendo pó no Porão, que percebia que as coisas de algum modo haviam fugido um pouco ao meu controle. E que eu sentia muito. É claro que eu sentia muito.

Ele parecia precisar ouvir isso mais de uma vez.

Ele me falou sobre Yasmin. Ela acabara de ligar do aeroporto, cinco minutos antes de eu chegar. Estranho, não? Aparentemente, eles haviam se falado pela última vez dois dias atrás. Ela ligou do nada, perguntando por mim. Disse que não tinha notícias minhas havia semanas. Então Sanjay lhe falou sobre mim, sobre o Porão, sobre as drogas, sobre o meu sumiço — tudo.

E foi por isso que ela decidiu vir. Estava preocupada. Parece que, no final das contas, eu tenho alguns amigos. Engraçado. Pensei que ninguém me amasse. Depois desse tempo todo me sentindo sozinho, é uma sensação reconfortante, amizade, afeição. Até mesmo o pedantismo de Sanjay é charmoso ao seu modo peculiar, sufocante, maternal.

Sanjay acaba de começar a dizer alguma coisa sobre como agora isso tudo precisa realmente terminar quando a campainha toca.

Não sei como, seu rosto consegue dizer "Salvo pelo gongo" e "É ela" e "Eu atendo", tudo na mesma expressão. Eu o sigo até o corredor. Ele abre a porta. Então eu a vejo, em pé ali daquele jeito, suavemente reconhecível.

É difícil decifrar seu rosto. Durante um segundo, é como se ela não me conhecesse. Posso sentir vagamente Sanjay olhando alternadamente para nós dois, perguntando-se se deveria quebrar o gelo. Não o deixo fazê-lo. Eu próprio quero me anunciar, confirmar que sim, eu realmente estou aqui, vivo, na frente dela, depois de todas essas semanas.

— Oi — começo.

Ela corre até mim em três passadas e atira os braços em volta do meu pescoço e me beija no canto da boca e me abraça.

Vejo Sanjay nos olhando, examinando seu rosto à procura de uma reação enquanto ela se agarra a mim. Ele quase pareceria feliz, se os seus olhos não estivessem tão preocupados.

Preciso admitir que tampouco eu estou totalmente convencido. Tento me render ao abraço de Yasmin, mas alguma coisa me segura. Você está esperando esse momento há semanas, tento dizer a mim mesmo. Permita que ele seja puro. Fecho os olhos, mas isso não ajuda. Alguma coisa está me perturbando. Não sei o que é. Tento culpar Sanjay. Ainda posso senti-lo, do outro lado das minhas pálpebras, olhando para o outro lado agora, mas mesmo assim olhando. Mas sei que o problema não é ele. É alguma outra coisa.

Yasmin recua, fazendo a bochecha macia deslizar pela minha, e olha para mim, com os olhos verdes brilhando. Seu rosto expressa emoção, com um lindo sorriso, imenso, fixo em seu rosto como no de um ventríloquo. Quase posso ouvi-la dizer "Eu te amo", embora seus lábios não estejam se movendo. "Eu te amo, Josh."

Sorrio de volta para ela, um sorriso que não diz nada, um sorriso de relações públicas. Foi Morag quem me ensinou esses sorrisos.

Então Sanjay pigarreia e Yasmin se vira ligeiramente para ele, ficando na verdade de frente para nós dois.

— Feliz por estar de volta? — pergunta Sanjay.

— Hum, hum — diz Yasmin, com os lábios contraídos. — Muito — diz ela, esticando o braço e chamando-o mais para perto. Sanjay caminha na nossa direção, rumo ao abraço dela. Ela passa o braço pela sua cintura e o beija na bochecha. — Muito feliz mesmo.

Talento

Depois de algum tempo, ela faz com que eu me abra. Não sei como. É um talento. Ela meio que me faz sentir que está ali, pronta e à espera, com abraços, amor e beijos — se eu os quiser. Mas ela não pede. Não implora. Não pergunta o que está errado. Ela só espera. Espera que eu resolva mudar de atitude, como se eu fosse uma criança que logo se cansará de ficar emburrada. Não sei como faz isso. Acho que ela simplesmente é mais forte do que eu.

Tudo acontece quando estamos andando. Sanjay diz que precisamos sair do apartamento por algumas horas, só enquanto ele convence sua mãe, lhe informa que estamos ali para passar a noite, e que precisamos de sua ajuda. Ele diz que podemos confiar nela. Afinal, ela me conhece desde que eu era criança.

Vamos a pé até Mahalaxmi. A maré está subindo, isolando a mesquita de Haji Ali do resto do mundo. Caras barbados passeiam pelo píer pedregoso, com o mar a lamber-lhes os pés. Quando a luz está no ângulo certo, parece que eles estão caminhando sobre a água. Caminhando sobre a água no caminho de volta do paraíso à terra.

Estou chegando ao ponto da história onde precisei começar a lecionar inglês para os meninos de rua para pagar o aluguel, o que conduz à minha vida dupla — aquela em que eu ia a todas aquelas festas chiques com Sohrab e passava fome em Byculla. Enquanto conto, tudo parece um pouco um conto de fadas, como se eu fosse Cinderela ou algo assim e precisasse voltar para casa antes de tudo virar abóbora.

Yasmin não diz nada durante todo o tempo. Só escuta.

— Foi logo depois de eu receber a sua carta — digo, para enfatizar bem o ponto de que ela é em parte responsável pelo conteúdo cada vez pior da história, para dar alguma relevância a esse detalhe, para ajudá-la a se localizar nos acontecimentos e encontrar neles o seu lugar, a entender o papel que ela desempenhou no meu desastre. Afinal, é por isso que estou me contendo. Decidi que estou bravo com ela. E quero que ela saiba disso. Quero que explique por que me abandonou. Por que não me mandou mais dinheiro quando pedi, quando praticamente implorei, em todas aquelas cartas que escrevi? Ela poderia pelo menos ter me escrito com mais freqüência. Ela sabia o quanto eu estava me sentindo só.

— Qual delas?

— Houve apenas uma carta — digo, como se dissesse "bela tentativa".

— Você não acredita em mim.

— O que há para acreditar? Eu recebi uma única carta sua. Escrevi para você toda semana. Disse-lhe que precisava de dinheiro. Você nunca me mandou nada.

— Quando foi que você verificou pela última vez?

Não digo nada. Agora que penso no assunto, faz algum tempo.

— Então você está dizendo que me mandou dinheiro?

— Que carta você recebeu? Qual era a data?

— Alguma coisa de outubro. — Sei que foi no dia 11, mas não deixo transparecer. Eu não gostaria que ela soubesse que li a carta mil vezes, que decorei cada palavra.

— Eu pus cem dólares dentro dessa carta. Na verdade, pus dinheiro dentro de praticamente todas que escrevi. Também lhe escrevi várias cartas dizendo que babaca ingrato você era por nunca dizer sequer obrigado. Passei os últimos três meses me matando de trabalhar em um bar de quinta categoria e mandando metade do meu salário para você. Depois de algum tempo, imaginei que o carteiro estivesse roubando o dinheiro, então, em vez disso, fiz uma transferência. Eu mandei três cartas lhe dizendo para ir ao escritório do American Express. Não me diga que nunca tentei ajudar.

Não digo nada. Tenho de admitir que não quero acreditar nela. Seria mais fácil ater-me à minha própria versão da realidade, continuar bravo com ela, dar a impressão de que foi ela quem me abandonou. Qualquer coisa é melhor do que admitir para mim mesmo que fui um bobo, que durante esse tempo todo havia dinheiro para mim, depois de tudo por que passei. Tudo que eu tinha de fazer era ligar.

— Por que você não telefonou? — pergunta ela.

— Não sei. — Realmente não sei. Houve motivos... falta de dinheiro, falta de tempo, nunca pensei em fazê-lo... mas nenhum deles agora parece ser uma justificativa decente. A verdade é que escolhi acreditar que ela havia me abandonado. Havia algo nessa idéia, quando eu estava sentado do lado de fora da agência dos correios sentindo pena de mim mesmo, que me seduzia. Isso se tornou a minha realidade e eu a vivi. Telefonar para ela foi algo que nunca se encaixou nesse contexto.

Antes de eu me dar conta, estou mais ou menos pedindo desculpas.

— Vamos, Yasmin, não foi culpa minha. Eu realmente acreditei que você houvesse me abandonado. Como poderia saber que o correio roubaria todas as suas cartas?

Digo tudo isso me perguntando quando terei uma chance de dar uma fugidinha e ir verificar. Quer dizer, será que o American Express não a avisaria caso ninguém fosse buscar o dinheiro? Não sei. Nunca estive nesta situação antes. Não conheço todos os detalhes de um serviço de transferência de dinheiro.

— Você deveria ter confiado em mim. Poderia ter telefonado.

— Eu confio em você. Eu não tinha dinheiro para telefonar.

— Você não confia em mim.

Ela olha para o oceano lá fora; a brisa levanta sua gola, que bate em seus cabelos esvoaçantes. Acho que posso ver uma lágrima se formando, mas sua expressão é dura demais para deixar isso acontecer. Posso vê-la contrair os músculos da mandíbula, cheia de decisão, cheia de independência. Gostaria que ela não fosse tão durona. Preciso que ela precise de mim.

— Yasmin, por favor, me desculpe. De verdade. Eu sinto muito. — Ponho a cabeça sobre seu ombro. — Eu preciso de você — gemo. — Não consigo continuar. Você não sabe como tem sido difícil. Não sabe como tem sido. Porra, na semana passada eu estava fumando heroína. Metade desse tempo todo eu sequer sabia quem eu era. Eu me perdi. Foi esse tempo todo sozinho. Eu mudei. Não sei em que me transformei, mas mudei. Fiquei tão perdido. Perdido e muito confuso. Quer dizer, meu Deus...

Ela não diz nada. Mesmo depois disso. Não parece nem um pouco impressionada. Essa moça é feita de um material mais resistente do que eu.

Não sei como, ela assumiu novamente o controle de mim. Ela voltou, e eu estou olhando para ela e agora a desejo.

Depois de algum tempo, ela pergunta:

— Onde está Sohrab?

— Em Jaisalmer — respondo, obediente.

— Ele já confia em você?

— Confia. Quer dizer, eu acho que sim. Sim, ele confia em mim.

— Bom, o que estamos esperando então?

— O quê? Você quer dizer que deveríamos segui-lo?

— Claro. Por que estamos fazendo tudo isto?

— Você trouxe o dinheiro?

— Aham.

— E as pedras.

— Também.

— Uau. Eu não achei, quer dizer, eu pensei... — Eu queria dizer: "Eu pensei que você só tivesse vindo ver se eu estava bem", mas resisto. Isso soaria egoísta e provavelmente daria a impressão de que ainda estou achando difícil confiar nela, na medida em que estou questionando seus motivos. — Como você conseguiu? — dou um jeito de dizer em vez disso. — Como passou com tudo isso pela alfândega?

— Talento.

— Isso é verdade — digo, pensando na maneira como ela me fez mudar de idéia.

Ela olha para mim. Eu olho para ela. Ela está uma graça, linda mesmo. Eu gosto do normal. Ou melhor, gosto de uma garota que consiga ser sexy em um momento, e normal no outro — dependendo da situação. Sexy é ótimo. Mas normal — você precisa disso se vai apresentar uma garota à sua mãe. Não que eu valorize necessariamente a opinião de mamãe. Quer dizer, por que valorizaria? Nós mal nos falamos desde que ela foi embora constituir "sua própria família". Mas essa não é realmente a questão, é? Tudo que sei é que nunca sonharia em apresentar Ayesha à minha mãe. Eu não saberia como lidar com aquelas sobrancelhas arqueadas. Não saberia mesmo. Mas Yasmin... Ela é capaz de desempenhar o papel. Ela seduziria mamãe... fácil.

— Só tem uma coisa, Josh.

— O quê?

— Se nós vamos mesmo fazer isso, você precisa confiar em mim. Certo?

— Eu confio em você... não foi por causa...

— Ssshhh — diz ela, encostando um dedo de leve nos meus lábios. — Tudo bem. Eu entendo. Mas de agora em diante isso é importante, está bem?

Aquiesço em resposta. E é então que eu decido. Nunca mais duvidarei de Yasmin. Eu sequer vou verificar se ela está dizendo a verdade. Não vou ao American Express. Ela tem razão. Precisamos confiar um no outro. Eu a quero de volta na minha vida. O passado não importa. A única coisa que conta é o Agora. Quer dizer, ela está aqui, não está? Voou essa distância toda só para ver se eu estava bem. Eu fui um idiota.

Ela sorri para mim, e então nós nos beijamos.

Mâma

Yasmin sem dúvida tem talento. Não sei como, ela conseguiu esconder os diamantes falsificados e as outras pedras preciosas, mais o dinheiro falsificado, tudo em um fundo falso de uma mala não maior do que uma mala de mão.

— Incrível — digo, olhando para a meticulosa arrumação.

Sanjay está no cômodo ao lado com a mãe. Ela diz que não quer nos ver. Contanto que não nos veja, não estará mentindo para a polícia. É esse o seu raciocínio. Acho que na verdade ela está simplesmente furiosa e não quer nos deixar perceber isso. Seria grosseiro, indigno de uma dama, ou algo assim. Posso ouvir sua voz borbulhar através das paredes como uma chaleira prestes a ferver e apitar. É um barulho contínuo, só interrompido pela vaga ressonância das respostas monossilábicas de Sanjay.

— As freiras do colégio adoravam meninas arrumadas e limpas. Eu sempre fui arrumada e limpa. Elas me elegeram monitora, sabe.

— É mesmo? Eu não sabia.

— Quando viajamos? — pergunta ela, mudando de assunto. Não é a primeira vez que ela faz isso, muda de assunto assim que falamos de seu passado. É como se ela deixasse escapar pedacinhos, e depois rapidamente tornasse a escondê-los, como se estivesse ocultando um grande tesouro que quisesse só para si. Sempre que a pressionei para saber detalhes em Déli, ela foi muito evasiva. Acho que simplesmente não gosta muito de falar de si. Não insisto. Quero que continuemos amigos.

— Amanhã. Há um trem de manhã. É quase direto.

— Quanto tempo leva?

— Vinte e quatro horas, não muito mais do que isso.

— Uma maratona ferroviária — suspira Yasmin. — É só o que nos faltava.

— Tudo que você tem de fazer é dormir. Você deve estar exausta, depois do vôo.

— Na verdade não. Dormi a maior parte da viagem. Quero só tomar um banho.

— Você deveria esperar a mãe de Sanjay se acalmar. Parece que ela ainda está criando dificuldades.

— Por que não vamos para outro lugar? Um hotel?

— Um hotel significa passaportes e todas aquelas outras coisas. É arriscado demais. Aqui nós estamos seguros. É só por uma noite. Depois vamos embora.

— Sanjay vem também?

Faço uma pausa.

— Não sei. Acho que não.

— Por quê? Aconteceu alguma coisa entre vocês dois enquanto eu estava fora?

— Pensei que ele houvesse lhe contado tudo isso pelo telefone.

— Ele não disse nada.

— Ahn. — Faço uma pausa de um segundo. Não é do feitio de Sanjay ser tão discreto, penso. Pergunto-me por que ele não compartilhou todos os nossos problemas com Yasmin. Quer dizer, sou-lhe grato por seu tato, mas o que ele tem a esconder? — Ah, é uma história comprida — digo, encerrando o assunto. Se ele tem alguma coisa a esconder, então talvez eu também tenha. Talvez deva checar com ele primeiro. — No trem eu conto.

— Ele quer desistir?

— Vamos dizer apenas que Sanjay preferiria que nós todos desistíssemos. Ele acha que esta é uma oportunidade perfeita para eu voltar para casa.

— Tá.

— Eu sei — digo. — Mas vamos admitir, a idéia nunca o entusiasmou muito. Acho que ele só ajudou porque queria impressionar você.

— Me impressionar? Como assim?

Arqueio as sobrancelhas para ela.

— Você entendeu muito bem. Até parece que você não o provocou — digo, conseguindo manter o tom leve, sem soar amargo demais.

— Eu não sei do que você está falando.
— Ah, por favor, Yasmin. Você paquerou ele e sabe disso.
— Paquerei nada — diz ela, sorrindo.
— Paquerou sim — digo com a fala arrastada, beliscando sua cintura, provocando-a.
— Ai — reclama ela. Posso ver que aquilo faz cócegas. — Isso dói. — Faço de novo. — Pare — diz ela, fingindo seriedade, tentando não rir. Então eu a ataco. Ela se debate, tentando se desvencilhar, e depois cai em cima da cama, gritando, rindo, socando meus ombros, implorando para eu parar. Não paro. Simplesmente continuo enquanto ela se contorce debaixo de mim, adorando aquilo. Gosto dessa nossa nova brincadeira, parecemos amantes reunidos depois de uma longa separação.

Sanjay entra no quarto. Estamos fazendo barulho demais. Posso senti-lo estacar, subitamente, atrás de mim. Eu e Yasmin congelamos.
— Ai, meu Deus — gagueja ele. Viro a cabeça em sua direção. Ele está encarando a mala, os diamantes, o dinheiro. O rosto de sua mãe surge por trás de seu ombro.
— Meu pai de Deus — diz ela.
— Meu pai de Deus — diz Sanjay.
— Meu pai de Deus — repete sua mãe.
— Espere, senhora, eu posso explicar — digo, saindo de cima de Yasmin, culpado, como se estivéssemos nus ou algo assim. Sinto como se eu devesse me cobrir.
— Sanjay! — guincha ela de repente. — Joshua não pode ficar aqui. Eles precisam sair. Agora. — Sanjay franze os olhos e leva uma das mãos à cabeça, como para deter o tom agudo da voz dela. — Você está me ouvindo? Eu não quero essa gente na minha casa! — Ele agarra os cabelos com o punho fechado. — Sanjay! Você está me ouvindo? Agora, eu disse.

Então, devagar, Sanjay abre os olhos e olha para mim. Ele balança a cabeça de leve, ainda com a mão nos cabelos, mais relaxado agora. Olho para ele, com a vaga esperança de que ele não bata em mim. Então alguma coisa muda: alguma coisa em seus olhos cor de avelã, um pequeno clique. Melhor ainda, uma liberação. Vejo o rosto de Sanjay relaxar completamente. Agora posso ver. A pressão que ele teve de suportar. Era sua mãe. Durante esse tempo todo, era sua mãe. Foi ela quem o fez me abandonar daquela vez no Trishna. Foi ela quem esteve lutando para me manter fora da vida dele. Ele nunca quis nos abandonar, nunca quis me abandonar. Não de verdade. Não desse jeito.

E ele não vai deixar que ela o domine de novo. Não vai deixar que ela nos traia. Ele faz uma pausa curta e depois diz simplesmente, com tranqüila decisão:

— Ah, mãe, cale a boca — antes de dar um passo curto para dentro do quarto e fechar a porta suavemente atrás de si.

Durante alguns segundos, ficamos todos ouvindo os gritos através da porta, não mais contidos por nenhuma fachada de comportamento digno de uma dama ou de modos ingleses.

— Eu não mereço... como você pode... na minha própria casa... depois de tudo que eu fiz...

Depois de algum tempo, ele sorri para nós.

— Não se preocupem — diz ele, com um equilíbrio digno de Buda. — Depois de algum tempo, isso vira só ruído de fundo. — Então, antes de termos a oportunidade de lhe perguntar se ele tem certeza de que quer fazer aquilo, ele bate uma palma, olha para o dinheiro falso e diz: — Então. Qual o plano?

Onda cerebral

A greve geral é um sucesso. Todas as formas de transporte público no país param. Isso tem algo a ver com revisão salarial e condições de trabalho. Percebo que os condutores do trem estão pedindo mais dinheiro para pagar por seus uniformes. Haverá um comício mais tarde no centro de Mumbai. A polícia paramilitar está montando barricadas pela cidade.

— Dizem que a greve pode durar uma semana — digo, abaixando o jornal da manhã para olhar para Sanjay e Yasmin.

— Uma semana? — pergunta Yasmin.

— Talvez mais — acrescento, calmo, como um médico dando um prognóstico ruim. O que me deixa tão tranqüilo é o cybercafé onde estamos sentados. É um universo diferente. Cappuccinos e caffè lattes, letreiros em néon e superfícies de metal espelhado, garotas de minissaia e caras de calça Levi's. Uma greve do sindicato dos trabalhadores de transporte parece situar-se a anos-luz de onde estamos. Talvez simplesmente a ficha ainda não tenha caído.

Sanjay parece deprimido. Ele levou todo esse tempo para aceitar a idéia toda, e agora que aceitou precisa dar meia-volta. É típico. Posso ver que ele está apavorado com a perspectiva de ter de encarar a mãe. Agora vai parecer que ela ganhou. Mais uma vitória moral para ela. Mais uma acusação para ela usar contra ele. Só para conseguir que ele faça o que ela quer.

A pior parte é que isso não é de modo algum uma vitória dela. Pela primeira vez, talvez em toda a sua vida, foi Sanjay quem ganhou. Ele não arredou pé. Mas nunca dirá isso a ela. Ele lançou mão do ás que tinha na manga e a vida simplesmente o enganou. Vai ser complicado demais explicar por que ele está voltando para ela. Será mais fácil deixá-la pensar que ganhou, voltar à antiga dinâmica que havia entre os dois. Ela não entenderia, mesmo que ele tentasse explicar. Sinto pena dele. Gostaria que fosse capaz de se sustentar sozinho sem ter de nos usar como muletas. Mas sei que é incapaz disso. Sua mãe é forte demais para ele. Ela sempre ganha.

— Algumas vezes a vida é mais fácil quando não há escolhas — digo a ele e para ele, sorrindo.

Ele faz um leve muxoxo para mim.

— E não há nenhum outro jeito de chegarmos a Jaisalmer? — insiste Yasmin.

— O aeroporto mais próximo fica em Jaipur e a maioria dos vôos já vão estar lotados — diz Sanjay tristemente. Então, como que para confirmar o desespero da situação, ele começa a analisá-la retroativamente, como se ela fosse um fato consumado. — Devemos ser as últimas pessoas na Índia a terem ouvido falar nessa greve.

Estou preocupado com Sanjay. Por algum motivo, a situação dele parece pior do que a de qualquer outra pessoa.

— A estação ferroviária parecia algo saído do *Além da Imaginação* — digo, tentando ajudar.

— Bem, é isso então, não é? — suspira Yasmin, irritada. Para ela é difícil acreditar que estamos desistindo com tanta facilidade. Mas o que mais podemos fazer?

— É isso — dizemos Sanjay e eu, juntos.

Todos nos entreolhamos.

— Poderíamos alugar um táxi — sugere Yasmin.

— As estradas vão estar congestionadas — diz Sanjay.

Mais silêncio.

— Simplesmente deixamos Sohrab escapar — lança Yasmin com demasiada irritação. Impossível evitar a sensação de que a raiva é dirigida a mim. Não é culpa minha.

Nenhum de nós diz nada. Descanso a cabeça nas janelas tingidas de cor de café e olho com melancolia para o tráfego lá fora. Então, por algum motivo, permito-me acreditar que a culpa é minha. A autopiedade parece agora a única alternativa irresponsável. As janelas começam a vibrar contra minhas têmporas. Bom. Mais dor para a dor de cabeça que estou começando a sentir. Uma moto Enfield passa lá fora, esquivando-se de todo o tráfego com precisa ousadia.

— A Enfield de Sohrab — digo sem pensar, com a cabeça ainda apoiada na janela, a mente no piloto automático.

— O quê? — pergunta Yasmin. Sanjay olha para mim. Ele ouviu.
— Sohrab tem uma moto... uma Enfield — digo, endireitando o corpo. — Poderíamos usá-la para ir até Jaisalmer.
— E as chaves? — diz Sanjay, estraga-prazeres.
— Debaixo do pára-lama.

O palitinho menor

Sanjay leva dez minutos para dar a partida na moto. Ele diz saber o que está fazendo, e fica comentando os amperes e a compressão e reclamando de modo geral à medida que transpira cada vez mais. Yasmin e eu ficamos nos entreolhando. Sabemos que somos os únicos que podem ir. Sanjay continua resmungando para si mesmo e não posso evitar a sensação de que ele está justificando sua própria inutilidade. Uma grande nuvem de fumaça preta e um rugido infeliz trazem a moto à vida.

— Pronto — diz Sanjay, sorrindo e acelerando. — Eu lhes disse que conseguia dar a partida nela.

— Muito bem — diz Yasmin, afagando o ombro de Sanjay.

— Ufa! Mas foi difícil. — Sanjay sorri. — É preciso saber como operar essas máquinas.

— Eu acho que consigo manejá-la — suponho.

Sanjay olha para mim.

— Você já dirigiu uma Enfield, Josh?

— Não, mas costumava correr de moto quando era menino.

Sanjay dá um muxoxo.

— Eu acho que uma Enfield é um pouco diferente de uma Honda 80 cilindradas.

— Bom, você acha que *você* deveria levar a moto até Jaisalmer? — digo, indo direto ao assunto.

— Talvez — tenta Sanjay.

— Ah, por favor, Sanj. Você sabe que somos Yasmin e eu que temos que ir.

— Por quê?

— Você sabe por quê. Além disso, não sei por que você de repente está tão ansioso para correr atrás de Sohrab. Ontem, nesta mesma hora, você queria desistir de tudo.

— Não queria não.

— Queria sim.

Percebo que, a cada resposta minha, Sanjay acelera o motor.

— Vamos parar, vocês dois — intervém Yasmin. — Tiraremos no palitinho para ver quem vai.

— O quê? — digo. — Não.

— É a única maneira justa — diz ela.

Eu sei que vou perder.

E eu perco.

Sanjay olha para o seu palito e depois para mim.

— Tudo bem, Josh, vá você. Você tem razão, tem que ser você e Yasmin.

— Tem certeza?

Sinto-me mal nessa hora. Eu fui duro. Isso é ainda pior para Sanjay do que antes. Agora o plano está novamente de pé e ele *ainda assim* precisa voltar para casa, para sua mãe, misto de dama e dragão. Não há para onde fugir. Só fui tão insistente porque ele estava me chateando com sua presunçosa tentativa de continuar no páreo. Mas agora que ele abriu mão me sinto duplamente mal, triplamente mal.

— Tenho — diz ele baixinho. — Quer dizer, é em você que Sohrab confia, não é? E Yasmin é a especialista em diamantes. Não há por que eu ir. Só não estava gostando da idéia de ser deixado para trás, só isso.

Tento parecer otimista, não há motivo para ficar se lamentando com ele. Precisamos nos preocupar com a causa maior.

— Estaremos de volta antes de você perceber... comemorando — digo, sorrindo para ele.

— É melhor mesmo — diz ele, aceitando com benevolência o próprio sacrifício. — Mamãe vai me enlouquecer. Vocês precisam me resgatar antes de eu ser internado.

— Faremos isso. Agora me mostre como operar este negócio.

Sanjay tem razão, a Enfield é completamente diferente de qualquer motocicleta que eu jamais tenha dirigido. As marchas são de trás para frente e do lado errado. A mecânica é superdelicada e a moto pesa uma tonelada.

— O principal, é claro, é não derrapar — alerta Sanjay. — Depois de ganhar velocidade você não vai sentir o peso, mas se escorregar com uma máquina dessas o asfalto vai arrancar toda a pele da sua perna em segundos.

Yasmin faz uma careta e cruza os braços na frente do peito, num gesto de autodefesa.

— Que legal.

— Como evitamos derrapar? — pergunto.

— É simples. Não incline a moto. Nunca viaje à noite; os outros motoristas não o verão. Use a buzina o tempo todo. Se vir um caminhão ultrapassando pelo lado contrário, saia da estrada. Ele vai simplesmente esmagá-lo.

— Alguma outra coisa que eu deveria saber?

— Sim — diz Sanjay —, a viagem vai ser quente. Tente percorrer o máximo de distância possível no amanhecer e no entardecer, quando está mais fresco e as estradas estão vazias.

— Que distância você calcula?

— Pelo menos mil quilômetros. Sua média tem de ser duzentos quilômetros por dia, senão você vai perdê-lo.

— Vamos rezar para que ele já não tenha feito a transação quando chegarmos lá — diz Yasmin.

— Duvido — digo. — Há uma boa chance para que a viagem dele também tenha se atrasado por causa da greve. Quem sabe? Podemos até ultrapassá-lo.

— Eu não contaria com isso — diz Sanjay.

— Bom, o quanto antes partirmos, melhor — concluo.

Treino um pouco na rua em frente ao apartamento de Sohrab antes de decidir, um pouco depressa demais, que estou pronto. Yasmin sobe na moto e combinamos de encontrar Sanjay em sua casa, ali perto, para fazermos as malas, almoçar e partir. Não sei como, consigo sair titubeando na moto.

— Tem certeza de que está pronto para isso? — certifica-se Yasmin, pálida, ao chegarmos. Sanjay já está à nossa espera.

— Vai ficar tudo bem — digo, sem olhar para ela.

Duas horas depois, estamos de partida. Sanjay me abraça muito apertado quando me despeço e grita alguma coisa na hora em que estamos saindo, mas nenhum de nós dois escuta o que ele diz e virar para trás parece difícil demais.

O trajeto de cinco minutos descendo a Malabar Hill, passando por Breach Candy, pela mesquita Haji Ali e pelo hipódromo de Mahalaxmi é fácil e emocionante. Na estrada, margeando o oceano, esquivando-nos do tráfego, cabelos ao vento — não consigo parar de cantarolar a levada do baixo de "Born to Be Wild". Yasmin me avisa para me concentrar, mas eu já posso sentir que estou me acostumando à moto. É pura testosterona.

Quando chegamos a Worli, porém, a estrada se volta para o interior e o tráfego fica mais pesado. Há gás carbônico por toda parte. Os motores borbulham como uma sopa grossa. Em várias ocasiões eu me esqueço de que lado fica o freio e quase colidimos com a traseira de alguma coisa. Cinco horas, trinta quilômetros, doze entradas erradas, quinze paradas para pedir instruções e alguns sustos depois, começamos a nos dar conta da realidade da tarefa à nossa frente.

Depois de algum tempo, paramos em um hotelzinho com letreiro fluorescente na beira da estrada, logo depois de Dahisar. O quarto é menos do que básico. A cama não tem lençóis e baratões enormes se aglomeram em volta de um ralo no banheiro e enchem a pia quebrada. A luz não funciona, então temos de tomar banho à luz da lanterna. De todo modo, a sujeira não sai direito. Ela simplesmente continua entranhada na pele, como um bronzeado instantâneo. Os cabelos de Yasmin estão colados formando uma onda engessada. Não dizemos muita coisa um para o outro. Ambos sabemos que nós dois tiramos o palitinho menor. Tudo que queremos fazer agora é comer alguma coisa e ir para a cama. Às nove da noite, já estamos dormindo abraçados.

Segundo lugar

Não importa que eu tenha ido ao banheiro cinco minutos atrás. Quando chego ao grid de largada, sinto vontade de ir de novo. É tarde demais para ir de novo. O único consolo é que dentro de mais um minuto eu sei que não vou mais pensar nisso.

Sacudo e balanço a moto, que é alta demais para mim, apoiando-me na ponta dos dedos dos pés até estar em posição, com a roda da frente ultrapassando um pouco o arame por baixo. O menino à minha esquerda usa um daqueles capacetes que envolvem o rosto todo e cobrem a boca. Eu quero um daqueles. São muito legais. Tudo que tenho é um capacete redondo com um pequeno visor afivelado na parte de cima. Há uma máscara de plástico presa a meus óculos de proteção, mas não é a mesma coisa. Papai diz que vai me comprar um capacete novo se eu ganhar esta corrida. Ambos sabemos que não vou ganhar. Todos sabem que o vencedor será Jason O'Connor ou Nick Reynolds. Eles sempre chegam em primeiro e segundo lugar. Eles são patrocinados pela Yamaha e pela Kawasaki. Minha melhor colocação até hoje foi oitavo lugar, e isso porque doze competidores se embolaram na primeira curva. Papai sempre me diz: "O primeiro a passar pela primeira curva ganha a corrida. É isso que Jason e Nick fazem. Eles sempre são os primeiros a vencer a primeira curva."

Posso vê-lo agora, em pé perto da linha de largada. Ele levanta os cotovelos e estica a cabeça para a frente. Está me lembrando para me inclinar sobre o tanque de gasolina. É um erro fácil. Pelo menos cinco competidores vão empinar e sair da competição quando o arame voar. Eu mesmo já fiz isso várias vezes. Certa vez cheguei até a conseguir dar um salto mortal completo para trás. Todos pensaram que eu havia quebrado o pescoço, mas papai diz que eu sou duro na queda.

O relógio já está marcando. Há diferentes tipos de ordens de largada. Algumas vezes há bandeiras, outras vezes três luzes. Eu gosto mais do relógio. Pode-se ver o "largar" chegando. Durante os primeiros trinta e cinco segundos há apenas um painel verde, depois uma faixa vermelha durante os dez últimos.

Já se passaram cinco segundos e todos estão acelerando seus motores. Começam com *vrums* curtos — sempre em pares, fazendo pouco ruído. *Vrum vrum, vrum vrum.* Então, quando o relógio ultrapassa quinze segundos, eles passam a vir em grupos de três e quatro, ligeiramente mais rápidos, ligeiramente mais altos.

Olho para a minha direita. Todos estão inclinados sobre os guidons. Parecemos jogadores de futebol americano com nossas ombreiras, camisas coloridas numeradas, e cinturas apertadas em cinturões para proteger os rins. Olho para a esquerda. Avalio que estou mais ou menos no meio. Concentro-me na curva mais adiante. Há um estirão de cem metros antes de trinta de nós termos de nos espremer para passar por um minúsculo ângulo reto.

— Não se esqueça de esticar a perna para facilitar a curva — posso ouvir papai dizer. — Não tenha medo.

— Eu não vou ter medo, pai. Vou chegar primeiro desta vez. Aí você me compra um capacete novo?

Vinte e cinco segundos já, e a aceleração está ficando mais rápida e mais alta. A sincronização se perdeu e há *vrums* por toda parte, zumbindo, mais altos e mais insistentes. Olho para o arame. Ele treme à medida que os motociclistas vão soltando de leve os descansos. Rodas dianteiras tocam no arame, empurrando-o, testando a barreira, prontas para partir.

Passam os trinta segundos. Os *vrums* enchem o ar como rajadas de metralhadora, mais *staccato*, mais velozes. Esquerda, direita, há *vrums* por toda parte, cada vez mais rápidos conforme os segundos passam. A fumaça branca se funde em uma única nuvem comprida atrás de nós. A gasolina tem um cheiro forte.

Trinta e cinco segundos e os *vrums* frenéticos se transformam em um longo grito, assobiando capacete adentro, entrando pelo meu ouvido e penetrando meu cérebro como o *feedback* de um alto-falante. Seguro meu acelerador a três quartos do máximo e me inclino mais dois centímetros para cima do tanque, mal tocando o chão com os dedos dos pés. Mantenho um olho no arame, outro olho no relógio. Quarenta segundos. O clamor dos motores é constante. Solto a embreagem até a moto ficar nervosa e ela faz pressão embaixo de mim como um cão ansioso preso a uma coleira. Quarenta e três, quarenta e quatro, não se antecipe, não se antecipe, não... quareeenta e cin...

TLEC!

O arame assobia quando voa pelos ares e os *vrums* atingem uma freqüência inimaginável quando as rodas dianteiras quicam e as motos nos impelem para a frente, rumo à lama, à fumaça e ao caos. Penso ver o menino de capacete legal se antecipar, mas estou ocupado demais tentando controlar a roda traseira que derrapa e bate na lama e nos sulcos do chão. Consigo controlá-la com mais uma acelerada forte e conto os metros com as batidas do meu coração. Motociclistas se aproximam de mim por todos os lados e é difícil manter uma linha reta. Posso ver os sulcos de pneus da primeira curva erguendo-se da terra como um maremoto. Não se esqueça de esticar o pé, Josh, não se esqueça, você tem de surfar na curva, surfar na curva.

Há um borrão amarelo à minha esquerda e outro verde fazendo pressão pela direita. Posso ver que a moto é uma Kawasaki; é possível que seja Nick Reynolds. Sei que estou no grupo dos primeiros e que comecei bem. Eu poderia até estar entre os cinco primeiros. Os sulcos de pneu flutuam à nossa frente à medida que percorremos mais e mais metros, com as correntes girando e fazendo espirrar lama bem alto no ar. Agora posso ver... é Reynolds! De repente ele se inclina perto o bastante para eu tocá-lo e há duas outras motos ao meu lado, do lado de dentro da curva. Conforme nos aproximamos, a curva fica mais abrupta, mas nós nos precipitamos em direção a ela com sangue suicida nas veias.

Posso sentir o ar esfriando ao encostar no suor do meu rosto e então, antes de eu me dar conta, a curva está à nossa frente. Reynolds rapidamente joga a moto para cima da minha roda dianteira e atinge meu pára-lama. Sinto meu cotovelo ceder e o guidom escorrega na lama. Reynolds estica a perna e garante sua posição, centímetros na frente da minha roda. Posso ver as estrias do meu pneu agarrarem e roçarem ruidosamente na sua coxa. Chegamos juntos à curva e meu cérebro começa a gritar.

"Estamos indo rápido demais, estamos indo rápido demais, estamos...", mas mantenho o pulso firme. "Temos de frear, temos de frear... não, não... freie, freie agora... não, não, agoooOOORAAAA!"

Aperto a embreagem e desço o pé no freio traseiro. Minha roda traseira escorrega debaixo de mim antes de eu tornar a assumir o controle com um safanão no freio dianteiro. Meu corpo se joga para a frente e deixo Reynolds passar. Então, quando a curva me alcança, lembro-me rapidamente de esticar a perna, mas já é tarde demais. Entro confiante na vala e sou atirado violentamente na lama, o que faz minha moto pular e depois aterrissar em cima do meu pé. Posso sentir meu tornozelo dobrar e ser amassado entre as rodas e as pedras e a dura parede interna da curva. Sei que é grave, meus olhos se enchem de lágrimas.

Mas então, antes de eu me dar conta, estou fora da curva. E então eu vejo. Estou em segundo lugar. Estou em segundo lugar, estou em segundo lugar. Pela primeira vez na minha vida, estou em segundo lugar. Melhor do que O'Connor, melhor do que todo mundo — a não ser o louco do Reynolds.

Continuo correndo.

Com Reynolds apenas uma roda na minha frente, dou uma carreira até o primeiro obstáculo, um belo salto, bem alto. Boa subida, queda abrupta, bem alto no ar — ótimo para dar boa impressão. Tudo que tenho a fazer agora é não me inclinar demais para a frente. Se eu cair por cima do guidom, a queda será o menor dos meus problemas. Certa vez vi um corredor ser esmagado depois de dar um salto errado com o resto dos competidores atrás dele. Eles tentaram parar a corrida, e os auxiliares tentaram tirá-lo da pista, mas foi impossível. Os competidores simplesmente continuavam vindo — um depois do outro, voando pelo ar e caindo em cheio em cima dele. Era possível ver o horror nos rostos dos corredores quando eles voavam. O corpo do menino ali despedaçado e inevitavelmente no seu caminho, os pais gritando enquanto seus membros quicavam e se dobravam sob cada roda cortante e cada corrente afiada. Ele morreu antes mesmo de chegarem ao hospital.

Acelero até o fundo enquanto o monte de lama se aproxima. Sinto-me subindo a rampa, em boa velocidade, na frente de outros pneus que espreitam bem lá longe, no canto dos meus olhos. Subo e então vejo Reynolds pular, elevando-se bastante no ar e agachando-se alto em seus pedais de apoio, pronto para a queda. Ele parece um herói.

Então estou no ar atrás dele e tudo de repente fica em silêncio. O ar pára de passar correndo e o clamor das motos parece flutuar muito ao longe enquanto eu vôo acima da multidão lá embaixo. Sinto-me completamente no controle. Aprecio a vista. Todos estão olhando para mim. Perfeitamente equilibrado, perfeitamente sereno... estou voando.

Pouco tempo depois, o chão começa a aumentar debaixo de mim e sinto a gravidade assumir o comando. Agacho-me e dobro os joelhos, pronto para a queda, e é então, no instante antes de aterrissar, que percebo o quanto fui estúpido. Naquele único instante em que todas as leis do tempo são esquecidas, posso ver o que está acontecendo antes de acontecer de verdade. Meu pé machucado não vai agüentar a aterrissagem.

Mas é tarde demais. Minha roda traseira faz contato e joga a moto na horizontal com um safanão. A dor no meu pé sobe pela minha perna como um telegrama, informando ao resto do meu corpo para desabar. Não grito, mas gemo. A dor cintila na minha frente, embaçada por um fluxo de lágrimas. Meu lábio inferior treme estupidamente. Deixo-me cair sobre o assento e sinto meus pulsos ficarem involuntariamente frouxos. Vou perdendo velocidade à medida que a lama se agarra às rodas. Cinco corredores passam correndo. Não sei como, consigo impedir o motor de morrer completamente e sigo claudicante até a curva seguinte. Os competidores passam correndo em uma torrente de cor. Reynolds já está lá longe.

Quando chego à terceira curva, estou em último lugar, mal conseguindo me segurar acima do guidom enquanto a dor no meu tornozelo revira meu estômago e faz todos os meus membros doerem e queimarem. Um auxiliar acena para mim com uma bandeira cor de laranja, dizendo-me para parar, mas eu o ignoro, decidido a terminar a corrida onde, por alguns segundos, estive em segundo lugar, logo atrás de Nick Reynolds, o Louco. Posso ver espectadores olhando para mim com seus cenhos franzidos e olhos paternos preocupados.

Subo rastejando a íngreme colina principal, com cada pedra e cada buraco atingindo o ponto ferido com sádica precisão, e, antes mesmo de eu chegar ao ápice, Reynolds me alcança, completando uma volta de diferença. Totalmente desmoralizado enquanto o vejo desaparecer do outro lado, não consigo impedir as lágrimas de rolarem. Nessa hora tenho vontade de desistir. Subo a colina feito uma lesma e estou prestes a parar quando O'Connor passa por mim e acena fazendo um gesto de caratê, sinalizando impacientemente para eu desistir. Ele está me acusando de atrapalhar a corrida. Vá se foder, penso. Vá se foder, vá se foder, vá se foder. Se eu não estivesse machucado estaria derrotando você agora, seu puto, e você sabe disso.

Minha coluna se retesa e eu seguro a dor com dentes cerrados e caretas, transformando-a em uma pequena bola. Acelero e começo a ganhar velocidade ladeira abaixo, mantendo a distância entre O'Connor e mim. Faço a curva seguinte, mas depois dela há outro salto e meu coração aperta. Não serei capaz de aterrissar em outro salto. Solto o acelerador e vejo O'Connor se afastar, veloz. Enquanto vou subindo devagar a ladeira, três outros corredores passam.

Depois de algum tempo completo a primeira volta, e quando me aproximo do salto que me destruiu posso ver Reynolds ao lado da pista, ainda sentado em sua moto, sacudindo seus longos cabelos castanhos ao sol e mamando vitoriosamente uma garrafa d'água. Sigo em frente.

Quando chego ao topo da grande colina, a pista inteira parece vazia. Dali tenho uma visão panorâmica, e já posso ver motos se alinhando para a corrida seguinte perto do arame da largada. Por um instante, sinto medo de ficar preso no turbilhão da corrida seguinte. Os auxiliares pararam de acenar para mim com bandeiras cor de laranja. Posso levar uma advertência por atrasar a competição. Pela segunda vez, decido comigo mesmo sair da pista no pé dessa colina.

Mas então, quando estou me aproximando do pé da ladeira, outro motociclista passa depressa. Por um minuto acho que ele pode ser o líder da corrida seguinte e entro em pânico, pensando que demorei demais, mas então eu vejo: é o menino do capacete que envolve o rosto todo. Ele deve ter queimado a largada. Levou esse tempo todo para me alcançar. Eu não sou o último, sou o penúltimo.

E não vou desistir.

Vejo-o passar por mim e esticar a perna, preparando-se para a curva seguinte. Pressiono o acelerador e sinto a moto me impelir em sua direção. Chego perto dele e encosto enquanto sua roda de trás cospe pedaços de lama e pedra em mim. Fazemos a curva e aceleramos na reta.

Consigo emparelhar com ele. Olhamos um para o outro enquanto o último salto se eleva à nossa frente e então aceleramos até a velocidade máxima. Sinto a terra inflar debaixo de mim e rezo a Deus para me ajudar a aliviar a dor. Subimos, subimos, e então estamos no ar, lado a lado, pescoço com pescoço, com as frentes das nossas rodas lutando por centímetros vitais de espaço e tempo. Sinto muito medo.

Há uma pausa na subida e sinto a queda se estender debaixo de mim. Tento me agachar e pôr o máximo de peso possível na minha perna boa para amenizar o impacto, mas sei que vai ser ruim. Em menos de um segundo, vou atingir o chão e meu pé vai ceder e tudo terá sido em vão. Dessa vez não serei capaz de agüentar, eu sei, e então o sr. Capacete Integral já estará longe e eu vou terminar em último, se é que terminarei.

Mas então, quando estamos prestes a aterrissar, vejo sua roda dianteira se inclinar perigosamente para a frente e sua cabeça balançar, empurrada para cima do guidom. Vejo-o cair, vejo a moto se apoiar sobre a roda dianteira por uma fração de segundo, depois se precipitar e cair, rodopiando e voando — fazendo seu corpo ser atirado para a frente em uma confusão de pernas e braços em contínua mudança.

Antes de eu ter tempo para sorrir, a dor vara o meu corpo quando aterrisso uma fração de segundo depois, atingindo meu tornozelo e depois meu peito enquanto meu coração pula e treme com o choque. Então solto um grito, agudo e animal, vindo de um lugar desconhecido, primordial, dentro de mim. Meu corpo se arrepia e treme, mas não sei como consigo me segurar em cima da moto até, depois de algum tempo, conseguir rastejar pela linha de chegada — não em segundo lugar nem em último, mas em penúltimo.

People are strange

Acordo. Está escuro. Deve ser cedo ainda. Então me lembro de que o quarto não tem janelas. Decido verificar a hora. Então me lembro de que empenhei meu relógio. Começo a me levantar da cama, mas Yasmin se aninha junto a mim e me agarra. Gosto do modo como ela me segura, com força, como se não quisesse me soltar. Deixo-me cair de novo junto a ela. Só por alguns segundos. Faz tanto tempo desde que alguém me abraçou. Afago seus cabelos, sinto o cheiro de seu rosto, com um leve vestígio de perfume caro ainda presente, mas misturando-se maravilhosamente ao cheiro de sua pele. Ela tem cheiro de carne florida. Deixo minha mão descer por sua cintura e seus quadris. Estou excitado, mas me impeço de insistir. Não quero molestá-la. Quero apenas senti-la. Posso sentir a ponta do seu nariz no meu pescoço, uma orelha dobrada ao meio contra o meu ombro. Beijo seu olho. Ela acorda com um súbito espreguiçar.

— Merda — diz ela, ainda abraçada a mim enquanto boceja. — Que horas são?

— Sei lá. Vou descobrir — digo, desvencilhando-me com delicadeza. Sinto as pontas dos seus dedos tornarem a resistir por um instante, ainda agarrando, precisando, segurando, antes de finalmente se soltarem. Ajo com naturalidade, como se não houvesse percebido, como se não ligasse, como se isso fosse algo que fizéssemos o tempo todo. Dormir abraçados a noite inteira e acordar juntos e precisar levantar porque há uma Vida para viver, muito embora nós dois preferíssemos simplesmente passar o dia na cama. É uma sensação boa — a intimidade da nossa relação.

Abro a porta. A luz do dia e o calor penetram no quarto. Aperto os olhos na claridade e sinto Yasmin levantar o braço para proteger os olhos.

— Porra — digo. — Dormimos demais. Deveríamos ter saído há duas horas. — Yasmin agora está na beirada da cama, esfregando os olhos. Visto-me depressa. Ela se veste como um zumbi. — Rápido — digo enquanto jogo roupas sujas em uma sacola, pego a mala de mão com o dinheiro e os diamantes, pronto para partir.

— Deixe-me em paz — diz ela.

— Vou pedir o café da manhã. Arrume o resto das coisas e me encontre no restaurante. Não demore demais.

— Fascista.

Ignoro-a e saio de encontro ao dia, meio me perguntando que horas são exatamente.

São 8h30 quando partimos, e a estrada já está movimentada. O único consolo é que ambos dormimos bem. Yasmin está um pouco mais alegre depois de ovos quentes e café. Ela descansa a cabeça sobre o meu ombro e abraça minha cintura na moto. É gostoso estar em movimento.

Uma hora mais tarde, deixamos completamente para trás a cidade e os subúrbios. Entramos na estrada Nacional 8, direção norte, margeando a costa — que não conseguimos ver. A estrada está livre e pressiono o acelerador. Tento manter nossa velocidade entre setenta e oitenta quilômetros por hora, mas isso força a moto.

Quero chegar a Mahuva, a primeira grande cidade em nossa rota, ao final do dia. Ela fica na ponta sul do Gujarat, a duzentos e oitenta quilômetros de Mumbai. Isso já está começando a parecer improvável. O ar vai ficando mais quente e o vento que sopra traz pouco alento. Campos se estendem dos dois lados da estrada. Passamos por vacas e carroças, por riachos secos e pontes desertas. A poeira se infiltra por trás de nossos óculos escuros e faz nossos olhos arderem. A cada dez minutos, passamos por uma cidade à beira da estrada. Elas são todas iguais. O tempo todo, o sol só faz subir.

— Podemos dar uma paradinha? — pergunta Yasmin depois de três horas de estrada.

— Precisamos cobrir o máximo de distância possível antes de ficar quente demais — grito de volta para ela.

— Minha bunda está doendo.

A minha também. O murmúrio do motor se transformou em um chacoalhar intenso, cheio de fricção, e o assento de couro macio parece duro e desconfortável. Pergunto-me como vamos conseguir agüentar cinco dias disso. Digo a mim mesmo para manter o corpo ereto, para sustentar o peso da parte superior do meu corpo com as costas, mas é difícil. Estou sempre curvado. Nunca fui capaz de me sentar ereto. Lembre-se, digo a mim mesmo, o segredo de uma boa postura está na barriga... o segredo está na barriga.

— Na próxima cidade, paramos para beber alguma coisa.
— Graças a Deus — diz Yasmin.

Afago sua coxa.

— Vamos, Yasmin. Precisamos agüentar firme. Você sabe que isso é só o começo.

Ela não diz nada. Posso sentir seu rosto sorrindo ao lado do meu, mas ela provavelmente só o está franzindo para se defender da rajada de vento. Quinze minutos depois, paramos em uma cidade de beira de estrada. Descer da moto é difícil. Os músculos das nossas pernas já estão endurecidos. Yasmin remexe os dedos dos pés com uma exclamação de dor. Quando ela se levanta, seu rosto ganha uma expressão perplexa. Viro-me para ver para que ela está olhando. Olhos apontam para nós. De repente parecemos ser os únicos brancos do mundo. Estamos acostumados a ser alvos de olhares, mas isso parece mais uma franca hostilidade do que simples curiosidade.

— Vamos — digo com naturalidade. O melhor é ficar calmo. — Vamos beber alguma coisa.

Pego Yasmin pela mão e a conduzo através da multidão, que vai abrindo caminho, até a loja mais próxima. Há garrafas de refrigerante cor de laranja e tipo cola empilhadas em caixotes do lado de fora. Pacotes de batata frita de cores berrantes estão pendurados em uma longa fileira de ganchos. Um cartaz vermelho e dourado anuncia cigarros Gold Flake em letras formais.

— *Panee*, chefe — peço quando nos aproximamos da entrada aberta, seguidos pela multidão.

O homem parcamente vestido sentado lá dentro sacode a cabeça.

— *Ne panee*.

— *Ne panee?* — pergunto, incrédulo. Ele olha para mim como quem diz que já me disse isso uma vez, não vai repetir. — Merda — digo, virando-me para Yasmin. Nosso público, que agora soma centenas de pessoas, olha para mim à espera de uma tradução. Eles podem ver que aquele roteiro está se desenvolvendo mal.

— Bom, o que eles têm?

— Gold Spot, Limca, Thumbs Up — enumera o dono, como se a houvesse entendido.

Dou de ombros para Yasmin.

— Dê-me um Gold Spot então — diz ela.

— *Do* Gold Spot — digo ao dono. Ele pega duas garrafas do caixote de cima e tira as tampas com um abridor de garrafas. Entrega-nos as bebidas, uma com cada mão, entre polegares e indicadores. Estão quentes e enjoativos de tão doces. Yasmin paga.

— Tenho certeza de que a próxima cidade terá água mineral — digo para Yasmin, fazendo uma careta ao provar aquele xarope. Ela se senta em um banco ali perto.

— Hum — diz ela, olhando para o espaço entre os próprios pés. A maioria dos olhos agora estão fixos nela, e posso ver que ela está se sentindo sufocada. Enquanto bebe, mantém um dos braços na frente do peito para esconder a protuberância dos seios. Tento protegê-la da atenção ficando na sua frente, mas a multidão se aproxima para obter uma visão lateral. Quero lhes dizer para dar o fora, mas sei que seria inútil. Mal estamos a cem quilômetros de Mumbai, mas muitas dessas pessoas nunca viram uma pele branca ao vivo antes. Agora que estamos na zona rural, vários desses lugares serão exatamente iguais. É desse tipo de vilarejo que os meninos de rua de Mumbai fogem — idênticos, padronizados, feudais, com antigas hierarquias e televisão por satélite.

Depois de alguns minutos, Yasmin termina a bebida e diz:

— Vamos sair daqui.

Vou dar a partida na moto. Algumas das pessoas nos seguem. Ela espera até eu ter dado a partida antes de subir atrás de mim. Trinta segundos depois, estamos novamente sob o sol escaldante, a sede começa a voltar e nosso traseiro começa a ser tomado pelo tremor da moto. Já está quente demais para viajar.

Buzine, por favor

Depois de algum tempo descobrimos um campo vazio com um riacho onde descansar. Empurramos a moto para fora da estrada e, levando as malas, encontramos um local protegido por uma árvore de aparência antiga com galhos esparsos e pequenas folhas. Molhamos o rosto e esfregamos os antebraços com a água. Ela está fresca. Resistimos à tentação de bebê-la.

— Deveríamos ter trazido pastilhas desinfetantes — diz Yasmin, deitada de costas na sombra com um pulso em cima da testa.

— Não se preocupe — digo, estendendo uma toalha para me deitar ao seu lado. — Na próxima cidade haverá água mineral. Tem de haver.

— Esperamos que sim.

Está quente demais para conversar. Ficamos ali deitados, tentando ignorar o clarão do sol que passa por entre as folhas e nos queima. Cochilamos. Uma hora mais tarde, precisamos mudar de lugar de novo. A sombra da árvore se moveu e estamos em pleno sol do meio-dia. Tornamos a nos molhar no riacho, dessa vez empapando as roupas, porém, dez minutos depois, estamos secos. O calor é inclemente.

— Talvez devêssemos tentar voltar para a estrada — digo, numa tentativa improvável.

— Não seja ridículo.

O calor é exaustivo. Cochilamos mais um pouco. O tempo derrete e se acumula. O sol continua a subir. Ele vai cada vez mais alto, formando um arco estratégico, com o único propósito de nos assar. Ofegamos como cães. Cochilamos mais um pouco.

Três horas depois, a temperatura cai o suficiente para podermos nos mover. Antes de subirmos na moto, Yasmin tem uma idéia.

— Vamos empapar nossas toalhas de água e usá-las como almofadas. Isso vai nos refrescar.

Molho também uma camiseta velha no riacho. Enrolo-a em volta da cabeça e dobramos as toalhas sobre o assento. Assim que pegamos a estrada, o alívio é imediato. Logo estamos sentados em um invólucro de ar limpo e fresco.

— Que gostoso — diz Yasmin, beijando o meu pescoço. — Não é?

Três horas depois, começa a anoitecer. A estrada vai ficando mais movimentada conforme chega o turno da noite. Os caminhões trafegam de faróis acesos. Estes parecem ajustados para vir direto nos nossos olhos. Logo estará escuro demais para usar óculos de sol, mas não consigo tirá-los. Eles são minha única proteção contra a poeira. Já estou meio que adivinhando o contorno da estrada. Se cairmos num buraco nessa velocidade, será o fim de tudo.

Quase caímos duas vezes. Como Sanjay disse, os caminhões ultrapassam quando querem. Caso venha alguma coisa no sentido contrário, o que geralmente é o caso, só há duas alternativas. Ou o caminhão precisa passar de algum jeito (tipicamente tirando os outros veículos da estrada), ou eles colidem.

Logo depois das ultrapassagens cegas, a principal característica é que todos buzinam o máximo possível. Os caminhoneiros indianos parecem crianças de três anos em busca de desculpas para apertar o botão macio no centro de seus volantes. De certo modo, ultrapassagens suicidas são apenas mais uma justificativa para fazer: "*Bi, bi. Bi, bi.* Olhe, mamãe, estou tirando as mãos do volante."

E quando eles nos vêem — um cara e uma garota brancos em cima de uma Enfield (!) —, nossa, mal conseguem conter sua animação. Isso é mais do que uma desculpa para buzinar. Isso para um caminhoneiro é um sonho erótico. Podemos até ver seus rostos se acendendo quando eles nos descobrem. Apontam, sorriem e começam a pular em seus assentos de mola reforçados. Caso haja alguma coisa na sua frente, eles se jogam na nossa pista, fazendo o caminhão carregado se inclinar perigosamente, e simplesmente miram em nós. Caso não haja nada para ultrapassar, eles mesmo assim simplesmente rumam na nossa direção, como se fossem nos cumprimentar, até sermos obrigados a sair da estrada.

Os caminhoneiros indianos são todos psicopatas, não há outra definição. A não ser o fato de que sua psicopatia tem uma qualidade neandertalesca, infantil, o que os torna particularmente assustadores. É essa combinação de estupidez, ingenuidade e temeridade que os faz parecerem tão maus. Como uma Criança Gigante mutante que arranca arranha-céus e esmaga pessoas em miniatura em um sinistro filme B. Eles não apenas são perigosos, mas parecem totalmente inconscientes de sua temeridade. Resumindo, deveriam ser todos fuzilados.

Fora isso, o melhor a fazer é sair completamente da estrada sempre que se vir um deles se aproximando.

— Vamos ter de parar — grito para Yasmin, virando-me ligeiramente para ela. Durante as últimas duas horas, ela enterrou a cabeça nas minhas costas, usando-me como escudo humano contra a poeira cegante. Ela diz que não quer mais olhar para a paisagem árida, é deprimente.

— Graças a Deus. — Ela faz uma pausa. — Onde estamos?

— Não é nada bom — digo, com o vento batendo à nossa volta. — Não estamos nem na metade do caminho até Mahuvar.

— Já estamos no Gujarat?

— Não.

— Onde vamos parar?

— Não sei. No próximo lugar que virmos. — Ela não diz nada. Não vimos nenhum lugar que parecesse remotamente hospitaleiro desde que pegamos a estrada. Essa não é exatamente uma rota de turistas. — Vamos encontrar um lugar, não se preocupe — tento. Nenhum de nós dois se convence disso.

— Ei, o que foi aquilo? — grita Yasmin de repente.

Piso no freio de trás e diminuo a marcha.

— O que foi o quê?

— Aquele letreiro. Eu vi um letreiro.

— Era um hotel?

— Dê meia-volta.

O sol já se pôs e a luz está sumindo depressa. Meto uma primeira. Damos meia-volta. Yasmin tem razão. Há um letreiro dizendo HOTEL — 500 METROS, com uma seta vermelha para uma saída escondida.

— Yasmin, eu te amo.

Posso senti-la sorrir aliviada. Encontramos o caminho, um bulevar que segue para oeste, em direção ao mar. Não ligo para o fato de estarmos quilômetros atrasados em nossos planos. Tudo que quero é sair da estrada, tomar um banho, comer e dormir. Podemos começar de novo pela manhã.

— Só vamos rezar para ser melhor do que o lugar em que dormimos na noite passada — diz Yasmin. Fazemos uma curva e ali, na luz débil, ele surge do nada, como um sonho.

— Ai, meu Deus — diz Yasmin.

Hotel California

No alto de uma suave encosta, uma imensa mansão cor-de-rosa se espalha pelo horizonte. É uma relíquia colonial, construída em estilo renascentista, com pilares de arenito, portas encimadas por arcos e milhares de vidraças. Outro letreiro escrito HOTEL confirma nossas melhores suspeitas, e nos dirigimos para os portões e subimos um caminho de cascalho. Gramados cheios de árvores altas e grandes sombras se curvam à nossa volta. Passamos por um antigo chafariz cheio de água verde. Um anjo sem uma das asas toca trombeta acima dele. O cascalho estala sob as rodas da moto. Um homem vem saltitando ao nosso encontro.

— Olá, sejam bem-vindos — diz ele, acenando.

Yasmin acena de volta.

— Isto é incrível — sussurra ela enquanto paramos ao seu lado. Ele veste um casaco abotoado na frente e uma calça preta.

— Bem-vindos, bem-vindos — diz ele enquanto desligo a moto. Percebo que ele não tem bigode. Parece quase nu sem ele. — Bem-vindos ao Hotel Grand Palace. Por favor, entrem, vocês são bem-vindos. — Yasmin desce da moto com um grunhido e um largo sorriso. Desço com um pulo e apóio a Enfield no descanso. O homem nos chama para dentro, virando-se de vez em quando para se certificar de que ainda estamos atrás dele. — Por favor, por favor.

Passamos pela porta encimada por um arco e entramos em um enorme corredor. O pé-direito tem pelo menos seis metros. Não há luzes. Lá dentro está fresco e escuro. Nossas passadas ecoam e fazem as tábuas do piso rangerem.

— Que lugar é este? — murmuro para mim mesmo.

— Por favor, sigam-me, sigam-me — chama o homem, como num sonho. Fazemos uma curva e entramos em uma sala do tamanho de uma quadra de tênis. Com exceção de uma única escrivaninha no meio do piso, um elaborado candelabro de cristal pendurado no teto e algumas velas estrategicamente dispostas, a sala está completamente vazia. — Por favor, vocês precisam fazer o check in — diz ele, arrastando os pés até a escrivaninha, com a voz reverberando pelas paredes.

— Desculpe, mas qual o preço dos quartos? — pergunto com meu melhor sotaque inglês. Não consigo evitar. É a atmosfera imperial.

— Só cinqüenta rupias! — diz o homem em êxtase.

Yasmin e eu nos entreolhamos. Deve haver algum problema.

— Cinqüenta rupias? — digo, apertando os olhos para ele. — Por que tão pouco?

— Oferta especial — diz ele, estalando os dedos. — Só hoje!

— Talvez isto aqui seja assombrado — diz Yasmin.

— Você se importaria?

— Não.

O homem já arrastou os pés até atrás da escrivaninha e está me estendendo uma caneta esferográfica azul. Percebo que o livro de hóspedes está vazio.

— Somos seus primeiros hóspedes? — pergunto.

— Sim, senhor. Meus primeiros hóspedes.

— O senhor está sozinho aqui? — pergunta Yasmin.

— Sim, senhora, completamente sozinho.

Escrevo meu endereço.

— Mas não se preocupem — acrescenta ele depressa —, eu cuidarei muito bem de vocês. Tudo de que precisarem.

— Tudo de que preciso é um lugar para tomar banho — diz Yasmin.

— Sim, sim, sem problemas. Por favor, vou lhes mostrar o seu quarto.

Subimos atrás dele um lance curvo de escadas e descemos um corredor muito escuro até o nosso quarto. Há uma cama de casal de baldaquino cheia de travesseiros, uma *chaise longue* coberta de veludo roxo, e uma penteadeira alta com um espelho oval basculante e um tampo de mármore. Enquanto o homem mostra o banheiro contíguo para Yasmin, eu quico sentado em cima da cama. Tenho a sensação de que vou dormir muito bem. Yasmin sai do banheiro sorrindo.

— Tem uma banheira — diz ela.

— Este lugar é inacreditável.
— É, não é?
— Vou lhes trazer água quente. O jantar será servido dentro de uma hora — anuncia o homem ao sair. Sigo-o para pegar as malas.

Quando volto, Yasmin está nua, e a calça e o top amarfanhados e disformes formam uma pilha a seus pés. Ela olha para mim antes de entrar no banheiro. Vou atrás dela. Lá dentro há velas acesas sobre ladrilhos brancos e prateleiras lascadas. O barulho da água enche o cômodo. Uma janela de estrutura de chumbo está aberta. Lá fora já está muito escuro. Uma banheira oval repousa sobre suas quatro garras no meio do piso. O vapor dança em círculos. Yasmin põe um pé dentro da banheira e entra imediatamente, mergulhando sem esforço na água. Seus cabelos escuros se dobram sobre si mesmos quando ela reclina a cabeça para trás, e a beirada da banheira se curva como uma coxa branca sob o seu pescoço.

— Isto — diz ela para si mesma — é a minha definição de paraíso. — Ela fecha os olhos. Fico ali em pé, apoiado na pia, olhando para ela. Ela abre os olhos e estende a mão para pegar uma esponja. Esfrega o seio e a axila esquerdos. — Não tomo um banho de banheira há... Nem sei há quanto tempo — diz ela, fitando a água. Ela torna a mergulhar. O alto de sua testa cintila ligeiramente por causa do vapor e do início do suor. — Você não vai entrar? — pergunta ela, de olhos fechados.

Tiro a roupa.

Ela sorri para mim quando entro na banheira, levantando-se um pouco para abrir espaço. No início, a água queima. Solto uma exclamação. Ela me puxa para junto de si. Posso sentir seus seios, escorregadios e macios, pressionarem minhas costas. Ela joga água no meu peito e esfrega minha barriga. Ficamos ali deitados em silêncio. Lá fora, as árvores farfalham. Uma brisa ocasional entra pela janela, fazendo tremer a chama das velas. A cera que escorre toma várias formas. Ficamos ali deitados durante muito tempo, deixando a água enrugar nossos corpos. Não parece haver nada a dizer. Quero dizer a Yasmin que a amo. Mas não digo.

Mal-assombrado

Mais tarde, com a pele fumegando de tão limpa, Yasmin e eu estamos sentados a uma mesa comprida em outro imenso cômodo iluminado por velas. Há afrescos nas paredes. Na luz baixa, é difícil ver o que eles representam. Há janelas altas que se abrem para um terraço nos fundos da propriedade. Yasmin veste um vestido bege-claro debruado de dourado. Seus cabelos, que ela lavou três vezes, ainda estão molhados. Ela os penteou para trás.

O homem nos serve bolinhos com lentilhas e arroz. Ele se chama Ram. Conta-nos que a sala onde estamos comendo antes era um salão de baile. Antigamente havia muitos bailes, quando o príncipe do estado ainda morava ali. Ele aponta para uma pequena alcova elevada em relação ao piso.

— Era ali que o príncipe costumava se sentar — diz ele. — Dali ele escolhia as pessoas cuja companhia desejava.

Mas essa época acabou há muito tempo, explica ele. A propriedade tem declinado continuamente nos últimos trinta anos. Ram é o único criado que restou. O herdeiro do príncipe, que mora em Londres, tentou vender a casa para uma empresa de hotelaria, mas não conseguiu. Foi então que Ram teve a idéia de alugar quartos para sua própria sobrevivência. O herdeiro parou de pagá-lo e lhe disse para "se virar".

— Mas ninguém passa por aqui — diz Ram com tristeza. — Tento manter as coisas funcionando, mas, como vocês podem ver, logo não será mais possível consertar a casa. Ela é grande demais.

Depois do jantar, quando Ram já "se recolheu", Yasmin e eu brincamos. Enchemos a sala de fantasmas e imaginamos os rituais e os eventos sociais. Dançamos em enormes círculos pela pista e rimos. Todos os ruídos ecoam... o barulho de nossos sapatos sobre o piso de madeira, o barulho de nossas vozes, até nossos sorrisos.

— Vamos explorar — diz Yasmin em determinado momento. Olho para ela. — Vamos — diz ela, puxando-me pelo pulso e fazendo-me passar por uma porta, descer um novo corredor, subir escadas desconhecidas. Ela guincha de entusiasmo.

— Ssshhh — digo —, não vamos acordar Ram.

— Ele não pode nos ouvir.

— Para onde estamos indo?

— Vamos.

Quando chegamos ao alto das escadas, ela solta a minha mão e começa a correr. Corro atrás dela. Fazemos uma curva para a esquerda e depois outra para a direita, em seguida descemos três degraus e subimos cinco. O lugar é um verdadeiro labirinto.

— Yasmin, espere. Isso pode não ser seguro. — Ela diminui o passo e depois se vira de lado para olhar para mim, caminhando para trás sobre os calcanhares.

— Não é lindo? — pergunta ela.

— É escuro.

— Você acha mesmo que isto aqui é mal-assombrado?

— Talvez — respondo.

— Eu adoro este lugar — diz ela. — Adoro tudo neste lugar.

Ela pára em frente a uma porta e dá uma olhada rápida para mim antes de girar a maçaneta. Posso ouvir sua respiração. Ela abre a porta e entra devagar. Eu a sigo. É outro quarto, muito maior do que o nosso. A cama está quebrada e há uma cômoda jogada de cabeça para baixo no chão. Há três enormes janelas com compridas e pesadas cortinas. Yasmin abre uma delas e a poeira a faz tossir. O luar entra pela janela.

— É tão lindo — diz ela. O quarto dá para a frente da casa, e podemos ver quilômetros de pastos levemente inclinados. O brilho de néon de uma cidade distante flutua no horizonte. — Eu gostaria que pudéssemos ficar aqui para sempre.

— Eu também — digo, passando o braço por sua cintura e puxando-a mais para perto. Ela cobre minhas mãos com as suas e descansa a cabeça para trás no meu ombro.

— Este momento será sempre nosso — diz ela, como quem pensa em voz alta. Sua voz não dá a impressão de que ela tem consciência do que está dizendo. É como se a casa fosse demais para ela e ela estivesse se perdendo ali, no instante que é esse lugar. Eu não digo nada. Descubro que quero que ela diga o que está pensando. Quero que ela fale sem pensar. Será como se eu estivesse lendo seus pensamentos. Ela respira abaixo de mim, dentro do meu abraço. Parece completamente à vontade, em casa comigo. Posso sentir seu sentimento por mim. Sei que posso fazê-la feliz.

Então, muito repentinamente, há uma perceptível tensão. Leve, mas presente. Ela engole em seco, e meu coração dá um pulo. Tento deter a sensação e ficar exatamente onde estávamos. Fecho os olhos e sinto-a se virar de frente para mim. Mantenho os olhos fechados, mas mordo o lábio superior para que ela saiba que estou escutando, que estou ansioso para ouvi-la dizer alguma coisa. Posso senti-la se acalmar ao olhar para mim, tornando a assumir o controle da situação. Sua mão acaricia meu rosto, roçando uma pálpebra. Abro os olhos. Ela está sorrindo para mim. Retribuo com um meio sorriso.

— Nada nunca vai poder tirar isto de nós — diz ela, olhando bem nos meus olhos. Ambos sabemos que essa é uma frase de consolação, o melhor que ela consegue inventar. Aquiesço, muito de leve, mostrando que a escutei, mas ainda esperando que ela fale mais, que permita que isso seja mais do que uma lembrança. Estou esperando que ela possa fazer disso a base de um futuro, do *nosso* futuro.

Mas ela não diz mais nada. Ela me beija, e ao perder-me nela vejo-me esquecer do resto. Esquecer de todas as minhas esperanças e de todos os meus sonhos sobre o que poderíamos ser juntos, e aceitar a única outra alternativa que tenho. Yasmin como ela é, aqui e agora apenas. Aqui... e agora apenas.

Madrugada

Acordamos com a primeira luz da manhã, com o dia a se derramar pelas janelas sem cortinas do nosso quarto. Queremos ficar, mas sabemos que isso não é possível. A casa simplesmente terá de ficar enterrada, como uma rara pedra preciosa, nas minas da nossa lembrança. Deixamos duzentas rupias para Ram em cima da cama. Quando terminamos de carregar a moto, o sol ainda está nascendo. Há bruma sobre os gramados ao nosso redor. A casa parece em muito pior estado sob a fria luz do dia. Janelas quebradas, paredes em ruínas. Mas mesmo assim, é bela.

Quando pegamos a estrada, Yasmin vê Ram acenando para nós de uma das janelas. Ela acena de volta para ele durante um longo tempo. Pouco depois, chegamos ao final do caminho que conduz à casa e entramos no bulevar. O vento está frio, e logo Yasmin está tremendo atrás de mim, de modo que diminuo a velocidade. Um sol vermelho-dourado pisca para nós através das árvores. A estrada está vazia. Vestimos uma camada a mais de roupas e mantemos uma velocidade de sessenta por hora.

Depois de alguns quilômetros, Yasmin me dá um beijo na nuca.

— Obrigada — diz ela no meu ouvido.

Sorrio em silêncio. Devagar, o sol se ergue e nos esquenta.

Enigma

Não sei de onde vem essa idéia. Num minuto estou encantado com a demonstração de carinho de Yasmin e me sentindo bem com nosso progresso na estrada; no minuto seguinte, sinto-me subitamente deprimido. A sensação simplesmente se abate sobre mim.

Percebo que não tenho a menor idéia de quem seja Yasmin. Quer dizer, eu sei quem ela *é*, no sentido de que tive conversas suficientes para poder resumi-la. Ela tem vinte e nove anos. Seu pai é juiz e sua mãe é uma *socialite* alcoólatra. Eles se divorciaram quando ela era adolescente. Ela tem um irmão, jornalista especializado em finanças em Hong Kong, e uma irmã, dona-de-casa em algum lugar da Holanda. É vegetariana, mas às vezes come frango. Estudou ciências políticas na universidade e, em determinado momento, pensou em trabalhar para a ONU. Fala três línguas. Foi à Inglaterra duas vezes. Não sabe cozinhar, gosta de nadar, nunca foi à África.

Mas ela não me disse quase nada sobre si mesma, sobre como ela vê a vida. Sobre como se sente em relação ao divórcio dos pais, como se dá com o irmão, como lida com o fato de James estar preso. Tentei fazê-la se abrir, mas, ao contrário de Sohrab e da maioria das outras pessoas, ela não parece interessada em contar sua história. Raramente expressa uma opinião ou verbaliza uma emoção. Talvez, penso para me consolar, tudo isso estivesse nas cartas que ela mandou, aquelas que nunca recebi.

Eu sinto que não a conheço. Não de verdade. Não tenho visão de conjunto. E tem sido difícil até obter os simples fatos. Em geral, uma enxurrada de perguntas dá lugar a respostas de uma frase só. Às vezes algumas coisas escapam, como quando ela mencionou ter sido monitora do dormitório, mas é raro. Eu certamente nunca entendo a história toda. Não há narrativa. Ela não permite que eu me sintonize com sua voz interior para poder escutar o que está acontecendo em sua cabeça.

O que estou tentando dizer é que sua personalidade me escapa. Pareço ter muito pouca informação quando se trata de entender *por que* gosto tanto de Yasmin. Digo a mim mesmo que isso é uma barreira cultural. Níveis diferentes de comunicação talvez, ou, como ela disse na carta, quem sabe seu inglês não seja bom o bastante para articular suas emoções. Mas eu não acredito nisso. Seu inglês sempre me impressiona. Gostaria de ser capaz de descrevê-la, de descrever o que ela me faz sentir que Sanjay não consegue entender.

É claro que ela é linda. Ela também é sexy e esquiva. Parece inteligente e gentil, de uma maneira sólida, feminina. Demonstra momentos de algum humor, embora tenha tendência a rir um pouco demais das próprias piadas. Quando dorme, os músculos de seu rosto se contraem e os cantos de sua boca se viram para baixo como se ela estivesse extremamente insatisfeita com os pensamentos em sua mente.

Mas nada disso quer dizer muita coisa. Dizer que Yasmin é uma determinada pessoa por causa dessas coisas parece uma afirmação equivocada. Há alguma outra coisa nela, outro aspecto do qual não tenho absolutamente nenhum conhecimento ou compreensão, como se ela estivesse escondendo alguma coisa. Por que penso isso dela?

Talvez seja o modo como ela passa da água para o vinho. Como quando fazemos amor e uma porta se abre, e lá dentro eu vejo fogo, uma verdadeira fornalha. Na noite passada, ela transou comigo. Extraiu prazer de mim, quase me usou. Eu adorei. Adorei o modo como ela me fez sentir, como um instrumento de seu prazer. Era como se meu único propósito fosse alimentar sua paixão interior. Foi imoral e lindo. Ela fez amor comigo como um animal selvagem se alimenta. Como se aquilo fosse necessário para sua sobrevivência. Ela me destruiu. Tornou-se inconsciente do perigo à sua volta. Perigos como eu. O perigo que eu represento, o perigo de que eu possa ver lá dentro, de que possa desvendá-la, ser capaz de magoá-la, de controlá-la. Ela é geralmente tão consciente, tão controlada, tão segura de si, de suas emoções — fazer amor daquele jeito a fez parecer tão egoísta e, no entanto, tão maravilhosamente ingênua.

Talvez seja por isso que ela esfrie depois. Ela fica distante para me afastar de si mesma. Para me lembrar que não sou um elemento permanente. Ela não precisa de mim o tempo todo. Sua existência inteira não depende de mim, só sua existência sexual. Seu desejo egoísta. Todo desejo é assim. Eu não ligo para isso. Só não gosto da maneira como ela age, como se eu não fosse capaz de desvendá-la se quisesse. Detesto o modo como ela consegue transar comigo com tanta contundência e depois se comportar como se, no final das contas, eu não fosse tão vital assim. Detesto a maneira como ela consegue se desligar.

Isso me deprime. Talvez tenha sido por isso que comecei a pensar nesse assunto. Acho que ela pode ter parado de acariciar minha cintura com o polegar, ou algo assim. Um súbito resfriamento de suas afeições basta para provocar total confusão e pânico na minha mente.

Eu simplesmente não consigo entender por que ela brinca comigo desse jeito. Será uma questão de confiança? Não foi ela quem disse que teríamos de confiar um no outro? Isso é muito frustrante. Ou você me deixa entrar ou me mantém do lado de fora. Não me provoque. Não seja volúvel. Isso é abrasivo demais, como esfregar um pedaço de pele irritado com pedra-pomes porque se quer tirar a sujeira.

Eu não conheço Yasmin. Mas eu a conheci. Ela tem alguma coisa — muitas coisas muito bonitas — para dar. Ela me mostrou isso. Ela me deixou ver isso. Só não está dando isso para mim.

É claro que esse fato só me faz querê-la ainda mais.

Mas agora eu estou farto. Por que é ela quem dá as cartas emocionais? Por que é ela quem dita as horas em que podemos agir como amantes e as horas em que temos de agir como amigos? Estou impaciente para obter sua verdadeira afeição. E não me importo se estiver pondo a mão em casa de marimbondo. Preciso ter o que quer que ela tenha para dar. Ou isso, ou nada. Ou seremos amantes, ou inimigos. Não me importo que esta não seja uma boa hora para uma briga. Eu preciso dobrá-la. Quero que ela me ame, porra.

Altos papos

— Em que você está pensando? — começo. Estamos deitados debaixo de outra árvore. Até agora, progredimos bem. Passamos por Mahuvar e esperamos chegar a Vododara esta noite. Hoje não está tão quente. Uma brisa está soprando, e a árvore sob a qual estamos faz uma boa sombra. Talvez simplesmente estejamos nos sentindo mais fortes. Fizemos um almoço excelente e temos água suficiente para durar dois dias.

— Humm, nada de mais.

Yasmin está trançando três gravetos finos, flexíveis. Ela já completou quatro séries e os está pondo de pé no chão, como soldados. Deixo-a dar o nó no que ela está fazendo.

— Você está pensando em James? — Essa parece uma boa maneira de começar a falar de assuntos emocionais.

— Não.

— Está pensando nele agora?

— Só estou pensando — diz ela, arqueando as sobrancelhas para mim. — Por que a pergunta?

Faço uma breve pausa e em seguida digo depressa:

— Como ele é?

— James?

— É, James.

— Não sei — diz ela, manuseando os gravetos. Ela toma ar como se fosse dizer alguma coisa e depois desiste, e em vez disso levanta a cabeça para mim e faz uma careta, como se estivesse sentindo dor. — O que você quer que eu diga?

— Diga-me do que gosta nele.

Ela pára para pensar. Depois de alguns segundos, franze o lábio superior e diz:

— Não podemos falar sobre outra coisa?

— Por quê? — pergunto, genuinamente perplexo.

— Porque na verdade eu não quero falar sobre o meu namorado com você.

— Por que não?

— Por que, por que, por que... quantas perguntas. Vou lhe dizer por quê. Que tal: por que eu deveria falar? Não é da sua conta.

— Você contou a ele sobre nós?

— Não — responde ela meio rindo, incrédula.

— Por que não?

— Porque isso não é da conta *dele*.

— Ah, por favor, Yasmin, dê um tempo. Você não acha que ele tem o direito de saber?

Ela olha para mim com violência.

— Bom, você tem todo o direito de contar o que quiser a ele depois que ele sair da prisão. Não sei por quê, mas não acho que essa informação vá ajudá-lo muito agora.

— Tudo bem, tudo bem, calma. — Recuo subitamente, perguntando-me como eu poderia ter sido tão estúpido a ponto de dizer uma coisa dessas e ao mesmo tempo me recriminar pela insensibilidade. Mas lá no fundo há também satisfação. Sei que estou tentando forçar uma reação. E acabo de conseguir uma. — Não quis dizer que você deveria incomodá-lo. Eu só, sei lá... Estou confuso.

— Sobre o quê?

— Sobre tudo. Sobre nós. Você e eu. O que nós estamos fazendo?

— Por que você tem de analisar isso?

— Eu não estou analisando. Só estou... eu tenho sentimentos, né.

Nesse instante ela se senta, recuando, na defensiva. Percebo então que estou cometendo um erro ao falar assim.

— Como assim, sentimentos?

— Nada. Esqueça.

— Não, vamos, diga, como assim você tem sentimentos?

— Esqueça, já disse. Continue a trançar os seus gravetos — digo, esquivando-me do seu olhar.

Durante muito tempo, ela não diz nada. Fica só olhando para mim. Fecho os olhos e finjo estar tentando dormir. A atmosfera parece repleta de escrutínio, como se ela estivesse avaliando a situação, me avaliando.

Depois de algum tempo, ouço palavras. No início elas vêm devagar, como alguém que testa a temperatura da água, certificando-se de que pode mergulhar ali. Então, depois de algumas frases, elas começam a fluir. Simplesmente acontece. Yasmin começa a me contar uma história, a história de James e dela. Como tudo começou, o que ele significa para ela, por que ela jamais vai abandoná-lo. Algumas vezes, na maior parte das vezes, tenho a sensação de que não está falando comigo. Está apenas se lembrando e recitando, como se lesse o texto das cenas na sua mente. Ela está se abrindo. O que seria ótimo, mas ela não diz nada que eu queira ouvir.

Romeu e Julieta

Eles são um daqueles casais ideais. Sabem, o tipo de casal que todo mundo adora, adora o fato de estarem apaixonados. Eles combinam tão bem. Ninguém pode se intrometer em seu relacionamento. Ele é sagrado.

Talvez seja porque eles começaram a namorar muito jovens. Aos quinze anos. Antes das coisas ficarem confusas. Quando amor é amor. O deles é puro. Não estão juntos por necessidade ou fraqueza. Estão apaixonados — uma paixão feliz, inocente, linda. Não há motivos escusos envolvidos. Eles se amam e são lindos. São pessoas lindas.

No início, o amor os torna adultos. Crianças brincando de gente grande. A diferença é que eles são melhores na brincadeira. Um *Romeu e Julieta* da vida real, mas diferente. Seu amor não é banido. Seu amor não é proibido. Muito pelo contrário, na verdade. Ele é celebrado. É alardeado. É adorado. Toda uma sociedade gravita em torno dele.

James. Um cara de sucesso. Claro que sim. Bonito. Descolado. Ninguém nunca sabe ao certo o que ele está sentindo. Ele é charmoso mesmo quando está zangado. Generoso. Generoso demais. Todo mundo gosta dele. É maluco, incontrolável. Adora festas. Todos os dias são uma festa na vida de James. Certa vez ele enfia o dedo no buraco do isqueiro do carro de Yasmin. "Isto faz cócegas." Ele ri. Cara maluco. Cara incontrolável, engraçado, adorável.

Todas as meninas o querem, de um jeito tipo "bom demais para chegar perto", como o cantor de uma boy-band. Nenhuma menina se atrevia a chegar perto de James, mesmo ele sendo lindo. É claro que ele é lindo. Não. Elas não se atreviam porque viam o modo como ele olhava para Yasmin. É a única vez em que as pessoas conseguem adivinhar o que ele está sentindo. Porque é tão óbvio que eles se adoram. E, além disso, ninguém seria capaz de ficar tão bonita ao lado de James quanto ela. Eles são da mesma altura, têm a mesma corpulência, o mesmo sorriso — parecem duas metades de um quebra-cabeça. Quase se parecem, mas não a ponto de fazer a atração mútua parecer narcisista. Não, não é assim. É só quando finalmente ficam juntos que as pessoas os associam em suas mentes e dizem: "Aaahhh. Agora faz sentido."

Depois de algum tempo, a santidade de seu amor se transforma em um mito que se autoperpetua e os cerca. Metade de seu relacionamento se dá sob os olhos do público. Quando outros casais discutem, a primeira coisa em que pensam é em James e Yasmin e será que eles brigariam desse jeito, não, nunca. Não James e Yasmin.

Muitos deles se separam por causa disso. Separam-se porque percebem que não fazem parte de uma história do tipo James e Yasmin. Mas querem fazer. Querem tanto fazer parte de uma história do tipo James e Yasmin. Eles têm inveja da relação de James e Yasmin. Então eles deixam para trás algo bom, às vezes algo ótimo, em busca do melhor. É só depois de várias tentativas que percebem que nunca farão parte de uma história do tipo James e Yasmin. Porque uma história do tipo James e Yasmin é especial. É rara. Esse tipo de amor não acontece com todo mundo. Só com poucos escolhidos.

Mas enquanto todos à sua volta continuam a experimentar novos parceiros de diferentes tamanhos, geralmente todos do mesmo contexto social, como que presos a uma perpétua dança das cadeiras, James e Yasmin continuam. E continuam, e continuam. Eles nunca se separam. O tempo passa e confirma o que todo mundo sempre soube. James e Yasmin estão fadados a ficarem juntos. Nada pode separá-los. Eles são inabaláveis. Mesmo quando eles se tornam adultos, continuam a representar uma fantasia infantil do que é apaixonar-se. Eles o fizeram diante dos olhos de todos.

Mas isso não é verdade. Não é real, não é a realidade. James e Yasmin não são o casal ideal. Eles podem ser um casal de namorados de sucesso, mas são humanos como qualquer outra pessoa. Yasmin sabe o que é estar apaixonada por James — de dentro para fora, não de fora para dentro. Não é um relacionamento ideal. Eles discutem. É claro que discutem. Eles podem ser um encanto vistos de fora, sempre um encanto, mas por dentro há brigas. Pior. Há infelicidade.

Parte dela vem do fato de eles começarem a se sentir claustrofóbicos. Por causa do modo como todos olham seu relacionamento como se este em parte lhes pertencesse. Policiando-o com olhos, ouvidos, línguas fofoqueiras. Depois de algum tempo, ela se rebela. Descobre que anseia por alguém, qualquer pessoa, por um estranho que se aproxime dela. Não é por causa de James. Não é nada que ele tenha feito. Ela continua apaixonada por ele. Quer apenas alguém que desafie o julgamento social, que penetre no círculo e na cena, que a alcance, que a toque — pelo simples fato de ser alcançada, tocada. Qualquer coisa para sentir que ela não está totalmente isolada do resto do mundo.

Mas ninguém faz isso. É claro que não. James e Yasmin passaram a representar algo maior do que eles próprios. Eles representam o Sonho do Amor. Em meio a toda a merda deste mundo, Yasmin e James são a única coisa pura — mesmo que não o sejam, mesmo que isso seja uma mentira.

É assim que começa sua separação tácita.

Isso acontece depois de sua estadia no *ashram* de Osho em Pune. É Yasmin quem insiste para eles irem. James não se deixa impressionar. Ele viu coisas desse tipo a vida inteira. Praticamente cresceu na Índia. Seus pais, ambos holandeses, conheceram-se em um *ashram*. Desde que James nasceu, ele passou praticamente todos os Natais ali. Brincando e ficando doente com todos os outros "pequenos Budas", como seus pais gostavam de chamá-los. Algumas vezes, sua família passava metade do ano ali antes de seu dinheiro evaporar. Então seu pai voltava para a Holanda "a negócios", enquanto sua mãe trabalhava no Instituto de Cura de Amsterdã.

Em segredo, James ficou contente quando seus pais finalmente o mandaram para um colégio particular quando ele era adolescente. Ele nunca questionou o modo como eles conseguiam pagar o colégio, mas de alguma forma sentia que aquele era o seu lugar, que pela primeira vez ele estava entre iguais. E certamente adorou o status social instantâneo que lhe foi conferido pelo fato de seus pais pertencerem à geração do *flower power*, paz e amor. Porque eles não se importavam que ele usasse drogas. Eles até as defendiam.

E foi em um colégio particular, é claro, que ele e Yasmin se conheceram. Em um baile, se é que você acredita! Ela vinha do colégio irmão, um convento em uma cidade a dezesseis quilômetros dali. Yasmin se lembra das freiras alertando-as no ônibus: "Nenhum contato físico a menos que uma irmã esteja presente." Melhor ainda, ela se lembra da surpresa de James — de seu choque, na verdade — quando ela desceu a mão por dentro da calça dele nos quinze minutos que conseguiram encontrar só para os dois, sozinhos atrás de um arbusto. Mesmo com toda a sua pose liberal, ela sabia que ele nunca havia sido tocado ali antes. Ela era a primeira. E pensar que ela na verdade só fez isso para chatear as freiras e todas as suas regras hipócritas. Mesmo assim, aquilo o tornou seu. Nenhuma das outras meninas conseguia acreditar. Elas estavam com tanta inveja!

Porém, anos depois, Yasmin sente um vazio em sua vida. Ela espera que a Índia e o *ashram* o preencha. Melhor do que isso, espera que a Índia seja uma solução que James será capaz de fornecer para o problema. Ela quer que James preencha o vazio com algo que só ele possa proporcionar. Quer que James a leve à Índia. Quer que James a apresente ao misticismo, que ele seja o seu guia. Deus não permita que alguma outra pessoa preencha esse vazio. Alguma outra pessoa, ou talvez até ela mesma. Isso só deixaria uma alternativa — o inominável.

Eles têm vinte e dois anos. Talvez seja só isso — a crise dos sete anos.

Os dois tomam direções distintas quase assim que chegam. Pegam um táxi durante a noite do aeroporto de Bombaim direto para Pune, cento e sessenta quilômetros ao norte. Ela acha o lugar assustador. Todas as pessoas de túnicas, bordôs e brancas, fingiam rir em todos os lugares. A religião manda no lugar. É como um culto. James diz que a avisara. Sabia que ela não iria gostar. Dê-me uma chance, diz ela. Na verdade, ela está dizendo: dê uma chance a si mesmo — porque não há mais nada aqui que você possa me dar. Se isto não funcionar, então só nos resta uma alternativa.

As coisas vão de mal a pior. Osho ainda está vivo, ainda atende. Eles assistem a uma sessão. Passam três horas "meditando" antes de ele chegar. Tudo é branco. Chão branco, túnicas brancas, quarto branco, almofadas brancas, pele branca. Quando Osho entra, vestindo uma túnica preta e um tanto dispersivo, ele se senta em uma cadeira que parece refratar a luz. Tudo fica brilhante e o cômodo entra em convulsão.

— OSHO! OSHO! OSHO! — Algumas pessoas se levantam em êxtase. — OSHO! OSHO! OSHO! — Yasmin está presa ao chão, horrorizada, enquanto vê James pular e gritar com todo o resto. — OSHO! OSHO! OSHO!

Ela o encara.

— Você está sentindo? — pergunta ele aos prantos, olhando para ela, lágrimas de verdade. — Está vendo? — Um sorriso radiante, maluco, assustador, estica seu rosto em um formato que ela nunca vira antes. — OSHO! OSHO!

Ela não sente nada. Não vê nada. Nada além de um homenzinho tolo com uma comprida barba branca sorrindo ao ouvir seu nome. Nada além de um monte de confusos ocidentais de classe média pagando para gritar e berrar e chorar. Ela não sente nada. Nada mesmo. Exceto pânico.

— NÃÃÃÃOOOO! — grita ela para James como se o estivesse perdendo. Então sai correndo, gritando e chorando, sozinha.

Os saniasis lhe dizem para não se preocupar. Muitas pessoas surtam quando vêem Osho. A experiência pode ser poderosa. Qualquer emoção é bem-vinda. É ótimo se liberar. Passamos a vida inteira guardando tudo dentro de nós. Longos sermões. Sessões de doutrinação mais longas ainda. James se afasta dela. Tem vergonha de ser visto com ela. Ele usa as túnicas. Ela diz que simplesmente não consegue usá-las. Ele passa a maior parte do dia no *ashram*. Ela simplesmente não consegue suportar voltar lá. Então passa a maior parte do dia sozinha. Perambulando pela cidade, tentando encontrar a Índia em meio a toda a loucura.

É assim que ela conhece Stefan, na padaria alemã. Ele é saniasi, mas é o oposto de James. Velho, não jovem. Barbado, não de rosto jovial. Introvertido, não sociável. Natural, não dissimulado. Grosseiro, não charmoso. É ele quem abre sua mente. Tudo começa com um olhar, uma conexão imediata.

Enquanto James passa o dia inteiro no *ashram* cortando legumes e meditando, Yasmin vai para a cama com Stefan. É ele quem lhe ensina o que é sentir prazer. É ele quem preenche o vazio em sua vida, e é só depois de conhecê-lo que ela entende o que era esse vazio. James na verdade nunca a fez feliz daquele jeito. Eles eram jovens demais quando começaram, supunha ela.

No final das contas, é Stefan quem a apresenta ao *ashram*, a Osho. É ele quem a induz. É Stefan quem a convence a usar as túnicas. Não por ele, mas por ela mesma. Ele a inicia. Inscreve-a no curso de Sexo e Espiritualidade. Isso a abre. Quando James descobre, quando a vê no complexo, rindo como uma liberada filha da geração paz e amor, fica zangado. Ela tenta incentivá-lo a investigar o caminho dela, a ter outras amantes. Ele se recusa. Vai embora. Ela fica. Com Stefan. Há outros também. Ela explora sua sexualidade e gosta disso.

É só depois de voltarem para Amsterdã, meses depois, que eles recomeçam a se ver. James implora para reatarem. Todos os seus amigos fazem o mesmo. Todos querem vê-los novamente juntos, como sempre foi. É difícil demais resistir a isso. Ela diz a si mesma que o vazio foi preenchido. Ela está satisfeita. Encontrará satisfação com James. Eles aprenderão a ficar juntos. Ela quer que sua vida juntos seja dinâmica, quer que ela seja uma jornada.

Então começa o ciúme dele. Devagar no início, sempre em particular, sempre atrás de portas fechadas, nunca abertamente, sem nunca ameaçar destruir o mito público do casal perfeito, James se torna um homem ciumento. Um homem zangado e ciumento.

Ela nunca pensou que se sentiria assim, mas gosta daquilo. Dos acessos de raiva. Do jeito como ele a fode. Ele não é mais delicado. Aquilo os fere, como um corte de papel. E ela gosta daquela sensação, da dor, da paixão, do calor, do perigo. Nada mais é confortável. Stefan os ajudou. Ela fica surpresa ao descobrir que, dessa maneira, James a satisfaz. Aquilo funciona.

Ela gosta tanto que não tenta reconfortá-lo. No máximo, piora seu ciúme. Ela acredita estar mantendo-os vivos, evitando que caiam na mesma armadilha, de volta a sua inocência sufocante. Deixa cartas de amor de Stefan em lugares onde sabe que James as verá. Desaparece durante horas a fio e não explica onde esteve. Ele quase enlouquece. Durante muito tempo, isso funciona. Essa nova dinâmica. Visto de fora, tudo está igual. Por dentro, tudo está diferente. Excitante e perigoso. É uma fantasia. Ela na verdade não trai James. Não mais. Isso terminou. Além disso, Stefan está a quilômetros de distância. Ela não arruma novos amantes. Está feliz com o que tem. James. Ele é ótimo amante quando está inspirado. É um jogo. Só isso. Um jogo.

Então algo terrível acontece.

Stefan é morto. Esfaqueado. Misteriosamente, sem propósito. Em uma briga de bar em Vilingren, na Floresta Negra, sua cidade natal. Ela lê a notícia em uma *newsletter* distribuída pelos saniasis. Fica abalada. Sofre. Percebe então, tarde demais, que parte dela realmente amava Stefan. É terrível a sensação de perder alguém assim — de forma tão permanente.

James também é afetado. Quando Stefan morre, seu ciúme morre junto. Gradualmente, ele volta a ser como antes. Charmoso, engraçado, despreocupado, calmo, falso.

E isso os afeta. Devagar, de forma previsível, sua relação se torna tediosa. Yasmin tenta, algumas vezes, fazer as antigas brincadeiras, como seus sumiços, mas elas não funcionam mais. Sem um Stefan, o perigo não parece real. James parece indiferente a ela do ponto de vista sexual. Ela é apenas sua parceira novamente. Sua parceira de vida. Ela flerta, mas, é claro, o círculo social mais íntimo a protege. Nenhum homem nunca chega perto demais. Afinal, ela é a namorada de James, e todos adoram James. Todos parecem felizes, menos ela.

Mas ela não arruma outro amante. Não procura outro Stefan. Mesmo que eles voltem a Pune. Mesmo que haja ofertas, oportunidades. Sem Stefan, nada disso parece real. Ela não é do tipo a ter amantes passageiros. Aquilo foi uma fase. Algo único, algo que ela viveu, que só poderia ter vivido com um homem, Stefan. E, agora que ele morreu, ela só vê dor nisso — na fantasia. A fantasia só funcionava com Stefan. Agora que ele foi embora, ela foi neutralizada. Vivê-la seria procurá-lo nela. Então ela se lembraria — Stefan foi embora, Stefan morreu. Ela nunca mais quer perder ninguém. Dói demais. Ela não quer deixar o amor escapar de novo desse jeito, qualquer que seja o custo. Perder Stefan a fez perceber que ela não quer perder James. Embora eles tenham voltado ao que eram antes, ela não quer perder James nunca.

Emburrado

É só quando ela pára que percebo que essas não são as palavras, as verdadeiras palavras que ela usou. Ela jamais poderia contar sua história dessa maneira. Ninguém poderia. Mas são as palavras que eu ouvi. Reconheci alguns dos cenários sociais, já presenciei uma dinâmica social como a que ela e James tinham e colei o que sabia sobre a sua história. É uma história pervertida e projetada, mas de algum modo isso a torna mais compreensível. Ajuda-me a ver sua história com meus próprios olhos. Ajuda-me a entendê-la.

Talvez eu simplesmente tenha sempre de ser o narrador. Suponho que isso seja uma falha.

Depois de algum tempo, ela recomeça:

— Acho que o que estou tentando dizer é que James faz parte de mim. Acredito que ficaremos juntos para sempre. Você entende isso?

— Entendo sim — digo, frio. James é o namorado dela e eu sou um Stefan, nem isso. Sou apenas um instrumento a ser usado para ajudar a dar mais tempero à sua vida amorosa. Ela não vai se apaixonar por mim. Ela já foi a todos os lugares, já fez de tudo, sem mim. Muito bem. Se ela quer uma trepada, treparei com ela.

Então ela me pega desprevenido:

— Pelo menos era o que eu achava... — Ela não termina a frase, e eu me vejo ficar de frente para ela. Sua cabeça está baixa. Acho que posso ver uma tristeza na sombra de seus olhos.

— Você não acredita mais que você e James estão destinados a ficar juntos? — Tento, muito baixinho, persuasivo. Não quero afugentá-la.

Ela dá um profundo suspiro, pesado.

— Não sei em que acreditar — diz ela baixinho.

Pergunto-me, espero, rezo para que seja a minha influência que a esteja confundindo. Quer dizer, será que eu poderia ser outro Stefan? James está preso. E ela não contou a James sobre mim. Não em suas cartas, não durante suas visitas — todas as três. Ela contou a James sobre Stefan, não contou? Mas não quer contar a James sobre mim. Ela não quer me usar para deixá-lo com ciúmes, para tornar seu relacionamento excitante. Será que isso poderia ser, afinal, um reconhecimento de seus sentimentos em relação a mim? Estaria ela tentando me dizer que ela e James estavam destinados um ao outro até eu aparecer? Estaria ela dizendo que me ama?

Digo a mim mesmo para ficar calado, para deixá-la falar. Mas depois de alguns minutos não consigo mais me conter. Preciso tomar a iniciativa. Não posso deixar a conversa morrer aqui.

— Você se sente culpada? — Deixo as palavras saírem, e ela tem um sobressalto. Arrependo-me imediatamente do que disse. De algum modo elas parecem trair todas as minhas intenções egoístas. Com quatro palavrinhas, consegui mostrar que não ouvi nada do que ela disse. Simplesmente peneirei suas frases em busca de pistas de que ela me quer. Revelei a minha Verdade. Revelei que penso que essa conversa na verdade diz respeito a nós, de forma alguma diz respeito a James e ela. É justamente o tipo de frase que diz coisas demais, que é capaz de estragar tudo.

— Culpada? — pergunta ela.

Agora é tarde demais, penso. Quem mandou começar. Se eu recuar, isso só me fará parecer fraco. Melhor terminar o que me fez entrar nessa conversa. Melhor pressioná-la para obter algumas respostas. Melhor simplesmente admitir que só estou interessado em James na medida em que ele é um caminho para a verdadeira questão em pauta — o que Yasmin sente por mim?

— Culpada em relação a nós.

— Eu não estou entendendo.

Não consigo perceber se ela está me obrigando a dizer as palavras deliberadamente, como se estivesse obtendo algum prazer doentio da minha hesitação. Sigo em frente.

— Só achei que talvez fôssemos nós, sabe, que estivéssemos afetando os seus sentimentos por James.

— Nós! — exclama ela, meio rindo. — Não, Josh. Isso não tem nada a ver com "nós".

Ouço-a pôr o "nós" entre aspas — deixando bem claro que está me citando. Ela só se refere a "nós" na medida em que é uma expressão que eu usaria. Ela diz "nós" para facilitar a compreensão. Não diz "nós" como se acreditasse em um "nós", e nem sequer como se soubesse o que quer dizer um "nós".

— Então com o que isso tem a ver? — retruco, esperando que meu rosto não esteja corando demais. Não que isso tenha importância; de todo modo, ela não está olhando para mim agora. Estamos de volta ao assunto que a interessa, ao assunto que não me interessa. Estamos falando outra vez sobre James — James em si. Posso sentir isso. O modo como ela olha para o chão e depois levanta os olhos para o horizonte, com um ar melancólico, me diz isso.

— Ah, não sei — diz ela, trançando outro grupo de gravetos. — É só que James, ele, ele... está tão diferente agora.

James, James, James, James... blablablá. Quem dá a mínima para James, porra?

— Como assim? — consigo dizer, não sei como.

— Ele mudou. Ele está mudando.

Não é de espantar, penso, se ele está sendo enrabado todo dia no inferno de uma prisão.

— Bom, é inevitável que ele mude um pouco enquanto estiver preso. Pode não ser fácil para ele. — Pronuncio as palavras, mas não consigo acreditar que seja eu falando. A última coisa que quero é dar a James o benefício da dúvida. Ao mesmo tempo, talvez haja uma parte de mim que quer se redimir de minhas tolices precedentes. Sinto como se eu devesse me apresentar de maneira mais nobre, depois de ter revelado o meu lado pouco galante.

Yasmin parece surpresa, o que por algum motivo me faz sentir instantaneamente melhor. Talvez seja porque acredito que ela esteja me dando o que eu mereço — surpresa, uma surpresa agradável por eu o estar defendendo. Seu rosto se suaviza como se ela estivesse se dando conta de alguma coisa.

— Não, não tem nada a ver com a prisão, embora ele tenha piorado desde que foi para lá. Não, ele mudou antes disso tudo.

— Como assim?

— Não sei. Ele parecia ter medo de alguma coisa. Não sei de quê. De alguma coisa que eu não entendo. Nunca me diz o que é. Tentei perguntar, mas ele diz que não há nada.

— Continue.

Ela sorri para mim. Gostou disso. "Continue." Boas palavras. Muito melhores do que "Você se sente culpada?".

— Ele... algumas vezes eu acho que ele... é capaz de fazer coisas terríveis.

— Que tipo de coisas terríveis?

Yasmin se concentra em equilibrar um novo soldado de gravetos, que parece determinado a bancar o morto.

— Coisas terríveis, só isso... Ele pode ser muito violento.

— O quê? — pergunto, levantando-me mais um pouco sobre os cotovelos para poder olhá-la mais diretamente nos olhos. — Violento? Com você? Ele já bateu em você? Conte para mim, Yasmin.

— Não, não, nada desse tipo. James me ama. Ele jamais me machucaria.

— Então violento como? Não estou entendendo.

Yasmin balança a cabeça de leve e me encara como se estivesse tentando se concentrar no Aqui e Agora, como se acabasse de emergir de um sonho.

— Ah, nada. Esqueça que mencionei isso.

— Como assim esquecer? Como posso esquecer? Conte para mim, Yasmin. De que você está com medo?

— De nada. Não estou com medo de nada.

— Está sim, Yasmin. Agora conte para mim.

Então ela simplesmente explode, de repente e sem reservas. Isso me pega completamente de surpresa.

— NÃO, NÃO ESTOU NÃO, PORRA. POR QUE VOCÊ SIMPLESMENTE NÃO DESISTE? POR QUE SEMPRE TEM DE FAZER TANTAS PERGUNTAS? POR QUE NÃO CONSEGUE CUIDAR DA SUA PRÓPRIA VIDA? POR QUE SIMPLESMENTE NÃO ME DEIXA EM PAZ?

Ela se levanta com um pulo, fazendo levantar poeira quando diz as palavras, e pronuncia as últimas em pé acima de mim. Sinto-me dolorosamente pequeno. Não sei o que dizer. Posso sentir a expressão chocada e surpresa do meu rosto e não consigo fazer nada para que essa expressão volte ao normal. Os músculos da minha mandíbula e da minha testa se contraem involuntariamente, forçando meu queixo a cair e meus olhos a se arregalarem. Depois de um pequeno intervalo, não sei como, encontro força para fingir coragem, pondo-me também de pé com um pulo e gritando de volta:

— POR QUE EU DEVERIA DEIXAR VOCÊ EM PAZ, YASMIN? — Não sei aonde quero chegar com isso. — VOCÊ NUNCA ME DEIXA EM PAZ. — Eu tampouco entendo o que estou dizendo.

— DE QUE VOCÊ ESTÁ FALANDO? — grita ela de volta.

Então as palavras simplesmente vêm — palavras quentes, das quais vou me arrepender totalmente.

— ESTOU FALANDO DE TODA ESSA SUA HISTÓRIA DE QUENTE E FRIO. EM UM MINUTO VOCÊ ESTÁ EM CIMA DE MIM, NO OUTRO NÃO ESTÁ. NÃO SEI COMO ME COMPORTAR COM VOCÊ. SÓ QUERO SABER SE VOCÊ ME AMA.

Ela não diz nada. Pára e me encara, quase com medo. Franzo o cenho. Qual é o problema dela?, penso. Por que ela não está mais gritando comigo? O que acabei de dizer? Então ouço as palavras ecoarem em algum lugar das minhas sinapses. Ai, merda. Merda, não, por favor, não permita que eu tenha dito o que acabo de dizer. Ela ainda está me encarando. Isso vai estragar tudo, penso. Eu consegui de novo — como o pateta desajeitado que sou. Pisei na merda e estraguei a porra toda. Então, lentamente, como para me ajudar a perceber que isso está acontecendo de verdade, ela estende a mão para tocar a minha. Encaro o chão. Grande Erro, Grande Erro, Grande Erro. Continuo a repetir as palavras para mim mesmo, sem querer admitir, acreditar que talvez eu não tenha cometido um Grande Erro. É melhor saber agora. Melhor não criar expectativas. Continuar pessimista. Evitar a decepção. Isso continua a passar pela minha cabeça. Nada de experiência. Erro. O que acabo de dizer foi uma porra de um Grande Erro.

— Josh — diz ela baixinho. Continuo a encarar o chão. — Josh — repete ela. Levanto os olhos. Não tenho onde me esconder. É hora de encarar a realidade. Encaro seus olhos, seus lindos olhos verde-esmeralda de vou-nos-tornar-ricos-e-seremos-felizes-pelo-resto-da-vida. E é então que, durante um breve instante, penso ser capaz de ver, igual aos vislumbres que tenho quando fazemos amor. Sim, agora que olho mais fundo realmente consigo ver. Será? O Impossível. Será que ela me ama?

— Diga. — O tom da minha voz me desagrada. Estou implorando, e escondo isso tão mal que chega a ser doloroso.

— Você é uma pessoa linda — diz ela. Isso é bom, não é? Uma pessoa linda é bom. A não ser pelo fato de que há um *mas* demais em seu tom para eu conseguir me sentir à vontade. — Acho que eu jamais tenha conhecido alguém como você — continua ela. Ainda nada de *mas*. Ainda parece bom.

— Sei que algumas vezes eu posso ser... difícil. Eu sinto muito. Sinto mesmo. Porque gosto de você de verdade. Não estou dizendo isso só por dizer. Eu gosto mesmo. — Hum, eu gosto mesmo. Não tenho certeza quanto a isso. Poderia ser bom. Poderia ser ruim. — E acho incrível que você esteja fazendo tudo isto. — Fazendo? O que eu estou fazendo? — Ajudando-me a tirar James da prisão, apesar do que sente por mim. — Ei, como assim "apesar"? Ela acha que estou fazendo isto para que ela e James possam ficar juntos no final? É isso que ela está pensando? Que eu a estou ajudando a conseguir o dinheiro para tirar seu namorado da prisão para que um dia eles possam realmente ficar juntos de novo? Será que ela está louca? Não consegue ver que só estou fazendo isto para *nós* podermos ficar juntos? Não consegue ver que tudo isto é só uma desculpa para ficar perto dela? Que estou fazendo isto por *nós*, não por *eles*? Que estou fazendo isto para que ela acabe se apaixonando por mim? Será que ela não consegue ver que um dia vai se apaixonar por mim? Isso já não está óbvio a esta altura? — Mas... — Ih, pronto. É isso. Eu não acredito. Ela sequer leva nós dois em consideração. — Eu amo James. Sempre amei e sempre vou amar. Desculpe. Eu o amo.

A frase me fere.

Enquanto pronuncia as palavras, ela fecha os olhos, como se estivesse fechando a porta que me deixou entrar quando fizemos amor e que me deixou entrar poucos instantes atrás. Ela agora a está fechando, suspirando fundo ao fazê-lo, como para enfatizar o esforço necessário para fechá-la e, muito pior do que isso, sugerindo o esforço que tem de fazer para mantê-la assim. As palavras que ela diz e o modo como as diz — elas formam um pacote que chega, todo embrulhado cuidadosamente, como um produto entregue em domicílio destinado a me fazer sentir muito, muito amargo. Ela diz as palavras como se estivesse aceitando — enfim — me dizer o que realmente sente por mim. Esqueça a porta, esqueça a transa, esqueça o Grand Palace. Se eu quiser uma resposta honesta, então essa é a única que ela é capaz de me dar.

— Eu o amo. — Ela diz as palavras de um jeito que transforma todo o resto em mentira, transforma todo o resto sobre nós e o que compartilhamos em mentira, como se na verdade *nós*, *eu* e *ela* na verdade nunca houvéssemos existido, fôssemos apenas uma ilusão, uma fantasia, uma ficção. Em outras palavras, ela diz a frase de um modo que na verdade só pode querer dizer uma coisa: "Eu não amo você."

LER (Lesão por Esforço Repetitivo)

Dou um jeito de passar o resto do dia emburrado. Yasmin tenta de tudo, de conversas casuais — geralmente iniciadas por um comentário bobo do tipo: "Uau, olhe que passarinho lindo", ou "Você dirige bem mesmo" — a um confronto aberto. Em determinado momento, ela insiste para que eu pare a moto para podermos conversar sobre "isso". Eu a ignoro, é claro.

A verdade é que estou gostando demais da atenção para parar.

Ela acaba desistindo. Viajamos em silêncio, e continuamos a progredir bem. Percorremos duzentos e vinte quilômetros antes do cair da tarde. Minha bunda está me matando, portanto sei que Yasmin está sentindo dor. Mas ela nada diz. Ela está se revelando bastante teimosa. Também passou a se segurar na barra prateada na parte de trás do assento em vez de se segurar em mim. Penso em acelerar de repente para ver se ela cai, mas não o faço.

Chegamos a Vododara às seis. Não há muita coisa para ver. Encontramos uma hospedaria, básica, porém limpa. Alugamos quartos separados. A roupa de cama é azul. A água é fria. Noto que meu olho esquerdo está muito vermelho. Deve ser a poeira.

Digo a ela que vou levar a moto a um mecânico para trocar o óleo e que provavelmente acharei alguma coisa para comer por lá mesmo. É melhor ela não me esperar para jantar. Ela apenas olha para mim, séria, e dá de ombros.

Encontro um mecânico logo na esquina do hotel e decido deixar a moto com ele. Saio em busca de um restaurante onde possa ficar sozinho, mas avisto Yasmin cerca de cinco minutos depois. Ela não me vê.

Por algum motivo, não sei por quê, decido segui-la. Talvez eu pense que essa seja a melhor maneira de evitarmos nos encontrar. Vododara não chega a ser uma cidade grande. Enquanto Yasmin estiver na minha frente, não poderá haver nenhum esbarrão surpresa.

Ela parece saber exatamente para onde está indo, passando direto por vários lugares de comida e ignorando os ambulantes. Depois de algum tempo, encontra um lugar de onde se pode telefonar e entra. Há uma cabine de computador na vitrine com uma placa escrito E-MAIL em cima. Depois de uma breve troca de palavras com o homem lá dentro, ela se senta em frente ao computador e começa a digitar, com muita força e rapidez, por muito tempo.

Porra, para quem ela poderia estar escrevendo?

Perdidos...

Os buracos vão ficando cada vez maiores e mais freqüentes. Tento manter um ritmo decente, mas há buracos por toda parte, surgindo dos pontos cegos como armadilhas. De vez em quando preciso pisar fundo nos freios para evitá-los. Em uma dessas vezes, Yasmin bateu com o queixo no meu ombro e abriu um corte bem feio no lábio. Começa a vazar óleo da suspensão dianteira e fico com medo de o mecânico ter feito alguma coisa com a moto durante a noite. A Enfield não parece estar andando tão bem quanto antes. Eu deveria ter sido mais prudente. Yasmin me diz que estou indo depressa demais. Depois de algum tempo, sou obrigado a me esquivar em meio ao caos a mais ou menos quinze por hora.

— Porra, isto é ridículo — digo, sacudindo a cabeça.

— Tem certeza de que esta é a estrada certa?

Não posso suportar admitir que eu talvez tenha pego uma saída errada. Estamos na estrada há três horas. Dar meia-volta, no fundo, vai significar perder um dia inteiro. Mas também sei que vimos muito pouco tráfego e passamos por muito poucas cidades.

— Tem que ser. Onde eu poderia ter virado errado?

— Talvez nos cruzamentos de Vododara.

Ela provavelmente tem razão. Como eu posso ter sido tão estúpido, porra? Não consigo suportar a idéia de admitir isso. Tento dizer a mim mesmo que eu estava cansado. Tampouco dormi muito bem na noite passada. Posso sentir o início de um ciclo de insônia. Minha insônia sempre vem em ciclos, geralmente quando estou preocupado com alguma coisa.

Ela começa porque sou incapaz de parar de pensar. Descubro que geralmente consigo dormir no início da noite, e então algum alarme interno dispara e de repente estou acordado. Digo a mim mesmo que estou exausto, mas isso nunca funciona. Simplesmente fico deitado, tenso. Tenso por nada e por tudo. Tentei contar carneirinhos, tentei meditar, tentei ler, tentei me masturbar. Nada disso funciona. A única coisa que me faz adormecer é o nascer do dia. É só quando consigo ver aquela luz cinzenta e percebo, desesperado, que já estou acordado há, sim, merda, sete horas, que minha mente me liberta.

Em outras palavras, eu só consigo dormir depois de perder toda a esperança. Quando sei que a corrida está perdida. Só quando já desisti e não estou mais tentando, e sei que a hora e meia de noite que resta jamais significará um sono de verdade. Só quando estou ali deitado, 1.048 carneirinhos mais tarde, sessenta sessões de "om" reverberando em meus ouvidos, 487 páginas de um romance lidas, e com um caso sério de angústia de punheta — aquela angústia especial que só pode vir de masturbação em demasia.

E a única maneira de pôr fim ao ciclo é ir até o fundo daquilo que realmente está me incomodando. Até então, passarei noites e mais noites com a mente serpenteando e girando por avenidas de pensamento, todos becos sem saída. É só quando finalmente paro de andar em círculos, quando consigo ir além das preocupações superficiais, que a insônia vai terminar. A insônia é o processo que atravesso para resolver minhas questões. Algumas pessoas têm psicanalistas. Eu perco o sono. Geralmente isso me enlouquece. Depende de quanto tempo dura. Algumas vezes dura semanas.

— Bom, podemos escolher entre dar meia-volta ou seguir em frente até chegarmos à próxima cidade — digo. Ela não diz nada. Está começando a ficar quente e são nove horas ainda. A paisagem tornou a ficar estéril e não há riachos à vista, de modo que não podemos ter ar-condicionado. Também só nos resta mais uma garrafa de água. Não havíamos previsto a possibilidade de nos perdermos. A coisa mais sensata a fazer seria dar meia-volta. Mas a idéia de começar tudo de novo me deixa doente. Todos aqueles quilômetros, todo aquele tempo: por nada. Prefiro continuar. — Sei que estamos mais ou menos na direção certa — tento.

— Como?

— O sol ainda está à nossa direita, o que significa que devemos estar rumando para o norte. — Isso não é completamente verdadeiro. O sol já está muito alto, e estamos quase em ângulo reto debaixo dele.

— Bom, vamos seguir em frente, então — termina ela.

Tento selar a decisão tornando a acelerar o ritmo, mas depois de alguns minutos acabamos caindo em um buraco fundo que quase nos joga para fora da moto. A pancada na suspensão dianteira é forte e o óleo começa a vazar em bolhas. Decido parar na próxima árvore que encontrarmos. Preciso de um cigarro. Dez minutos depois encontramos uma, mas sua copa não é espessa o bastante para proporcionar uma sombra adequada. Decido parar mesmo assim. Quando torno a subir na moto, ela não dá a partida.

... e achados

Yasmin diz que só quer ficar sozinha. A água terminou. É quase uma da tarde. O ar queima nossos pulmões quando respiramos. Estamos encostados na moto tentando usar as toalhas como barraca, mas o alívio que elas trazem não é grande. O sol simplesmente as atravessa.

Sei que ela me culpa por ter parado, e provavelmente também por ter pego o caminho errado. Somado ao modo como agi ontem, é inevitável me sentir culpado por isso.

— Vai ficar tudo bem, Yasmin, eu prometo — tento, enquanto ela se encolhe na sombra que estou fazendo com sua toalha. Ela está de costas para mim.

— Estou ficando realmente cansada de ouvir você dizer isso.

Yasmin quer abandonar a moto em busca de ajuda. Digo-lhe que temos mais chances se esperarmos passar algum veículo. Até agora não vimos nem ouvimos nenhum. De qualquer modo, é perigoso demais sair dali. Não duraríamos uma hora nesse calor, sem água nem sombra.

A única coisa a fazer é esperar e rezar. De vez em quando inspeciono a moto em busca de pistas, mas não consigo descobrir o que há de errado com ela. Eu esperava que ela só estivesse afogada, mas não é isso. O motor simplesmente não dá a partida. Empurrar a moto é inútil. Ela é pesada demais e a estrada é ruim demais para conseguirmos velocidade suficiente para fazê-la funcionar. As velas da ignição parecem limpas. Fico dizendo a Yasmin que o motor está apenas superaquecido. Assim que o sol baixar um pouco, poderemos pegar novamente a estrada. Sei que ela não acredita em mim. Estamos com medo.

Depois de um longo silêncio, eu lhe peço desculpas. Ela diz que não tem problema e se vira para mim. Delicadamente, puxo uma mecha de cabelos solta e a ponho no lugar atrás de sua orelha. O sono vem. Algum tempo passa.

Ouço pneus cantando. Vejo que as pernas de Yasmin escorregaram para o sol e estão muito vermelhas. Sacudo-a para acordá-la. Ela diz algo incoerente e tira a cabeça do meu colo com um tranco. Noto uma pequena mancha úmida no meu short onde ela babou. Então torno a ouvir pneus cantando.

— O que foi isso? — pergunta Yasmin olhando para mim.

Ambos nos levantamos depressa. Um rapaz jovem, com cabelos muito pretos partidos ao meio, pele escura e uma túnica sem mangas quase branca está montado em uma bicicleta grande demais para ele e vindo na nossa direção. Ele fica em pé sobre um dos pedais, usando o peso do corpo para girá-lo, depois se senta no aro até o outro pedal dar uma volta completa. Ele o intercepta com o outro pé e repete o processo, esquivando-se devagar por entre os buracos.

Ele está prestes a passar por nós quando gritamos para ele parar. A roda da frente balança perigosamente quando ele nos vê correndo em sua direção de braços abertos, com os olhos arregalados. Ele passa por cima de um buraco e cai da bicicleta. Não parece muito contente quando o ajudamos a se levantar.

Ambos nos dirigimos a ele em um híndi desconexo durante vários minutos antes de ficar claro que ele não entende uma palavra do que estamos dizendo. Usamos linguagem de sinais e falamos com ele em frases entrecortadas.

— Precisamos. De. Água — diz Yasmin, fingindo beber de uma garrafa imaginária.

— Chame. Ajuda. Por. Favor — digo, apontando para longe.

Ele me ignora e caminha até a Enfield. Agacha-se perto do motor. Aproximo-me por trás dele.

— Moto. Quebrada. Precisamos. De. Ajuda. — Ele olha para trás e para mim, apertando os olhos. Tem um daqueles rostos muito sábios que só se vê em crianças indianas, nove anos que parecem noventa. Então ele sobe na moto, que está apoiada no descanso, e gira a chave. — Não. Moto. Quebrada — insisto.

Ele aperta o botão de compressão, apóia-se com os dois pés no pedal da ignição, e lentamente vai tirando o ar do motor. Senta-se sobre o assento e deixa o pedal da ignição voltar à posição normal. Faz sinais para eu segurar a moto. Então ele se agita sobre o pedal até que de repente, com um pequeno pulo, empurra-o até o fundo com um único pisão e pula para o lado, usando o acelerador para se equilibrar. Na terceira tentativa a Enfield volta à vida rugindo.

Yasmin e eu nos entreolhamos. O menino sorri para mim. Então aponta para a direção na qual estamos indo e nos mostra cinco dedos cinco vezes.

— Vinte e cinco quilômetros — digo, levantando dez dedos duas vezes, depois mais cinco para confirmar.

Ele aquiesce em resposta.

— Godhra.

— Godhra? — diz Yasmin. — Onde fica isso?

— Não sei. Vamos descobrir quando chegarmos lá.

No meio da porra do nada

Está escuro quando chegamos a Godhra. Minutos depois de chegarmos, já sinto a hostilidade. Não se vê nenhuma mulher e todo mundo está nos encarando — mau sinal quando a viagem é com uma bela garota branca. Mas não temos escolha. Está tarde demais para encontrar outro lugar para ficar e não podemos arriscar, com a moto dando problema. Acabamos encontrando um lugar que aceita hóspedes.

É um prédio feio de três andares. Só há um quarto disponível. Ele tem uma janela que dá para o corredor que conduz ao quarto. Uma fina tela de arame faz o papel de segurança. É deprimente, mas vai servir.

Quando estamos prontos para comer, todos os restaurantes estão fechados. Um menino da recepção diz conhecer um lugar. Ele tem um terrível lábio leporino e uma mancha avermelhada na testa. Guia-nos por um beco escuro até um pátio enlameado a vários metros de distância da estrada principal. Lá dentro há diversas mesas repletas de indianos sentados em bancos comunitários. Eles estão comendo uma comida marrom empedrada servida em um grande tacho de alumínio. Todos têm rostos e cabelos encardidos. Trabalham na estrada. Prestam pouca atenção em mim e em Yasmin. Sentamo-nos discretamente em um canto e esperamos sermos servidos. A comida é surpreendentemente boa.

Depois, Yasmin diz que quer comprar frutas.

— Você não está cansada? — tento.

— Não. Estou me sentindo muito melhor. Vamos.

— Ainda acho que deveríamos ir dormir. — A cidade está me deixando muito nervoso. Não vi uma única mulher e não há dúvida de que estamos atraindo olhares agressivos.

— Pare de ser tão reclamão. — Ela está se revelando não apenas teimosa, mas também cheia de vontades. Finalmente sinto estar entendendo algumas coisas em relação ao caráter de Yasmin durante esta viagem. Impetuosa, decidida, independente, pergunto-me o que ela viu na vida para fazê-la saber com tanta certeza o que quer. Talvez sejam os genes. Eu certamente não tenho a sua solidez. Nem a sua segurança. Ela parece completamente confiante. Não parece se importar com o que as pessoas pensam dela. Simplesmente sabe o que quer e vai atrás, quaisquer que sejam as conseqüências. Isso parece egoísta, mas é maravilhosamente atraente. É tão diferente de mim. Admiro isso. Gostaria de conseguir ser mais parecido com Yasmin. Menos preocupado com o que as pessoas pensam. Gostaria de saber o que quero e de ter em mim a decisão e a confiança para ir atrás. A vida é curta demais para qualquer outra coisa. Pelo menos é o que parece quando estou com ela.

— Vamos ser rápidos, então — aceito.

Acabamos encontrando uma barraca de frutas onde trabalha a única mulher, se é que se pode chamá-la assim, que vimos até agora na cidade inteira. Ela parece uma velha bruxa enrugada, com uma pele da qual foi tirado todo o ar e uma grande verruga no nariz de onde brotam três pêlos grossos. Yasmin examina as bananas. Elas não parecem muito apetitosas. Uma lâmpada halógena branca brilha com intensidade debaixo de um guarda-chuva verde. Um homem passa a pé. Ouço-o distintamente dizer "piranha" em híndi. Corro os olhos para a direita e para a esquerda. Parece haver pessoas se aglomerando atrás de nós. Resisto à tentação de olhar para trás. Yasmin não parece estar percebendo nada disso. É óbvio que a velha senhora não está gostando de ver Yasmin apalpar suas frutas. Outro homem passa. "Puta", diz ele, novamente em híndi. De repente a decisão de Yasmin não parece mais tão louvável. Estou com medo.

— Vamos, Yasmin. Está ficando tarde. — Tento não soar aflito demais. Yasmin finalmente escolhe duas bananas.

— *Kitna?*

— *Dos rupiyah* — cacareja a bruxa.

— *Dos rupiyah!* — exclama Yasmin. — *Ne, ne.*

Não consigo acreditar que ela esteja pechinchando. Outro homem grita "puta" para nós. Yasmin estende uma nota verde de cinco rupias.

— *Panche.*

De repente a bruxa se levanta com um salto, agarra suas bananas e dá um forte cutucão no ombro de Yasmin com um dedo ossudo.

— *Ne. Dos. Chalo* — grita ela.

Durante alguns instantes, Yasmin fica chocada demais para reagir, mas aproveito a oportunidade para agarrar seu braço e tirá-la dali. Ela está tão ocupada protestando e insistindo para voltarmos para discutir com a bruxa que sequer percebe o grupo de homens a nos seguir.

Finalmente chegamos de volta ao quarto. Passo o cadeado e o trinco na porta, fecho as janelas e apago a luz.

— O que você está fazendo? Não consigo ver nada.

— Ssshhh.

Encosto o ouvido na porta tentando ouvir passos.

— Qual o problema? — sibila Yasmin.

— Estamos sendo seguidos.

— Ah, não, isso de novo não — diz Yasmin com sua voz normal.

— Ssshhh. Quer ficar quieta por um segundo? Por favor.

— O que está acontecendo? — sussurra ela.

Explico sobre os homens, mas não lhe falo sobre os xingamentos. Ela acaba concordando que é hora de ir para a cama.

Tentamos dormir, mas está quente demais.

Vinte minutos depois, ela sussurra no meu ouvido.

— Você acha que é seguro abrir a janela? — Está muito escuro. O ar está pegajoso. Estamos os dois suando, encostados um no outro.

— Vamos ter de abrir. Nunca vamos dormir deste jeito.

A mais débil das brisas sopra do corredor quando ela abre a janela, mas é o suficiente para nos fazer navegar lentamente rumo ao sono.

Estupro

— Josh, Josh, acorde. — As palavras penetram na minha mistura de sono e vigília. — Josh, por favor. — Abro os olhos. Primeiro está escuro, mas depois vejo uma luz vinda do canto do meu olho.
— O quê?
— Tem alguém... alguém lá fora — sibila ela.
Restos de sono e a escuridão me desorientam. Recobro a consciência e percebo que meu rosto está enterrado na axila de Yasmin. Mexo a cabeça um pouco até o horror do que está acontecendo se revelar. Yasmin está deitada rígida ao meu lado, vestindo uma das minhas camisetas e uma calcinha. A luz de uma lanterna percorre seu corpo. Primeiro paira em cima de um seio, depois desce devagar por sua barriga. Pára, quase trêmula, antes de prosseguir, cheia de expectativa, por cima de seu sexo, que forma uma protuberância no contorno de seu corpo. A luz se demora nas reentrâncias, indo de um lado para o outro, acariciando. Aperto os olhos na parte azul que a luz não ilumina. Consigo distinguir três silhuetas. Ouve-se um débil ruído de sussurros, como moscas zumbindo contra uma janela. Posso ver um cotovelo se mover.
De repente sou tomado pela fúria e por uma coragem cega. Pulo da cama e me jogo em cima da tela de arame, gritando:
— SAIAM JÁ DAQUI, PORRA, SEUS TARADOS DE MERDA.
— Não vejo seus rostos. Eu os estou atacando de olhos fechados. Quando dou por mim, eles estão descendo o corredor depressa, rindo. O medo dá uma sensação suja. Viro-me e vejo Yasmin, com os joelhos erguidos junto ao peito. As batidas do meu coração parecem um ritmo de *drum'n bass*. Minhas mãos estão tremendo. Eu odeio a Índia. Sinto-me culpado. Por

que eu nos trouxe para este lugar? Isto é culpa minha. Yasmin é a verdadeira vítima. Avanço para abraçá-la. Estamos juntos novamente.

— Vamos sair daqui — digo depois de alguns minutos. São só três da manhã, mas ambos sabemos que nenhum de nós dois vai voltar a dormir.

— Vamos.

Não pagamos a conta e o ar negro parece nos purificar.

A possibilidade de simplesmente ir embora, fazer a mala e sair da cidade de moto, de ter essa liberdade — isso parece uma espécie de vitória. Uma vitória diante da adversidade. Esse momento, esse momento específico, enquanto corremos pela noite com o farol amarelo da Enfield e o ar sopra no nosso rosto e a cidade, com todos os seus horrores, vai encolhendo no horizonte atrás de nós; é como estar de pé no alto de uma cachoeira que passamos o dia inteiro escalando perigosamente.

E o que queremos fazer? Queremos jogar as mãos para o céu e dar vivas e gritar. Algumas pessoas dizem que viajar é escapismo, e sob muitos aspectos eu imagino que seja mesmo. O que quer que fique para trás se congela no tempo e, na volta, surge novamente, idêntico, tendo de ser encarado. Se eu um dia for obrigado a voltar a Godhra, a cidade ainda será o mesmo buraco infernal. Viajar não é uma solução. É apenas um sentimento. Um sentimento de autodeterminação, de retomada de controle. Retomada de controle de uma vida que, não se sabe como, ficou grande demais.

Cruzando o cruzamento

Viajamos o dia todo, parando apenas para tomar café da manhã e comemorar nossa volta à estrada NH-8. Chegamos a Ahmedabad ao meio-dia. Pelo menos quase chegamos a Ahmedabad. Dez quilômetros antes dos limites da cidade, há um enorme congestionamento. Esquivamo-nos entre os veículos que engasgam por vários quilômetros antes de finalmente chegarmos à causa do problema.

É um cruzamento com uma ferrovia. As barreiras estão abaixadas, mas não há trem à vista. Percebo que os trens devem ter recomeçado a circular, mas não sei se é porque a greve terminou ou porque agora estamos em outro estado. Ciclistas e motoristas de lambretas Bajaj descem e empurram os veículos por baixo da barreira para passar. A Enfield é pesada demais e a barreira baixa demais para podermos fazer o mesmo. A única coisa que podemos fazer é esperar.

Desligo a Enfield. Todos os outros mantêm os motores de seus veículos ligados. Cozinhamos no calor. Dez minutos passam vagarosamente. Sinto-me levemente tonto. Não posso evitar uma incômoda inveja de todos os pedestres e ciclistas livres que conseguem escapar pela barreira. Por algum motivo, isso não parece justo. Continuo pensando em alguma maneira de fazer a Enfield passar, embora já tenha decidido que isso não é possível. O calor parece inconcebível. Ainda não há nenhum sinal de trem. As luzes da barreira piscam em alternância, hipnóticas.

— Que porra está acontecendo? — pergunto, sem me dirigir a ninguém específico.

Meu suor evapora antes mesmo de ter uma chance de me refrescar. Começo a olhar irritado para os outros motoristas que não desligaram seus motores. Será que eles não vêem o quanto estão piorando as coisas? Por que manter os motores ligados? Não faz sentido nenhum. Esperamos. Mais dez minutos passam.

— Porra, isto é uma piada — continuo para mim mesmo. Yasmin, que desceu da moto quase assim que chegamos, diz que vai procurar alguma coisa para beber.

Fumo um cigarro. Ele queima minha garganta.

Ao longe, posso ver a dianteira brilhante de um trem de carga se aproximando. Todos começam a acelerar seus motores, embora ainda sejam necessários mais vários minutos antes do trem chegar à barreira. Tento dizer ao homem no caminhão ao meu lado para parar de lançar fumaça na minha cara, mas ele finge não entender.

Quando o trem finalmente chega, fico assombrado ao ver como é comprido. Conto cinqüenta e oito vagões enquanto eles passam centímetro por centímetro, em ritmo geriátrico. Digo a mim mesmo que esse pesadelo logo estará terminado. Estamos a minutos da liberdade. Então Yasmin e eu poderemos ir almoçar e relaxar por algumas horas. Nós merecemos. Talvez eu alugue um quarto para podermos fazer a sesta. Já estamos na estrada há oito horas. É isso, decido. Tomaremos uma chuveirada fria, e um drinque. Depois veremos como estamos. Quando o sexagésimo vagão passa, giro a chave na ignição. Agora restam apenas três vagões. Piso no pedal da ignição algumas vezes até os amperes atingirem o nível adequado. Sequer estou olhando para o trem agora. Tudo em que consigo pensar é no que nos espera, meio me perguntando onde ela estará. Imagino que esteja por perto e solto meu peso sobre o pedal da ignição.

Ouve-se um ranger de freios de gelar a espinha. Durante um segundo, penso que é a moto e meu coração dá um pulo. Mas então, com o som do metal sendo rasgado ainda a ecoar, percebo que é o trem. Ele pára com um tranco. O último vagão fica parado orgulhosamente bem do meio do cruzamento, com o restante do trem serpenteando em direção a um horizonte diferente.

Durante um segundo, todos olhamos para ele e tentamos entender o que isso significa. Sou um dos últimos a aceitar esse terrível desenrolar dos acontecimentos. Todos param de acelerar os motores, e exclamações e suspiros imaginários parecem encher o ar enquanto encaro o trem, tentando desesperadamente entender o que acaba de acontecer. Estou achando muito difícil acreditar que o trem conseguiu quebrar no último vagão.

Estou achando muito difícil acreditar que qualquer um de nós esteja realmente aqui. O sol não pode estar *tão* quente assim. A situação não pode estar *tão* ruim assim. *Isto, isto... isto tudo* é ridículo demais para ser real.

Mas é real. A realidade está ali, imóvel na minha frente. Estou quase chorando. Em vez disso, rio. Uma risada curta e amarga. Não pisco. Apenas encaro o trem, meditando sobre minha fúria quente, acumulando raiva naquele inferno do meio-dia.

Yasmin volta.

— O que está acontecendo?

— Na sua opinião? — pergunto com ironia, sem tirar os olhos do trem.

Percebo vagamente o olhar estranho que ela me lança antes de recuar sabiamente. Ela encontra um pequeno quadrado de sombra bem ao lado do acostamento. Pouco depois disso, rodas soltam fumaça e controladores de tráfego ferroviário acenam com bandeiras. O trem começa a se mover. Finalmente, quarenta e cinco minutos mais tarde, parecemos estar indo a algum lugar. Então olho mais de perto. Sim, o trem está se movendo, mas... Não acredito. Ele está dando ré.

— Por favor, isto não está acontecendo — digo, segurando a cabeça com as mãos. Por algum motivo, estou levando tudo isso para o lado pessoal. Em algum momento decidi que todo esse episódio tinha por finalidade perseguir a mim. A cada vagão que passa pela segunda vez, acumulo mais rancor emocional. Tudo que eles precisavam era fazer o trem andar para a frente apenas um vagão. Em vez disso, estão dando ré em sessenta vagões. Não faz sentido. Estou deixando isso me irritar. Embora saiba que essa é a pior coisa a se fazer na Índia, estou deixando a loucura tomar conta de mim. Estou jogando um jogo perigoso.

Mas não posso evitar. Mesmo pelos padrões indianos, isso vai além de todos os limites da farsa. Conto os vagões enquanto eles dão ré e finalmente chego aos últimos cinco. Respiro fundo e procuro a luz no fim do túnel. Digo a mim mesmo que, depois de eles tirarem o trem do meio do cruzamento, abrirão as barreiras e deixarão o tráfego passar enquanto consertam o problema. Seria a única coisa que faria sentido.

É então que a locomotiva torna a surgir, grande e vermelha, com cantos quadrados, e pára... em cheio no meio do cruzamento. Minha têmpora esquerda começa a se contrair. A raiva forma um abscesso dentro de mim. A situação prossegue. Prossegue, prossegue, prossegue. O trem começa a andar vagarosamente mais uma vez, quebrando no último vagão mais uma vez antes de dar ré e voltar novamente até a locomotiva. Sempre bem no meio do cruzamento.

Uma hora e meia depois do início de tudo, os engenheiros finalmente têm sensatez suficiente para tirar o trem do cruzamento. Com o trem afastado e quebrado, eles enfim levantam a barreira. Estou em estado de choque. Minha raiva não acabou. Não consigo esquecer a futilidade daquilo tudo. Quero saber por que toda essa história aconteceu. Deve haver algum propósito nisso tudo.

Não há tempo para pensar nisso agora. O tráfego começa a se afunilar em direção ao cruzamento antes mesmo da barreira ser levantada. Giro a ignição e começo a pisar no pedal da ignição. Cinco tentativas depois, levanto os olhos para ver que alguns veículos tentaram passar no meio do cruzamento e agora há um novo engarrafamento. Balanço a cabeça e me concentro em dar a partida na moto. Se eles querem ficar presos aqui durante o resto de suas vidas, problema deles. É por isso que *nós* temos uma Enfield. Sairemos dessa confusão em questão de minutos. Pelo menos sairíamos, mas... a moto está morta.

Metamorfose

Alguma coisa se parte. Talvez seja o calor, talvez seja a moto, talvez seja o trem, talvez seja a Índia, talvez seja Yasmin, talvez seja eu. Talvez seja tudo isso junto. Talvez seja toda essa desventura. Por que estou aqui? Será que realmente acredito que estou prestes a ganhar milhões roubando algum traficante de drogas e diamantes para a Máfia de Mumbai? É por isso que estou aqui? Eu sequer acredito nisso. Essa é só a minha história. Então por quê? Por que estou passando por esse inferno físico e mental? Por Yasmin? Será Yasmin a razão para eu estar aqui? Ela sequer me ama.

De repente tudo parece inútil. Paro de pisar freneticamente no pedal da moto e dizer palavrões ao mesmo tempo. Durante um segundo, fico apenas sentado. Então alguma coisa acontece comigo. Parece fisiológico. Pelo menos minha percepção sensorial muda, então decido que deve ser fisiológico. Os carros e as lambretas que buzinam parecem subitamente abafados. O mundo, em vez de brilhante, fica opaco. O calor continua, mas agora há uma linha indeterminada de separação entre mim e Ele. Nem mesmo o meu corpo parece meu.

Tudo parece diferente, distante, em outro lugar, de certa forma. Imagino que isso possa ser chamado de experiência exterior ao corpo. Tudo que sei é que não estou mais presente. Não estou nessa situação. Meu corpo está, mas eu não. Saí de cena. De repente estou à margem, invisível na cena. A sensação não é boa nem ruim. Não sinto alívio nem medo. Sinto-me totalmente à parte. Não tenho emoção nenhuma, sou imparcial em relação ao que me rodeia. Vejo os indianos aos gritos e o trem quebrado e isso não significa nada para mim exceto uma anedota vagamente engraçada. Viro-me e percebo a presença de Yasmin, que está olhando para o caos, e tudo que vejo é uma moça bonita, ligeiramente perdida e confusa.

Então vejo a mim mesmo, ainda segurando a moto entre as coxas. Não sinto o que meu corpo está sentindo. Não penso mais o que meu cérebro e minhas emoções estão me dizendo. Não sei como, entrei em um plano diferente.

Decido dar uma olhada em volta.

Estou parcialmente consciente da moto desabando no chão quando desço dela, mas isso na verdade é apenas uma observação. Nenhuma de suas implicações a acompanha. Vejo pessoas olhando para mim enquanto começo a adentrar toda aquela loucura, mas sua atenção não me diz respeito. Agora só estou ali como testemunha. Encaro as pessoas em busca de pistas de seu caráter e consumo os detalhes para dar corpo à cena.

Rugas e olhos esbugalhados, testas suadas e mãos calejadas, moscas azul bebê e fumaça preta, loucas gesticulações e gritos desesperados. Enfio meu corpo nos recantos mais apertados para olhar mais de perto. Toco em coisas, lendo a textura com a ponta dos dedos. Escuto, olho, farejo. Aaahhh — com uma profunda inspiração, o calor espesso e a terrível poluição. Tudo fica claro. Vejo como veria um deus grego. O mundo se transforma em uma peça de teatro extremamente complexa vista de um panteão privilegiado. Eu não dito suas regras.

O rosto de Yasmin surge de repente na minha frente. Vejo seus lábios se moverem em câmera lenta. Fios de saliva finos como seda se prendem aos cantos de sua boca antes de se romperem e desaparecerem enquanto dentes brancos se movem. Vejo as palavras enquanto elas flutuam na minha direção e dizem coisas para eu interpretar.

— Está...

A palavra parece nova, diferente — está, está, está —, é como encarar uma palavra em uma página durante muito tempo até sua ortografia não parecer tão certa e aquilo tudo parecer estranho.

— Tudo bem...

— Com você...

— ?

Uma pergunta. Yasmin está me fazendo uma pergunta. Está tudo bem comigo?

Pergunto a mim mesmo: "Está tudo bem com você, Josh?"

Parece haver inúmeras respostas possíveis para isso. O fato é que eu não me sinto eu mesmo, de forma alguma — não é como se eu estivesse doente, mas como se meu ego estivesse ausente. Pela primeira vez na vida, estou inconsciente das minhas necessidades. Não tenho planos. Não olho para o mundo em termos de Eu. Não interpreto os acontecimentos para ver de que modo eles me beneficiam, de que modo me afetam. De certo modo, acho, eu não tenho ego. Pergunto a mim mesmo sem convicção se é esse o sentimento causado pela iluminação. Essa sensação de distanciamento. Não que eu não me importe com as coisas. Eu só me sinto muito, muito menos presente.

Não há nada acontecendo no meu cérebro. Nenhum pensamento, nenhuma análise, só... ser. Só... observar. Sinto-me exaurido. Não quero falar. Não quero responder a Yasmin. Sinto que devo proteger isso. Não quero ser novamente sugado para dentro do Aqui e Agora. De forma desapaixonada, distante, como o Buda, tenho medo de que falar possa me tornar novamente consciente dos meus sentidos. Como se a fala fosse quebrar o feitiço.

Quero apenas ficar aqui observando o mundo. Tudo me parece tão fantasticamente esplêndido. Ser capaz de olhar e observar assim, sem emoção, sem envolvimento. É tão liberador. Verde é verde, raiva é raiva, um caminhão é um caminhão. Não estou com raiva desse caminhão verde porque ele está no meu caminho. Ele só está ali agora.

De repente o mundo se enche de possibilidades. Cada cena, cada conversa, cada personagem, cada emoção — tudo se estende à minha frente como um fluxo infinito de permutações possíveis. Agora tenho a sensação de que posso realmente narrar. Como se houvesse passado por uma espécie de transição. Profunda, pessoal, algo que sempre esteve ali, um potencial dentro de mim, o narrador que, até agora, estava dentro de um casulo, hibernando.

Tenho a sensação, enfim, de que esse episódio deu sentido à minha vida, de que essa é a encruzilhada à qual minha vida inteira vinha ao encontro. Fiz a transição. Meu desenvolvimento está completo. Essa linha tênue, sempre a me separar suavemente da minha fantasia, atando-me à realidade — ela agora sumiu. Eu vivia uma ilusão. A ilusão do envolvimento. Foi a participação que me confundiu tanto. A verdade é que tenho de sair dela. Tenho de abraçar e entrar em meu próprio mundo da fantasia.

Escapar e sair da realidade para vê-la como ela realmente é. Agora, e somente agora, a metamorfose está completa. Estou um passo à frente. Estou do lado de fora dos acontecimentos. Estou no meu próprio mundo. O mundo onde estou, verdadeiramente, desapaixonadamente, um narrador. De agora em diante, posso manter-me distante de tudo que fizer. Finalmente posso abandonar o *eu*. Agora sou capaz de ver as coisas em um patamar completamente diferente. Saltei para dentro do romance. Subitamente minha vida é uma ficção de verdade.

O herói

— Venha, vamos — digo, agarrando o pulso de Yasmin e puxando-a para longe da confusão e novamente em direção à moto. Ela cambaleia atrás de mim. — Venha aqui, me ajude — digo, apontando para a Enfield.

Ela pega o guidom e juntos conseguimos pôr a Enfield de pé. Apóio a moto no descanso e começo a desamarrar as malas.

— O que você está fazendo?

Lanço a mochila de Yasmin em sua direção.

— Vamos largar a moto — anuncio.

— Por quê?

— Três razões — digo, jogando o resto das malas, incluindo o dinheiro e as pedras falsas, no acostamento. Yasmin solta uma exclamação de susto, esperando para ver se alguma coisa cai de dentro delas. Não estou preocupado. Não ligo mais para o precioso carregamento. Não estou mais envolvido. Meu papel nisso tudo é apenas o de um agente. Além disso, é tudo falso. — Em primeiro lugar, ela está quebrada — digo, pondo a marcha em ponto morto. — Em segundo lugar, isto está demorando demais. — Empurro a moto até um pequeno espaço empoeirado. — E em terceiro lugar nós podemos pegar um ônibus. Já percorremos metade da distância. Estaremos em Jaisalmer amanhã de manhã. — Então pego as malas e as jogo por cima do ombro.

Yasmin olha para mim.

— E a greve?

— A greve era só em Maharashtra. Agora estamos em outro estado. Olhe — digo, apontando para o trem. — Aqui a ferrovia está funcionando.

Se é que se pode chamar isso de ferrovia. Provavelmente os ônibus também estarão.

— Tem certeza de que isso é uma boa idéia? Abandonar a moto de Sohrab desse jeito?

— Certeza absoluta. Nós precisamos continuar a história e esta parte está demorando demais.

— Como?

— Nada. — Aponto para o outro lado do cruzamento. — Vamos pegar um riquixá do outro lado desta baderna até a rodoviária. Provavelmente haverá um ônibus saindo esta tarde.

A briga

Na estação, à espera do ônibus, leio uma notícia no jornal.

SERVIÇO DE NOTÍCIAS EXPRESSO

Guerra de pedras em Godhra

Um desentendimento entre uma cliente, identificada pela polícia como Nalini Jaywant, e uma vendedora de bananas sobre a qualidade das frutas transformou-se em uma guerra de pedras e outros artefatos entre membros de duas comunidades no mercado de legumes de Zahurpura, cidade de Godhra, na tarde de domingo.

Segundo a polícia de Godhra, a vendedora respondeu de forma ofensiva quando a sra. Jaywant perguntou sobre o preço das bananas. Aparentemente suas reclamações não surtiram efeito, de modo que ela saiu e voltou com o marido e algumas outras pessoas. A vendedora também havia reunido alguns defensores. Um duelo verbal entre os dois grupos evoluiu para um incidente onde foram atiradas pedras, disse a polícia, acrescentando que todos se dispersaram quando o patrulhamento chegou.

Sorrio. Os habitantes da cidade não estavam nos xingando. Estavam xingando a vendedora. As mulheres foram provavelmente retiradas das ruas. Era por isso que só havia homens. Era por isso que a cidade estava tão hostil — por causa do tumulto mais cedo naquele mesmo dia.

Sorrio para mim mesmo pelo fato de a Verdade ter estado tão distante da minha própria interpretação dos acontecimentos. Qual a importância de eu ter estado *errado*, da minha percepção da realidade obcecada com a minha própria pessoa não ter absolutamente nenhuma relação com os fatos? Afinal, que história era mais interessante? Uma briga com pedras por causa do preço de alguns legumes, ou um quase-estupro e uma fuga da cidade?

Tenho quase certeza de que é a segunda alternativa. Ou talvez seja uma combinação das duas. Talvez seja o contraste entre elas que construa a história. Se eu for capaz de juntar as duas metades do quebra-cabeça, o que vejo e o que está realmente acontecendo — talvez seja aí que esteja o verdadeiro tesouro. Talvez seja aí que esteja escondido o meu bestseller. Entre a minha narrativa interior e o mundo exterior, aquele que aprendi a observar. Estou começando a sentir nascer um romance com potencial de venda.

PARTE QUATRO

Mos Eisley

Jaisalmer parece um cenário saído de *Guerra nas estrelas*. A cidade ainda conserva a mesma atmosfera medieval, lembrando *As mil e uma noites*, da última vez em que estive aqui, mas agora há um elemento futurista que faz tudo parecer particularmente surreal. Talvez sejam os caças que vemos passar em velocidade supersônica no céu durante a curta viagem do ponto de ônibus até a cidade. O motorista do riquixá diz que é por causa dos testes. A base militar agora está maior. Passamos por um grupo de soldados marchando como tropas de choque perto do antigo forte. Há camelos também. Vários deles, cambaleando pelas ruas como criaturas extraterrestres.

O motorista do riquixá nos leva até uma hospedaria barata que ele mesmo escolhe. Não discutimos com ele. A viagem de ônibus, que começou à tarde e durou a noite inteira, com uma trilha sonora em híndi aos berros, significa que estamos cansados demais para brigar. Além disso, o lugar tem uma cara razoável. Tem uma área de recepção que dá para a rua como uma *villa* mediterrânea, com um chão revestido de cerâmica marrom florida e paredes caiadas.

Pedimos quartos separados. Yasmin diz que precisa dormir um pouco. Não sei se é por isso que ela quer um quarto só para ela, ou se é apenas uma desculpa. Há uma estranha energia entre nós. Eu mal falei com ela durante a viagem de ônibus — estava ocupado meditando sobre a iluminação que acabara de encontrar, pensando no que significava tudo aquilo, imerso na glória da minha alma liberta.

Não sei o que passa pela cabeça de Yasmin. Poderia ser eu, nós, a viagem, o plano, qualquer coisa. Tudo que sei é que ela está distraída com seus próprios pensamentos e não os está deixando transparecer. Isso não é nenhuma novidade. Mas o nosso silêncio mútuo cria uma tensão. É como se estivéssemos novamente discutindo. O fato de estarmos em dois espaços diferentes, e de não querermos falar um com o outro sobre o que nos está acontecendo, dá a sensação de que estamos brigando, mesmo que não seja o caso — não de verdade, não oficialmente. Decido que não quero mexer nisso. Sei no que dá forçar Yasmin a falar. Simplesmente não vale a pena. Não é o momento. Deixe-a dormir um pouco. No seu próprio quarto.

Tomo um banho e decido tentar localizar Sohrab. Quero encontrá-lo antes que seja tarde demais. Tenho estado nervoso, achando que ele poderia prosseguir sem mim, desde o nosso primeiro atraso para sair de Mumbai. Faz seis dias desde que nos vimos no trem pela última vez e sequer tenho certeza se ele sabe que eu viria.

Não demoro muito para encontrá-lo. Só existe um hotel cinco estrelas em Jaisalmer. Hospedar-se em qualquer outro lugar não faz o estilo de Sohrab. O recepcionista me passa o quarto dele. Ninguém atende. O recepcionista torna a entrar na linha e pergunta se quero deixar recado. Deixo.

Volto para o meu quarto e me deito, de braços cruzados, com as mãos escondidas sob as axilas. O dia se derrama para dentro do quarto, tornando-o agradável e claro — ideal para lutar contra a minha insônia. O sono começa a chegar, vindo do fundo da minha mente, e eu me deixo levar por ele, fechando os olhos, não me permitindo estar consciente de que estou adormecendo — simplesmente deixando o sono vir e me levar. Preciso tanto disso.

Cinco minutos depois, ouço batidas na minha porta. Telefone. Meus olhos ardem quando os abro e sinto-me muito pior, como se meu corpo estivesse cobrando seu preço por provocá-lo assim.

O telefone está frio quando o aproximo da orelha.

— Josh? — Posso sentir o nervosismo em sua voz.

— Sohrab — digo, calmo. Não quero que ele saiba o quanto estou aliviado por ouvir sua voz. — Tudo bem?

— Podemos nos encontrar? — pergunta ele.

— Claro — respondo, deixando transparecer involuntariamente a casualidade fingida. — Você pode me pagar um almoço nesse hotel chique onde está hospedado. Porra, cara, você sabe mesmo viver, né não? Esse lugar, como é mesmo o nome, o Jaisalmer...

— Você pode vir me encontrar agora? — interrompe ele. Não consigo perceber se é a minha verborragia ou o seu tom desesperado que justifica a interrupção.

— Ahn... — A verdade é que eu preferiria fazer isso mais tarde. Agora que o localizei, eu preferiria esperar. Estou realmente exausto. — Acho que sim.

— Ótimo.

Penso em dizer a Yasmin aonde estou indo, mas alguma coisa me detém. Digo a mim mesmo que não gostaria de incomodá-la. Não enquanto ela está dormindo. Não no seu próprio quarto.

Rendez-vous

Encontramo-nos em um restaurante do lado ocidental do forte. Quando chego, Sohrab já está lá. Quando ofereço a mão para ele apertá-la, ele a agarra e me puxa na sua direção. Dá alguns tapinhas calorosos nas minhas costas e, quando nos afastamos, sorri. Como em nossos dias juntos em Mumbai. É reconfortante.

— Nossa, você está péssimo.

Olho para minhas próprias roupas e belisco as pernas da minha calça.

— Foi uma viagem dura — explico.

— Bom, eu estou feliz por você ter vindo — diz ele, tornando a me olhar nos olhos, sorrindo para mim.

— Eu também — digo, retribuindo seu olhar.

Sohrab pede para nós um *haveli*, uma espécie de varanda privativa com vista para a cidade lá embaixo. Uma persiana alta nos protege do sol da tarde. Do lado de fora, escadas sobem pelas paredes de cada um dos prédios baixos de teto chato da cidade. Elas parecem se entrelaçar e se conectar formando um labirinto impossível. A cidade inteira parece estar surgindo do deserto. E ali estamos nós, no forte, sentados como homens em miniatura em um castelo de areia.

Pedimos bebidas. Lá longe no céu, um caça se aproxima. Sohrab tampa os ouvidos. O avião vara o céu, preto, com asas pontudas, e depois desaparece em direção ao Paquistão. Em seguida o som chega e explode, como se estivesse dentro de um pote de vidro e o partisse para se espalhar. O mundo treme com o choque que ele provoca.

— Essa porra desse forte vai desabar se eles continuarem assim por muito tempo — diz Sohrab, destampando os ouvidos.

— Estou surpreso por ainda não ter desabado — digo.

E é assim que começamos a conversar amenidades. Como é a cidade, as mudanças de estação, como é o seu hotel, não tão bom quanto o seu etc. É um disfarce razoável para o que estou realmente pensando. A saber, como o contato de Sohrab vai conseguir contrabandear drogas e diamantes pela fronteira com toda essa atividade militar? Caso já não o tenha feito, é claro.

De vez em quando me pergunto o que Sohrab está tentando esconder atrás da conversa mole. Ele não parece interessado na minha chegada, ou em como cheguei até aqui — ou pelo menos não pergunta. Mas eu posso sentir que está preocupado com alguma coisa. Ele não pára de olhar para a porta como se estivesse esperando alguém entrar a qualquer momento. Passa muito tempo cutucando a almofada comprida na qual está apoiado. Parece nervoso.

Depois de algum tempo, nosso assunto se esgota. Tenho a sensação de que estamos à beira de uma conversa "séria", mas nenhum de nós parece disposto a dar o primeiro passo. No silêncio, o tempo passa pesado.

— Então, como estão as coisas? — Tento preencher as lacunas mais uma vez, pela terceira vez.

— Bem, bem. Indo — responde ele, da mesma maneira, pela terceira vez.

Começo a ficar cansado e demonstro minha impaciência dando um leve suspiro e olhando pela janela. Sohrab não reage. Quando olho para fora, percebo dois mendigos importunando turistas na rua lá embaixo. Vejo um deles fazer uma débil tentativa de bater-lhes a carteira. Um dos turistas se vira e seguem-se alguns gritos. Acima deles, um outdoor luminoso faz explodir diante dos meus olhos a palavra Limca.

— Quer outra bebida? — pergunto, aéreo. Eu preciso da cafeína.

— Não, estou satisfeito.

— Tem certeza? — Ele não olha para mim. — Porque eu vou pedir outra. — Deixo escapar um grunhido ao me levantar.

Sem resposta.

Saio para o pátio do restaurante. Um chão de mármore com altas paredes vermelhas estende-se fresco à minha frente. A diferença de temperatura é perceptível. Aspiro o ar daquele refúgio. Inclino-me sobre o balcão e aproveito alguns instantes sozinho. Preciso clarear a mente. Não me sentia tão cansado desde...

É então que o vejo. Calmo, confiante, posso ver o rapaz de cabelos castanhos. Ele veste uma calça cargo verde militar, larga, e uma camiseta branca com gola em V. Há um leve vestígio de cavanhaque, mais louro do que os cabelos castanhos em sua cabeça. Suas bochechas se esticam sobre maçãs do rosto altas, bem desenhadas. Ele parece ligeiramente mais baixo do que eu, mais compacto, mas ainda assim alto.

Durante alguns segundos apenas, olho para ele enquanto ele me encara. Ele tem novamente aquele leve sorriso nos lábios, como se soubesse algo que não sei. Simplesmente olhamos um para o outro. Quero lhe dizer alguma coisa, mas não tenho certeza do quê. Parte de mim sente que deveria agradecer. Agradecer por ele ter me ajudado em Mumbai, por ter me dito para sair da Cidade Proibida, por ter me lembrado de ir procurar Shiva.

E então percebo, e aquele antigo medo, o medo que senti da primeira vez que o vi do lado de fora do Shiv Niketan, volta com força.

Como é que ele sabe sobre Shiva?

Nunca pensei nisso de verdade na época, acho que estava doidão demais para me importar, mas agora que estou careta — isso parece particularmente estranho.

Estranho esse modo como ele sempre sabe como me encontrar. Durante muito tempo pensei que estivesse apenas me seguindo e fazendo um bom trabalho. Mas agora parece que era justamente o contrário. Como se ele sempre soubesse onde me achar e fosse me encontrar lá. Não parece mesmo que ele tenha estado me seguindo. Mas sim que ele simplesmente tem verificado que estou onde deveria estar.

Como ele poderia ter sabido que eu estaria em Jaisalmer, aqui, neste *haveli*, hoje? E aquele sorriso, sempre aquele sorriso complacente, como se estivesse zombando de mim, como se soubesse mais do que eu, como se soubesse quem eu sou, o que é importante para mim.

Então tenho uma sensação horrorosa, um novo pensamento terrível. Talvez ele seja o narrador, o verdadeiro autor desta história, e não eu. Ele parece saber tudo, e eu não sei nada. Mais importante ainda, se ele for o narrador, então no que isso me transforma? No herói, no vilão, em um personagem menor de alguma subtrama? Será que o que está acontecendo aqui é realmente o que está acontecendo aqui?

Acho que é hora de descobrir.

Sigo em direção às escadas, pronto para descer dois, três degraus de cada vez, pronto para persegui-lo — eu sei que ele vai sair correndo. E ele sai correndo. Em menos de cinco segundos, estou no pátio. Pau na máquina, levantando poeira, e sigo em direção à porta que dá para a rua — saio do frescor e entro na luz ofuscante do lado de fora. O calor me atinge em cheio assim que piso na rua. A cena tem uma cor prateada que faz doer meus olhos. Aperto-os. Por entre os cílios, posso distinguir silhuetas difusas. Posso ouvir os turistas e os mendigos ainda gritando. Eles parecem estar gritando muito alto. Sinto-me levemente enjoado. Depois de alguns segundos, consigo abrir os olhos. Olho para a esquerda, depois para a direita, depois novamente para a esquerda. Não consigo vê-lo em lugar nenhum. Olho para a direita e penso ver um par de pés desaparecendo em um beco. É ele. Estou prestes a começar a correr quando de repente ouço Sohrab me chamando de cima do *haveli*.

Na barbearia de Sweeney Todd

—Eu perguntei — diz ele, como se estivesse cansado de ter de se repetir — que porra você está fazendo aí embaixo? — Ele enfatiza cada palavra, para ter certeza de que eu vá ouvi-lo direito desta vez. Não precisava. Eu o havia escutado da primeira vez. Preciso apenas de um instante para inventar uma desculpa.

— Nada não — digo, levantando os olhos para a sombra acima de mim. Sinto que preciso confessar. Deve ser alguma coisa católica subliminar que possuo dentro de mim, sombras atrás de persianas. — Eu só estava olhando a briga — minto, obediente, apontando para a confusão. A essa altura, um dos turistas está sacudindo um mendigo pelo colarinho e gritando pela polícia. O mendigo também está gritando em uma língua que não compreendo. Um pequeno público está se formando.

— Bom, esqueça isso — diz Sohrab, sombrio. — Vamos nos barbear.

Isso pode parecer uma sugestão sem propósito, mas não é. Barbeiros são uma das poucas delícias da Índia, o único verdadeiro conforto que um homem pode conseguir em meio a toda sujeira. E eu preciso me refrescar depois da viagem à qual acabo de sobreviver. Sohrab também está com uma barba densa que precisa ser aparada. Na verdade, o barbeiro parece ser o lugar mais natural para irmos depois daqui.

Encontramos uma barbearia vazia no caminho que desce do forte até a cidade. Dois homens meio velhos dão tapinhas em assentos de plástico vermelhos e estalam pequenas toalhas em sinal de boas-vindas.

— Por favor, chefe — diz um deles, o que está mais no fundo da loja, sorrindo para mim. Sua barba cinzenta está por fazer, o que me deixa nervoso. Desconfio de barbeiros com barbas malfeitas assim como desconfio de cabeleireiros com cortes de cabelo ruins. Sento-me, e ele inclina minha cadeira até uma posição de horizontal submissão.

— Lâmina nova — aviso, levantando a mão espalmada.

— Sim, sim, claro. Lâmina nova, sempre lâmina nova, senhor. — O barbeiro vira as costas para mim e remexe de forma suspeita na gaveta, arrumando a lâmina. Com o canto do olho, vejo Sohrab sendo ensaboado no rosto. Meu barbeiro se vira e borrifa minha face com água saída de um vaporizador para plantas. Ele cobre meu rosto com uma grossa camada de espuma e depois limpa meus lábios com um dedo. Pregado à parede acima do espelho há um cartaz dizendo OHM SWEET OHM. Fecho os olhos e digo a mim mesmo para relaxar. Então ouço a lâmina raspando enquanto ele estica pedaços do meu rosto no sentido contrário.

— Josh? — A voz de Sohrab soa abafada.

— Sim.

— Eu preciso lhe contar uma coisa. — Abro ligeiramente os olhos. O barbeiro está passando a lâmina pelo meu rosto com complicados movimentos do ombro, como um maestro. Tento não apertar os braços da cadeira com força demais. — Eu agora tenho certeza de que foi Mukti quem matou Ajay.

— É? — Digo, entre uma passada da lâmina e outra.

— É. Ele é o único que poderia ter dado o ok para isso. Ajay estava alto demais na pirâmide para qualquer outra pessoa se safar.

— Mas por quê? — Prossigo sem interrupção, como se estivéssemos simplesmente continuando a conversa começada no trem tantos dias e tantos quilômetros atrás. Secretamente, estou feliz por enfim estar abordando os assuntos que interessam, feliz, pelo menos, por deixar o rapaz de cabelos castanhos, e tudo que ele traz consigo, para trás. — Só para incriminá-lo? Por que ele faria isso?

— Não. Foi porque Ajay estava ficando grande demais. Você o viu naquele dia no Manley's. O cara estava perdendo a cabeça. Estava cheirando demais e deixando aquela estrela pornô de Los Angeles tomar conta de tudo. — Então isso explica as tatuagens. — E a quantidade de negócios que estávamos fazendo por fora. Eu não parava de lhe dizer que precisávamos baixar a bola, mas ele simplesmente não escutava. — Ele fala depressa, como uma criança culpada pondo a culpa no irmão.

Não digo nada. Será realmente isso que Sohrab precisa me contar? Será isso o que ele tinha em mente? Eu pensava que já soubéssemos disso tudo. Então ele começa a explicar. Está claro que já não estamos mais funcionando à base de informações estritamente necessárias. Agora estamos claramente funcionando em um nível de "amigo para amigo". Eu operei essa migração. Ao viajar até Jaisalmer, cheguei ao ponto em que preciso estar. Sohrab começa a me contar sua história, a história que quase me contou na praia de Chowpatty, a história de sua vida — da vida que ele começou depois que Mehmet o arruinou.

O barbeiro fica beliscando a pele em volta do meu queixo para manter meu rosto contraído.

— Foi Ajay quem me apresentou o Mukti. Ele me ajudou a me aprumar de novo. Disse-me que Mukti poderia me ajudar a voltar para Bollywood. Que ele tinha contatos. Pensei que estivesse me ajudando porque gostasse de mim. Olhando para trás, acho que ele estava só tentando se estabelecer por conta própria. Recrutar-me foi seu primeiro passo rumo à independência, rumo a tornar-se um chefe. Enfim, eu comecei de baixo, só administrando o Porão e tal. Então inventei a idéia de começar a vender drogas lá. Ajay tinha um fornecedor de cocaína, e depois de eu comunicar o plano a Mukti a alfândega cuidou de fazer a droga entrar no país. Mukti tinha os contatos. Foi fácil. Todo mundo ficou contente. Mukti ganhou sua parte, Ajay foi promovido, e eu estava ganhando um bom dinheiro pela primeira vez em muito tempo. Era bom. Mais tarde, Mukti contou a Ajay sobre o contato de Jaisalmer. Disse que queria que Ajay cuidasse de tudo, que supervisionasse uma nova operação. Era mais uma promoção para ele. Ajay ficou em estado de graça. Disse que queria que eu fosse o seu braço direito. Era uma oferta boa demais para ser recusada. O dinheiro era ótimo.

Ele não fala como daquela vez em que estávamos em Chowpatty. Tudo está editado. Agora são só fatos. Não há necessidade de cor, não há necessidade de detalhes. Como se o seu tempo estivesse se esgotando. Como se ele estivesse com medo. De quê? Eu me pergunto.

— Que contato em Jaisalmer? — pergunto, fingindo-me de bobo. — Não estou entendendo.

— Mukti queria contrabandear heroína para fora do país passando pela fronteira do Paquistão. Ajay e eu ficamos encarregados da operação.

— Heroína? Uau. — Só digo isso porque sinto que qualquer outra coisa que não uma demonstração de surpresa pareceria suspeita.

— É, e daí? — pergunta Sohrab, adequadamente indignado. — Que diferença faz?

— Sei lá, Sohrab, é só que vender pó no Porão e contrabandear heroína pela fronteira parecem ser duas brincadeiras bem diferentes. Só isso.

— Bom, e eram mesmo. Era por isso que ganhávamos tão bem.

— Entendi. Continue.

— Bom, depois de algum tempo, Ajay inventou a idéia de começar a vender por fora.

— Como assim?

— Na verdade, a culpa foi minha. Eu havia ido a Goa, e vira tantos ocidentais fumando heroína que comentei isso com Ajay certa vez e concordamos que era loucura Mukti contrabandear heroína para fora da Índia quando havia um mercado internacional bem no nosso jardim.

— Muito esperto da sua parte.

O barbeiro não pára de limpar o excesso de espuma da lâmina com as costas da mão e agora há vários montinhos balançando a centímetros do meu nariz.

— Obrigado — diz Sohrab, um tanto sarcástico. — Enfim. Ajay gostou particularmente da idéia. Ele disse que deveríamos começar a fazer negócios por fora. Disse-me para ir a Goa e ver como eu me saía. Não demorei muito para entender que havíamos descoberto uma mina de ouro. Passei um quilo em uma semana.

— Um quilo!

— É.

— Puta merda.

— Eu sei.

— Mukti não percebeu?

— Não. Afinal, Ajay e eu estávamos no comando. Mukti sequer conhecia os detalhes, ele só estava interessado no resultado final, e nós garantíamos que este se mantivesse constante. De todo modo, logo percebi que vender papelotes em Goa era um caminho comprido demais, e depois de fazer negócios com as mesmas pessoas continuamente durante alguns meses nós concordamos em começar a vender em grande quantidade, e deixá-los cuidar do trabalho sujo. E foi assim que organizamos a operação de Pushkar.

— Pushkar? — pergunto. Parte de mim está se deliciando com a maneira como minha história está se materializando, a maneira como os fatos estão se posicionando para se encaixar na minha ficção. Outra parte de mim está incrédula, estou incrivelmente surpreso por descobrir que esse tempo todo houve Verdade (muito mais do que eu jamais poderia ter desejado ou esperado) na minha fantasia. Será sorte? Ou será que venho subestimando minha capacidade de desvendar os fatos? Talvez eu simplesmente tenha compreendido mal a natureza das histórias, a natureza da vida. Parece que você só precisa de poucos fatos para formar uma realidade. Posso sentir minha sensação de iluminação crescer a cada instante, a cada frase que é escrita conforme vai ocorrendo.

— É, era mais fácil para todo mundo. As pessoas com quem fazíamos negócios geralmente entravam por Déli, e Pushkar era muito mais perto de Jaisalmer... então simplesmente fazia sentido.

— É um esquema interessante.

— É, bom. Era. Até Ajay começar a perder a cabeça.

Nesse momento ele faz uma pausa, talvez para me deixar absorver a informação. Ou talvez seu barbeiro esteja simplesmente segurando uma lâmina contra sua garganta. O meu barbeiro terminou a primeira barbeada e agora está cobrindo meu rosto de espuma outra vez para um segundo ataque. Minhas bochechas já estão ardendo e sei que, quando ele terminar, terei uma irritação, mas não o detenho. Não me perguntem por quê, acho que isso tem a ver com bravata masculina. Aproveito a oportunidade para retomar a conversa.

— Então o que Ajay disse naquela vez em que estávamos na casa dele era verdade?

— O quê? Sobre eu tirar dinheiro dele?

— É.

— Claro. Eu estava farto de correr para lá e para cá para Ajay, só para ele poder se fazer. Ele não estava fazendo nada para me ajudar a voltar para Bollywood. Ajay estava me usando. Então eu o usei. Afinal, como eu lhe disse, é preciso foder o mundo antes do mundo foder você. Eu sabia que Ajay me largaria quando chegasse aonde precisava chegar, então decidi ganhar algum dinheiro, dinheiro de verdade, meu, antes de ele fazer isso.

— E foi por isso que você me deu aqueles papelotes de heroína para vender?

— Foi. Eu queria sondar o mercado doméstico. Ver se eu não poderia organizar alguma coisa lá.

— Então você me usou da mesma forma que Ajay usou você — digo, um pouco magoado, realmente um pouco ultrajado. — Você me contratou para fazer o seu trabalho sujo para poder se estabelecer por conta própria.

— Não banque o inocentezinho, Josh. Ninguém pode dizer que eu o obriguei. Você tentou entrar na minha jogada desde quando nos conhecemos.

— Como assim?

— Você acha que sou burro? Sei por que você queria passar seu tempo comigo. Várias pessoas teriam se acotovelado para conseguir o emprego que eu lhe dei. Eu só precisava ver se podia confiar em você.

— Eu estava duro, pensei que você quisesse me ajudar.

— Que engraçado, eu disse exatamente as mesmas palavras para Ajay um dia.

Fico um pouco abalado com isso tudo. Pensei que Sohrab e eu estivéssemos sendo honestos um com o outro. Pelo menos pensei que ele estivesse sendo honesto comigo. Depois de todo o esforço que dediquei a ganhar sua confiança, sinto que mereço ao menos isso. Certamente jamais imaginei que ele pudesse ter seu próprio plano. Mas não digo nada. Acho que só uma pequena parte de mim sente que fracassei. Pensei que fosse eu quem estivesse enganando Sohrab, não o contrário.

O barbeiro dessa vez usa menos espuma, só uma camada fina, mas a espalha por toda parte — debaixo dos meus olhos, por todo o meu pescoço, até nas pontas das minhas orelhas.

Depois de alguns instantes, Sohrab diz:

— Para ser bem honesto, nunca acreditei realmente que o negócio fosse deslanchar. Heroína não é exatamente uma droga de boate. Ainda não sei como você conseguiu deslanchar esse troço.

— Eu vendi para os meninos de rua para os quais estava lecionando — digo, mais como uma vingança, um *touché*, do que qualquer outra coisa, mesmo que não seja verdade, não totalmente. Por que somente ele pode ter o direito de surpreender?

— Você o quê?

— Para eles e para os *hijras*.

Então Sohrab começa a rir, um riso alto, bombástico, de doer a barriga. Ambos os barbeiros param o serviço até ele parar. A sala praticamente vibra.

— Porra, cara, você está sempre me surpreendendo. Eu sabia que estava fazendo a escolha certa quando o contratei.

Depois do que parece um tempo muito longo, ele se acalma.

— Então por que você me levou até a casa de Ajay, quer dizer, se estava me mantendo na margem? — pergunto, com a voz um pouco alta. — Sem dúvida você queria que eu perpetuasse um segredo?

— Ele descobriu. É impossível a notícia de um cara branco vendendo pó no Porão não se espalhar. Até Mukti sabe sobre você.

— Sabe?

— Claro. Mumbai não é uma cidade tão grande assim, sabe.

— É o que as pessoas não param de me dizer — retruco.

Mukti sabe sobre mim. Isso não é bom. É realidade demais para o meu gosto. Tento não deixar transparecer minha ansiedade.

— Bom, como Ajay sabia que você estava ganhando dinheiro por fora?

— Não sei — diz Sohrab, e em seguida suspira. — Um palpite feliz, imagino. A porra do cara era tão paranóico que era quase impossível não esbarrar com uma traição qualquer que fosse verdade. Quer dizer, duas semanas antes ele estava ameaçando me matar porque achava que eu estivesse comendo Ayesha.

— E você estava? — pergunto, meio brincando.

— Estava. Mas a questão não é essa. Ele não sabia. Não tinha como saber.

Pobre Ajay, penso, gostando da ironia da situação. Ele sofria das mesmas verdades ilusórias que eu. Era totalmente paranóico e estava totalmente certo. Talvez seja um sexto sentido que todos nós possuímos. Se você imagina alguma coisa, provavelmente é verdade. Ou talvez imaginá-la a torne verdade. Quem sabe?

Não digo nada enquanto o barbeiro se concentra. Ele parece decidido a raspar cada pêlo do meu rosto; raspou a penugem logo abaixo dos meus olhos e agora está indo em direção aos lóbulos das minhas orelhas. Em seguida, acho que ele vai começar a raspar minha testa.

— Por que você está me contando tudo isso? — pergunto, depois de algum tempo.

— Eu preciso da sua ajuda.

— Para quê?

— Vou fazer outra transação, dessa vez para ganhar dinheiro suficiente para poder sair dessa vida para sempre. Se essa transação correr bem, nunca mais vou precisar trabalhar para Mukti. Na verdade, nunca mais vou precisar trabalhar para ninguém. E, se me ajudar, você também não.

Quando ele diz isso, percebo que talvez eu simplesmente devesse ficar do lado de Sohrab. Confiar nele. Esquecer o plano. Largar Sanjay, largar James, largar Yasmin. Afinal, ele está prometendo resolver a minha vida para sempre. Não é isso que eu quero, afinal? Dinheiro para não fazer mais nada? Hummm. Bom, definitivamente vale a pena pensar no assunto.

— Continue — digo.

— Eu quero que você venha comigo até a fronteira.

— Por quê?

Ele faz uma pausa. Tenho a sensação de que Sohrab finalmente vai falar sobre o que vem ocupando seus pensamentos, sobre o que o preocupa. Não digo nada. Só espero. Só escuto.

— Acho que alguém está me seguindo.

Nessa hora eu não consigo evitar engolir em seco. No momento exato em que o barbeiro chega ao meu pomo-de-adão. Sinto o fio da lâmina cortar a minha pele.

Será ele? O rapaz de cabelos castanhos? O onisciente. Estaria ele seguindo Sohrab?

Posso sentir que o corte é feio. O velho se esforça para fazê-lo coagular com um bastão de cânfora, mas dá para sentir o sangue morno escorrendo. Olho para ele com raiva. Ele apenas me sorri de volta com seus dentes pretos e limpa minha garganta com uma flanela. O sangue escorre.

— Quem? — pergunto depois de algum tempo, com o coração disparado. Por favor, não deixe que seja o rapaz de cabelos castanhos, ouço-me desejar, por favor não. Esse cara está começando a parecer invencível.

— Eu ainda não o vi. — Meu coração suspira aliviado e bate cinqüenta vezes ao fazê-lo. — Mas acho que sei quem ele é; um dos homens de Mukti.

— Por que Mukti mandaria alguém seguir você? — pergunto, um pouco mais calmo.

— Eu acho que Mukit tentou uma armação para que pensassem que eu matei Ajay. Na verdade, eu tenho certeza. Ele nunca imaginou que eu sairia da cidade. Foi só porque eu estava por acaso na casa de Ajay quando a polícia chegou que descobri cedo e tive a chance de fugir.

— Você estava lá?

— Ayesha disse que Ajay estaria fora da cidade por alguns dias. Foi aí que ele levou um tiro. A polícia o encontrou e foi direto para a casa de Ajay à procura de pistas. Por sorte eu havia pagado o recepcionista naquele mês. Ayesha montou esse esquema de alerta para evitar que fôssemos pegos na cama. Impossível saber quantas vezes tive de me esconder na porra daquele armário. De todo modo, foi assim que tive uma dianteira para fugir da cidade. Eu só tive sorte. — Ele faz uma pausa. — Foi por isso que fiquei tão surpreso quando você me encontrou no trem. Ainda não sei como você descobriu tão rápido.

Um zumbido dispara dentro do meu cérebro, mas eu o silencio.

— No noticiário, como eu disse.

Sohrab dá um muxoxo.

— Estranho. — Ele faz uma pausa. — Incrível que a polícia não tenha vasculhado o trem.

— Bom, eu acho que a polícia não é tão veloz quanto a mídia — digo, perguntando-me como Shiva poderia ter descoberto tão depressa a morte de Ajay. Talvez, no final das contas, ele tenha mesmo contatos na Máfia. Estaria ele armando minha desgraça em Mumbai? Estaria mentindo quando disse ter confirmado minha história com a polícia em Déli? Será Shiva meu inimigo?

... para você, para mim e para todo esse jogo que estamos jogando com a sua vida...

Percebo que ainda não sei nada, o que não me incomodaria tanto caso eu não estivesse tão convencido de que o rapaz de cabelos castanhos sabe tudo. Tenho a sensação de que ele está me controlando.

O barbeiro cola um lenço-de-papel embolado em cima do corte para fazer cessar o sangramento. Ele tenta me barbear de novo antes de eu o deter com um meneio da cabeça. Limpa o que restou de espuma no meu rosto e começa a esfregar um creme oleoso cor-de-rosa nas minhas bochechas para a massagem.

— O que você quer que eu faça? — pergunto enfim.

— Eu preciso que você me proteja. Acho que Mukti me quer fora da jogada. Ele está tentando cortar todas as conexões com Ajay. Ele sabe que tenho de fazer outra transação antes de poder sair do país. Vai tentar acabar comigo, sei disso.

Também percebo que as coisas não estão acontecendo conforme o plano. Não chegam nem perto. Não poderei trocar o dinheiro caso haja qualquer possibilidade, por mínima que seja, de que o contato de Sohrab vá verificar. Se o contato de Sohrab verificar o dinheiro, Sohrab é um homem morto. E se eu também estiver lá, na fronteira, serei um homem morto. Puta merda. Tudo dependia do fato de que os paquistaneses não verificariam. O plano inteiro repousava sobre um elemento de confiança. Sohrab confiaria em mim, os paquistaneses confiariam nele. Agora que Ajay está morto, a confiança toda desapareceu. É esse o problema de basear planos loucos sobre meias fantasias. A verdade e a realidade podem rapidamente entrar em cena e desmascarar tudo. Está tudo acabado. Sinto-me levemente enjoado.

O barbeiro usa um aparelho vibratório que faz um barulho muito alto e sacode violentamente minhas bochechas, dificultando minha fala. Então não digo nada.

— Eu não estou dizendo que vai ser fácil, Josh. Tenho de admitir que *estou* nervoso quanto a essa última transação. Meu contato ficou sabendo do assassinato de Ajay, ele pode saber que não estou mais protegido. Além disso, essa transação é muito, muito maior do que o normal. Vai ser arriscado. O mais provável é que a sua presença sirva apenas de demonstração de força, mais do que qualquer outra coisa. Se o meu contato vir você, então saberá que tenho outras opções além de Mukti. Na verdade, é por isso que preciso de você lá. Só uma demonstração de força. Só para garantir.

O barbeiro está limpando os últimos vestígios de creme em volta da minha boca, então não tenho tempo de perguntar a Sohrab como ele pode saber isso, como pode ter tanta certeza. Se sou apenas uma demonstração de força, haveria uma chance, uma chance grande, de que tudo corra bem, de que os paquistaneses não verifiquem? Provavelmente é bom que eu não tenha oportunidade de perguntar isso. Se eu não tomar cuidado, se não controlar meu desespero, tudo poderia escapar, todas as minhas perguntas, todos os meus segredos. O barbeiro ameaça banhar meu rosto com uma loção barata. Detenho-o bem a tempo.

— Olhe, Josh — recomeça Sohrab —, muitas coisas aconteceram nos últimos poucos meses, muitas coisas que eu não compreendo. Não sei mais em quem posso confiar. Tenho noventa por cento de certeza de que tudo vai ficar bem. Mas preciso de alguém em quem eu possa confiar, alguém que esteja fora de toda essa confusão, que nada tenha a ver com

Mukti e com as pessoas com quem estou lidando. Quando tudo terminar, eu juro, vou recompensá-lo generosamente.

Respiro por alguns instantes. Talvez eu devesse simplesmente esquecer a troca de malas. Talvez devesse confiar nos meus instintos, naqueles que ouvi me chamando no trem. Afinal, eu agora estou trabalhando para Sohrab. Ele confia mesmo em mim. E eu confio nele, na medida em que sei que ele me pagaria bem por ajudá-lo. Pergunto-me de quanto dinheiro estamos falando. O suficiente para mim e para meus planos? E Yasmin? E Sanjay? Ele deveria ganhar algum? Afinal, ele nunca chegou *realmente* a me apresentar a Sohrab.

Vejo que Sohrab de repente está em pé acima de mim. Levanto os olhos para ele. Parece diferente: jovem, com um rosto revigorado — gentil até. Ele raspou as costeletas. Está olhando para mim com uma expressão que quer respostas.

— Não tenho certeza — consigo dizer enfim, com um sorriso difícil. — Eu nunca fiz nada como isso antes.

— Tudo que estou lhe pedindo é para pensar no assunto — diz ele suavemente.

— Pensarei — digo. Essa parece ser a única resposta justa.

— Encontre-me no hotel amanhã, por volta das nove, para o café da manhã, se estiver interessado.

— Tudo bem — digo, e em seguida acrescento: — Sohrab?

— Sim?

— Só tem uma coisa que eu não entendo.

— O quê?

— Se Mukti quer você fora da jogada, por que ele não fez isso antes?

— Eu só fico em lugares cheios e hotéis com boa segurança. Filtro meus telefonemas. Tomo cuidado. — Então foi por isso que ele não atendeu o telefone no hotel. — O homem de Mukti não vai querer estardalhaço. Ele agirá quando tudo estiver calmo. Quando ninguém for notar. Provavelmente agirá quando eu estiver no deserto. Ele sabe que nessa hora estarei vulnerável.

Imagens de pés decepados surgem subitamente na minha mente. Percebo então, instantânea e completamente, como daquela vez em que estava do lado de fora da prisão em Déli, que não quero participar dessa loucura. Por dinheiro nenhum. Por nada. Nem sequer pelo meu Bestseller; menos ainda por isso, na verdade.

Porém, antes de eu ter oportunidade de dizer o que quer que seja, Sohrab paga ambos os barbeiros e sai. É como se ele soubesse que eu preciso de tempo para pensar, que minha cobiça precisa de tempo para me convencer de que isso é uma boa idéia. Mesmo que eu saiba, e ele saiba, e ele, mais do que ninguém, saiba que isso não é uma boa idéia, não é de modo algum uma boa idéia. Mas ele vai seguir em frente e fazê-lo mesmo assim. A pergunta é: será que eu vou?

Dazed and confused

A caminhada de volta à hospedaria é desorientadora. Minha exaustão, o calor e as palavras de Sohrab conspiram para me confundir. Percorro os becos empoeirados e entro em ruas infectas, esperando estar indo vagamente na direção certa. Sinto-me tão cansado. Passo por um velho fumando *bookah*, uma espécie de narguilé, com a piteira de madeira encaixada perfeitamente entre os dois dentes que lhe faltam. Há uma grande verruga em sua bochecha direita e ele tem um bigode curvo estilo rajastani. Seus olhos são embaçados como água barrenta, um par de olhos negros transformados em um azul envenenado pelo glaucoma ou outra doença semelhante.

Na maior parte do tempo, a sensação que tenho é de estar andando em círculos, refazendo meus próprios passos e passando por baixo do mesmo varal até que, depois de algum tempo, descubro onde estou e saio do labirinto para a rua principal que vai dar em casa. Passo por alguns turistas — personagens carregando grandes lentes e caixas de máquinas fotográficas bege. Eles passam em grupo, aproveitando o momento, capturando a cena, com as mulheres usando chapéus de aba larga para se protegerem do sol do meio da tarde. Um camelo alienígena passa com seu andar pesado, arrastando uma grande carroça que balança ao ritmo de seus passos. Tudo é tão amarelo. O ar é seco e queima.

Quinze minutos depois, estou percorrendo o corredor escuro e azulejado que leva ao meu quarto, contando os segundos antes de poder me jogar na cama. Ponho a chave na fechadura e entro, começando a tirar a camisa por cima da cabeça antes mesmo da porta se fechar. Então ouço um barulho e vejo uma sombra se abatendo sobre mim. Sem ter qualquer oportunidade de me defender, ela já está em cima de mim. Caio de costas em cima da porta e vou ao chão. Não tenho tempo sequer de gritar por ajuda.

Tão perto, mas tão...

Yasmin não consegue parar de dar risada depois que eu finalmente paro de lutar com minha camisa, que de algum modo conseguiu ir desenvolvendo mangas cada vez mais embaraçadas quanto maior a força que eu usava para tentar arrancá-la.

— Meu Deus, você me assustou de verdade, porra — digo, arfando. Ela leva a mão à frente da boca.

— Desculpe. — Ela não consegue impedir que a risada escape pelas frestas de seus dedos. Lágrimas se formam em seus olhos. — Mas você pulou, você realmente pulou no ar. Foi tão engraçado. — Ela então não tenta mais conter a risada. E simplesmente se joga sobre mim, fazendo seu rosto tremer acima do meu.

Deito-me no chão frio levantando os olhos para ela enquanto ela se senta sobre mim. Parece mais bonita do que nunca. Seu rosto está entregue à alegria, seu peito arfa de felicidade. Impossível não ficar satisfeito com o fato de ela estar sendo carinhosa, mas luto contra esse sentimento. Estou desconfiado. Por que agora? Ela tem uma expressão no rosto como a de uma criança emburrada que finalmente conseguiu o que queria e agora está sendo ultra boazinha — para compensar seu mau comportamento de antes. É como se ela estivesse admitindo que era ela quem estava errada. Quanto a quê, não tenho muita certeza.

Qualquer que seja o motivo de seu bom humor, decido que estou cansado demais para seus altos e baixos emocionais. Afasto-a de mim e consigo me pôr de pé. Então ela pára de rir de repente, encostando-se na parede perto da porta.

— Qual o problema? — pergunta ela.

— Porra, Yasmin, que coisa mais estúpida. Onde você estava com a cabeça para me atacar desse jeito? Eu poderia ter batido em você ou algo assim.

Ela não consegue evitar deixar escapar outra risadinha.

— Acho que você estava ocupado demais com a sua camisa para me machucar.

— Isso não tem graça — digo, ríspido. — O que você acharia se alguém saísse do nada e pulasse em cima de você? — Yasmin levanta os joelhos para junto do peito e descansa os braços cruzados em cima deles. Ela veste uma calça de algodão branco fino com flores azuis bordadas na bainha e uma camiseta sem mangas azul-escura. Está descalça. — Aliás, como você entrou aqui?

— A recepção me deu a chave.

— É bom saber que a segurança deste lugar funciona — desdenho.

Yasmin franze o cenho.

— Está tudo bem com você?

— O quê?

Ela fica em pé, usando a parede como apoio, e começa a andar na minha direção.

— Alguma coisa errada? — pergunta ela gentil, com o rosto consumindo devagar o meu campo de visão. Ela é bonita *mesmo*. Seus olhos verdes ainda brilham de alegria.

— Não. — Não consigo não amolecer. São seus olhos. Eles são hipnóticos. — Você acaba de me dar um susto. Só isso.

Ela dá um leve sorriso, revelando pontas de dentes brancos, e então seu rosto subitamente muda e se enche de preocupação.

— O que aconteceu com o seu pescoço? — pergunta ela, ainda se movendo na minha direção.

— Não é nada. O barbeiro me cortou, só isso.

Ela pára, agora a poucos centímetros. Estamos próximos o suficiente para sentir a força gravitacional um do outro.

— Parece inflamado — diz ela, tocando a pele junto ao corte com um leve roçar do polegar. — Deixa eu limpar isso. — Ela levanta os olhos para mim. Olho para baixo. Sua boca está ligeiramente aberta. Não há como não colidirmos. Chego mais perto, e deixo meus olhos se aproximarem tanto que seria capaz simplesmente de cair às cegas naquele calor. Mas então, quando me aproximo ao seu encontro, encontro apenas espaço vazio. Abro os olhos.

Yasmin passou pela cama e está do outro lado do quarto.

Decisões, decisões

— Como assim você não tem mais certeza? — Yasmin desceu da cama e está olhando para mim segurando uma gaze embebida em álcool e suja de sangue.

— É isso. Não tenho certeza se é seguro continuar.

— Depois disso tudo, você quer dar para trás? — Yasmin joga a gaze na lixeira com nojo e agora está ajeitando os cabelos apressadamente, fazendo bico para mim.

— Não, eu não disse isso. Só disse que poderia não ser seguro. Sohrab quer que eu vá com ele fazer a transação. Nunca imaginamos que ele fosse me pedir isso. — Percebo então que fiz o meu trabalho bem *demais*. Eu deveria apenas conquistar a confiança de Sohrab o suficiente para operar uma simples troca de malas. Não deveria me tornar seu novo sócio.

— E daí? — Nunca vi Yasmin brava assim antes. Ela é um pouco assustadora.

— Bom, ele me disse que os traficantes paquistaneses estão ficando desconfiados. Estou preocupado que eles verifiquem o dinheiro.

— Mas você disse que eles quase que certamente não verificariam o dinheiro. Disse que Sohrab vem fazendo negócios com essas pessoas há anos. Disse que tudo que precisávamos fazer era conquistar a confiança de Sohrab, então poderíamos limpar os paquistaneses. Você disse que eles levariam anos para descobrir que o dinheiro era falso. Você disse...

— Eu sei o que eu disse, Yasmin! — devolvo-lhe com rispidez, em defesa própria. — Mas as coisas agora estão diferentes, não estão? Nós não esperávamos que o sócio de Sohrab fosse ser assassinado e que ele estivesse fugindo da polícia e da Máfia. Ele está com medo, Yasmin. — Não tenho integridade suficiente para reconhecer que era possível eu ter entendido errado. Não tenho coragem de admitir que inventei a maior parte da chamada rota de Baba.

— Ooohhh — desdenha ela. — Olhe, quando eu inventei este plano, nós sequer sabíamos que Sohrab tinha um parceiro. Então eu realmente não entendo o que a morte dele tem a ver com o que estamos tentando fazer.

— Tem tudo a ver — digo, deixando meus instintos de mentiroso cobrirem minhas pegadas. Pelo menos isso sou capaz de fazer. Pensar depressa quando preciso manipular a realidade, dar a impressão de que a ficção *é* a realidade, mesmo quando os fatos deixam bem claro que não pode ser, que jamais haveria como ser assim. Acima de tudo, minha história deve continuar verdadeira, muito embora, lá no fundo, eu acredite que ela seja falsa.

— Por quê?

— Eu já lhe disse por quê. Sohrab não está mais protegido, o que significa que nós não estamos mais protegidos. Se eu for com ele, muito provavelmente acabarei morto.

— Então não vá com ele.

— O quê?

— Faça a troca e não participe da transação.

— Mas nesse caso... e Sohrab?

— Como?

— O que vai acontecer com Sohrab se trocarmos o dinheiro e eles verificarem?

— Que importância tem isso para você? Porra, ele é um traficante de heroína, pelo amor de Deus.

Arrasto-me para fora da cama e caminho em direção a Yasmin, muito ereto e olhando para baixo, para ela, sustentando seu olhar.

— Você não está falando sério — digo, ameaçador. Afinal, Sohrab pode ser traficante de heroína, mas agora ele também é meu amigo. Não serei responsável pela sua morte e quero que ela saiba disso. Quero que ela saiba que não pode mais chegar perto desse tipo de sugestão.

Seus olhos percorrem meu rosto friamente, com movimentos curtos. Sua mandíbula está contraída e dura. Ela aspira o ar pelo nariz e expira depressa.

— Está bem — bufa ela. — Como você quiser. Vamos simplesmente esquecer tudo. Amanhã vou pegar um trem para Déli e dar a boa notícia a James. — Sacudo a cabeça para ela. Será que ela realmente acha que eu me importo com James? — Depois de amanhã, você nunca mais vai precisar me ver de novo.

Mas para isso ela sabe que eu ligo.

Agarro seus ombros no instante em que ela está virando as costas.

— Ouça, Yasmin. Fique calma, tá bem? Me dê só um pouco de tempo para pensar. Deve haver outras alternativas.

Devagar, depois de algum tempo, ela aquiesce. Aliviado, desabo sobre a cama e caio para trás, com as pernas penduradas na beirada. Porra, eu estou tão cansado. Minhas pálpebras estão ardendo novamente.

Sinto-a subir na cama ao meu lado. Viro-me e abro os olhos, deparando-me com seu rosto na horizontal. Por um minuto ficamos ali deitados, olhando um para o outro. O ventilador range. Ponho uma das mãos sobre seu quadril e tento puxá-la para perto. Ela fecha os olhos e rola para o outro lado, de costas para mim.

— Você se importaria se nós só descansarmos? — pergunta ela. Sua voz soa oca quando ela está de costas para mim. Tento não suspirar alto demais. Deixo a mão cair ao lado do meu corpo e olho para o teto.

Vamos bater

Somos quatro no carro. Eu no banco do carona, minha namorada, Kate, no banco de trás com outro cara. O nome dele é Phil. O cara ao volante se chama Rob. Ele está com o pé embaixo. Está se mostrando. Seu pai era piloto de rali. Ele o ensinou a dirigir. E ele conhece bem essas estradas. Cresceu aqui. Com Kate. E Phil. São todos amigos de infância. Eu sou o forasteiro na cidade. Só estou aqui de passagem. Só estou aqui para visitar Kate.

Sempre que olho pelo retrovisor lateral, eu a vejo olhando para Rob.

Mas ele dirige bem. Sabe exatamente como entrar nas curvas, freando antes, depois tornando a passar as marchas para poder acelerar loucamente sem derrapar. Admiro sua habilidade. É por isso que estou sentado na frente, em vez de estar atrás com Kate. Eu quero aproveitar sua perícia ao volante. Afinal, eu costumava correr de moto antes de desistir, antes de perder a coragem. Penso em mencionar meu histórico de corridas, e depois decido não fazê-lo. Afinal, esse é o território dele. Deixe-o obter sua glória.

Vejo-o sorrir para Kate no retrovisor.

Estamos bêbados, é claro. Quer dizer, o que você esperava? Acabamos de fazer dezoito anos. Todas aquelas coisas que vínhamos esperando subitamente entraram nas nossas vidas. De graça. Sem fazermos nada. De repente estamos qualificados para elas. Então fazemos tudo. Bebemos. Dirigimos. De preferência ao mesmo tempo. Você também o faria se pudesse. Se pudesse voltar ao dia em que subitamente isso lhe foi permitido. Só porque você estava vinte e quatro horas mais velho.

Phil diz alguma coisa e todos nós rimos.

Eu amo Kate. Pelo menos acho que amo. Talvez eu esteja simplesmente mais apaixonado pela idéia de estar apaixonado. Talvez essa seja mais uma daquelas coisas para as quais pareço subitamente qualificado. Tenho dezoito anos, agora posso estar apaixonado. Então... estou. Ela é uma graça. Não é linda. Mas tem um sorriso encantador. E posso ver que tem bom coração. É inocente. Pelo menos gosto de acreditar que seja.

Faróis altos surgem no horizonte distante.

Faz agora um ano e meio que estamos juntos. Chegamos a uma espécie de encruzilhada. Um ponto desconhecido onde nenhum dos dois sabe o que vai acontecer depois. Ela tem um ano a menos e ainda está no colégio. Eu estou prestes a tirar um ano de férias. Trabalhei desde setembro e economizei. No programa de mesada dupla de papai, é claro. Vou viajar por nove meses, pelo mundo. Nenhum de nós dois sabe o que vai acontecer depois.

Rob pisca o farol alto para o carro que vem no outro sentido, e então acelera.

Talvez ela acabe ficando com Rob. Afinal, eles flertaram desavergonhadamente um com o outro a noite inteira, fingindo que por se conhecerem há tanto tempo isso é perfeitamente inocente, como se fosse uma coisa entre irmãos. Pergunto-me o que ele tem que eu não tenho. Será porque ele dirige depressa? Isso pareceria lógico. Foi Kate quem me contou sobre o pai de Rob ser piloto de rali e sobre como ele aprendera a dirigir aos dez anos de idade. Foi Kate quem me contou tudo isso, com os olhos azuis brilhando. Tenho de admitir que é tudo bem impressionante. Quando se tem dezoito anos, quando tudo é novo, poder dirigir como Rob dirige é bem legal.

Mas o carro que vem na outra direção não abaixa os faróis.

Suponho que, se eu houvesse continuado a correr de moto, saberia dirigir tão bem quanto Rob dirige. É tudo o mesmo princípio. E metade tem a ver com ter coragem de saber que entrar em uma curva a cem por hora acelerando não vai fazer o carro derrapar. O truque é estar acelerando. E ter convicção, ter coragem. É só isso. Eu entendo a técnica. É o elemento coragem que me escapa agora. Simplesmente fico nervoso quando dirijo veloz, quando entro em curvas — desde aquela corrida de motocicleta, aquela em que rompi o tendão-de-aquiles. Desde então esse tem sido o meu ponto fraco.

Rob torna a piscar o farol para o outro carro, dessa vez mais ansioso.

Talvez não seja apenas a direção. Talvez Rob tenha alguma coisa, alguma coisa maior, que eu perdi. Há uma parte de mim que sente que a Vida me venceu. Quer dizer, eu subi neste palco — o palco da Vida — reluzindo. Depois deram algumas merdas. Chamo isso de desgaste de caráter. Experiências ruins, pessoas ruins. Como o Divórcio. Como o colégio. Acontece. Eu era diferente e depois a Vida se abateu sobre mim e aprendi a não ser tão diferente, a não ser tão... individualista. Isso se chama assimilação social. O processo de desgastar o diferente. Aparar as arestas. Acontece com todo mundo, mais cedo ou mais tarde. Pelo menos é nisso que acredito. Para mim, aconteceu mais cedo. Para Rob... terá de ser mais tarde. Porque ele não dá sinais de que a Vida o esteja desgastando. Não ainda. Ele é maior do que a vida. Ainda acredita em si mesmo. É por isso que consegue dirigir tão veloz.

Agora há apenas uma curva separando os dois carros, faróis altos, brilho total.

E é provavelmente isso que Kate vê nele. Rob brilha mais. Eu me permiti ficar opaco. Eu me permiti dirigir com mais prudência. Estou mais interessado em viver mais do que em viver agora. É tudo uma questão de autopreservação. Não tem nada a ver com a Vida. Trata-se de garantir minha segurança conforme os anos passam. Eu tenho medo. Tenho medo dela, da vida, de mim, da minha vida. Já. Aos dezoito anos de idade, com a vida toda pela frente, eu tenho medo. Sim, é provavelmente isso que ela vê em Rob. Pessoas com medo lhe dão tédio. Segurança lhe dá tédio. Eu lhe dou tédio.

Olho para o odômetro. Cento e cinqüenta e três quilômetros por hora.

Você poderia dizer que eu estou apenas imaginando tudo isso, mas não. Kate praticamente disse isso. Ela disse que a única razão pela qual eu estava indo passar um ano fora era porque todo mundo estava fazendo isso. Não porque *eu* quisesse. Bom, ela tem razão, é claro, até certo ponto.

Tudo fica branco de luz, como quando se é cego. O volante balança, e depois as rodas do nosso carro.

Se ao menos ela houvesse me conhecido antes, antes de papai e de Ben, antes do colégio e dos acidentes de motocicleta. Quer dizer, eu era realmente animado. Costumava estar disposto a tudo. Nunca pensava nas conseqüências. Não naquela época. Não pensava nelas por um instante sequer.

Durante um segundo, Rob parece que vai conseguir evitar que comecemos a rodar.

Eu sabia dirigir depressa. Gostaria apenas que Kate pudesse ver isso.

O carro subitamente vira para a direita, depois para a esquerda, de novo para a direita, com uma freqüência cada vez menor e em grau cada vez maior.

Agora estamos rodando.

E agora estamos batendo.

É por isso que não dirijo depressa. Eu sabia que havia conseqüências, deveria ter dito isso a eles. Deveria ter explicado. Mas agora é tarde demais. Porque nós estamos batendo. Estávamos indo depressa demais e agora estamos batendo. Nos cinco segundos seguintes, vamos descobrir quem vive e quem morre.

Cento e cinqüenta e três quilômetros por hora.

Estamos batendo.

Estamos batendo. Pessoal, estamos batendo.

Cento e cinqüenta e três quilômetros por hora.

Meu estômago se revira, como se eu estivesse em um brinquedo de parque de diversões. Aqueles do tipo GRIIIITEEEEMMMMM SE QUISEREM IR MAIS RÁÁÁÁPIDOOO!

Pare. Pare. Pare. Pare. Por favor, pare.

Não sei quantas vezes capotamos. Parece que estamos caindo. Imagens diferentes desfilam na minha frente. Verde, preto, metal. O carro está vindo na minha direção. Vejo o canto se dobrar em direção à minha cabeça. Jogo as mãos para cima para detê-lo e me encolho no banco.

Pare, por favor, pare.

Vejo o carro cortar minha mão. Então, de repente, estamos na horizontal, derrapando por um descampado, com o vento entrando com força porque o pára-brisa se espatifou. Faz frio. Agora me lembro. É inverno. Dezembro. Gelado.

Ainda em movimento. Ainda não paramos. Mas estamos indo mais devagar, mais devagar agora. Então *crash*! Ao bater em um banco de grama, o carro sobe e depois desaba.

Acabou.

Eu ainda estou vivo.

Rob ainda está vivo. Ele está grunhindo. Uma grande viga de madeira ocupa o espaço onde estavam suas pernas. Suas pernas estão no espaço antes ocupado pelas minhas. Ou o que resta de suas pernas. Estão todas esmagadas e mutiladas. No painel onde havia o rádio, no espaço entre nós dois, agora só há plástico esmagado.

Viro-me para ver se Kate e Phil estão bem.

Mas eles não estão lá.

?

??

É isso que diz meu cérebro. Uma grande ?

Eu digo a mim mesmo: nós batemos. Eu sou um sobrevivente. Tivemos um acidente de carro e eu sou um sobrevivente. Tenho responsabilidades. Preciso ajudar os outros. Quer dizer, foi para isso que minha experiência me preparou, não foi? Eu já bati antes, já me queimei. Sei o quanto isso é sério. Sou aquele que está mais bem equipado para lidar com esta situação. Eu estou vivo. É meu dever salvar todo mundo. Se ao menos eu pudesse encontrá-los.

Tenho a sensação de ter um público. Tenho a sensação de ter um papel a representar. É hora de dizer as minhas falas. Iço-me para fora pelo párabrisa esmagado gritando.

— KAAATIIIEE! KAAATIIIE!

Durante algum tempo, nada. Então vejo uma silhueta cambaleando em meio à névoa invernal.

— Kate? — chamo, correndo até ela.

Grunhido masculino.

Não é Kate. É Phil.

— Phil, Phil. Você está bem? — Grunhidos. — Onde está Kate? Você a viu?

Ele sacode a cabeça. Eu agora estou com medo, com medo de verdade. Onde ela poderia estar?

Ela poderia estar morta. Kate poderia estar morta. Meu Deus, se ao menos eu houvesse dito alguma coisa para alertá-los. A vida não é ser temerário. Simplesmente não vale a pena. Não há sentido em ser estúpido, dirigir depressa, sem pensar nas conseqüências. É preciso estar consciente das conseqüências. A vida é preciosa demais para pô-la em risco.

Então eu a vejo. Deitada na lama. Sem se mexer.

Corro e caio de joelhos ao seu lado, chamando seu nome. Seus olhos estão abertos, mas ela não está se mexendo. Falo com ela. Digo-lhe que tudo vai ficar bem. Ouço Phil chamando. Tiro minha jaqueta e a cubro com ela, tomando cuidado para não movê-la, tomando cuidado para somente mantê-la aquecida. Agora posso ver o fogo vindo do carro —

pequenas chamas, mas de um laranja muito vivo no escuro da noite. Sua boca se move de leve. Digo-lhe para ficar acordada, para ficar comigo. Phil me chama. Ele diz que precisamos tirar Rob do carro. O carro está pegando fogo. "Socorro", grita ele. Viro-me para olhar e vejo que um carro parou na estrada. Grito e agito os braços para ele. Posso ouvir Rob gritando quando Phil começa a puxá-lo para fora do carro. Então os lábios dela se mexem e ela diz alguma coisa.

— Isso, *baby* — digo, sentindo a palavra em meus lábios. Não chamei muitas pessoas de "*baby*" na vida antes. Eu próprio ainda sou um bebê. Mas digo isso do mesmo jeito porque estou apaixonado e tive um acidente de carro e sou o sobrevivente e é tarefa minha salvar minha namorada e chamá-la de *baby*. Quando tudo isso terminar, ela vai me amar. Vai me amar por chamá-la de *baby* e por salvá-la. Quando isso terminar, ela não vai gostar do perigo. Depois disso todos eles ficarão saciados, todos serão mais cuidadosos, e eu serei aquele que dará boa impressão por ter sido presciente, por conhecer o Medo, por saber que é melhor não se arriscar demais, é melhor ser cuidadoso, melhor para todos os envolvidos.

Sua boca se move e eu dobro o corpo para baixo para ouvir o que ela diz.

— Frio — diz ela.

Phil grita meu nome.

— Eu sei, querida, eu sei.

Praticamente posso sentir o calor vindo do carro.

— Frio, estou com tanto frio... — diz ela.

— Eu sei, não se mexa, querida. Fique comigo. Não vou abandonar você. Fique acordada, não durma.

— Não vá embora — diz ela.

Phil agora berra chamando por mim. Preciso ajudá-lo. O carro está pegando fogo. Rob está preso. Eu preciso ajudar.

— Não vou, meu amor. Nunca vou abandonar você.

— Não me abandone — diz ela.

— Não vou abandonar.

— Não me abandone, Rob, não me abandone nunca.

A explosão me joga para a frente em cima dela, e a onda de ar quente é como ficar perto demais de uma lareira em uma casa com correntes de ar. Meus ossos ainda estão frios, mas minha pele queima. Durante alguns segundos, só fico ali deitado. Não me mexo. Não quero me mexer. Só quero ficar perto dela, só por alguns segundos. Enquanto eu ainda for capaz de não pensar naquelas palavras, de não pensar no nome dele.

Porém, depois de algum tempo, naturalmente, com toda a força da gravidade, elas tornam a penetrar minha consciência. Rob. Na verdade ela ama Rob. Mesmo que ele tenha batido de carro. Mesmo que ele tenha se queimado. Ela o ama. Não a mim. Porque sou cuidadoso demais. Eu não dirijo depressa. Não mais. Eu tive medo demais. Medo demais de viver, medo demais de amar. É... foi por isso que eu a perdi. Porque não dirijo mais rápido.

Tempo de mudança

O hotel Jaisalmer Garden parece saído diretamente de um conto de fadas. Tem uma longa e sinuosa entrada de garagem e altas grades de ferro fundido. Há palmeiras nos jardins verdes bem-cuidados, colunas de mármore, e leões esculpidos em adulária. Na recepção há um candelabro e mensageiros em uniformes vermelhos de gola engomada. Aquilo me faz pensar no Grand Palace em seus dias de glória. Uma recepcionista bonitinha de sári dourado sorri desconfortavelmente para mim quando passo. Tenho uma vaga consciência de minha aparência desleixada. Ainda não tive tempo de mandar lavar minhas roupas.

Encontro Sohrab do lado de fora, tomando café da manhã à beira da piscina. À nossa frente há guarda-sóis verdes e mesas brancas em grupos de quatro. Esgueiro-me por entre eles.

— Bom-dia — digo, sentando-me na cadeira de plástico à sua frente.

— Ah, aí está ele — anuncia Sohrab de modo um pouco bombástico. — O misterioso sr. Joshua.

— Misterioso?

Sohrab me lança um sorriso irônico.

— Aparecer assim do nada ontem. Devo dizer que você me surpreendeu. — Ele parece bem mais relaxado. Veste um short amarelo e uma camisa de gola azul desabotoada. Os pêlos pretos cobrem regularmente seu peito e descem se afunilando de forma elegante. — O que você vai querer? — pergunta ele, meneando a cabeça para o cardápio entre nós dois. Fico feliz por ele não me perguntar como ou por que vim até aqui. Pela primeira vez em muito tempo, talvez na vida, estou cansado de inventar histórias.

— O que você recomenda?
— Omelete de queijo.
— Parece bom.

Sohrab chama um garçom, que espera junto às mesas com os braços cruzados meticulosamente nas costas.

— Então, já se decidiu? — pergunta Sohrab de repente.

— Já — digo quando o garçom chega. — Uma omelete de queijo, por favor — digo, levantando os olhos para ele. O garçom aquiesce e dá meia-volta. Então olho para Sohrab, que está tomando suco de laranja, olhando para mim com um ar de expectativa por cima da borda do copo. Tento dizer a mim mesmo que não é tarde demais para recuar, embora eu saiba que é.

— Pode contar comigo — digo. Quando as pronuncio, as palavras soam tão indolores, tão fáceis. Eu vou até a fronteira com Sohrab. Para quê? Para ajudá-lo? Para me transformar em seu rico cúmplice? Não, não é por isso que vou. Eu me decidi. O plano ainda está valendo. Tirando o fato de que nunca me senti totalmente à vontade com a idéia de abandonar meus amigos e só ir à fronteira para ganhar dinheiro suficiente para mim mesmo, percebi que esta aventura se transformou em algo mais do que apenas ganhar dinheiro. Conseguir a garota, conseguir a história, envolver-me. É disso que se trata agora. Simples assim. Obrigado pela oferta, Sohrab, mas eu sinto muito — mesmo assim vou ter de roubar você. Não é nada pessoal. É assim que tem que ser.

— Eu sempre soube que poderia contar com você, Josh — diz ele, com os olhos brilhando. Dou-lhe um breve sorriso, perguntando-me no que fui me meter, que doenças vou pegar de toda essa conversa informal. Eu realmente deveria ser mais cuidadoso. Realmente deveria me proteger. — Vamos partir esta noite.

— Certo.

Depois de alguns minutos, ele se inclina ao lado da mesa e diz:
— Para que a mala?
— O quê? Ah, isso. São só algumas roupas. Achei que deveria vir preparado.

Yasmin fez a mala para mim e tudo. Igualzinho minha mãe fazia, antes do divórcio, quando eu ia embora para o colégio. Reparei naquela mesma sensação de apreensão que eu costumava sentir sempre que um novo semestre começava. Tudo empacotado e pronto para mim quando eu saía do banheiro. Eu mal havia concordado, e ela já havia feito minhas malas, deixado tudo pronto para a minha partida. Muito gentil da parte dela.

— Você trouxe roupa de banho?

— Trouxe.

— Bom, por que não troca de roupa e dá um mergulho? — pergunta ele, admirando a piscina.

— Parece uma boa idéia.

— Use o meu quarto — diz ele, pondo a mão no bolso. — Tome a chave.

A troca

Subo as escadas pulando degraus. Sohrab está hospedado no terceiro andar. Os corredores são acarpetados. Encontro seu quarto: 308. Ponho a chave eletrônica na fechadura. A luz vermelha dá uma piscada e passa para o verde. Entro. Há um breve instante de expectativa enquanto avalio a cena. O quarto tem um pequeno corredor, com uma porta para o banheiro e um armário à direita, antes de abrir para o quarto de dormir. Posso ver a luz de uma grande janela entrando depois do corredor. Tenho a vaga sensação de que há mais alguém no quarto comigo. Digo a mim mesmo que é apenas a presença de Sohrab pairando no ar. Entro a passos largos. A cama não está feita; há uma colcha verde pendurada na beirada.

Verifico a janela. Ela dá para a piscina. Posso distinguir o contorno das pernas de Sohrab, cruzadas e despontando por baixo do guarda-sol. O garçom já está servindo meu café da manhã. Terei de ser rápido.

Encontro a mala no armário, uma daquelas malas grandes, antigas, com uma tranca de segredo na parte de cima. Tiro-a lá de dentro e a ponho em cima da cama. Ela está pesada. Abro um bolso lateral da minha mala e tiro um canivete. Desde a época do colégio sei abrir essas trancas. Outro menino costumava guardar suas balas em uma mala assim, e todos os domingos nós a abríamos e roubávamos suas barras de chocolate. São trancas fáceis. Enfio a lâmina dentro da fechadura e a movimento, com firmeza, mas sem pressionar demais, revelando aos poucos a combinação da tranca e sentindo os números enquanto a fechadura vai cedendo devagar.

Dois minutos depois, já estou olhando para os pinos da tranca, ligeiramente tortos, abriu. Sequer reparo na combinação. Respiro fundo e abro o zíper principal da minha mala. Vejo de relance a extremidade de várias notas de valores diferentes. Torno a guardar o canivete no bolso lateral. Então, com dois movimentos do polegar, levanto as abas de couro da mala de Sohrab.

Uma náusea oca contrai os cantos da minha boca e a adrenalina sobe por trás dos meus dentes. Tento engolir, mas minha garganta está subitamente seca. Pisco os olhos e respiro, pisco e respiro durante alguns instantes à medida que a situação vai se tornando lentamente reconhecível para mim.

Consigo enfim dizer um palavrão.

— Caraaalho.

A mala gorda está cheia até a borda de notas limpas e novas. Cintas de papel branco as organizam em maços. Folheio um deles. As notas parecem folhas farfalhando com a brisa. Encaro o dinheiro durante alguns instantes, tentando desesperadamente dar proporção à cena. Não posso sair dela. Não há escapatória. Não há como disfarçá-la de fantasia, imaginação, jogo. Isso *é* real. Meu coração simplesmente continua a bater apressado e meus olhos ardem e se embaçam sempre que olho para o mar de verde à minha frente.

Em algum lugar dentro de mim, encontro a força de vontade para mergulhar uma das mãos dentro da mala, apalpando maços semelhantes de notas falsas. Com exceção de uma pequena discrepância nas cintas, eles são idênticos. Com as mãos tremendo, retiro então o máximo de maços de notas de cem dólares que consigo encontrar de dentro da minha mala e os empilho sobre a cama. Em seguida, começo a tirar o dinheiro da mala de Sohrab e a empilhá-lo em maços arrumados ao lado do dinheiro falso.

À primeira vista, realmente muito pouca coisa os distingue. Decido dar mais uma olhada para me certificar de que Sohrab ainda está sentado à nossa mesa. Não está.

E é então que ouço a fechadura da porta se abrindo.

Mentalidade mafiosa

Meu salão de chá preferido em Pahar Ganj não passava de uma tenda improvisada — um quadrado de lona encerada azul seguro por hastes de bambu e alguns bancos de madeira dispostos ao lado da rua. Um velho casal administrava o salão. Eu adorava vê-los trabalhar, o modo como de vez em quando atiçavam o fogo de seus fogões de querosene com movimentos rápidos, mantendo as chamas multicolores e brilhantes assobiando furiosamente. Eles serviam e derramavam, acrescentavam coisas às panelas e coavam, enchiam xícaras e recebiam dinheiro dos clientes. Observá-los era como observar dois acrobatas lançando pratos. Seu chá era uma maravilhosa mistura leitosa doce com cardamomo e gengibre, servida em xícaras de barro vermelho com pires de porcelana. Os pires eles conservaram. As xícaras eram jogadas fora. Eu costumava ir muito lá, quase toda noite. Era o melhor lugar para ver a vida passar durante aqueles lentos meses de procura por Baba e pelos três ocidentais com quem ele negociava.

Certa noite, por volta das sete, eu estava na tenda vendo dois homens tentarem dar a partida em um carro. Era uma cena divertida, do tipo que tendia a atrair a atenção das pessoas. Ver os outros com problemas públicos era sempre uma boa maneira de matar o tempo na Índia. O carro era uma caminhonete Volvo branca, o que só aumentava a dramaticidade da situação. Caminhonetes Volvo quebradas não eram exatamente comuns em um país cheio de Bajajs, Suzukis e Tatas. Um dos homens, o do banco do motorista, usava um turbante azul-escuro. Ambos pareciam jovens. Eles devem ser ricos para ter um Volvo, pensei comigo mesmo. Perguntei-me o que dois garotos ricos estavam fazendo em Pahar Ganj.

Eles tentaram várias vezes fazer o carro andar, e várias vezes fracassaram. O que empurrava conseguia fazê-lo rodar, e então o carro pulava e tremia quando o rapaz de turbante tentava dar a partida engrenando a segunda. Ninguém se levantava para ajudar. Depois de algumas tentativas, eles tiveram de virar o carro no outro sentido por causa de uma ladeira que havia na rua. Aquilo continuou por quinze minutos, talvez mais. Depois de algum tempo, ficou chato, terminei meu chá, paguei ao casal e me ofereci para ajudar. O rapaz de turbante falava um inglês perfeito e pareceu muito grato. Eu não estava interessado na sua consideração. Só queria fazer o carro andar e ir embora. Estava tarde e o show já havia durado tempo suficiente.

Posicionei-me de um lado, o outro rapaz ficou do outro. A luz de freio esquentava minha camisa enquanto eu jogava todo o meu peso em cima do porta-malas quadrado. Então os faróis se apagaram e as rodas começaram a girar, primeiro devagar, depois mais depressa. Gritei mais alto uma ou duas vezes e tentei correr com passadas curtas. O carro logo estava andando bem. Com um último empurrão, gritamos "Agora!", e o Volvo deu um pinote e suspirou mais uma vez antes de subitamente voltar à vida com um rugido, para surpresa geral. Nós o vimos percorrer cerca de cem metros. Senti alguma satisfação por minha ajuda ter feito a diferença. O outro rapaz que havia empurrado sorriu para mim. Foi então que as coisas ficaram esquisitas.

Em vez de parar, o Volvo, que eu pensava estar indo um pouco depressa demais para uma rua movimentada como Pahar Ganj, de repente cantou os pneus e desapareceu em uma esquina. Então, para assombro de nossos rostos e atenção de nossos ouvidos, houve uma grande colisão, seguida por um grito de revirar o estômago, outro cantar de pneus e depois gemidos muito altos.

Todos na rua pararam. Esperamos pistas mais audíveis. Os gemidos eram muito agudos. Uma mulher ou uma criança haviam sido atingidas. Comecei a correr devagar, no início com passos lentos e nervosos, em direção à cena do crime. Então, à medida que as pessoas convergiam para a rua de todos os lados, senti minha raiva aumentar. Logo estava cheio de indignação. Eu queria ver o crime, caçar e encontrar o culpado de turbante, e em seguida fazê-lo pagar diante da justiça. Ele não escaparia impune.

Antes de eu saber o que estava acontecendo, subitamente havia me tornado parte de uma multidão descontrolada.

Presenciei os acontecimentos em quadros distintos. Quando virei a esquina, vi um carrinho de madeira amassado e virado. Três grandes urnas derramavam leite aguado na rua. Um rapaz jovem estava deitado no chão ao seu lado, com uma das pernas fazendo um ângulo impossível. Pessoas acenavam e gritavam. Um poste de telégrafo estava inclinado, com a madeira recentemente pintada de amarelo brilhando. Sangue escuro escorria da testa de uma mulher gorda enquanto dois homens seguravam lenços junto a seu rosto.

A multidão no meio da qual eu estava encontrou um policial na esquina do cruzamento seguinte. Algumas pessoas seguiram em frente, perseguindo o Volvo que há muito desaparecera por uma rua de duas pistas iluminada de cor de laranja. Parei e vi homens gritando para o jovem policial, que olhava de volta para eles com um ar de total espanto. Ele não tinha rádio. Tinha apenas seu bastão de bambu, seu *lathi*, que pensei que pudesse usar em um instante de pânico para se defender da pressão da turba. Todos gritavam com ele para fazer alguma coisa. Alguém lhe disse para telefonar para o quartel-general. Na minha frustração, descobri-me gritando:

— Eu sei onde podemos conseguir a placa, você pode telefonar para a delegacia e denunciá-lo.

Mal eu havia pronunciado as palavras quando percebi meu erro. De repente, a atenção da multidão se concentrou em mim. Toda aquela raiva, todo aquele ódio, toda aquela energia estavam agora, inteiramente de repente, focalizados em mim. O medo logo substituiu a raiva que eu sentira inicialmente. Eu agora não era mais o caçador; eu era a caça. Eu sabia onde encontrar a placa. Eu resolveria a situação. Eu faria tudo isso, ou, ou, ou...

Um dos líderes se virou para mim.

— Onde está esse homem? Onde está esse homem que conhece a placa?

Olhares intensos não desgrudavam de mim. Tentei ficar calmo.

— Lá atrás. Havia outro homem, ele estava empurrando o carro. Podemos perguntar a ele.

— Leve-nos até lá.

De repente, com mãos agarrando a parte de cima dos meus dois braços, a multidão me suspendeu e rumou de volta para onde tudo havia começado — comigo, seu único indício, seguro com firmeza bem no meio.

Notei o policial se afastar discretamente. Eu estava sozinho. Descemos a rua assim por algumas centenas de metros antes de outra pequena multidão surgir de repente vinda de outra direção.

— O que está acontecendo? — perguntou nosso líder, segurando-me.

— Ele está lá embaixo. Eles o encontraram. Vamos.

A multidão me deixou de lado como um jornal da semana passada. Tão depressa quanto o pesadelo havia começado, eu estava novamente seguro. Respirei e olhei em volta, perdido por alguns instantes, enquanto a multidão descia ruidosamente a rua. Eu não sabia o que fazer em seguida. Ajudar a agredir o rapaz nunca me ocorreu. Tampouco voltar para casa. Senti-me impelido a continuar agindo. Minha pequena revelação havia mudado as coisas. Eu não me sentia mais parte da multidão. Estava desassociado da loucura. Vi-me seguindo-os com cautela.

Não demorei muito para me juntar à multidão, mas quando o fiz as coisas já haviam ficado feias. O carro havia subido em uma calçada alta algumas centenas de metros mais abaixo na rua — com a roda dianteira dobrada, provavelmente devido ao impacto. A multidão se movia e aumentava em grupos ao seu redor. Três dos vidros haviam sido quebrados, o de trás estava estilhaçado como uma teia de aranha. Dentro do carro, o rapaz de turbante lançava olhares para um lado e para o outro, como um animal encurralado. Reparei em três policiais ali perto, de pé, juntos em um canto, debaixo de um néon.

A multidão agia de forma metódica. Quebraram o pára-brisa dianteiro e depois arrastaram o rapaz para fora aos gritos, através do vidro quebrado. Rodearam-no e se revezaram para bater e cuspir nele, chutar sua cabeça. Vi um dos homens abrir a porta traseira do Volvo enquanto dois outros arrastavam o sique para fazê-lo se virar e posicionar sua cabeça no vão da porta. Eles bateram a porta na cabeça dele, uma vez, duas, três vezes. Contei oito vezes antes de pararem. O turbante se soltou e havia longas mechas de cabelo empapadas em mais poças de sangue escuro sobre a calçada. Alguém disse alguma coisa e eles o puseram de volta no carro. Seus pés calçados de sandálias saíam pela porta. Lembro-me de ver sua mão se levantar até a janela enquanto a multidão recuava. Não vi como eles começaram o fogo. Vi-o queimar por alguns instantes antes de virar as costas. Atrás de mim, a multidão aplaudia.

No dia seguinte, entrei no escritório do *Hindu Week* e escrevi uma matéria a respeito. Shiva adorou. Ele me disse para ligar para a delegacia e checar alguns fatos. Revelou-se que os freios do Volvo estavam com defeito. O rapaz que ajudou a empurrar o carro era o melhor amigo do motorista. O carro pertencia a seus pais. Eles o haviam levado a Pahar Ganj para consertar um dos amortecedores por um preço barato. O mecânico havia roubado as pastilhas de freio e algumas partes do motor — ocasionando o desastre. Shiva publicou minha matéria junto com uma série de reportagens de capa que ele estava fazendo sobre linchamentos na cidade. Nos dois meses anteriores, vários motoristas de ônibus haviam sido linchados por multidões enfurecidas depois de atropelar alguém. Shiva publicou minha matéria com o título MULTIDÃO ENLOUQUECIDA: COMO É PARTICIPAR DE UM LINCHAMENTO? Foi a primeira matéria minha jamais publicada. Bom, se é que se pode chamá-la assim. O impressor a diagramou errado e ela saiu metade de cabeça para baixo e de trás para a frente, então não ficou exatamente legível.

Mesmo assim, depois da publicação, Shiva me deu os parabéns. Ele disse que eu acabava de aprender a primeira regra do bom jornalismo.

— Você precisa inventar suas próprias matérias — disse ele. — Precisa fazer mais do que simplesmente procurá-las. Precisa criá-las.

— Como assim?

— Um jornalista nunca pode ser um observador imparcial. Pelo simples fato de estar ali, ele muda a história. Você tem uma influência. Faça com que isso seja uma vantagem para você.

— Não acha que a minha matéria foi imparcial.

— Você acha?

— Bom, eu tentei.

— Bom, se foi essa a sua intenção, você fracassou. Foi você quem deu a partida no carro. Foi você quem seguiu a multidão, fez sugestões, incentivou todo mundo. Se não fosse por você, aquele rapaz sique provavelmente ainda estaria vivo hoje.

— Você está dizendo que a morte daquele rapaz foi culpa minha?

— Não. — Ele sorriu. — Eu estou dizendo que você acaba de conseguir sua primeira matéria. E a conseguiu obedecendo a uma regra de jornalista. Você participou da ação. Se não se envolver, jamais terá nada sobre o que escrever.

Crowded Planet

— Então, quanto tempo faz que você está na Índia? — pergunta a mulher. Ela é norueguesa, tem quarenta e poucos anos. Bonitinha, de cabelos claros e olhos azuis como gelo.

— Dois anos.

— Dois anos! — exclama, ajustando a alça da roupa de banho de modo que esta assuma uma posição mais respeitável sobre o seu ombro.

— Mais ou menos.

— O que você está fazendo na Índia há dois anos?

— Eu sou jornalista.

Não sei por que digo isso.

— Jornalista! É mesmo? Que interessante. Para quem você trabalha?

— Para a Reuters. — Aproveito a deixa.

— Uau. Estou impressionada. — Retribuo seu sorriso. — Você parece tão jovem. — Não digo nada. A água ainda escorre pelo meu braço e forma uma poça debaixo da minha cadeira. Sinto-me muito, muito melhor agora, depois daquela nadada. Envelheci fisicamente quando aquela faxineira entrou, brandindo seu espanador pela porta como um estandarte. Não demorei muito para me livrar dela, mas ainda não sei onde Sohrab se meteu. Não me lembro de como comecei a conversar com essa mulher. Ela está sentada na mesa ao lado e isso já é razão suficiente. Acho que ela mencionou alguma coisa sobre minha omelete ficar fria. — Então — insiste ela. — O que você está fazendo em Jaisalmer?

— Como? — digo, um pouco na defensiva demais.

— Bom, você está escrevendo uma matéria?

— Ah... sim. Na verdade estou sim. — Não consigo pensar em nenhum outro motivo para estar na cidade.
— Sobre o quê?
— Tráfico de drogas. — A frase sai naturalmente.
— Tráfico de drogas! — diz ela, adequadamente espantada.
— É — digo, adequadamente entediado.
— Há traficantes de drogas aqui? — pergunta ela meio sussurrando, como se isso fosse um segredinho nosso.
— Claro. Esta é uma das maiores rotas de heroína entre o Paquistão e a Índia. De diamantes também.
— Diamantes?
— É.
— Mas... Bom, isso é muito estranho.
— O quê?
— Ah, nada. É só que meu marido e eu tentamos comprar um diamante em Jaipur, mas não conseguimos encontrar nenhum.
— Bom, isso não me surpreende. Tudo em Jaipur é falsificado. Você teve sorte — digo, conhecedor.
— Talvez — diz ela devagar. — Mas nos disseram que não existem mais diamantes no subcontinente.
— Quem lhe disse isso?
— Nós lemos no guia *Crowded Planet*.
— Você não deveria acreditar em tudo que lê — digo, sardônico. — Ainda existem centenas de minas no Paquistão que não foram totalmente exploradas. — Eu estou só inventando isso. Não posso me deixar abater agora.
— Bom, isso eu não sei. Mas sei que muitos dos diamantes chegam à Índia vindos da África.
— Da África?
— É — diz ela. — São lapidados em Mumbai e depois são reexportados. Depois de Jaisalmer, meu marido e eu vamos ver se conseguimos comprar algum lá.
— Hum. Eu não sabia disso.
— Bom — diz ela, virando a mesa —, parece que você precisa pesquisar mais antes de escrever sua matéria.
— É, acho que você tem razão — digo, fazendo uma leve careta. — Mas, como eu disse, a matéria não é propriamente sobre diamantes. Na

verdade é sobre drogas. — O marido dela chega pingando da piscina no final da minha frase e a mulher parou de ouvir. Eles conversam em norueguês durante alguns minutos antes de ela finalmente se levantar para ir embora.

— Bom, foi um prazer conhecer você — diz ela, baixando os olhos para mim. — Boa sorte com a matéria.

— Obrigado — digo baixinho. — Boas férias.

— Tenho certeza de que elas vão ser boas — diz ela, sorrindo com educação. Então, como uma epígrafe, acrescenta: — Tome cuidado.

O marido reconhece minha existência com um leve meneio de cabeça intrigado e dá um meio sorriso antes de ambos se virarem e irem embora.

Maluco sinistro

Encontro Yasmin para almoçar no mesmo restaurante onde Sohrab e eu fomos no dia anterior. Vi Sohrab na recepção do hotel depois da minha nadada — ocupado organizando o jipe e dando telefonemas —, então não foi muito difícil escapulir. Quando entro, ela se levanta com um pulo e me beija no canto da boca.

— Eu estava ficando preocupada — diz ela. Seus cabelos estão presos e alguns fios escuros cacheados pendem de sua nuca. Dou uma verificada rápida do outro lado da persiana para ver se estou sendo seguido. Não há sinal do rapaz de cabelos castanhos nem de qualquer outra pessoa que pudesse ser considerada vagamente suspeita. — Correu tudo bem? — pergunta ela quando me viro para encará-la.

Noto uma xícara de chá fumegando e seus óculos escuros sobre a mesa baixa.

— Sim, tudo bem — digo, sentando-me na frente do lugar onde posso ver que ela estava sentada. Ela vem se sentar ao meu lado, aproximando seu chá antes de pegar dois cigarros. Acende os dois e depois me passa um.

— Ele não suspeitou de nada?
— Não.
— Quando você vai? — pergunta ela, soltando fumaça.
— Hoje à noite.
— O quê? Já? — diz ela, repousando uma das mãos em cima da minha. — Eu não esperava que fosse cedo assim. — Não digo nada. Há uma sensação de orgulho masculino na minha partida. Algo do tipo "um homem tem de fazer o que é preciso", como se eu fosse um mártir da causa. — Você está bem? — pergunta ela depois de algum tempo.

— Estou.

— Sabe... você não precisa ir se não quiser.

— Sohrab pode não fazer a transação se eu não for.

Posso ver que ela não concorda, mas aceita a resposta. Acho que ela sabe que eu tenho meus próprios motivos para ir, motivos que ela não entenderia. Ter colhões, correr riscos, buscar aventura, procurar material, envolver-se, ser veloz ao dirigir — como ela poderia entender o que é preciso para conseguir a garota, para conseguir a história, para viver a ficção? Mesmo assim, no que me diz respeito, eu estou apenas começando a entender que isso não é um jogo, que isso não é uma história exagerada. Eu realmente vou e vou fazer isso, de olhos abertos, com coragem. Por quê? Porque, porque... já é hora de eu encarar os meus medos. Passei a vida inteira me protegendo com a idéia de que nada é real, de que eu estava apenas inventando tudo, de que coisas ruins nunca aconteciam comigo de verdade. Eu apenas digo que aconteceram e depois invento uma história para fazê-las parecer bem piores. Insuportavelmente piores — de modo que eu possa fingir para mim mesmo que elas não aconteceram de verdade, pelo menos não *desse jeito*.

O afogamento, as provocações no colégio e a apendicite fingida, o divórcio, o acidente de carro... todas essas coisas terríveis que aconteceram comigo eu exagerei e fantasiei para me distanciar de sentir o trauma de verdade. A mentira foi minha proteção. Um amortecedor entre mim e a vida. Porém, lá no fundo, talvez de forma mais reprimida, menos dramática (sem dúvida), sei que essas coisas ruins realmente aconteceram. Elas aconteceram de verdade. E eu sofri por causa delas. Já é hora de eu parar de me esconder da realidade. Já é hora de eu parar de disfarçar a Verdade com ficção. Mesmo que eu seja privilegiado, mesmo que eu tenha recebido muita coisa na vida, coisas ruins aconteceram.

A vida é uma merda e depois você morre...

Já é hora de parar de sentir medo. Ou pelo menos de tentar... e, caso isso não possa acontecer agora, pelo menos que aconteça a longo prazo. Quer dizer, se eu precisar fingir um pouco mais nessa desventura, não vou me culpar. Afinal, aprender a nadar e sofrer um acidente de carro são uma coisa. Fazer uma transação suspeita com a Máfia na fronteira paquistanesa é outra bem diferente. Eu acho que a maioria das pessoas preferiria fingir que isto tudo não está acontecendo caso um dia estivessem no meu lugar.

— As nossas notas tinham os valores certos? — pergunta ela, mudando de assunto.

— Tinham.

— Quanto dinheiro havia?

— Não tive oportunidade de contar. Muito. Dê uma olhada se quiser — digo, apontando para a mochila ao meu lado.

Ela olha para a mochila por um segundo e posso ver que está se sentindo tentada.

— Não — diz ela depressa. — Não é seguro.

— Vamos colocar a situação do seguinte modo — digo. — Há dinheiro mais do que suficiente para tirar James da prisão.

Yasmin fica de queixo caído.

— É mesmo?

— É, é mesmo.

Ela então solta um guincho e atira os braços ao redor do meu pescoço e nós nos beijamos, com a língua dela na minha boca. Eu não quero que aquilo termine, mas depois de alguns instantes ela recua.

— Espere — diz ela, segurando meu rosto com as mãos. — Se realmente há tanto dinheiro assim, nós deveríamos simplesmente parar por aqui, não deveríamos? Eu poderia levar o dinheiro para soltar James e você e Sanjay podem ficar com o resto.

Sorrio para ela com doçura.

— Não. Nós já viemos longe demais. Devemos ir até o fim.

— Mas já temos o suficiente. Isso basta. Não precisamos ganhar milhões, podemos simplesmente pegar o que temos e ir embora. Você está se pondo em uma situação de perigo desnecessária. Não há necessidade de ir com Sohrab. É inútil. Você não entende, Josh? Nós já ganhamos. — Seus olhos percorrem o meu rosto como se ela estivesse à procura de uma porta, de uma entrada que pudesse me convencer a não ir. Eu não digo nada. Sua expressão se desmancha. — Josh, não quero que você vá — diz ela.

Nesse momento eu quase concordo em ficar com ela.

Mas alguma coisa me detém. Posso ouvir Yasmin me pedindo para não ir, mas não a ouço dizer as palavras que me fariam ficar. Seria fácil me fazer ficar. Ela sem dúvida sabe disso. Tudo que ela precisa fazer é dizer o que venho esperando ouvir desde aquele primeiro instante em que senti seu cheiro no Green. Bastaria isso. Mas ela não pronuncia as palavras. Não as pronuncia porque não me ama de verdade. Ela só finge me amar. Eu sei disso agora. Dói saber disso, mas pelo menos eu finalmente *sei*.

— Eu preciso ir — digo. — Estarei de volta neste mesmo horário amanhã. — A boca de Yasmin exibe um movimento de resignação antes de ela se aproximar para me beijar de novo depois de algum tempo. E eu mergulho naquele beijo, só uma última vez. Afinal de contas, o herói merece.

A transação

Saímos às sete da manhã. Um motorista, Kamal, dirige o jipe. Trata-se de um homem de aparência muito normal — pele bastante clara, bigode, cabelos repartidos ao meio (ligeiramente tingidos de hena), expressão séria. Com exceção do momento em que somos apresentados, não dizemos nada um para o outro durante toda a viagem. Imagino que ele esteja ocupado concentrando-se na estrada. O caminho é esburacado e a poeira sobe atrás de nós formando nuvens escarlate iluminadas pela luz do freio. Ele dirige a uma velocidade feroz, deslizando as mãos de um lado para o outro do volante como o ator de um filme em preto-e-branco.

Sohrab viaja no banco da frente, com uma das mãos repousando no quebra-vento para se equilibrar, e sua mala presa com firmeza entre os pés. Eu estou sentado no banco de trás com um turbante preto para proteger meu rosto da fúria do vento. Tento dormir um pouco (agora já faz seis dias desde que tive uma noite decente), mas não adianta. Estou cansado demais para dormir. No ponto onde estou, não há mais volta.

Passo muito tempo apalpando a arma que Sohrab me deu. Nunca segurei uma arma antes. É uma sensação estranha, e a arma é muito mais pesada do que eu poderia ter imaginado — pesada mesmo. Passo muito tempo olhando para o céu lá em cima. Não há lua e o brilho das estrelas é intenso. Vejo vários satélites. Pergunto-me se eles são capazes de nos ver.

O encontro está marcado para a uma da manhã. Chegamos ao ponto de encontro cedo, então ficamos sentados dentro do jipe durante alguns minutos em silêncio, apenas esperando. Não há muita coisa para ver, só uma coleção de casebres de barro caindo aos pedaços em uma encosta não muito íngreme. Não temos idéia de por que há casas nesse local tão distante de tudo. Elas não parecem existir em número suficiente para serem remanescentes de um antigo vilarejo. Talvez sejam tudo o que restou de um antigo posto comercial ou algo assim. Posso distinguir o débil luzir do acampamento militar indiano cintilando ao longe. O vento assobia e revira a areia. Agora faz muito frio. Tenho a sensação de que meus olhos acumularam metade da areia do deserto durante a viagem, mas estou adrenalizado demais para realmente me importar com isso.

Depois de alguns minutos, Sohrab diz que chegou a hora. Ele pede a Kamal para esperar. Caminhamos em direção a uma das casas, com a areia escorregando por entre os nossos pés. Quando entramos lá o breu é total, mas sei que há alguém atrás de mim assim que passo pelo vão da porta. Posso senti-lo no instante em que ele agarra a parte de cima do meu braço e cospe palavras de som áspero na minha nuca. Uma luz branca intensa se acende de repente na minha cara e posso ouvir Sohrab falar rapidamente em urdu. Não sei o que fazer, de modo que apenas fico ali piscando e apertando os olhos enquanto a mão de alguém passeia ao redor da minha cintura e das minhas coxas. Ela logo encontra a arma e a retira.

A lanterna é desligada e, por um curto instante, ficamos todos em pé no escuro. Manchas vermelhas, azuis e amarelas dançam na escuridão à medida que meus olhos se acostumam com a ausência de iluminação. Depois de alguns segundos, o brilho amarelo de três lampiões cresce rápido e inunda o cômodo. A cena se revela aos meus olhos em partes.

Há uma mesa, que bate na minha cintura. Atrás dela, três homens — todos mais ou menos da mesma altura. Todos têm barbas e bigodes. Todos estão usando turbantes que deixam o rosto à mostra. Metralhadoras pendem de seus ombros. Um homem alto e magro com uma comprida camisa marrom tipo *kurta* e uma calça marrom bufante apertada nos tornozelos sai de trás de mim e pousa meu revólver sobre a mesa com delicadeza. Outro homem, mais atarracado, sai de trás de Sohrab e põe a arma deste último ao lado da minha. Eles cinco ficam ali olhando para nós, três atrás da mesa, os dois que nos desarmaram de cada um de seus dois lados.

O homem do meio começa a falar. Sohrab lhe responde com frases curtas, entrecortadas, como se estivesse respondendo a perguntas. Então, muito repentinamente, há um relaxamento visível da tensão. Um dos homens dá uma risada curta ao ouvir algo que Sohrab diz, Sohrab responde alguma coisa, mais risadas, e então todos eles estendem a mão para pegar suas respectivas mercadorias. Sohrab levanta sua mala com um movimento largo e a deixa cair sobre a mesa com um pequeno levantar de poeira, sem parar de falar em momento algum.

Agora são os paquistaneses que estão respondendo com frases curtas e entrecortadas, e tenho a sensação de que são velhos amigos compartilhando novidades. Há uma leve interrupção na atmosfera amigável quando Sohrab tenta abrir sua mala e os fechos emperram. Vejo-o franzir o cenho para a combinação e me pergunto se me lembrei de pôr os números de volta em sua posição original. Ele sacode a cabeça com uma leve frustração antes de um dos paquistaneses lhe passar uma faca, dizendo alguma coisa relevante. Sohrab ri com educação, mas posso ver que ele não está achando aquilo divertido. Ele força os fechos, que se abrem, levemente tortos, com um silêncio muito desagradável.

Enquanto isso, os paquistaneses estão enchendo a mesa com grandes pacotes envoltos em papel celofane cheios de um pó branco. Já contei dezessete pacotes quando Sohrab consegue terminar de abrir sua mala. Ele abre as abas e dá um passo curto para trás de modo que os paquistaneses possam dar uma boa olhada lá dentro. Os olhos do intermediário se franzem enquanto ele dá um largo sorriso e em seguida diz alguma coisa que faz todos os paquistaneses rirem, mas não Sohrab.

Então o homem da direita pega um dos pacotes e o passa para Sohrab, que usa a faca que lhe foi dada para abrir sua mala para furar o celofane. Ele mergulha a ponta da faca no pó, pega uma pequena pilha, aproxima-a da narina direita e, com uma expressão sombria, cheira tudo. Suas pálpebras parecem tremer pesadamente por alguns segundos antes de ele finalmente sorrir para os paquistaneses. Ele então diz alguma coisa, que faz todo mundo rir com muita alegria. Exceto eu. Eu só tenho uma coisa na cabeça e, enquanto todos passam aos negócios, a única coisa em que consigo pensar é: onde estão as porras dos diamantes?

Dois dos paquistaneses, os da esquerda, sacam um grande aparelho parecido com um fichário Rolodex com um número digital vermelho no mostrador da frente, e começam a pôr os maços de notas nele com toda a eficiência de trabalhadores penitenciários. Posso perceber vagamente que Sohrab usa uma balança eletrônica para pesar a heroína, mas a maior parte da minha atenção está concentrada nos paquistaneses que contam o dinheiro. Vejo o do meio, que presumo ser o líder, supervisionando a operação. O Rolodex ronrona e as notas passam depressa, formando uma profusão de números no mostrador digital. Ainda nenhum sinal de diamantes.

Então o aparelho de contar dinheiro emperra. Ouve-se um som dolorido quando o motor elétrico se prende e geme. Todos param o que estão fazendo. O intermediário diz alguma coisa com agitação e dois deles se precipitam para desligá-lo. Um por um, todos se aglomeram à sua volta para ver o que está errado. Algumas palavras rápidas são trocadas e eu vejo um cotovelo dando safanões enquanto outro segura o aparelho com firmeza. Então vejo um dos paquistaneses segurando uma nota rasgada e gritando. Todos estão olhando para ele enquanto ele cospe e gorgoleja palavras desesperadas para o papel verde em suas mãos. Percebo Sohrab se virando para me olhar. Ele parece preocupado. Meus olhos passam depressa dele aos paquistaneses.

Não tenho completa certeza do que acontece depois. Em um instante estou apenas ali em pé, observando a cena toda se desenrolar diante dos meus olhos, preocupado com o dinheiro, preocupado com os gritos, preocupado com os diamantes, e quando dou por mim tenho os dois revólveres nas mãos e os estou apontando para o intermediário. É estranho. Não consigo acreditar que eu esteja fazendo aquilo mesmo no instante em que pego nas armas. Agora realmente me sinto um ator, apenas representando o meu papel. E o papel que estou representando é o de Josh, o Herói, o Josh sobre o qual vou escrever no meu Bestseller. Não sou realmente eu quem está fazendo isso. Estou apenas me vendo fazer isso, sou um agente, ouvindo a voz interior narrar os acontecimentos.

— O que, o que você está fazendo, Josh? — pergunta Sohrab devagar. Posso senti-lo me encarando. Não tiro os olhos do intermediário. Todas as metralhadoras estão apontadas para mim.

— Embale a droga — digo com decisão. Percebo que os paquistaneses estão todos franzindo o cenho de tão confusos e olhando para as minhas mãos. Eles acabam de descobrir que sou branco. Eu havia me esquecido de que estava usando um turbante.

— O quê? — diz Sohrab.

— Eu disse para embalar a droga.

— Josh, por que você está fazendo isso?

— É, Josh — diz o intermediário de repente em um inglês sem nenhum sotaque. — Por que você está fazendo isso? Não estamos procurando problemas.

— Então diga a seus homens para abaixarem as armas.

— Você primeiro.

— Se os seus homens não abaixarem as armas nos próximos cinco segundos, vou atirar.

O tempo pára. O intermediário me olha nos olhos. Retribuo seu olhar. É uma cena clássica. Quem irá ceder? *Um*. Será que vou sair disso vivo? Como poderia sair? Todas as chances estão contra mim. São quatro contra um. As coisas não estão com uma cara nada boa. E eu sei disso. *Dois*. Mas não ligo. Era um risco que eu precisava correr. Lá no fundo, eu sabia que provavelmente as coisas sempre chegariam a esse ponto. Eu sabia que não havia nenhum outro jeito. *Três*. O que quer que aconteça agora, eu sempre saberei — não havia nenhum outro jeito. Eu precisava vir até aqui. Precisava representar essa cena. Por mim, pelos meus demônios, pela minha história, pela garota. E todo thriller precisa de um clímax. Será esse? Será esse o clímax? *Quatro*. Como será que isso tudo vai terminar?

O intermediário diz alguma coisa usando palavras guturais. Há um curto intervalo e as metralhadoras se abaixam e depois deslizam devagar até o chão. Sorrio debaixo do meu turbante. Nada como uma boa demonstração de força para separar os mocinhos dos bandidos.

— Certo, agora entreguem os diamantes.

— Como?

— Você me ouviu. As pedras. Entregue as pedras.

— Você está enganado.

Não tenho certeza se os bandidos me vêem levantar a arma de leve antes de atirar, mas isso basta para assustar todo mundo. Até a mim. Há muito gesso, poeira e gritos. Depois alguém tossindo. O intermediário grita coisas que não consigo entender antes de finalmente voltar a falar inglês.

— Eu não sei de que porra você está falando, seu puto maluco. Quem você pensa que é, porra? Sohrab, faça alguma coisa.

— Josh, você está cometendo um erro. Não existem diamantes — diz Sohrab.

— O quê? — respondo. — É claro que existem. Não minta para mim, Sohrab.

— Por que eu mentiria para você?

— Tem de haver diamantes.

— Para quê?

— Era assim que você lavava o dinheiro.

— Do que você está falando?

— Os lucros da venda das drogas. Você e Ajay lavavam o dinheiro com diamantes. — Há um intervalo. — Não lavavam?

— Não.

— Mas... mas isso não faz sentido. Tem de haver diamantes. Tem de haver...

As coisas agora estão fugindo ao meu controle. A história está indo embora. Sem diamantes, o enredo não consegue se sustentar. Tem de haver diamantes para a segunda troca. A questão toda era essa. Os paquistaneses-traficantes-de-heroína deveriam ficar com o dinheiro falso, Sohrab-traficante-enganador deveria ficar com a heroína e com as pedras preciosas falsas, e eu e meus amigos deveríamos ficar com os diamantes e a grana. Tudo em duas simples trocas de malas. Uma antes da transação, outra depois. Lindo. Era isso que havia de tão esperto no plano todo. Só os bandidos se davam mal. Agora está tudo arruinado. Agora eu sou uma porra de um bandido. Isso aqui é uma porra de uma transação de venda de heroína. O herói não deveria ser um traficante de heroína. Ele sequer deveria chegar perto da droga. Eu queria que as pessoas gostassem de mim. Quer dizer, não se espera que as pessoas gostem de todos os heróis?

Preciso manter o controle, digo para minha mente. Não posso demonstrar medo agora. Fique firme. Dirija em alta velocidade. Lembre-se. Finja. Isso não está acontecendo de verdade. Se isso fosse uma história e eu a estivesse escrevendo, o que teria de acontecer em seguida?

Em primeiro lugar, ganhar tempo.

— Embale a droga, Sohrab. Nós vamos embora. — Sohrab olha para mim. — VAMOS! — Ele começa a se mexer depressa, enfiando a heroína nas mochilas. O intermediário me encara com uma expressão vazia. Posso ver sua mente trabalhando, olhando através do turbante, vendo o menininho lá dentro. Espero Sohrab terminar de embalar a droga. Isso leva apenas alguns minutos. — Certo. Ótimo. Agora vá lá para fora e espere por mim no jipe.

— Mas...

— Vá...! — grito.

Em segundo lugar, não sair do personagem.

Qual é a principal característica que me define? Eu sou uma pessoa que mente. Começar a falar.

Começo a me afastar da mesa, de costas.

— Muito bem, senhores. Parece que eu cometi um erro. Queiram, por favor, aceitar minhas desculpas... — Faço uma pausa, tentando me lembrar de como começou essa história toda envolvendo os diamantes. — Fui levado a acreditar que estaríamos comprando diamantes de vocês hoje. — O intermediário transfere o peso do corpo de uma perna para a outra. Posso ver que ele está ficando impaciente. Pensando bem no assunto, os diamantes nunca fizeram muito sentido. Como é possível lavar dinheiro sujo com diamantes? Dou mais um passo para trás, um passo mais para perto da porta. — E foi por isso que decidi que vocês deveriam ficar com o dinheiro. — O intermediário meneia a cabeça de leve, para dizer que concorda. — Não há motivo para ninguém se machucar aqui hoje, não é mesmo? — digo. Continue falando. Continue falando. — Especialmente por causa de um erro tão tolo. Não há motivo para que todos não fiquem com aquilo que os fez vir até aqui. O dinheiro está todo aí. Vocês não precisam contá-lo. — Se você vai lavar dinheiro, ele precisa ser usado em algo legítimo. Agora eu entendo isso. Um passo adiante, um passo mais para perto. Quase lá. — E mais uma vez, queiram por favor aceitar as minhas mais sinceras desculpas.

Posso sentir o ar do lado de fora. A saída deve estar bem perto. É agora ou nunca. Eles me vêem preparar minha escapada e vejo todos os quatro estenderem a mão simultaneamente para suas metralhadoras enquanto me viro e saio correndo escuridão adentro, ouvindo o intermediário vociferar ordens atrás de mim.

— VAI! VAI! VAI! — grito para o jipe, que já está com o motor ligado quando chego até ele. Atiro-me no banco de trás no mesmo instante em que as metralhadoras começam a disparar. Ouve-se o ruído de vidro se partindo e do motor acelerando até o fundo enquanto o jipe derrapa sobre a areia e então um dos espelhos laterais se parte e depois as rodas aderem ao chão e de repente estamos descendo a estrada a toda, e os casebres de barro e as silhuetas vão encolhendo ao longe atrás de nós.

Herói de um cara só

Duas horas mais tarde, quando temos certeza de havê-los despistado, Sohrab diz a Kamal para parar o jipe. Agora faz um puta frio, e a primeira luz da manhã desponta no horizonte. Ele se vira para me encarar, muito sério.
— Josh — começa ele. Ainda estou segurando as armas, ambas penduradas entre as minhas coxas, parcialmente cruzadas como um brasão de heráldica. — Josh — repete ele. Levanto a cabeça para olhá-lo nos olhos. — Nós conseguimos — diz ele, com os olhos ligeiramente molhados. É então que ele começa a sorrir. — Porra, nós conseguimos, seu gênio!!! — Então ele começa a rir, atirando-se de costas no encosto do banco e agarrando o meu pescoço com uma força máscula. — Você foi incrível lá dentro! Eu nunca soube que você era capaz de uma coisa dessas. Josh? Josh? Você está bem? Você levou um tiro? Meu Deus, você está ferido?
— Não, eu estou bem.
— Bom, tire esse turbante estúpido da cabeça e me deixe ver esse seu sorriso. Porra, nós estamos ricos, seu idiota, e é tudo graças a você. Meu Deus — diz ele, tremendo e olhando alternadamente para Kamal e para mim. — Você foi tão incrível. Pensei que com certeza acabaríamos mortos quando entramos lá e eles estavam armados daquele jeito, até os dentes. Kamal, você precisava ver este cara, ele foi fantástico. — Posso ver Kamal sorrindo no espelho retrovisor. — Aquela história dos diamantes. Foi uma idéia genial. Genial mesmo. De onde você tirou isso? Eu não conseguia acreditar. Nós nunca havíamos conversado sobre isso. Merda, cara, pode ser meu guarda-costas sempre que quiser. Além de ter colhões, você tem cérebro. Você é um herói, sabia disso? Um herói, porra! Um herói rico

feito a porra! Ajay não seria capaz de ter feito uma transação melhor mesmo que houvesse tentado.

Sorrio debaixo do turbante e aperto os olhos só para deixá-lo contente. Não quero tirar o turbante. Não quero que ele veja o que estou realmente pensando. Então é esse o ponto a que chegamos? Eu sou o substituto de Ajay. Merda. Bom, pelo menos sou o herói de um cara só.

— E agora? — pergunto.

— Agora nós vamos para Pushkar, seu idiota — diz Sohrab, sorrindo e sacudindo a cabeça, ainda sem acreditar. — Vamos para a porra de Pushkar ganhar milhões! Josh, eu amo você. Você salvou minha vida lá dentro. Eu sabia que Mukti estava armando para cima de mim. Eu sabia que estava encrencado quando vi quantos homens havia lá. Geralmente nunca há mais de dois homens em uma transação. Era essa a regra. Ele deve ter dito a Akbar para dar um jeito em mim. E ele teria feito isso. Se você não estivesse lá, se você não houvesse inventado toda aquela babaquice sobre diamantes. Porra, você é um gênio — diz ele, agarrando minha cabeça. — Eu quero ser a mãe dos seus filhos!

— Isso é fácil.

Sohrab então dá uma risada estrondosa.

— Um gênio, um gênio — murmura ele sem parar. Então, quando estamos novamente em movimento, Sohrab passa o resto da viagem narrando a transação nos mínimos detalhes para Kamal, o tempo todo exagerando o meu sangue-frio. Kamal de vez em quando sacode a cabeça com uma admiração incrédula. Eu não escuto direito. Passo a maior parte do tempo olhando para o dia que nasce. Finalmente estou voltando a ver em cores. Estou começando a me sentir vagamente normal de novo. Sinto-me exausto, exausto de uma forma agradável, como se pudesse dormir... durante uma semana. A única parte que ouço realmente é a parte em que ele fala sobre os diamantes.

— "Você não lavava o dinheiro com diamantes?" Foi isso que ele disse! Você acredita nisso? Bem na frente do Akbar. Saca só essa tremenda ousadia: "Você tá pensando que eu sou o quê?!? Um Ratner", dizendo bem na cara deles, Kamal. Especialmente já que todo o dinheiro passava pelo Manley's e pelo Porão, dos quais Akbar é metade proprietário junto com Mukti. Porra, você acredita nisso? — Ele torna a rir. — Quem teria pensado em uma coisa dessas? Um menino pacato feito o Josh roubando das duas Máfias ao mesmo tempo. O sujeito é um gênio do caralho, Kamal, um gênio do caralho. É quase uma pena que essa tenha sido a última transação. Porra, hein, Josh? Quem acreditaria nisso?

Rolling stones

Pego um riquixá do Garden Hotel de volta para a hospedaria. Não estou com pressa, mas faz calor demais para ir a pé. Além disso, não estou exatamente com problemas de grana. Sohrab não pára de me dar dinheiro. Nosso carro sai para Pushkar às três. Ele me avisa para não me atrasar.

Como sempre, a recepção da hospedaria está vazia e o lugar inteiro parece abandonado quando chego. Não tem importância. Ainda tenho a chave do meu quarto. Enquanto subo o corredor escuro, vou ficando nervoso. Ou melhor, tenho uma sensação de mau presságio. Não sei por quê. Sei agora que não há motivo para inquietação.

Mesmo assim, repasso a cena na minha mente. A cena onde eu abro a porta e Yasmin pula em cima de mim. Posso vê-la, no escuro, rindo em cima de mim. Isso tudo parece ter acontecido há muito tempo. Não consigo acreditar que, depois de tudo que aconteceu, eu ainda nutra alguma esperança. Mas não seria impossível, seria? Não seria impossível que ela pudesse, que ela talvez pudesse...

Enfio a chave na fechadura e sinto as engrenagens se dobrarem quando giro o mecanismo. A luz está apagada, mas posso ouvir o ventilador zumbindo baixinho. Talvez ela esteja dormindo. Poderia estar. Nunca se sabe. Acendo o interruptor e a luz fluorescente zumbe antes de estalar e depois piscar, ganhando vida. Uma agressiva luz branco-azulada inunda o quarto — ela faz o lugar parecer frio e vazio. Que é exatamente como ele está.

A não ser pelo que está em cima da cama. Verdes, azuis e cristal cintilante — de todos os tipos, formatos e tamanhos — se espalham em uma celebração de cores falsificadas. Olho para elas e não consigo evitar uma pequena exclamação de desdém. É só então que me dou conta do verdadeiro absurdo da aventura toda. Quem nós estávamos enganando? Ou melhor, quem estava me enganando? Eu mesmo, imagino.

Mesmo assim, Yasmin devia saber. Por que outro motivo ela teria deixado as pedras preciosas? Seria isso algum tipo de despedida irônica? Talvez. Ou talvez ela imagine que eu ainda possa não saber. Que eu possa ainda não ter percebido que ela está me usando. Ela vem me usando esse tempo todo. Exatamente como Sanjay disse que ela estava fazendo. Ele foi capaz de ver quando eu estava cego.

Mesmo agora, tenho dificuldade em acreditar nisso. Porque eu vi alguma coisa, sei que vi alguma coisa. Tenho dificuldade em acreditar que a história de amor tenha sido uma mentira. Uma fantasia da minha imaginação.

Talvez seja por isso que Yasmin tenha deixado para trás as pedras preciosas falsas. Ela sabe que eu ainda vou acreditar, que sempre vou acreditar. Eu sempre vou acreditar na minha própria imaginação, na *minha* história de amor — mais nisso do que na realidade. Muito embora a realidade tenha estado ali em pé, imóvel como uma estátua, na minha frente, esse tempo todo.

Agora que penso no assunto, ela praticamente me disse isso. Ela virtualmente me alertou. Ela sabia a encrenca em que eu estava me metendo e, acho, daquela vez em que discutimos debaixo da árvore no deserto, ela quase me disse isso, quase me salvou de mim mesmo.

Mas não fui capaz de escutá-la. Eu era tolo, tolo demais. Ela viu isso. E agora ela sabe disso. Ela me acha tão estúpido. Ela sabe que eu ainda vou trocar as pedras preciosas, esperando encontrá-la de novo — em Pushkar, em uma hospedaria em Déli ou lá no apartamento de Sanjay em Mumbai — para podermos retomar as coisas no ponto em que as interrompemos. De modo que eu possa dizer Missão Cumprida, e então ela vai me beijar de novo e sorrir para mim e me olhar com aqueles brilhantes olhos verdes. Ela sabe disso porque me conhece. Ela me conhece como o idiota que eu sou.

Nesse momento finalmente sinto uma onda de raiva — raiva da humilhação daquela situação toda. Durante todo esse tempo, ela deve ter olhado para mim, enquanto eu a estava amando, e pensando no grande idiota que eu era. E então eu explodo, finalmente explodo, arrancando o lençol da cama e gritando. As jóias de vidro batem na parede e as falsificações racham e tilintam e quicam no chão enquanto eu desabo em cima da cama e seguro a cabeça com as mãos. Quero chorar, mas não consigo. Tudo que pareço capaz de fazer é olhar para as pedras que rolam, lembrando-me com amargura, lembrando-me de tudo que passou.

O lado bom da vida

No Ambassador branco que mais parece uma bolha, com seus assentos de mola e seus vidros abertos, Sohrab tenta me alegrar.

— Vamos, Josh, por que você está tão calado? Não disse nada o dia todo.

— Estou só pensando.

— Em quê?

— Umas coisas. — Dou de ombros.

— Como no que fazer com todo o dinheiro que você está prestes a ganhar — diz Sohrab, com um sorriso radiante.

— Eu nem acredito quando olho para ele — digo, com um pouco de amargura demais.

— Não precisa se preocupar com nada, amigão. A parte difícil já passou. O resto é fácil. Daqui a alguns dias vamos encontrar os tais caras, e depois estaremos livres. Está tudo acertado.

— Como você sabe que eles vão aparecer?

— Porque sei.

— Sabe por quê?

— Porque venho fazendo negócios com eles há anos, por isso. Porra, vamos lá, Josh, relaxe, cara. Está tudo acertado. Qual o problema? Você não confia em mim?

— Eu não confio em mais ninguém.

Posso sentir Sohrab franzindo o cenho quando viro o rosto para olhar para fora da janela.

— Isso não é do seu feitio, Josh.

— O que não é do meu feitio?

— Essa rabugice.

Sinto vontade de dizer a Sohrab que ele não faz idéia do que é e do que não é do meu feitio, mas me controlo. A verdade é que agora ele é minha única esperança. Eu deveria pelo menos tentar salvar algum resquício de lucro desse naufrágio. E estou nas mãos de Sohrab. O que quer que eu ganhe com essa transação vai depender em grande medida da boa vontade dele.

— Desculpe — digo, depois de algum tempo. — É só que... bom, não quero ofender, mas é só que eu nunca havia me visto como um traficante de heroína.

Posso sentir Sohrab fazer uma careta ao ouvir essas palavras, mas fico satisfeito. É uma resposta convincente que sei que ele vai conseguir entender. É consideravelmente melhor do que: "Eu estou arrasado porque conheci uma garota linda e nós queríamos roubar você, mas agora ela desapareceu com o dinheiro."

Depois de algum tempo, ele diz:

— Bom, nem eu. Mas é só essa vez. Depois disso, ambos estaremos livres para fazer tudo o que quisermos. Como eu disse antes, estou realmente pensando em voltar a fazer cinema.

— Ah, é?

— Claro, por que não?

— Que tipo de filme você faria?

— Ah, não sei. Talvez um filme sobre um traficante de heroína na Índia. — Sei que ele está sorrindo.

— Um filme desses teria muito espaço para ação — digo.

— Isso mesmo! E você poderia escrever o roteiro. Perfeito.

— O que o faz pensar que eu sou um escritor?

— Bom, você é jornalista, não é? Pelo menos era antes de começar a traficar heroína — diz Sohrab, rindo de repente.

— É, acho que sou — consigo dizer baixinho entre seus risos.

— Então — diz ele por fim.

— Então o quê?

— Você quer escrever o roteiro para mim?

— Não tenho certeza de que saberia fazer isso. Eu nunca escrevi um roteiro.

— Escreva como um livro, então. Só certifique-se de que tenha bastante ação. Depois que eu o transformar em filme, ele será um bestseller.

— Nesse ponto dou uma meia risada. — O que é tão engraçado? — pergunta ele.
— Nada, é só irônico.
— O que é irônico?
— Não tem importância.
— Espero que você não esteja sendo desdenhoso — diz Sohrab. — Você certamente sabe que, hoje em dia, toda a questão da literatura de ficção são os direitos para o cinema.

Pushkar

O encontro está marcado para amanhã à noite atrás do templo em Tit Hill, a colina do peitão, como Sohrab a chama. Nem se quisesse poderia ter pensado em uma locação melhor para um fim emocionante. Pushkar é uma cidade bonita, com prédios caiados margeando um lago de águas cor de ferrugem, o deserto estendendo-se infinito para um dos lados, e do outro uma montanha de cume plano a separá-la do resto do mundo. Além disso, é claro, há Tit Hill em si, que se ergue súbita e surpreendentemente da areia e emoldura a cena toda como um gigantesco ponto final verde. À noite, luzes margeiam o caminho de pedras que conduz ao cume como estrelas proféticas apontando o caminho para o paraíso. Há sempre uma lua crescente pendurada acima da colina, perfeitamente no lugar, só para garantir.

Pelo menos Pushkar *era* uma cidade bonita. Depois de dois dias ali, descubro que o lago na verdade não é cor de ferrugem, apenas ficou marrom por causa dos esgotos. Várias das casas antigas agora são lojas para turistas e restaurantes self-service baratíssimos no subsolo, e o templo está repleto de supostos brâmanes que aterrorizam os visitantes tentando convencê-los a fazer *puja*, uma cerimônia religiosa que consiste em pagar muito dinheiro para jogar flores apodrecidas no lago. O lugar todo está lotado de viajantes, turistas, turistas-viajantes e outras combinações. A verdade é que Pushkar está arruinada, como uma rara pedra preciosa que de algum modo, com o tempo, tornou-se falsa.

Estou sentado num *bhang lassi shop*, bebendo milk-shakes de maconha, matando tempo. É o meu terceiro milk-shake do dia e estou alucinado. Ficar doidão é o único jeito de parar de pensar em Yasmin. Todas as manhãs acordo me sentindo bem, mas isso só dura uma fração de segundo antes de eu subitamente me dar conta de onde estou, de por que estou aqui, e então o dia desaba sobre mim como um bico de sapato de aço na barriga. Sem os *lassis*, eu provavelmente nem dormiria. Posso sentir que Sohrab está se cansando de mim e das minhas oscilações de humor, então venho tentando passar o menor tempo possível em sua companhia. Tenho medo de ele perceber tudo ou, pior ainda, de confessar.

Olho fixamente para fora, sem me concentrar em nada, vagamente consciente de que estou esparramado sobre a mesa, com a boca escancarada. Vendedores de rua e ambulantes de hotel estão preparando-se para tomar o ônibus da tarde, que posso ver descer com dificuldade e buzinando a montanha de cume plano que separa Pushkar do resto do deserto. Ondas de calor brotam assobiando de poros na estrada de asfalto.

Cinco minutos depois, o mundo inteiro parece cheio de fumaças fétidas, vozes frenéticas e braços estendidos. As pulseiras plásticas que as mulheres do Rajastão usam dos pulsos às axilas chacoalham umas nas outras enquanto elas rodeiam o ônibus e jogam suas bagagens pelas janelas de descarregamento. Homens de elaborados bigodes vestidos com panos típicos, os *dhotis*, sobem no teto do ônibus e lançam trouxas de roupas aleatoriamente sobre a multidão lá embaixo.

Em meio a toda a confusão, são os turistas que atraem mais atenção. Exaustos, animados, ou as duas coisas, eles vão saindo do ônibus um a um, fazendo propaganda de si mesmos com seus guias de viagem *Crowded Planet* e suas mochilas multicoloridas. Motoristas de riquixá e valetes de hotel se esforçam ao máximo para identificar os fracos e pouco seguros, importunando-os até eles chegarem a um estado onde fiquem propensos a lhes dar a maior quantidade de dinheiro possível. Olho os recém-chegados com desdém, pelo simples fato de serem recém-chegados.

O único que não parece perturbado é o rapaz de cabelos castanhos. É óbvio que ele já veio aqui muitas vezes antes. Vejo-o descer do ônibus e abrir caminho em meio à multidão parecendo saber aonde vai. Ele veste exatamente as mesmas roupas que vestia em Jaisalmer, mas agora raspou seu pequeno cavanhaque. Eu poderia enfrentá-lo, avalio. Decididamente poderia enfrentá-lo. Não estou com medo. Não tenho medo dele, não mais. Eu sei quem ele é e, dessa vez, sou eu quem o está vigiando. Dessa vez sou eu quem tem a vantagem.

Mesmo assim, não posso ter certeza. É melhor agir de forma segura, só para garantir. Nunca se tem certeza suficiente, não quando se trata da Verdade. É preciso ser capaz de ver a Verdade em preto-e-branco. Ela não pode ser uma suspeita vaga e cinza. Não pode ser uma imaginação. Não, ela tem de ser em preto-e-branco. De outro modo, como serei capaz de escrevê-la?

A Casa da Verdade

— Então, qual é a cara desse seu contato? — pergunto, ofegante. O caminho que leva ao topo de Tit Hill é muito mais íngreme do que eu imaginara, e minhas coxas já estão doendo.

— Você logo vai descobrir.

As luzes mostram o caminho, como estrelas, mapeando meu destino temido, e, no entanto, totalmente inevitável, no topo da colina. A caminhada tem um quê de sobrenatural. As árvores nos atacam com suas garras nas sombras da noite e o templo paira acima de nós como uma monstruosa Casa da Verdade. De vez em quando, enormes morcegos que parecem raposas passam voando, banqueteando-se com insetos.

Mas Sohrab não parece estar nada nervoso. Ele sobe a colina com determinação, chegando até a pular um ou dois degraus de vez em quando, como se estivesse até ansioso para essa parte chegar logo. Certamente parece demonstrar muito mais entusiasmo do que antes do encontro nos arredores de Jaisalmer. Verifico mais uma vez a arma, que venho segurando desde a transação na fronteira — para ver se ela ainda está na bolsa. Nessa noite mais úmida do que de hábito, até ela está suada.

Quarenta e cinco minutos depois, chegamos ao topo. Há apenas uma luz, uma lâmpada amarela descoberta pulsando debilmente no campanário. Fora isso, há apenas a luz do luar — um azul frio que faz tudo parecer ter sido fotografado em negativo. Ponho a bolsa no chão e me espreguiço.

Caminho devagar até a porta do templo, agindo de modo casual, e percebo que ela está trancada. Em seguida dou a volta no templo devagar para ver se está vindo alguém. A ladeira que desce da colina é íngreme, e tenho uma vista desobstruída do caminho e da cidade lá embaixo. Luzes cor de laranja e silhuetas de prédios brilham na superfície do lago. Uma forte rajada de vento me atinge e afasto-me do precipício. Alguns seixos descem escorregando, formando um riacho de cascalho por cima das pedras mais abaixo.

Então ouço vozes.

Torno a dar a volta no templo e consigo ouvir Sohrab falando, mas o vento torna difícil saber o que ele está dizendo. Espero — a quina do templo me protege. Sohrab diz mais alguma coisa e em seguida tudo silencia. Ouço o vento que bate com força. Penso em espiar do outro lado da quina, mas decido não fazê-lo. Fico ali em pé, espremido junto à parede do templo, ouvindo as rajadas uivarem e depois as folhas farfalharem e voltarem a se imobilizar. Durante um breve instante, tudo fica muito silencioso, mortalmente silencioso.

E é então que ouço a voz de Yasmin dizer:

— Está tudo aí, não precisa contar.

Pagamento integral

Nesse momento eu sorrio para mim mesmo. É um sorriso amargo, mas mesmo assim é um sorriso. A Verdade dói, mas pelo menos agora confirmo que estou certo. Estou certo há muito tempo. Não sei há quanto tempo exatamente — talvez logo desde o início. Suponho que eu devesse estar orgulhoso. Pela primeira vez na minha vida, consegui ver os fatos reais em meio a toda a minha ficção. Dei meu primeiro passo de verdade rumo a me tornar um escritor.

Dou alguns passos até onde há luz. O cascalho sob meus pés faz barulho e vejo Yasmin lançar um olhar rápido para mim antes de eu dizer a frase que passei os cinco últimos dias preparando:

— Se eu fosse você não aceitava, Sohrab. O dinheiro é falso.

Pronto. Eu disse a frase sem um tremor. Sem cortes, sem repetições. E a ausência de reação de Yasmin é perfeita. Ela é realmente bonita, sabe. Mesmo nesse momento.

Ela não diz nada. Ambos estão olhando para mim. Essa é a minha deixa, a minha cena de "o detetive revela tudo". O vento sopra. Percebo uma coisa. Não estou mais com medo, não estou mais com medo de nada.

— Eu não troquei o dinheiro, Yasmin — digo. Ela sustenta meu olhar, com os cabelos dançando ao vento. — Mudei de idéia. — Yasmin não demonstra emoção nenhuma, seu rosto é uma tela dura. — Parecia um pouco temerário, sabe, prosseguir com a transação *e* trocar o dinheiro. — Ainda não há nenhum sinal de qualquer emoção. Que piranha sem coração. Eu poderia estar morto agora por causa dela. Como fui capaz de não ver isso? Ela não está nem aí para mim, sequer liga para o fato de eu viver ou morrer. Caminho até atrás dela e recolho minha bolsa do chão, pegando a arma lá dentro.

— O que está acontecendo? — pergunta Sohrab.

— Quer saber, Sohrab? Quer mesmo saber o que vem acontecendo? — pergunto, com agitação. Eu sei... estou um pouco exaltado. Mas não posso me segurar. Se algum dia essa história teve um clímax, é agora. E Yasmin. É realmente angustiante vê-la de novo, agora que conheço a Verdade. — É bem simples, para falar a verdade. Yasmin e eu estamos tramando juntos há meses, tentando roubar você. — Chego mais perto dele, verificando a arma. — A idéia toda era que eu conquistasse a sua confiança, só o suficiente para trocar o dinheiro que você estava planejando usar para comprar a droga na fronteira. Nós imaginamos que você estivesse fazendo negócios com Akbar há tanto tempo que ele nunca verificaria a autenticidade do dinheiro e demoraria semanas até alguém descobrir a farsa. Você tem todo o direito de ficar zangado — digo ao ver seu rosto se franzir. — Mas acredite em mim, Sohrab, nós... bom, *eu* acreditava sinceramente que todo mundo poderia sair dessa são e salvo. Depois da morte de Ajay, eu sabia que essa seria sua última transação, e simplesmente pensei que o único perdedor de verdade seria Akbar. Pensei que ele não fosse verificar o dinheiro até que você me disse que ele sempre verifica. Foi por isso que acabei não fazendo a troca de malas. Não podia correr esse risco.

— Então isto — diz Sohrab, amassando o maço de notas com as mãos — é falso?

Meneio a cabeça para ele, confirmando.

— Não era para ser falso. Era, Yasmin? — Ela agora sequer está olhando para mim. Está apenas olhando friamente para a noite. — Ah, não. Foi esse pequeno detalhe extra que nunca passou pela minha cabeça. Yasmin queria que eu fizesse a troca para poder comprar a droga de você com o seu próprio dinheiro. Esperta, não? Imagino que ela tenha pensado que você fosse ser mais desconfiado do que Akbar. Ou isso, ou então que você estaria morto... e nesse caso, de todo modo, ela já teria mesmo o dinheiro de verdade. As coisas não aconteceram exatamente desse jeito, não é, querida? — Ela continua sem responder. — A única coisa que não entendo é a história toda dos diamantes. Qual foi o propósito disso tudo? Se não era verdade. — Ela não diz nada. — Vamos, meu amor. Pode me contar agora.

Ela continua sem olhar para mim, mesmo quando começa a falar.

— Os diamantes foram idéia sua, não minha — diz ela com normalidade. — Eu só o deixei continuar acreditando. Você não teria feito tudo isso caso soubesse que o negócio todo desde o início tinha a ver apenas com heroína.

Nessa hora é difícil me controlar, ouvindo-a falar, ouvindo-a realmente confessar desse jeito. Por um instante, penso que vou bater nela, e então Sohrab me surpreende ao fazer exatamente isso. Ele lhe dá um tapa. Na verdade, é quase um soco. O tapa a atinge no olho e ela desaba no chão. Eu sempre me vi batendo em Yasmin, mas nunca imaginei que Sohrab fosse fazê-lo. Mas, agora que ele fez, eu não me sinto bem. Não gosto de vê-la se machucar. E Sohrab agora está tomado por uma raiva cega, gritando com ela e cuspindo e chamando-a de porra de piranha filha-da-puta. Preciso segurá-lo para ele não a chutar. Ele diz que vai matá-la e tenta agarrar minha arma, de modo que no final sou obrigado a apontá-la para ele.

— Acalme-se, Sohrab. — Ele está olhando para mim, tremendo de fúria. Estou apontando a arma bem para o seu rosto. — Apenas cale a boca e acalme-se, está bem? — Yasmin segura o próprio rosto e está encolhida no chão em posição fetal.

— ESSA PORRA DESSA PIRANHA QUASE ME FEZ SER ASSASSINADO! E VOCÊ?! SEU PUTO...

— EU DISSE PARA CALAR A BOCA!

É a primeira vez que perco o controle. Até esse momento, tudo havia corrido com tranqüilidade — ou pelo menos era assim que eu pensava. Eu havia sido o observador impassível, desinteressado, estudando discretamente os ambientes e as pessoas e os acontecimentos, igualzinho ao que um bom escritor deveria fazer. Mas agora a sensação de me envolver é agradável. É agradável demonstrar algum tipo de emoção, agradável transformar a cena com o meu próprio ponto de vista. Porque estou tão puto quanto Sohrab, se não mais. Eu tenho motivos para estar puto. Afinal eu amava... ainda amo... eu amo Yasmin. Sou eu quem deveria me sentir traído. Mas mesmo agora eu ainda não consigo odiá-la como deveria. Inclino-me para ver se ela está bem e ponho uma das mãos em seu ombro. Ela vira a cabeça para me encarar e nossos olhos se encontram, e penso ver, debaixo de todo o seu medo, uma faísca da mulher que ela realmente é, a mulher que eu quero, a mulher por quem estou apaixonado. Ela chega até a me dar um vago sorriso. E acho que eu sorrio de volta para ela. Mas não posso ter certeza, porque é nesse momento que levo um chute nas costelas e que a dor vara o meu corpo como um dardo, e então levo uma pancada na cabeça e ouço um som no osso do meu nariz parecido com madeira se partindo.

Experiência libertadora

Olhar para dentro do cano de uma arma é uma experiência libertadora. Ela não deixa lugar para se pensar em quase mais nada. Quando a vida chega ao ponto de se resumir a olhar para dentro do cano de uma arma, tudo na verdade se torna muito simples. É claro que estou com medo; mas simplesmente não posso me dar ao luxo de pensar a respeito. Posso ver o rapaz, com seus cabelos castanhos caindo para a frente como um sudário diante de seu rosto, olhando para baixo, para mim. Ele está sorrindo, é claro. Ele está sempre sorrindo.

— Oi, James — consigo dizer com uma voz borbulhante. O sangue se prende ao fundo da minha garganta. Argh. Eu detesto o gosto de sangue. Já senti seu cheiro muitas vezes desde que toda essa desventura começou.

— Oi, Josh. — Ele me sorri de volta. Posso ver Yasmin em pé ao seu lado apontando uma arma para alguma coisa atrás de mim, provavelmente Sohrab. Mexo-me para me levantar, mas James me detém com um pé em cima do meu peito. — Calma, fortão — diz ele. Seu sotaque é muito respeitável. Pergunto-me por quê. Imaginei que ter estudado em Amsterdã fosse fazer sua voz soar como a de um holandês. Ou talvez ele tenha conseguido esse sotaque na Índia, durante a estadia de seus pais no *ashram*. Quem poderia saber? Será que eu realmente ligo para isso?

— Prenda Sohrab, Yasmin. Eu cuido deste aqui.

Vejo Yasmin guiar Sohrab em direção à porta da capela com o cano da arma. Ela joga uma chave para Sohrab.

— Abra — diz ela com calma. Agora só consigo ver a parte de trás de suas pernas. Percebo pela primeira vez que ela está usando uma calça jeans. Ela fica engraçada de jeans, e também mais aprumada. Como se estivesse indo para algum tipo de aventura na mata. Imagino que uma transação de drogas no alto de Tit Hill seja uma aventura na mata. Ouço o clique do cadeado se abrindo. Só Deus sabe como eles conseguiram a chave. Vamos encarar os fatos, eles estiveram um passo à frente o tempo inteiro.

Viro-me para tornar a olhar para cima, para James, e seu rosto ligeiramente embaçado serve de imagem de fundo para o cano da arma.

— O que vai acontecer agora? — pergunto.

— Ssshhh — diz ele com muita delicadeza, como se estivesse acalmando uma criança para fazê-la dormir, sacudindo a cabeça muito, muito de leve. Sua delicadeza é intimidadora. É como se ele não quisesse amedrontar sua presa.

É nesse momento que percebo o quanto essa situação é ruim. A realidade começa a morder meus calcanhares como um cão raivoso. Percebo que vou morrer aqui. Eu estava dirigindo em alta velocidade e agora estou batendo. Queria conseguir a garota, então pisei no acelerador e agora veja aonde isso me trouxe.

Porra, como foi mesmo que eu vim parar aqui — deitado no chão, na poeira, com uma arma apontada para o rosto? Repasso os acontecimentos. Se eu precisasse contar esta história — nos portões do paraíso, digamos —, por onde começaria? Por Déli? Pelo *Hindu Week*? Talvez pela primeira vez em que encontrei Yasmin? Ou ainda pela vez em que fui revistado pela "polícia"?

É, é realmente uma ironia. Agora vejo como eu me entreguei todos esses meses. Foi tão fácil me enganar. Deixar Yasmin entrar no meu quarto naquela noite, naquela primeira noite de tempestade quando senti seu cheiro. Teria sido tudo armado? Até mesmo a primeira batida? É provável. Foi uma maneira esperta de eles me avaliarem. Suponho que devam ter me visto fazendo perguntas. Provavelmente ouviram minha voz no poço. Eu não falo exatamente baixo. Tudo isso faz parte da minha inépcia social, da minha falta de jeito generalizada. Uma voz alta que se ouve ao longe — é um desdobramento óbvio.

Mas eles foram espertos. O modo como fizeram as coisas. Eles esperaram por uma dura da polícia e depois os conduziram ao meu quarto. Talvez tenham subornado a polícia para me revistar. Foi provavelmente por isso que Ashok, o dono da hospedaria, nunca me avisou. Ele não chegou a saber. Então Yasmin subiu e se escondeu no meu banheiro para ver como eu reagia. Para ver se eu era um viajante ou um traidor. Ela descobriu. Naquela noite, naquela noite em que pensei que estivesse sendo esperto, foi na verdade ali que comecei a ser incrivelmente estúpido.

Depois então houve a segunda *dura*. Aquela em que Yasmin me tirou do hotel e James roubou todas as minhas coisas. Agora vejo por que eles precisavam fazer isso. Precisavam me encurralar. Para que eu aceitasse, para que fizesse todo o seu trabalho sujo, para que roubasse Sohrab para eles, eu precisava estar desesperado. Precisava estar encurralado. Se houvesse alguma outra saída, eu a teria utilizado. Porque eu estava procurando qualquer oportunidade para não fazer nada daquilo, e eles provavelmente percebiam isso. Porque eu não dirijo depressa, não mais, não desde que perdi a coragem. Eu fico sentado em cima do muro. Não participo da história. Simplesmente deixo a história acontecer comigo. Ou pior, simplesmente a invento. Eu não sou o herói. Não sou o bandido. Não sou sequer um agente. Sou apenas uma vítima. Eles foram capazes de ver tudo isso. Só de olhar para mim. Só de me ouvir. Serei realmente tão óbvio assim?

Pergunto-me se o fato de Yasmin ter ido para a cama comigo também fazia parte do plano deles? Pergunto-me como ela conseguiu fazer isso — se me despreza tanto assim. Será que isso tem importância? Será que o fato de ela me desprezar, de me odiar, de me detestar, tem alguma importância? Será que tudo isso leva à mesma conclusão? A de que ela não me ama? Isso eu já sabia.

Aqui estou, portanto. Foi assim que cheguei até aqui. Pelo menos isso é um modo de ver as coisas. Outro modo de ver as coisas é que nada disso na verdade tem a ver com a história. Os acontecimentos, embora tenham conduzido a este ponto, e apesar de terem funcionado como sucessivos detonadores, como as reações em cadeia que culminam com esse resultado — eles na verdade são apenas incidentais.

Porque na verdade não são a história, de modo algum. Vamos encarar os fatos, eu não estou nesta situação embaraçosa por causa dos acontecimentos. Estou aqui porque, como pessoa, não tenho absolutamente nenhum domínio sobre a realidade. Estou apaixonado pelas minhas próprias ilusões. Elas me levam ao orgasmo. Eu me deixo iludir pelas minhas próprias fantasias.

A gata sexy, as drogas, os diamantes, o papel de jornalista disfarçado... quer dizer, realmente acreditei em todas essas coisas. Realmente acreditei que ia ser jornalista, que os diamantes existiam, que Yasmin pudesse me amar, que esse plano ridículo pudesse funcionar. É por isso que estou aqui — porque estava apaixonado por uma ilusão, porque sempre estive.

Por que eu sou assim? Afinal, as minhas ilusões sequer têm charme. Certamente não vale a pena morrer por elas. Quer dizer, meu Deus, essa história toda pouco mais foi do que uma fórmula de um romance barato. Na verdade, quando penso no assunto, a minha vida toda não passou de um grande romance barato. Querer ser diferente, querer ser original, fez com que eu jamais parasse de reescrever o enredo (a vida) e escalasse sempre a mim mesmo para o papel do herói. E isto aqui é apenas mais um episódio nesse estilo um tanto triste.

Eu realmente deveria ler literatura de melhor qualidade. Isso poderia melhorar a minha pessoa.

Acho que o lado positivo é que pelo menos agora conheço a mim mesmo. Sei que, no fundo, eu provavelmente *sou* um escritor de romances baratos — independentemente do desafio do bilhete de suicídio do meu pai. Talvez, no final das contas, papai tivesse razão a meu respeito. Talvez tudo que ele estivesse tentando fazer fosse para o meu bem. Talvez eu não devesse mais sentir tanta raiva dele.

É, como eu disse, olhar para dentro, na verdade para cima, do cano de um revólver é uma experiência libertadora. Finalmente estou livre das minhas ilusões. Finalmente posso me ver como realmente sou. Sei que, se a coisa chegasse a esse ponto, eu provavelmente poderia ganhar a vida escrevendo romances baratos. E não seria apenas pelo dinheiro. Seria porque... eu gosto disso. Ora, ora, isso é uma novidade.

Finalmente encontrei alguma coisa que eu gostaria de fazer da vida.

É uma pena que eu esteja prestes a morrer.

Meu único amigo, o fim

Quando Yasmin volta, James lhe diz para recolher a droga.

— E o dinheiro? — ela pergunta, muito organizada, muito jeans.

— Vamos levá-lo também. Ele provavelmente está blefando.

Ela não olha para mim enquanto arruma as coisas. Logo tudo isto estará terminado.

— Posso lhe fazer uma pergunta? — digo, olhando para James. Ele não diz nada, mas penso notar um leve dar de ombros. — Você matou Ajay? — Ele continua sem dizer nada. De onde eu venho, quem cala consente.

Ele dá um leve suspiro.

— Vamos, Yasmin — diz ele. — Nós não temos muito tempo.

— Estou indo o mais depressa possível — diz ela.

— Quer dizer, vocês tinham contas antigas a acertar? Por favor, eu preciso saber — digo. — É para uma história.

Quando digo isso, James ri.

— Você e suas histórias, Josh. Tudo que elas fizeram até hoje foi lhe causar problemas.

É claro que sim. Eu tinha razão daquela vez em que vi James espionando Sohrab e a mim no forte. Ele foi o narrador desta aventura, era ele quem tinha o ponto de vista mais abrangente. De que outro modo ele poderia ter entendido isso a meu respeito — *tudo que suas histórias fizeram até hoje foi lhe causar problemas, Josh*. Ele deve ter previsto o que eu faria antes mesmo de eu próprio saber. E desde então venho caminhando às cegas pela sua versão dos acontecimentos.

— Engraçado você dizer isso, eu estava justamente pensando a mesma coisa.

— Então você não deveria se meter em assuntos que não lhe dizem respeito — diz ele, quase como se estivesse preocupado comigo, um pouco como Harold Bridge na Reuters. — Se você não estivesse importunando todo mundo no Green, fazendo todas aquelas perguntas idiotas, bom, nesse caso você não estaria aqui agora, não é?

— Não, imagino que não — respondo. Há uma pausa enquanto o vento sopra. — Mesmo assim, eu não me arrependo — digo, quase com melancolia.

— Que bom — diz James.

— Quer dizer, como eu poderia me arrepender de todas aquelas noites que eu e Yasmin passamos juntos?

Nesse momento, com o canto do olho, eu a vejo se imobilizar. Tudo que James faz é dar de ombros mais uma vez.

— Eu fico feliz.

— Então você sabe? — Ele não diz nada. — E não liga? Isso não o incomoda? Nem mesmo depois de Stefan?

Vejo-o se retesar.

— Você era apenas trabalho, Josh. Só isso.

— É mesmo? — insisto. — Porque devo dizer que estou surpreso. Quer dizer, estou realmente surpreso. Foi só isso mesmo que eu fui para você, Yasmin? Só trabalho? — ela não diz nada. — Por favor, eu gostaria de saber.

— Por quê? — pergunta ela, terminando subitamente de arrumar as bagagens. — Para a *sua história*? — Ao dizer isso, suas palavras soam particularmente amargas.

— Não, só não acredito que eu tenha sido, sabe... que *nós* não tenhamos significado nada.

Ela agora está olhando para baixo, para mim, com o rosto próximo do de James. Sinto-me patético, deitado ali olhando para eles lá em cima, como um animal ferido que precisa ser sacrificado... para o seu próprio bem.

— Eu estou pronta — diz ela. — Vamos trancá-lo.

— Vá indo — diz ele para ela. — Eu cuido deste aqui.

Nesse momento ela olha para ele.

— Tem certeza?

— Claro — diz ele. — Vai. Estarei com você daqui a um minuto.

Eles se beijam.

Quando ela se afasta, James olha para mim e diz:

— O negócio é o seguinte, Josh, você nunca entendeu de verdade a beleza da história toda. Como a história entre Yasmin e eu. Quer dizer, nós nos amamos de verdade.

— Não sei como ela poderia amar um assassino.

— Ah, bom, é exatamente disso que eu estou falando, entende? Das coisas que você não sabe. Quer dizer, Ajay, porra, aquele cara realmente pediu para morrer.

— Então você matou mesmo Ajay.

— Claro.

— Mas por quê?

— O que você acha? Aquele puto não parava de nos vender heroína malhada. Não parava de nos sacanear. É isso que quero dizer quando falo na beleza da história toda. Fazer Ajay e Sohrab provarem do seu próprio remédio. Foi lindo! E você! Ah, Josh, você foi perfeito. Quer dizer, ali estava você, implorando para fazer todo o trabalho sujo para nós. Você parecia um cachorrinho ansioso, não é? Estava morrendo de vontade de participar de uma aventura.

— Então agora você vai me matar.

— Obviamente.

— Mas por quê? Eu nunca fiz nada para prejudicar você. Como você mesmo diz, eu fiz todo o trabalho sujo para vocês. Eu não mereço morrer.

— É claro que merece.

— Por quê?

Nesse momento ele pula em cima do meu peito, o impacto de seus joelhos faz o ar sair dos meus pulmões em um jato, uma de suas mãos agarra minha garganta, a outra praticamente enfia a arma dentro de uma das minhas narinas. Ele agora tem um sorriso mau no rosto, fala cuspindo, a poucos centímetros do meu rosto.

— Você achou que eu fosse deixar você viver? Depois de sujar a minha mulher, você realmente achou que eu fosse deixar você viver? Igualzinho a Stefan, aquele filho-da-puta. Eu gostei de matá-lo. Ele foi o meu primeiro, sabe? Devo agradecer a Yasmin por isso. E devo agradecer a Yasmin por você.

... algumas vezes eu acho que ele é capaz de fazer coisas terríveis...

— Yasmin sabe? — pergunto, sentindo espasmos na bexiga.

— Eu deveria ter matado você no começo. Eu queria matá-lo. No Green, quando você estava metendo o nariz por toda parte. Seu merda.

— Yasmin sabe que você matou Stefan?

— Eu teria matado você, teria mesmo, se Yasmin não houvesse inventado a idéia de usá-lo — diz ele, ignorando a minha pergunta. — Ela é o cérebro do casal, sabe? Ela sempre foi o cérebro do casal.

— Você precisa se tratar.

O rosto dele torna a se franzir.

— Agora somos só você e eu, não é? — Ele aperta minha garganta com mais força. — Só você e eu agora.

Tento gritar por Yasmin, mas antes de eu ter uma oportunidade de fazê-lo ele tampa minha boca e meu nariz com uma das mãos, apertando a arma no meu olho até minha cabeça começar a latejar. Agora não consigo respirar. Mas percebo, para minha surpresa, que não estou mijando nas calças.

... o verdadeiro perigo não produz medo, produz temeridade...

Eu simplesmente olho para cima, para ele, enquanto ele faz aquilo comigo. Olho para a arma que ele está aparafusando no meu rosto. Vejo minha vida passar diante de mim em um relance, sob a forma de palavras. Frases de efeito e fragmentos de conversas. Tão reles. Tão barato.

Pergunto-me se ele vai me dar um tiro. Posso vê-lo sorrir. Sempre sorrindo. Posso sentir a consciência escorrendo para fora de mim como um objeto delicado. Com quanto mais força eu me agarro a ela, mais para longe ela escorre. Talvez esse tenha sido o meu problema desde o início. Eu segurei com força demais. Talvez tenha sido por isso que a vida sempre me escapou. Talvez tenha sido por isso que eu tive medo de vivê-la. Eu sempre a segurei com força demais. Agora a estou perdendo. A escuridão vem se esgueirando pelo canto dos meus olhos. Esta história está no fim. O romance finalmente está chegando a uma conclusão, o herói não vai sobreviver. Na verdade, não há romance. Enfim, isto aqui é, realmente, O FIM.

Bem me quer, mal me quer

— Você disse que não iria machucá-lo. — É Yasmin. Ela voltou. James aliviou sua pressão e estou fazendo o ar entrar novamente nos meus pulmões, engasgado. Minha cabeça dói. James agora está sentado, a arma pende pela lateral da minha cabeça, meu olho ainda arde por causa da pressão.

— O quê? — pergunta ele, meio sorrindo, como um menino levado pego em flagrante. — Eu não o estava machucando.

Eu sabia que ela não iria me abandonar.

— Você matou Stefan.

Eu sabia que eu não era nada.

— O quê? Não. Não. Você entendeu errado.

Yasmin voltou para me salvar.

— Eu ouvi o que você disse. Você matou Stefan e Ajay também. Por quê? — Ela agora está chorando. Soluçando. Tudo está desmoronando. A ilusão, a fachada, tudo está ruindo. — Por que você faz essas coisas?

— Gata — diz ele, com uma das mãos voltada para cima.

— Chega. Chega. Isto tem que parar.

Ele está se levantando de cima de mim, com a arma pendendo ao lado do corpo.

— Meu anjo...

— Por favor — diz ela. Ela agora está com a arma apontada para ele.

— Não.

Eu sabia que ela me amava.

— Gata — diz ele.

— Largue a arma, James. — Ele dá um passo na sua direção. — Por favor, James, largue a arma. — Os ombros dela tremem. Ele dá outro passo em sua direção.

Durante esse tempo todo, ela realmente me amou.

E é então que o tiro ecoa. O ombro de James executa uma espécie de passo de dança ao ser impulsionado pelo impacto da bala em sua articulação. Não consigo ver seu rosto. Ele simplesmente fica ali em pé durante um segundo, balançando-se muito de leve. O segundo tiro o atinge no peito. Ele dá um passo para trás. Depois outro, antes de cair em cima de mim. Yasmin a essa altura está soluçando descontroladamente. Ela larga a arma e cai de joelhos, sacudida por terríveis soluços. James está imóvel em cima de mim, seu sangue empapa minha calça. Tento me desvencilhar debaixo dele, mas ele é pesado demais. Minha perna está presa. Yasmin olha para cima e me vê tentando sair. Olho para ela.

— Yasmin — chamo.

— Por favor — diz ela com o rosto manchado de lágrimas, como uma vidraça salpicada de gotas de chuva. — Não.

— Yasmin.

— Fique longe de mim — diz ela.

Consigo me desvencilhar mais um centímetro debaixo de James.

— Yasmin, por favor, espere um instante.

— Não — diz ela. — Por favor, não chegue mais perto. — Ela aponta a arma para mim. Esta última balança.

— Yasmin, ouça-me.

Ela sacode a cabeça com violência de um lado para o outro e consegue se levantar. Posso ver seus joelhos tremerem. Ela continua a segurar a arma mais ou menos na minha direção.

— Não tente me seguir — diz ela. — Só fique longe de mim.

— Yasmin, não vá embora. — Ela está se virando agora, dando o primeiro passo com o pé. Eu estou quase livre. Só mais um centímetro. Quase livre. — Yasmin — digo, virando-me para olhar para ela. — Eu amo você — digo.

Mas é tarde demais. Ela foi embora.

Furo

EXCLUSIVO PARA O HINDU WEEK!

CARTEL SECRETO INTERNACIONAL DE TRÁFICO DE DROGAS DESMASCARADO!

OPERAÇÃO ILÍCITA LIGADA A MUKTI, O CHEFÃO DA MÁFIA!

ASSASSINATO DO VJ AJAY TAMBÉM LIGADO AO CASO — BOLLYWOOD CHOCADA!

Tudo começou quase exatamente um ano atrás, numa pegajosa noite de monção, em um hotel de má reputação de Pahar Ganj. Eram três horas da manhã e a polícia estava efetuando uma batida no local. Joshua King não conseguia dormir. Alguém bateu em sua porta. Ele a abriu. E foi assim que conheceu Yasmin Jonkers.

Talvez os leitores se lembrem desse nome. Jonkers ganhou as manchetes no início da semana depois de a polícia dar início a uma verdadeira caçada para prendê-la logo após o assassinato de James Overmas, um holandês cujo corpo foi descoberto perto do famoso templo na colina de Pushkar. Acredita-se que Jonkers, traficante de drogas internacional conhecida das autoridades, tenha atirado em Overmas — seu amante e sócio de longa data — em uma briga por causa de heroína e dinheiro de drogas.

Nesta semana, em uma edição muito especial do *Hindu Week*, podemos revelar a verdade por trás do assassinato de Overmas e desvendar a incrível trilha que liga tanto Jonkers quanto Overmas a uma rede internacional de tráfico de drogas de muitos milhões de dólares, operada através da altamente sensível fronteira indo-paquistanesa e cujo controle estava nas mãos de ninguém menos do que o chefão da Máfia, Mukti.

Também revelamos como Jonkers e Overmas eram o último elo de uma longa cadeia de crime organizado que ligava o mundo glamouroso de Bollywood ao submundo do império de Mukti. A mesma cadeia que resultou no trágico assassinato do célebre VJ Ajay em Mumbai, há apenas três meses.

Tudo isso parece incrível demais para ser verdade, e caso Joshua King, jornalista investigativo especial para o *Hindu Week*, não estivesse acompanhando a história desde o começo, talvez ninguém houvesse acreditado nela. Mas seja por sorte, seja por destino, seja pelo que for — Joshua King estava lá. Ele viu tudo. Ele sabe que é verdade.

E esta é a sua história...

Epílogo

Quando finalmente consegui me desvencilhar do corpo ensangüentado de James, Yasmin já havia descido metade da encosta. Fiquei em pé atrás do templo olhando para ela — correndo em meio às sombras e às poças de luz, lutando com as duas pesadas malas. Por um instante pensei em persegui-la, mas depois não consegui ver muito sentido nisso.

De um modo engraçado, eu tinha a sensação de que eu já havia causado problemas suficientes para Yasmin, ou melhor, de que nós já havíamos causado problemas suficientes um para o outro. Era hora de parar de me enganar. Não havia nenhum futuro para nós. Nunca houvera. Tudo havia sido doentio demais entre nós desde o início para termos um futuro. Talvez ela sempre houvesse sabido disso. Talvez tenha sido por isso que ela nunca se permitiu me amar de verdade. Ou talvez, desde o princípio, ela só tenha se metido na história toda por causa do dinheiro.

Qualquer que seja a verdade, enquanto eu a via desaparecer noite adentro e da minha vida, finalmente me vi relaxar. Finalmente admiti para mim mesmo que nunca havia realmente amado Yasmin. A verdade era que eu nunca sequer a havia conhecido, não de verdade. Durante todo aquele tempo, eu estivera apaixonado por uma aparição, por uma ilusão dela, por alguém que a minha mente havia inventado. E agora o seu fantasma havia desaparecido. Yasmin finalmente havia sido desmitificada.

E para a *verdadeira* Yasmin, para a destemida holandesa que estava prestes a ganhar milhões em uma grande transação de heroína — bom, boa sorte para ela. No que me dizia respeito, eu mal conhecia aquela pessoa cuja silhueta podia ver se dissolver na noite. De estranho para estranho, era assim que eu me sentia. Boa sorte para ela. Na verdade, tanto boa sorte para ela quanto para todos os traficantes de heroína e viajantes suspeitos que existem por aí. Posso até ter gritado isso, sinceramente não consigo me lembrar. Ela não se virou, nem parou, nem nada. Mas eu estava sendo sincero. Boa sorte. Como teria dito papai — ela iria precisar.

A única coisa de que me lembro de fato é de Sohrab esmurrando a porta do templo, implorando para ser solto. Usei a arma de James para quebrar o cadeado. Ele estava muito puto, como você pode imaginar. Não parecia muito preocupado com o fato de eu ainda estar vivo. Simplesmente saiu do templo soltando fumaça e passou os cinco minutos seguintes chutando James com toda a força até ficar bem convencido de que ele estava realmente morto. Essa satisfação foi provavelmente a única coisa que o impediu de me matar.

A polícia prendeu Sohrab e a mim no dia seguinte, depois de nos pegar tentando viajar sem passagem em um ônibus fora da cidade. Eles haviam encontrado o corpo de James. Shiva foi a primeira pessoa para quem telefonei. Ele disse que poderia soltar nós dois — por um preço. O preço, é claro, era a história. Então eu lhe contei a história. Ele foi até Pushkar e eu lhe contei tudo, desde o princípio. Depois de ouvir, ele não conseguia parar de sorrir. Acho que já naquele momento ele sabia o que precisava fazer para transformar a minha história em uma notícia de verdade.

Como ilustração de capa, ele publicou o cartaz de PROCURA-SE da polícia com uma imagem de Yasmin e a manchete: NÓS CONHECEMOS ESTA MULHER. Eu nunca disse a ele que a imagem não se parecia em nada com ela, e pela primeira vez me descobri satisfeito por nunca ter tirado nenhuma foto dela para a polícia encontrar. Aparentemente ela vinha burlando a alfândega há anos sem que eles jamais conseguissem incriminá-la com nada concreto. Deve ser o mundo saniasi secreto que a protege. Posso apenas supor que é lá que ela está escondida agora, em algum *ashram* isolado, esperando a poeira baixar antes de atravessar a fronteira para o Nepal.

Para ser justo com Shiva, porém, ele de fato acabou me pagando os vinte e cinco mil. Não precisava ter pago. Afinal, tirar Sohrab e a mim da prisão já era pagamento suficiente, levando em conta a longa lista de acusações e a pena que teríamos de cumprir. Mas não imagino que ele tenha achado isso muito justo. O jogo que estávamos jogando com a minha vida estava terminado, e pela sua avaliação eu havia ganhado — em outras palavras, havia conseguido a matéria. Acho que, pela sua ótica, eu merecia o dinheiro.

Pelo menos foi esse o meu raciocínio.

Não fiquei na Índia por muito tempo depois disso. Só algumas semanas, até a embaixada conseguir emitir um passaporte temporário para mim, e até eu conseguir encontrar um vôo que custasse menos de vinte e cinco mil rupias — o que não é algo fácil de se fazer nos dias de hoje.

Dois meses depois da publicação da matéria do *Hindu Week*, recebi o telefonema de um agente literário interessado na minha história. E, muito estranhamente, mais ou menos na mesma época, o dinheiro que roubei da mala de Sohrab chegou à casa de Morag. Não era muito — cinqüenta mil libras ou algo assim —, certamente não eram os milhões pelos quais ansiávamos. Mas não havia como eu correr o risco de roubar dinheiro demais, afinal estava indo até a fronteira com Sohrab. Pelo menos fui esperto o suficiente para saber que roubar muito dinheiro seria tão estúpido quanto não roubar nada. Expedi o dinheiro de Jaisalmer para o meu próprio endereço dentro de uma caixa, costurado dentro de um pano branco por um alfaiate e depois selado com cera. Essa parecia ser a maneira mais segura. Afinal, se há alguma coisa na Índia em que se pode confiar é um pacote bem embalado confiado ao sistema de correios. Disso eu sempre soube. Mentir sobre isso foi provavelmente o primeiro grande erro de Yasmin.

Em todo caso, foi dinheiro suficiente para me sustentar durante o último ano, ou algo assim, que levei para escrever isto.

As únicas pessoas com as quais realmente mantenho contato hoje em dia são Sanjay e Sohrab. Ambos estão muito animados com o livro. Sohrab está insistindo para eu lhe ceder os direitos de direção do filme, e Sanjay diz que já está disposto a fazer o papel do bandido. Eu acho que na verdade eles só estão esperando pacientemente pela sua parte. Sanjay não levou mais de dois minutos depois de eu sair do país para contar a Sohrab o derradeiro desafio do meu pai — e os cinco milhões caso eu tivesse sucesso.

Não paro de dizer a eles que o livro precisa primeiro ser um Bestseller. Mas eles não ouvem. Simplesmente fingem não ver como o livro poderia não sê-lo. Afinal, dizem eles, ele possui todos os elementos necessários — drogas, diamantes, locação exótica, uma gata sexy, o plano que dá horrivelmente errado. Aparentemente, ele foi feito sob medida.

Veremos. Se quiser, pode chamar isso de última reviravolta da trama. Se você está lendo isto, então existe uma pequena chance de havermos conseguido. Tudo que posso lhe dizer é que o advogado de papai ainda não me ligou com boas notícias.

E você acreditaria em mim se eu lhe dissesse que estou pouco ligando?

Não estou ligando mesmo. Não mais. Porque a parte realmente boa é que eu me sinto muito, muito melhor. Em algum lugar no meio disso tudo, em algum lugar entre a fantasia e a realidade, descobri um espaço onde me sinto à vontade. Não tenho mais pesadelos. Não me sinto tão perdido. Não me sinto tão confuso. Finalmente sei o que gostaria de fazer da vida. Eu gostaria de escrever. E não vai ser necessariamente por causa do dinheiro.

Porque a verdadeira recompensa disso tudo fui *eu*. A verdadeira história aqui não foi sobre drogas, nem sobre diamantes, nem sobre belas garotas, nem sobre traições. A verdadeira história foi muito, muito mais simples do que isso. Na verdade, foi a história de um cara que vai à Índia e se encontra. É uma história maravilhosamente simples e piegas assim. Eu fui à Índia e me encontrei, *caaara* [vejo Sanjay fazendo o gesto de paz e amor].

Afinal, não é por isso que se vai à Índia?

FIM

Impresso no Brasil pelo
Sistema Cameron da Divisão Gráfica da
DISTRIBUIDORA RECORD DE SERVIÇOS DE IMPRENSA S.A.
Rua Argentina 171 – Rio de Janeiro, RJ – 20921-380 – Tel.: 2585-2000